茅盾的文学世界再认识

中国茅盾研究会 编

华东师范大学出版社

·上海·

图书在版编目(CIP)数据

茅盾研究. 第 18 辑,茅盾的文学世界再认识/中国茅盾研究会编. —上海:华东师范大学出版社,2022
ISBN 978 - 7 - 5760 - 3381 - 6

Ⅰ.①茅… Ⅱ.①中… Ⅲ.①茅盾(1896 - 1981)—文学研究—文集②茅盾(1896 - 1981)—人物研究—文集 Ⅳ.①I206.7 - 53②K825.6 - 53

中国版本图书馆 CIP 数据核字(2022)第 210594 号

茅盾的文学世界再认识

《茅盾研究》第 18 辑

编　　者　中国茅盾研究会
责任编辑　曾　睿
特约审读　洪昱珩
责任校对　王丽平　时东明
装帧设计　刘怡霖

出版发行　华东师范大学出版社
社　　址　上海市中山北路 3663 号　邮编 200062
网　　址　www.ecnupress.com.cn
电　　话　021 - 60821666　行政传真 021 - 62572105
客服电话　021 - 62865537　门市(邮购)电话 021 - 62869887
地　　址　上海市中山北路 3663 号华东师范大学校内先锋路口
网　　店　http://hdsdcbs.tmall.com

印 刷 者　上海昌鑫龙印刷有限公司
开　　本　787 毫米×1092 毫米　1/16
印　　张　17.25
字　　数　371 千字
版　　次　2022 年 11 月第 1 版
印　　次　2022 年 11 月第 1 次
书　　号　ISBN 978 - 7 - 5760 - 3381 - 6
定　　价　68.00 元

出 版 人　王　焰

(如发现本版图书有印订质量问题,请寄回本社客服中心调换或电话 021 - 62865537 联系)

目　录

茅盾作品与思想研究

资产阶级都市人生的两种形塑
　　——茅盾《清明前后》与曹禺《日出》比较　　　　左怀建　李章双 / 003

《子夜》的"批评张力"
　　——一种批评史视野的思考　　　　　　　　　　　　　李　明 / 013

"塞上风云"与"兰州杂碎"：论抗战时期茅盾的"兰州之行"及其文学行为
　　　　　　　　　　　　　　　　　　　　　　　贾东方　李　琨 / 024

女性孕育与男性文化霸权的沟壑
　　——茅盾小说中的生育问题　　　　　　　　　　　　　王　琴 / 033

民国国文教科书收录茅盾作品情况论析　　　　　　　　　金　鑫 / 043

茅盾史料考证

乡里乡亲点滴谈茅盾　　　　　　　　　　　　　　孔海珠　辑录 / 055

第一次会面：略谈郭沫若与茅盾在 1921 年的交往　　　　马正锋 / 071

茅盾著译编作品广告辑校　　　　　　　　　　　　彭林祥　辑校 / 081

茅盾求学经历时序的梳理　　　　　　　　　　　　　　　陈　杰 / 109

茅盾域外传播与研究

论沙博理英译茅盾短篇小说　　　　　　　　　　　　　　北　塔 / 115

茅盾同时代人研究

胡先骕正大年谱(1942)   高传峰 / 129

青年论坛

描写的诗学
    ——茅盾《霜叶红似二月花》的物界与视界   孙慈姗 / 147
1920 年代茅盾对法朗士的接受与阐释   聂明健 李雪莲 / 163
国民革命与茅盾早期小说中的"恋爱"描写   殷鹏飞 / 177
茅盾与 20 世纪 30 年代"大众语"运动   马举雪 / 186

专栏 "语体文欧化与中国现当代文学"

"小写"的方言实践与地方性主体
    ——重思茅盾方言文学论述与当代文学沪语实践   贾海涛 / 201
从欧化文言到欧化国语
    ——以周作人的小说翻译为中心的考察   唐诗诗 / 213
声音现代性和机器现代性
    ——论顾均正科幻小说《无空气国》   钱江涵 / 226
方言写作与时代"异声":浅议《山乡巨变》中的语言   熊静娴 / 238
民初教育中的语体文欧化实践   胡 笛 / 250
"文白之争":李佳白的"文学"观和教育观   董韫玮 / 261

茅盾作品与思想研究

资产阶级都市人生的两种形塑

——茅盾《清明前后》与曹禺《日出》比较

左怀建① 李章双

内容摘要： 在中国现代文学史上，茅盾与曹禺都是以书写民族资产阶级及其命运著称的作家。具体到茅盾的剧作《清明前后》与曹禺的剧作《日出》，又同中有异。《清明前后》有强烈的现代性诉求，暴露国民党政府的"统制和管制"政策给民族工业带来的灾难，表达民族工业资本家不屈服的意志和自由发展民族工业的民主愿望，它所塑造的资本家形象以生产型为主；《日出》则带有一定的反现代性色彩，它在恒常的道德意义上审判资产阶级的生活，凸显他们人生的无常，它所塑造的资本家形象以消费型为主。两部作品都塑造交际花形象，但前者将时代女性在都市语境中的魅惑力及其英雄气质推向峰顶，而后者则将都市道德语境下小资产阶级女性人性的沉沦及其痛苦写到极处。前者适应现代性诉求，以时间主线推进叙述为主，后者适应反现代性诉求，以空间散点透视叙述为主。

关键词： 民族工业资本家；交际花；时间性；空间性；现代性

在中国现代文学史上，没有任何一位作家在执着关注并大力书写中国民族资产阶级形象及其命运上可以与茅盾比肩。从《子夜》开始，仅长篇小说，茅盾就贡献出了《多角关系》《第一阶段的故事》《霜叶红似二月花》《走上岗位》《锻炼》等六部，而且从1931年到1948年，从不停止。茅盾写剧本一方面想尝试一下新的艺术体式，一方面是由于朋友们的鼓励和催促，但是写出来的唯一剧本《清明前后》仍然是属于这一类题材的，或者说正是这一剧本的诞生才使茅盾对民族资产阶级形象及其命运的书写圆满画上句号。曹禺写作《日出》显然受茅盾《子夜》的影响，而茅盾写作《清明前后》又明显受曹禺《日出》的诱导。仅就《清明前后》与《日出》比较而言，两部作品都堪称书写资产阶级人生命运的经典，但是茅盾《清明前后》显然更具全球视野、历史发展向度，更能牵动中国现代历史发展神经，能更好地表现中国历史新生力量——民族资产阶级进退两难的时代处境。《日出》正文前面引中国《道德经》和西方《圣经》名言，揭示一种恒常的人生事实（所谓"人之道，损不足以奉有余"等），具有超现实的古典内涵；茅盾《清明前后》正文前几大段说明文字里特别指出当时世界历史大趋势，定格于现时代某一时刻某一类人的表现，具有强烈的现实映照性。《日出》里有悲叹，《清明前后》里有愤怒；《日出》直指资产

---

① 作者简介：左怀建，浙江工业大学人文学院教授。

阶级消费型人生中金钱的罪恶,并进行超时限的道德审判,具有一定反现代性倾向;《清明前后》也暴露这种资产阶级金钱社会的弊端,但更渴望金钱的生产性承担,归根结底是渴望赋予时间以积极的现代性内涵。

一、资产阶级都市人生的政治性诉求与道德性审判

茅盾的《清明前后》发表于 1945 年 4 月至 10 月的重庆。因为重庆在当时的特殊(中心)地位,它虽不是上海那样发展较为典型的现代性大都市,但是在茅盾笔下,它显然属于现代性都市之列。《日出》最初是以上海为主要舞台的,它在上海《文季月刊》(1936 年 6 月)发表时,方达生提出要离开上海这个地方。据 1982 年 5月 26 日"曹禺与田本相谈话记录",作者回忆,当时上海电影明星阮玲玉等人的自杀也是他创作这部作品的重要触媒①。许子东也说:这部作品"给人一个描写三十年代十里洋场上海的印象。……可是他对上海了解有限,写作过程中不得不用一些北方的细节(比如窗外工人唱的北方调子,第三幕里的北方窑子等),因此全剧完成后,作者要把背景弄'虚'一点,象上海,又不一定是"。②

同为书写资产阶级都市人生,《清明前后》与《日出》相比,其审美内蕴还是呈现出明显的差异。《清明前后》的主角是民族工业资本家,通过他的困境揭露当时国民党政府的反民主,不作为,以及对于民族工业的忽视和压制;而曹禺的主角是金融资本家,通过表现他们的嚣张、跋扈、残忍,揭露当时社会上层有钱阶级道德的堕落、人性的败坏。两者都是在抨击当时的都市社会人生,但是着眼点不同,审美判断也不同。

20 世纪 40 年代就有评论者认为"这剧本的内容实在是《子夜》的续篇,太相像了"③,是有道理的,因为《清明前后》中的民族工业资本家林永清与《子夜》中的民族工业资本家吴荪甫的抱负和遭遇基本相同,或者干脆说林永清就是抗战时期从上海迁到内地的吴荪甫。两人都是有理想有抱负有能力的人,都是开创和发展民族工业的英才,更难得的是两人还都是日常生活很自律的人(相比之下,林永清更严格更纯洁)。朱自清说吴荪甫是理想化了的人物形象,是一个英雄,不待言,林永清也不例外。从艺术的丰富性和人物形象内涵的深广度上讲,吴荪甫当然是更胜一筹,在更长的艺术篇幅(艺术时空)里,他有更多机会表达自己的理想,施展自己的才能,凸现他与当时现实之间种种的矛盾纠葛,深化他的困境,从而达到表现预设主题的目的;相比之下,林永清在较短的篇幅(艺术时空)里,凭借作者还不太熟稔的艺术形式,在更强烈的现实诉求驱动下,主观意愿表达更简洁明快,其所遭遇的困境不是加深了而是加强了。

需要进一步辨析的是,为什么茅盾如此执着于表现民族工业资产阶级的人生及其命运?这里,应该有以下几个方面的原因:(一)现代社会历史人生阶段,现代工业才能标识相应的本质属性。马克斯·韦伯指出,中国自古不缺乏商业,相反,

---

① 田本相:《曹禺传》,北京十月文艺出版社 1988 年版,第 176 页。
② 许子东:《重读〈日出〉、〈啼笑因缘〉与〈第一炉香〉》,《文艺理论研究》1995 年第 6 期。
③ 东方曦:《茅盾的〈清明前后〉》,《民众杂志》1946 年第 1 期。

中国唐宋以来商业相当发达,但是中国古代显然没有现代这样的工业①。马克思、恩格斯在《共产党宣言》里揭示,工业革命以来,资产阶级所创造的生产力超过人类此前所有世代生产力的总和②。这充分肯定了现代工业对于推动人类社会历史进步和发展的作用。中国作为当时落后的国家民族,当然急需发展现代工业,所以,茅盾一直执着于书写民族工业资产阶级的理想和命运,其实也是象征性地书写现代中国的理想和命运,充分表达自己的国家民族意识和情怀。这一点,张鸿声在《文学中的上海想象》里分析阐释得非常清楚,这里不赘。(二)就现代中国的特殊性而言,如瞿秋白所警示,中国的资本主义是西方殖民扩张的附属品,是次一级的产物,换言之,西方对待中国,不是真正扶持中国的现代工业生产,而更急于搜罗他们生产所需的原材料和推销他们已生产的消费品。如此语境下,中国的资本主义,不是生产型为主,而是消费型为主。这是一个充满悖谬的现象。一个最急需现代生产的国家民族,却为更多的现代消费所操控与诱导。这显然是不符合现代中国发展诉求的。为了匡正这种不良现象,茅盾特别强调生产性都市文学的重要意义,批判当时的都市文学大多属于消费型的③。如此,不难发现茅盾执着于民族工业资产阶级书写的特殊价值。(三)也许更深刻隐晦也更不为人们所参悟的是,从现代中国社会主体构成看,民族工业资产阶级无疑是最具有现代市民属性的,最能彰显现代社会构成的新风向。如人们所熟知,衡量一个国家民族是否进入真正的现代,不能仅仅看其外在的物态化状况,更重要的是看其内在的精神品质状况。而事实上,需要国人艰难面对的,不仅是生产力(现代工业)发展经受诸多的困顿,更重要的是生产关系(人的社会属性建构)也始终处于难以成长、成熟的状态。具体而言,就社会构成上讲,现代社会最前卫的代表无疑是现代都市的崛起,现代都市最内在的属性是现代市民社会的独立建构,现代市民社会与国家之间是对话关系,而不是简单的从属与被从属的关系。而事实上,在当时中国,任何一个城市都没有经历过独立、自治的过程,市民阶层也从来没有争得过独立、自治的权力,自然也不可能形成独立的市民社会④。换言之,中国现代市民阶层始终处于柔弱状态。中国现代市民阶层同时面对两大敌人,一方面是西方列强资本暴政的排挤、弱化,一方面是中国封建集权专制的排挤、弱化,这两大敌对力量来路不一,性质各异,但是对中国现代市民阶层的摧残是一致的。如瞿秋白所说,"中国资本主义的发展是外铄的",不自然的;"西欧资本主义要发达到制造巡洋舰不知道得化多少年功夫,而中国的资本主义却从巡洋舰开头!……因侵入的经济力太强,中国自己的经济力太弱,若要勉强应付,不得不乞灵于所谓'国家',

① [德]马克斯·韦伯著,洪天富译:《儒教与道教》,江苏人民出版社2008年版,第87页。
② [德]马克思、恩格斯著,中共中央马克思恩格斯列宁斯大林著作编译局译:《共产党宣言》,人民出版社2015年版,第32页。
③ 茅盾:《都市文学》,《申报月刊》1933年第5期。
④ 林增平:《近代中国资产阶级论略》,见复旦大学历史系、《历史研究》编辑部、《复旦学报》编辑部合编《近代资产阶级研究》,复旦大学出版社1983年版,第365页。

于是产生官商结合,官僚资本主义与买办资本主义结合"①。"中国这个官僚资本的造成,乃是在帝国主义逐步控制中国和国内资本主义因素日渐发展的条件下,帝国主义的利益和封建主义的利益互相结合的结果,帝国主义借助于封建主义在中国培植买办资产阶级的结果。"②"中国的官僚资本借助于国家权力,借助于国家对于国内经济的干涉,一开始便表现出垄断的倾向。"③"官僚资本本身的非生产性(寄生性)和原始掠夺性"决定它的经济活动主要是"商业、银行投机"④。且"常常使银行的势力伸入到工业的领域去,使工业变成为银行的俘虏"⑤。如此背景下,"中国的(工业和)工业家,命运注定了要背十字架"(《清明前后》中陈克明语),而茅盾对吴荪甫、林永清等民族工业资产阶级社会属性的把握就极具历史典型性。可以肯定地说,吴荪甫、林永清的理想不仅是工业发展、国家民族富强,还有对自己居于资产阶级市民阶层其人生价值(譬如剧作中反复提到的"民主")之实现的渴求。甚至可以说,后者才是最根本最内在的,才是他们虽身处深重困境但仍精神不倒的第一原因。这两个人物不同的是,吴荪甫主要面对西方列强资本暴政的排挤、弱化,林永清主要面对中国封建集权专制的排挤、弱化。事实上,当西方列强资本暴政退出中国之后,中国工业资产阶级主要面对的就是官僚资本主义和封建集权专制的排挤、弱化,而且在相当长的时间内无法改变这一处境。从这一点判断,林永清这一人物形象的内涵虽然不如吴荪甫复杂丰厚,但更彰显了常态下中国工业资产阶级的命运,因此其典型性仍不容低估。

《清明前后》从人物配置、整体框架结构等都与《日出》相近。《日出》中有黄省三的被逼疯狂,《清明前后》也有李维勤的被逼疯狂。黄省三是单纯被钱逼疯的,李维勤被逼疯狂却还有放弃在工业部门(林永清更新厂)坚守生产的原因。他实在太穷,为了能赚到钱让妻子生下孩子,能维持起码的生活,他转换了工作部门,并且利用当会计的方便挪用公款进行黄金交易投机,结果政府政策突变,他被送进监狱,妻子经受不住打击,也处于疯癫状态。这里,"生产"成了最要紧的问题。受《日出》影响,《清明前后》也在第四幕引入"船夫们打桨的劳动合唱"和"难民们的啼饥号寒声"。两部作品都是将这一内容处理成远景、幕后,显示劳动人民潜伏的、深远的力量,但是《清明前后》除要借此揭露金钱垄断和政府独裁给人民造成的苦难外,还深远地论证只有充分发展民族工业,扩大生产,才能从根本上解决问题,而《日出》中相近内容的书写却不具有相近的题旨。

曹禺《日出》受《子夜》启发,但《日出》不写民族工业资本家人生及其命运,而是集中写金融资本家对中国经济和人生的操控。《日出》里没有民族视角。《子夜》里写明,挤压民族工业资本家吴荪甫的是买办资本家赵伯韬,《日出》里,潘月

---

① 瞿秋白:《中国之资产阶级的发展》,《前锋》1923 年第 1 期,署名"屈维它"。
② 吴江:《中国资本主义经济发展中的若干特点》,《经济研究》1955 年第 5 期。
③ 同上注。
④ 同上注。
⑤ 许涤新:《畸形的资本主义》,见复旦大学历史系、《历史研究》编辑部、《复旦学报》编辑部合编《近代资产阶级研究》,复旦大学出版社 1983 年版,第 36 页。

亭是开银行的,只能归入金融资本家,金八始终没有露面,是控制银行和股票市场的,可以说是更大的金融资本家。1937年,茅盾在《大公报》发表《"渴望早早排演"》,其中说这个剧本里的"中心轴,——就是金钱的势力。而这'势力'的线是由买办兼流氓式的投机家操纵着。这是半殖民地金融资本家的缩影"①。而周木斋同时在《〈日出〉和集体批评》一文里则认为,金八身上"找不到半点'买办'的影子"②。作者强调他的流氓性,笔者却以为他能神通广大到操纵整个公债市场,导致潘月亭银行破产,这不是单纯的流氓金融资本家所能做到的,他的背后不是有外国资本支持,就是有中国官僚资本支持。考虑到当时中国的官僚资本多凭借政府权力优势却发挥其向外国资本附就的特性③,金八身上也许确有一定程度的买办倾向,但是剧本没有暗示这一方面。没有民族对立之维度,也没有金融与工业对立之维度,只剩下单纯的金融与金融之较量,表现在日常生活中,就是凸现金钱对于人的主宰力量。所以剧本中,有钱人的灵魂为金钱所腐蚀,导致人性异化;没钱人始终为金钱所摆布,终为金钱所毁灭。正如西美尔所指出,金钱掏空了人的价值④。剧本没有民族维度,也缺乏历史维度,那就只剩下人性道德之维度了。所以,这个剧本主要唤起人们普遍的同情心、朴素的正义感和强烈的道德自觉⑤。作者视第三幕为"日出的心脏",表示一定要保留,意欲挖开城市地狱般的底层人生的真相,造成强烈的上下对比,凸现这个社会"损不足以奉有余"的不合理性。显而易见,这是一种道德评判的结构框架。许子东认为《日出》是京派文人写上海又批判上海"⑥。难怪剧本能获得当时京派文人所设立的"《大公报》文艺奖"。而《子夜》一定要保留第四章,则不仅仅是道德评判,更是历史文明的对比,有超道德的倾向。这种超道德倾向,在《清明前后》里同样存在。《清明前后》体现了当时国民党集权专制之"统制和管制"政策给民族工业造成的巨大灾难和给民族工业资本家造成的巨大精神伤痛。结合以上我们对茅盾执着于民族工业资产阶级及其命运书写原因的分析,不难体会,在这里,国民党政府的集权专制扩展为具有普遍意义的事件,对于国民党政府集权专制控诉的政治主题也转换为一种文化文明诉求。

二、交际花型都市女性的颂歌与挽歌

20世纪80年代国内文坛重排大师座次时对茅盾的评价,确属于误读误评。只有茅盾一直执着于最能彰显现代社会属性的民族工业资本家形象的塑造,探索他们在现代中国的命运,也只有茅盾一直执着于最能显示现代社会文明发展程度

---

① 茅盾:《"渴望早早排演"》,见周少华编《日出研究资料》,长江出版社2020年版,第36页。
② 周木斋:《〈日出〉和集体批评》,见周少华编《日出研究资料》,长江出版社2020年版,第54页。
③ 许涤新:《畸形的资本主义》,见复旦大学历史系、《历史研究》编辑部、《复旦学报》编辑部合编《近代资产阶级研究》,复旦大学出版社1983年版,第36页。
④ [德]西美尔著,陈戎女、耿开君、文聘元译:《货币哲学》,华夏出版社2018年版,第331页。
⑤ 宋剑华:《灵魂的毁灭与再生——〈日出〉新论》,《中国文学研究》1991年第3期。
⑥ 许子东:《重读〈日出〉、〈啼笑因缘〉与〈第一炉香〉》,《文艺理论研究》1995年第6期。

的都市女性形象的塑造,探索她们精神结构的成长。《清明前后》中的交际花黄梦英无疑是茅盾都市女性群像中极为独特的一个。她美丽之至,开放之至,富有女性魅力之至,更重要的是她完全走出小女人的眼界格局,彻底放下传统女性的心理负担,以极为积极的心态关心和参与社会,特别是想方设法为民族工业资本家林永清排忧解难,这样,茅盾笔下,两种时代英雄终于默契地走到一起。不待言,茅盾笔下,黄梦英是被歌颂的对象。而曹禺《日出》中的交际花陈白露却暴露出种种人生缺陷,最后为"黑暗"所吞没。陈白露虽然天性未泯,值得同情,作者为她谱写了一曲动人的挽歌,但究竟是一个值得反思、质疑的人物。从陈白露的角度看,《日出》的世界是需要批判乃至否定的,但是若从更高的现代性建构的角度看,陈白露也只能是毁灭性的。

茅盾塑造的都市女性形象不止于"时代女性"形象,但无疑,"时代女性"乃最成功、最有魅力的一群。在《蚀》三部曲中,有周定慧、孙舞阳、章秋柳,短篇小说《创造》里有娴娴,长篇小说《虹》里有梅行素等。这些女性形象无不相貌出众,身体矫健,性格豪放,感情细腻,心理复杂,集娴静与运动、温柔与辛辣、柔媚与阳刚于一体,呈现出革命女性、体育明星、歌舞电影明星、交际花乃至高级妓女的综合特征,风情万种又不乏危险性①。总之,她(们)让每个男性渴望得之而后快,但又避之唯恐不及,或者根本难以接近。显而易见,一方面茅盾在这些女性形象塑造时无意中流露出男性对女性窥视欣赏的意态,一方面又将这些女性形象理想化,从而将中国现代文学对于都市女性形象的塑造大大推进了一步。

可以说,《清明前后》中的黄梦英也是此独特女性形象系列中的一个。关于她的社会身份,剧作没有提供革命女性一维,而更显示交际花的特点,但又与《子夜》中的徐曼丽迥然有别。徐曼丽本是一个没有灵魂的女子,而黄梦英则是一个灵魂高尚的女性。她与徐曼丽一样面对金融界流氓巨头,但是她不出卖色相,也不出卖灵魂,反而利用金澹庵对自己的迷恋为李维勤夫妇讨公道,为林永清出谋划策,特别是帮助林永清筹集周转资金等。金澹庵玩弄多数人包括林永清于股掌之中,而她却玩弄金澹庵于股掌之中。剧作中,黄梦英对林永清已经不是简单的爱恋,而是英雄间的相互赏识相互扶持。因为林永清追求意义的提升,她对林永清的帮助的意义也大大提升了。剧本开始就是林永清妻子赵自芳对黄梦英的误会,以为黄梦英在勾引、诱惑自己的丈夫,几乎与黄梦英形成势不两立的状态,到剧情快要结束时,她对黄梦英越来越了解,也越来越敬重感佩。而这时,黄梦英也已经到别的地方寻找更广阔的人生之路。让一个交际花改变世界是不现实的,但是她以自己的方式做了最大努力。有的评论者认为这一人物塑造不免夸张,但是陈平原却认为她与林永清一样,都是塑造成功的人物——"她太复杂了,太丰富了,因而缺乏一般人所能理解的明彻单纯"。她身上有"一种近乎绝望的希望,一种近乎麻木的痛苦,一种近乎放荡的通脱,一种近乎任性的果敢"。她看似"玩世不恭",但内心有一种"雷电"之力等待"爆发"。无疑,她是一个"富有立体感""纵深感",不乏

---

① 左怀建:《论浙江现代文学的都市书写》,浙江大学出版社 2019 年版,第 84 页。

"感情的厚度"的人物形象①。

如果说茅盾《清明前后》为黄梦英送上了一曲颂歌,那么可以说,曹禺《日出》为陈白露送上了一曲挽歌。白露这个名字,让人想起诗经《蒹葭》中的歌吟:"蒹葭萋萋,白露未晞。"但白露也马上就要被晒干、被蒸发;比拟之下,《日出》里的陈白露最后也结束了自己年轻的生命。

所有的研究者都承认,《日出》中塑造最成功的人物形象是白露。作家是抱着最大的理解和同情塑造她的。她聪明、漂亮而高傲,沉沦中也不失任性、纯洁和善良。惟其如此,所以她的死是挣得无数读者和观众之泪水的。这里,需要进一步辨析的是,她走上悲剧道路的原因何在?金钱的迫害是直接原因,她欠下很多债而又无力支付。她与诗人的婚姻不幸也是重要原因。诗人是不是另一个方达生?如果是,诗人的确不符合她爱的标准,因为他是一个书呆子,太单纯、古板而又耽于幻想了,他不是一个可以给她丰富物质生活的人;如果不是,说明诗人的追求远在她的追求之上,她为爱情的浪漫所动,又不能始终追随诗人而去,现实琐碎的人生又为她所不忍。不少评论者认为她是出走的娜拉,一个小资产阶级知识女性;出走是确切的,但是她对面的应该不是海尔茂,而是涓生。曹禺不让他的女主人公回归父之家(也回不去了),而是走向更广阔的社会,这比鲁迅《伤逝》中的子君往前走了一步,但结局仍不免悲惨。与《伤逝》一样,《日出》批判了男主人公追求的空疏骛远,但也反思了女主人公追求的诸多缺陷。剧本从白露的感受叙述,与诗人在一起"平淡,无聊,厌烦",这说明,要么两人都不会调剂生活,两人日常生活能力都较差,要么两人的心都不在家庭日常生活上——诗人远去了,她却跌入都市世俗旋流。之后,她当过电影明星,红舞女,继而被资本家所包养,最后死在金钱所主宰的生活绝境中。论说至此,第三个原因,也是最深入其生命质量的原因,不能不和盘托出,即她灵魂的骚动不安,其心理的脆弱虚荣。骚动不安来自对都市世俗旋流的沉迷和反叛,这个人物形象因此而具有了较鲜明的都市审美特质;脆弱虚荣部分来自从小缺乏艰苦人生锻炼,部分来自女性自身的缺陷。作为书香门第的掌上明珠,作为爱华女校的高材生、校花、交际明星,她的人生路一开始便带有华奢的色彩,也埋下了危险的种子。就女性言,张恨水的《啼笑因缘》是同时代文学对女性脆弱虚荣进行道德审视的典型代表,而《日出》在这一点上接近了它。方达生从乡村文化价值观出发,认为白露已经堕落,拯救之途就在于重返乡村,这与沈从文湘西小说对于民族根性的思考有异曲同工之处,作为长期在大都市沉浸的人,白露当然不认同他,从这一点看,白露的追求也超出了乡村文化的范围,但是作家到底没有给她更好的出路,她为资本家所包养已不再可能,也不再愿意,她终于成为消费型都市人生的牺牲品。她救小东西,是为了社会公德,更是为了个人良心,也是为了自我追回和确认。在以消费为主导的金钱社会里,陈白露如污泥里一朵不失纯洁的花,但这一人物刚打开的都市审美面向最终被偏于恒常意义上的超时代的道德审视和批判所遮蔽。

---

① 陈平原:《〈清明前后〉——小说化的戏剧》,《茅盾研究》1984 年第 1 辑。

三、剧情推进的线性叙事与散点透视

茅盾在《清明前后·后记》里交代,他写剧本这是第一次,使用惯了枪的人尝试使用大刀,自然不免生疏和幼稚之处,所以他也颇谦虚,说自己写的这个剧本是"一件不成材的东西"。但事实上,如夏丏尊所评价:"这部剧本,是一部好的读物,犹之乎一部好的小说。"①这个剧本在艺术表现、艺术体式上也受《日出》影响。如题目"清明前后"就是隐喻抗日战争胜利后中国的政治社会气候,剧作中的"血红太阳"象征当时中国的生存状况,江上"船夫们打桨的劳动合唱"象征劳动人民深远的力量等。就叙事结构上讲,它与《日出》一样有散文化的成分,如有的评论者认为,作为小说化的戏剧,其第二幕仅李维勤夫妇两个人物,他们的谈话在全剧中"妨碍视野",第三幕里黄梦英显示其高超交际手段的戏份太多了等②。但总的看,《清明前后》的剧情结构还是以线性时间叙事模式为主,事实上也取得了较大的成功,达到了表现主旨的目的。至于《日出》的作者天生就是一个杰出的剧作家,《雷雨》之后,他又大胆创新,采取散点透视的叙事模式创作《日出》,开一代戏剧新风。深层次地看,《清明前后》采用主线推进叙事模式,与现代性诉求有关;《日出》采用散点透视叙事模式,则显示在现代性边缘游走,且带有一定反现代性审美取向。

现代性的核心意旨之一即时间。无论在中国还是在西方,传统的时间观都是循环型的,但是工业革命以来,西方的时间观开始变成直线型(简称"线性")的。芒福德言:"工业时代的关键引擎是时钟,而不是蒸汽机。"③约翰·哈萨德也指出:"在工业资本主义形成和发展的过程中,这种线性意象是和另一个同样重要的时间意象相结合的:也就是把时间看作是一种有价值的商品的时间意象。"④史书美的研究将五四以来知识分子和国家民族的主体建构与线性时间观的共谋阐释得相当清晰,这里不赘⑤。如此语境下,人类的时间观变成有方向的、可计算的,整个人类的生产节律和生活节律也越来越加速。人类的公共时间和个人时间都可以分为过去、现在、未来。就一个国家民族的发展来讲,则可以区分为"传统"与"现代"。显而易见,茅盾是一个具有强烈现代史诗意识的左翼作家,他对国家民族的现代化进程(摆脱落后挨打)极为关心,在 20 世纪 30 年代,他就积极参加以《申报》月刊为中心的现代化大讨论,表现在创作中,其作品的叙事结构就往往成为直线推进式的(如《子夜》)。具体到《清明前后》,作品开篇第一句话就是:"这是大时代的小插曲。"然后特别介绍"'清明前后'在欧亚美三洲发生的一些事情",凸显世界发展大势,探测"人类未来的命运",继而再说明自己这个剧本是写围绕当时山城(重庆)发生的一件事(黄金案)"几位'可敬的人'以及二三可怜的人,他们的喜怒

---

① 夏丏尊:《读〈清明前后〉》,《文坛月报》1946 年第 1 期。

② 李健吾:《清明前后》,《文艺复兴》1946 年第 1 期,署名"刘西渭"。

③ [美]约翰·哈萨德编,朱红文、李捷译:《时间社会学》,北京师范大学出版社 2009 年版,第 15 页。

④ 同上书,第 14 页。

⑤ [美]史书美著,何恬译:《现代的诱惑:书写半殖民地中国的现代主义(1917—1937)》,江苏人民出版社 2007 年版,第 58—61 页。

哀乐"。第一幕通过林永清妻子赵自芳与李维勤的妻子唐文君的谈话将主要人物之间的关系及各自的处境交代清楚,换言之,先把问题的"面"铺开,接着紧紧围绕主线展开。第二幕集中表现李维勤夫妇生活的艰难,为下面他们两人的疯癫做铺垫,也是为林永清悲剧命运做衬托。第三幕,其他人物特别是三个主要人物上场:林永清、黄梦英、金澹庵。这时主线正面化,情节开始出现困顿、紧张。第四幕政府"统制和管制"政策下,林永清的更新机器厂进入死局,他抱着腾挪周转的心理接受别人的诱导与金融界流氓巨头金澹庵就参与黄金投机生意谈判,因为不愿意接受金澹庵极为苛刻的条件而陷入僵局,继而矛盾达到不可开交的境地。情节发展到这里,是考验人物的最佳时刻。换言之,茅盾深知人物创造情节,情节也推动人物。第五幕主宰人们命运的金澹庵不再出场,黄梦英也不再出场,但是两人的影响仍在。金澹庵的威逼更甚,黄梦英的话也给林永清夫妇以深刻启发,再加以陈克明教授的助推,夫妇俩决定与当时的政策决战,与金澹庵决战,即关厂停工,等待时机。如有的评论者言,作品由此"达到戏剧的最高潮"①。作品最后一句话:"世界已经变了,中国再不变,可就完了!"作品主线突出,时间意识强烈,现代性召唤跃然纸上。有的研究者认为,作品的叙事性大于人物心理开掘,也从侧面说明这一点②。

　　相比之下,曹禺是一位杰出的人道主义、民主主义作家,从另一面看,又可谓一位具有强烈的古典主义倾向的作家,他最关注的是一种人类恒常的超时间的不合理状况,所谓:"人之道,损不足以奉有余。"为了表现这一主题意蕴,作品特构设"有余世界"与"不足世界"两个对比鲜明的人生世界,"有余世界"的人物代表上层社会的堕落,"不足世界"的人物代表下层社会的不幸,而连结这两个世界的人物(也是情节纠结点)就是陈白露和李石清。也正是要揭示这个"损不足以奉有余"的"人之道"的反人道困境,作者特别强调一定要保留第三幕,虽然剧作一面世就被人指责为"结构的欠统一。第三幕本身是一段极美妙的写实,……但这幕仅是一个插曲,一个穿插,如果删掉,与全剧的一贯毫无损失裂痕。"③到当代,王富仁也认为:"第三幕的插入直接破坏了我们上面所说的各幕之间的自然相续的特征,它使一二四原本自然流淌着的过程发生了两次断裂:二三幕之间与三四幕之间,这是断裂最多的一种插入方式。……它破坏了整个剧作的印象的整一性。"④问题的关键在于:"对一部剧作结构的评价,不能脱离开剧作的主题。一个成功的结构必然是充分表达了主题的结构。在这个意义上讲,结构也从来没有固定的格式;只要是富于独创的主题,也必然会带来独特的结构。"⑤事实上,这种叙述结构,与其说是作家艺术创作的缺陷,不如说是作家匠心独运的有意追求。因为在《雷雨》

---

① 周钢鸣:《论"清明前后"》,《文艺生活(光复版)》,1946 年第 3 期。
② 武亚军:《茅盾创作的〈清明前后〉阐微》,《中国校外教育》2011 年第 11 期。
③ 谢迪克(H. E. Shadick):《一个异邦人的意见》,《大公报·文艺》,1936 年 12 月 27 日,见周少华编《日出研究资料》,长江出版社 2020 年版,第 26 页。
④ 王富仁:《〈日出〉的结构与人物》,见周少华编《日出研究资料》,长江出版社 2020 年版,第 373 页。
⑤ 田本相:《〈日出〉论》,《文学评论》1980 年第 1 期。

里,作家已经看到线性时间观对于历史和人生的局限性,于是在创作《日出》时决定放弃那种"'太像戏'了"的叙事模式,而"用多少人生的零碎来阐明一个观念。如若中间有一点我们所谓的'结构',那'结构'的联系正是那个基本观念,即第一段引文内'人之道,损不足以奉有余'"①。承认"人生的零碎"实际就是承认人生的丰富性、多样性、偶然性和普通人"无事的悲剧"的审美意义。正是基于此种认知,《日出》中,第一、二、四幕的舞台呈现是偏于主观心理的和内在的,第三幕的舞台呈现则偏于客观物质的和外在的,而且在很短时间内,"有余世界"的人自杀(潘月亭),"不足世界"的人自杀(小东西,黄省三),介于"有余世界"与"不足世界"的人自杀(陈白露)。这种黑暗性、残酷性平面化(横断面式)金钱社会罪恶之叙事结构恰体现出一种空间的展开,而与《清明前后》那种以现代时间观念为核心的直线型叙事结构形成鲜明对比。其深层意蕴是对现代性危机的质疑和疏离。

中国的现代历史进程已百年有余,但由于种种原因,许多基本问题并没澄清,更没有解决。何为现代? 何为现代社会人生? 如何看待金钱的作用? 西美尔提出"金钱自由",大卫·哈维提出"金钱民主",马克思、恩格斯在《共产党宣言》里肯定它对推动社会生产力的巨大作用。按照马克思主义历史唯物主义观点,资本主义是比封建主义更先进更高级的社会历史阶段,而这一阶段最大的特点就是有形的君主被推翻,无形的君主"金钱"登上历史舞台。无疑,金钱在人类进入现代这一点上发挥了极大作用。茅盾一生的创作包括《清明前后》都在通过艺术的方式告诉人们,在当时中国,有形的君主(帝国主义、封建主义)一直存在,那么"金钱自由"和"金钱民主"就无法实现。茅盾的创作除了揭露金钱的罪恶,无疑还提供了更多的东西,而恰在这一点上始终不为人们所深解。显而易见,现代工业发展不只具有物质性、工具性,它实际承载着更深远的现代性价值理念。可能茅盾的书写还不够充分、到位,但至少有这样的萌芽,然这在中国现代文学史上已经相当可贵了。相比之下,曹禺《日出》里没有工业生产书写,只有基本生存(温饱)匮乏和消费享乐过分方面的深入书写,这的确揭示了金钱社会的根本性缺陷,带有反思现代的倾向,但是其背后的审美心态也未尝不是前现代士大夫失落和倦息情绪的呼应,一如京派作家那样。如是,则其现代思想意识薄弱之处自然难免。

---

① 曹禺:《我怎样写〈日出〉》,《大公报·文艺》,1937 年 2 月 28 日,见周少华编《日出研究资料》,长江出版社 2020 年版,第 67 页。

《子夜》的"批评张力"

——一种批评史视野的思考

李　明①

内容摘要:《子夜》产生至今,至少在情节设计、形象塑造、创作方法、语言成就等方面存在批评上的不同意见。这些对于《子夜》的批评歧见,最终落在判定《子夜》是否为一部真正的现代"文学经典"的整体艺术评价上。本文梳理、探讨了《子夜》批评历史上引发争议较多的部分观点。认为:《子夜》是一开放的审美空间,正是《子夜》接受中的"批评张力",形成了《子夜》"文学经典"的效果。

关键词:《子夜》;批评张力;艺术评价;文学经典

　　《子夜》是茅盾的代表作,也是 20 世纪 30 年代我国现代长篇小说的重大收获。自其问世至今,对于《子夜》是否"文学经典"一直存有争议。八十多年过去了,虽然文学研究界不时仍有"重读《子夜》"的研究成果发表,但对于这样一部在现代文学史上有重要地位和曾经产生重大影响的作品,迄今并未取得某种真正共识意义上的研究结论。这一方面说明《子夜》作为文学作品本身的复杂性和丰富性,另一方面也说明学术界对《子夜》的研究依然存在不少学术空间,还有结合不断变化的现实和新的学术语境进行深入解读和研究的必要。

　　学界曾流行一个词,叫"张力"。比如一个学术会议探讨题目多样,内容丰富,不同意见争论热烈,可以说成是"学术张力"极大的一次会议。从这个语词如此涵义的使用上,我们大可不必再"掉书袋"似的考证英美新批评中"张力"这个概念,不必被究竟何人、何著、何时、何境、为何所提,拘束住自己的思路,不必为了显示治学的"严谨",而生硬甚至不无勉强地硬拿人家的理论来"套用"、论说我们自己想要思考的问题。笔者说这些"闲话",无非是想说明,本文所使用的"批评张力",就是指一种褒贬不一、言人人殊,类似拉锯,你来我往,屈伸自如,富有弹性然而没有终极限度的文学接受或批评状态;一种指向同一文本批评对象且仍有敞开的文学审美"空间"的文学存在和批评状况。笔者不想搞"杂文学术",但也不想玩弄概念术语,影响自己对问题本身的思考。说简单点,这篇文章就是想探讨一下为什么茅盾先生的代表作《子夜》是一部现代文学的经典之作? 也就是说,人们在阅读《子夜》后,曾经有过哪些不同看法? 作为一个当下的《子夜》阅读者,笔者在大致了解了过去人们对《子夜》的不同观感后,结合自己的阅读体会,会对《子夜》这部

---

① 作者简介:李明,上海视觉艺术学院教授。

作品得出怎样的看法?

任何经典都不会是有艺术上的最终结论的。经典始终是向读者"敞开"的文化与审美空间。"定论"往往是让一部作品迅速凝固、走向"习惯死亡"的开始。真正的文学经典,必然是"一千个读者有一千个哈姆雷特"的无比开放的审美空间。从这个意义上说,本文的意义也许只在于帮助自己试图理清纠缠笔者多年的对《子夜》进行艺术评价和判断的问题,也可说一种自认为依然值得去做的努力。《子夜》并不需要笔者去做评价,但是笔者却需要以《子夜》来表达自身对"何谓文学经典"的某种看法。笔者更关注那种文学"批评张力"本身,而不是急着要去为《子夜》下一个是不是现代"文学经典"的结论。真正的经典不需要结论,《子夜》至少更不需要笔者的一己结论。能借助于许多前人的精彩见解而表达笔者对《子夜》这部作品阅读后的某种无法言明的心情,就已经足够了。笔者也希望与关注《子夜》和文学的朋友们交流,希望能不吝提出宝贵的意见。

在阅读以往研究《子夜》的一些材料时,笔者发现:《子夜》这部作品自 1933 年诞生至今,人们在阅读、议论它的时候,至少在以下几个方面仍歧见纷生。《子夜》似乎始终处在正被阅读和继续探讨的状态中。这是一个非常具有"批评张力"的文学审美空间,不断吸引人驻足其间,窥视或思想。《子夜》的文学秘密也许就在其中吧。请随笔者来一一看个究竟。

一、情节设计上:真实—不真实

读《子夜》,首先就面临这样一个问题。一位二十五年《太上感应篇》从不离手①的"阅历相对丰富"的老人——吴荪甫的父亲吴老太爷,一到上海这个花花世界,就变成了一具"古老的僵尸",被"风化"而一命呜呼了。笔者在想:虽说生死无常、人有旦夕祸福,《子夜》开篇也已经交待了导致吴老太爷突然去世的部分原因,如"半身不遂的毛病""赋悼亡""英年浩气的跌丢""脑充血""突然受了猛烈刺激"等,而且一个人的非正常死亡,原因往往是多方面的,作者也不是专业医生,就一定能描述得非常真实、准确、到位,何况此一情节本就是出于文学作品的虚构,茅盾这样安排交待本无可厚非。但文学虚构本身也要合乎现实日常生活经验的人生逻辑,否则便有可能变成编造或杜撰,影响文学作品的艺术真实性原则。细读作品的读者可知,吴老太爷是一个视"书斋便是他的堡寨,《太上感应篇》便是他的护身法宝"的人。当然人是极具复杂性和多面性的生物,一个整天躲在书斋、"古今第一善书"手不释卷的人,也不能保证他换到一个陌生环境就不可能骤然发病离世。但文化教育和日常生活的一般经验告诉我们,一个人每天大部分时间能在书斋(是否真在读书,不得而知)捧读《太上感应篇》,这至少表现出这个人能倾心、

---

① 茅盾:《子夜》,人民文学出版社 1952 年 9 月第 1 版,1960 年 4 月第 3 版,第 9 页。原文这样描叙:"如果不是二十五年前习武骑马跌伤了腿,更不幸而渐渐成为半身不遂的毛病,更不幸而接着又赋悼亡,那么现在吴老太爷也许不至于整天捧着《太上感应篇》罢? 然而自从伤腿以后,吴老太爷的英年浩气就好像是整个儿跌丢了;二十五年来,他就不曾跨出他的书斋半步! 二十五年来,除了《太上感应篇》,他就不曾看过任何书报! 二十五年来,他不曾经验过书斋以外的人生!"

潜心于自我道德或精神修养的一面(至于能不能修养有成,不可一概而论),应当
是有益身心的好事,否则国人怎么老说天下第一等好事便是读书,要劝人读书,要
人向善呢?如果一个二十多年厮守书斋、读"善书"的人一换个环境就毙命,那"唯
有读书高"、修善积德的古训也就没几个人能真正相信了。《太上感应篇》是杂糅
儒释道思想的文本,通常也被作为传统道家经典,对其评价也褒贬不一。茅盾对
其持讽刺、否定态度是很清楚的。怪也只怪吴老太爷二十五年的修养"功夫"不
行,一到上海"功亏一篑",彻底完蛋。让人稍稍感觉困惑的地方也在这里:一个多
年浸润于《太上感应篇》中的人,怎么会没有从"经典"中汲取到丝毫"定力"呢?按
常理说,能够清心寡欲、安居书斋、静心修养的人无论身体还是精神上应有改观、
应会受益,一个生在清末祖与父两代侍郎家庭、受传统文化滋养"深厚"的人,应是
很难面临环境的变化"乱了方寸"的。当然,应然不等于实然或必然,变化无时无
处不在。但《子夜》开篇的这一情节,便让人产生了不同的看法。这里只提出笔者
注意到的几种看法供大家思考。

对《子夜》持否定性批评意见较多的韩侍桁在他的文章里认为,吴老太爷之死
的情节不真实。①朱自清以为:"但作者将吴荪甫的老太爷,写得那么不费事,一到
上海,便让上海给气死了,未免干脆得不近情理。再则这一章的主旨所谓'父与
子'的冲突与全书也无甚关涉。揣想作者所以如此开端,大约只是为了结构的方
便,接着便可以借着吴老太爷的大殓同时介绍全书各方面的人物,这未免太取巧
了些。"②朱自清先生的批评措辞比较"委婉",但从"干脆得不近情理"一语中,我们
可以认为他对吴老太爷之死情节的艺术真实性并不认同,且把茅盾这一情节的设
计,同他为了引出全书人物的"取巧"构思指出来,可谓能替作者着想而又看出作
者某种潜在构思意图、用心良苦的"批评文字"。这两种看法,都距离《子夜》发表
后不久。

20世纪40年代末,林海表达了这样的看法:

"《子夜》是一部写实的小说,可是其中却包含着不少离奇古怪的描写,如吴老
太爷之死,如曾沧海的顶着《三民主义》向总理阴灵呼吁,又如四小姐梦中失身于
范博文等等;这些几乎成了滑稽文字!这与其说是由于作者态度的改变,毋宁说
是受了想象力的限制。"③

林海的文字可算是毫不客气,"离奇古怪""滑稽""想象力的限制"等措辞,鲜
明地表露出他对这一情节艺术真实性的否定,并进而由此"缺点",谈到了《子夜》
艺术想象上的不足。

① 韩侍桁:《〈子夜〉的艺术,思想及人物》,原载《现代(上海1932)》第4卷第1期,1933年11月1日。认为
吴老太爷之死、吴荪甫强奸王妈、冯眉卿施美人计等情节不真实。唐金海、孔海珠编《茅盾专集》第二卷
下册,福建人民出版社1983年版,第944—956页。
② 朱佩弦:《子夜》,原载《文学季刊》第1卷第2期,1934年4月1日。《茅盾专集》第二卷下册,第968页。
朱自清先生这篇文章从题材和眼光上肯定《子夜》,但从艺术上,认为人物塑造不是太成功,某些情节不合
理。
③ 郑朝宗:《子夜》与《战争与和平》,原载《时与文》(周刊)第3卷第23期,1948年9月24日,署名"林海"。
《茅盾专集》第二卷下册,第993页。

面对一部小说,一进入阅读就有可能遇到这一问题,而且对这类问题的判断会影响到读者对作品整体艺术真实性的感受和评价。正如面前一碗米饭,刚吃了一口,就遇到了一块让人生疑的东西,你说它是"香喷喷的"呢,还是"夹生"的,就成了问题。以上三种意见都白纸黑字见诸彼时报端,自然会影响到读者对《子夜》的接受和评价。

长期以来,文学批评界总是有一种"瑕不掩瑜"的辩证思维和说法,但有时往往忽略了"千里长堤,毁于蚁穴"的真实现实。对一部公认为"经典"的文学作品,尤其是代表了现实主义长篇小说一个阶段艺术成就的作品,如果在情节艺术真实性上质疑的声音多了,也难免会动摇人们对"文学经典"的认可度。肯定《子夜》现实主义艺术成就者也大多并未就此"细小"的问题给予更多的正面解释。"吴老太爷之死"在《子夜》研究中,依然是有待深入的话题。

《子夜》还有一个引出不同看法的情节设计,那就是所谓"吴荪甫强奸王妈"。据茅盾自己所说,是听从了瞿秋白的建议。瞿秋白在看了原稿后,"又说大资本家愤怒绝顶而又绝望就要破坏什么乃至兽性发作。以上各点,我都照改了"①。针对这一情节,吴宓先生以为:"当荪甫为工潮所逼焦灼失常之时,天色晦冥,乃捕捉偶然入室送燕窝粥之王妈,为性的发泄。此等方法表现暴躁,可云妙绝"②,持肯定和欣赏态度。而"挑剔"的韩侍桁却不如此认为,他以为不真实,并顺及批评《子夜》"性欲场面无处不在,使人几乎要怀疑作者的心理是否出了问题"③。乐黛云先生在评论《子夜》的文章中,也对这一情节的艺术真实性表示了怀疑④。与此相关,其他没有提出异议的文章虽不能说是肯定这一细节的艺术真实性,但只是没有就此发表意见而已。笔者以为使用"强奸"这样的字眼来评论《子夜》这一艺术情节设计是轻率的、武断的、盲目的,是并没有仔细阅读原文造成的。凡是仔细阅读过《子夜》文本的读者,应该都不能简单地以"强奸"来论说此小说情节。也许用"奸淫""性侵""性的发泄"等语词可能比较慎重一些,更符合文本提供的小说"事实"细节。且不说这一小说情节中王妈"没有反抗"的精神心理原因。试问有谁能认可小说里描写的王妈"媚笑着"、自己用"那指节上起涡儿的肥白的手掌按着了墙上的电灯开关"、配合"强奸"者实施"强奸"的所谓"强奸"逻辑⑤。这一小说文本细节直接关系到吴荪甫人物性格前后的统一性、文学形象的艺术真实性、作家艺术笔力的高超还是笨拙,也关系到我们对"真实""人性"的基本看法和判断,简单的肯定或否定都仍不能令人心悦诚服。因此,也还有在纠缠不清的感觉分析中继续讨论、批评的余地。

① 茅盾:《我走过的道路(上)》,人民文学出版社 1997 年 12 月第 2 版,第 502 页。
② 吴宓:《茅盾著长篇小说〈子夜〉》,原载《大公报·文学》,1933 年 4 月 10 日,署名"云"。《茅盾专集》第二卷下册,第 929—930 页。
③ 韩侍桁:《〈子夜〉的艺术,思想及人物》,原载《现代(上海 1932)》第 4 卷第 1 期,1933 年 11 月 1 日。《茅盾专集》第二卷下册,第 944—956 页。
④ 乐黛云:《〈蚀〉和〈子夜〉的比较分析》,《文学评论》1981 年第 1 期。
⑤ 茅盾:《子夜》,人民文学出版社 1952 年 9 月第 1 版,1960 年 4 月第 3 版,第 440—441 页。

艺术真实和生活真实是文学创作及作品艺术评价上的重要理论问题。艺术真实不能等同于生活真实,但艺术真实又是建立在基本的生活真实的基础之上。"真实"是现实主义艺术的灵魂。"小说如果在细节上不真实,那它就没有任何价值。"①细节的艺术真实性更是衡量判断一部现实主义艺术作品价值有无、高低的重要标尺。对《子夜》以上两处小说情节存在的不同观点,自然构成对作品艺术真实性一个方面进行判断的"批评张力"。直到今天,依然是仁者见仁智者见智。真实还是不真实,完全要靠读者对《子夜》的阅读和自身的艺术及人生经验去判定。《子夜》研究中,对以上两个"小"问题,也一直没有现成的结论。这对读者深入理解、把握《子夜》,是好还是不好,同样造成了疑惑。

二、人物形象塑造上:成功—不成功

作为现代长篇小说,研究者一般认为,《子夜》艺术上的一个突出成就就是塑造了吴荪甫等众多艺术形象。然而,自《子夜》问世以来,对《子夜》的人物形象塑造,也存有不同看法。

吴宓以为:"此书写人物之典型性与个性皆极轩豁,而环境之配置亦殊入妙。"②"轩豁"究竟系何意? 也非一眼便可理喻,还需品咂。通常,这词的意思有高大开阔、轩昂开朗、气宇不凡等。笔者查了古汉语字典,注意到"轩"有"飞"的意思,"豁"有"阔""深"的意思。按笔者理解,吴宓教授意谓茅盾此书写人物写得大气,气度不凡,或者说在人物的典型和个性描写方面,笔力潇洒飘逸而明晰深沉。也许还有更恰切的理解。但可以看出,吴宓先生认为《子夜》在人物塑造方面相当成功。吴宓是学贯中西的教授,读者虽不致迷信他的话,但高度重视恐怕是必然的。一些现代文学史家也认为:"在吴荪甫这个典型人物的塑造上,作家缜密的艺术构思和卓越的创作才能得到了充分的体现。"③"吴荪甫是我国第二次国内革命战争时期民族资产阶级的典型形象。除吴荪甫外,茅盾在《子夜》中还创造了一系列性格鲜明的人物形象,他们各自的思想面貌、精神状态都打上了时代和阶级的深刻印记。"④其他一些"现代文学史"著作中对吴荪甫等人物形象塑造持"成功"观点的材料很多,恕不一一列举。

韩侍桁认为:吴荪甫和屠维岳这两个形象都过于理想化,不真实。除吴、屠外,其他人物都"谑画"了,也不真实。⑤ 朱自清认为:"吴、屠两人写得太英雄气概了,……而屠维岳,似乎并没有受过新教育的人,与吴荪甫说的话那样欧化,也是不确当的。作者擅长描写女人,但这本书里却没有怎样出色的,大约非意所专注

① 〔法〕巴尔扎克著:《巴尔扎克论文艺》,人民文学出版社2003年3月第1版,第264页。
② 吴宓:《茅盾著长篇小说〈子夜〉》,原载《大公报·文学》,1933年4月10日,署名"云"。《茅盾专集》第二卷下册,第929页。
③ 唐弢主编:《中国现代文学史(二)》,人民文学出版社1979年11月第1版,第170页。
④ 同上书,第173页。
⑤ 韩侍桁:《〈子夜〉的艺术,思想及人物》,原载《现代(上海1932)》第4卷第1期,1933年11月1日。《茅盾专集》第二卷下册,第944—956页。

之故。"①朱自清先生还谈到对《子夜》里其他人物艺术塑造的看法,他认为:"吴荪甫的家庭和来往的青年男女客人,也是书中重要的点缀,东一鳞西一爪的。这些人大抵很闲,做诗,谈爱,高谈政治经济,唱歌,打牌,甚至练镖,看《太上感应篇》等等,就像天底下一切无事似的。而吴荪甫却老是紧张地出入于几条火线当中,他们真像在两个世界里。作者写这些人,也都各具面目。但太简单了,好像只钩了个轮廓就算了,如吴少奶奶,她的妹妹,四小姐,阿萱,杜学诗,李玉亭等。诗人范博文却形容太甚,仿佛只是一个笑话,杜新箨也写得过火些。至于吴芝生,却又不太清楚。"②看得出,朱自清先生对作品是读得非常仔细的,评论的话也都是出于自己真实的阅读感觉,句句很实在。凡是认真读过该小说的读者,也不能不产生同样的感觉。人物形象塑造方面,最令人过目难忘、感觉"震惊"的评论文字,出自一位叫李辰冬的评论者笔下,作者这样写道:

"小说家的目的,就在创造几个人物,如果他的人物愈生动,则其在艺术上的价值愈高尚,而其作品愈不朽,但是,我们回头看看茅盾作品中的人物,除屠维岳、冯云卿两三位还算生动的而外,其余都不大显出他们的个性,和他们深刻的心理状态;虽说人物很多,而不大显出他们因自己的地位、经济、环境、思想的不同而表现不同,从而产生各个相异的灵魂。所以《子夜》乍看起来,似乎很好,但仔细考察一下,就近于是无灵魂的杂货堆。"③

这一评论距离《子夜》产生时间较近。而越往后,就很难见到如此率直的批评了,自然引起了笔者的注意。正是因为对人物塑造"不成功"的批评,李辰冬也分析了造成他以为的"不成功"的原因:"茅盾似乎犯了现代中国作家们一种不可免的毛病,就是虽注意思索,却不甚注意往实际的生活里去寻求材料。"④这个批评茅盾先生不知见过没有,反正在他回忆《子夜》写作前后的文章中没有摘引。令人深思的是,这一看法和朱自清先生以为的"为了写而经验人生"的说法都耐人琢磨。《子夜》的写作明明是茅盾实地考察"生活"之后进行的,李文却认定"不甚注意往实际的生活里去寻找材料",犯了"现代中国作家们一种不可免的毛病",是否夸大其辞,也只好任由读者自己思考、判定。需要注意者,"轮廓""杂货堆"二词。《子夜》在人物形象塑造的个性鲜活、生动逼真、饱满传神等方面,并非无可挑剔。

可以看出,《子夜》在人物形象创造上的艺术成效究竟如何评价,还是一直存有分歧。这自然也构成《子夜》"批评张力"中很重要的一极。

三、创作方法上:写实—浪漫

一部作品的创作方法并不是单一的,有时也不是一眼就能够判断清楚的。创作方法无优劣的区分,但以不同方法创作的艺术品的效果却有很大不同。对《子

---

① 朱佩弦:《子夜》,原载《文学季刊》第 1 卷第 2 期,1934 年 4 月 1 日。《茅盾专集》第二卷下册,第 969 页。
② 同上注。
③ 李辰冬:《读茅盾的〈子夜〉》,原载《大公报·文艺》,1934 年 9 月 22 日。《茅盾专集》第二卷下册,第 972—973 页。
④ 同上注。

夜》，文学研究界持"现实主义"创作方法写成观点者居多。但"现实主义"创作方法又是见仁见智、争议颇多的文艺理论问题，有写实主义、自然主义、现实主义、革命现实主义、批判现实主义、社会主义现实主义、超现实主义、反现实主义等各色名目，以至于有"无边的现实主义"一说。笔者不想把问题复杂化，只是想说明，对《子夜》这部"我国现代文学一部杰出的革命现实主义的长篇"①，一般认为以现实主义创作方法完成的巨作，少数人仍然有进一步思考何谓"现实主义创作方法"的权利，甚至不排除认为它是以"浪漫主义"文学创作方法写成的可能。这一点上，"批评张力"虽然不如上面所提各点，但还是没有求得"答案"的统一。因此，倒也体现出《子夜》并非"铁板一块"的耐人咀嚼之处。

《子夜》刚刚发表，余定义就撰文认为："在技巧上，作者更进一步地走上了写实主义的大道，第一是真实，第二是真实，第三是真实，没有口号，没有标语，也没有丝毫主观的教训主义的色彩。"②高度肯定了《子夜》运用"写实"艺术手法的成功。瞿秋白说《子夜》"是中国第一部写实主义的成功的长篇小说"③，更是被各种文学史反复引用，成为"经典评语"之一。何丹仁、林海等也都指出了其"写实""现实主义"的特点；司马长风以为若干情节上用了"自然主义的客观描写"④。虽说自然主义不同于现实主义，但在偏重"写实"方面，又颇多一致之处，因此还是肯定其手法为"写实"。大部分文学史著作都以"革命现实主义创作方法"解析其艺术。

在众多一致的论调中，韩侍桁的看法显然已属于"螳臂挡车"般无力的论调了。所幸的是，尽管无力，还没有被彻底"淹没"，留存了下来。真理不一定掌握在多数人手中，但也不会掌握在一两个人手中。我们了解一下韩侍桁的观点，对深入理解《子夜》也并不是没有好处。韩侍桁与其他评论者的不同之处在于，他认为《子夜》充满罗曼蒂克，不大真实⑤。但韩侍桁的看法也并不是没有根据。仔细阅读这篇小说，尤其是第一章结尾通过"诗人"范博文嘴里道出的话语："老太爷在乡下已经是'古老的僵尸'，但乡下实际就等于幽暗的'坟墓'，僵尸在坟墓里是不会'风化'的。现在既到了现代大都市的上海，自然立刻就要'风化'。去罢！你这古老社会的僵尸！去罢！我已经看见五千年老僵尸的旧中国也已经在新时代的暴

---

① 唐弢主编：《中国现代文学史（二）》，人民文学出版社 1979 年 11 月第 1 版，第 167 页。

② 余定义：《评〈子夜〉》，原载《戈壁》第 1 卷第 3 期，1933 年 3 月 10 日。《茅盾专集》第二卷下册，第 920 页。

③ 瞿秋白：《子夜和国货年》，《申报·自由谈》1933 年 4 月 2、3 日，署名"乐雯"。

④ 冯雪峰在《子夜与革命的现实主义的文学》中认为它是"现实主义的文学传统之产物与发展"，原文见《木屑文丛》第 1 辑，1935 年 4 月 20 日。《茅盾专集》第二卷下册，第 978 页。说它是"一部写实的小说"，见郑朝宗：《〈子夜〉与〈战争与和平〉》，原载《时与文》（周刊）第 3 卷第 23 期，1948 年 9 月 24 日，署名"林海"。《茅盾专集》第二卷下册，第 993 页。司马长风说："《子夜》在若干情节上，忠于自然主义的客观描写，不理会是否有伤工人阶级的尊严，这是本书可取的表现之一，但这并不能抵消政治骑在文学头上所造成的致命伤。"原文见《中国新文学史·中卷》，昭明出版社 1976 年 3 月初版。《茅盾专集》第二卷下册，第 1040 页。

⑤ 韩侍桁：《〈子夜〉的艺术，思想及人物》，原载《现代》第 4 卷第 1 期，1933 年 11 月 1 日。《茅盾专集》第二卷下册，第 944—956 页。

风雨中间很快的很快的在那里风化了！"①以及吴少奶奶林佩瑶与雷参谋雷鸣款通私情那些段落②，就发现纯粹以"写实"或"现实主义"概括其创作方法，也还是大有可推可敲之处。更何况，还有上面所提"情节"和"人物"方面的疑窦呢。因此，轻易下绝对的结论可能还为时尚早。《子夜》的艺术创作方法，仍有值得思考的某种"张力"。

四、语言成就上：巨大——一般

文学是语言的艺术。语言如何，也是人们品评、衡量一部小说艺术水准的关键。《子夜》作为"五四"以来文坛分量很重的长篇，读者对其语言成就评头论足，甚至"吹毛求疵"一番，也都在情理之中。吴宓十分佩服茅盾"在文字修养上的努力"，认为"茅盾君之笔势具如火如荼之美，醖恣喷微，不可控搏。而其细微处复能委宛多姿，殊为难能可贵。尤可爱者，茅盾君之文字系一种可读可听近于口语之文字。"值得注意的是，吴宓还将《子夜》与当时流行的语体文并提，说他"始终主张近于口语而有组织有锤炼的文字为新中国文艺之工具"，可惜"近顷之所谓语体其诘屈聱牙直不下于盘庚大诰，而腐辞滥调，别字不通则又远过之"。而茅盾《子夜》"更近于口语，而其清新锤炼之处亦更显著"，更"渐近自然"③。朱自清则感觉屠维岳"与吴荪甫说的话那样欧化，也是不确当的"④。吴组缃说："我听朱自清先生谈，他亲自听作者和他说，作者写这本小说有意模仿旧小说的文字，务使它能为大众所接受。这一点，作者有点失败：固然文字上也没有除尽为大众所不懂的词汇，……文字明快，有力，是其长处；短处是用力过火，时有勉强不自然的毛病。"⑤《子夜》语言到底是更接近大众化口语，还是尚嫌欧化，评说不一。

还有一些说法也相当有意思。比如林海就认为："这部长篇小说的文笔着实很美，处处可看出作者苦心经营的痕迹。但如果允许我们再来吹毛求疵，毛病还是有的。笼统说来，这书的笔调有些地方未免过于迂缓，作者的本意固然在力求周到，读者却往往觉得不胜其烦，仿佛在看慢动电影。……在细节上，这书的笔墨也有些可议的地方。茅盾先生似乎很有些'特癖'，他常常把这些特癖表现到人物的身上去。例如，书中的人物都喜欢拍彼此的肩膀，有时候我们便觉得拍肩膀的描写未免过多了。还有，书中女人的'乳峰'似乎特别容易'颤动'，甚至'飞舞'，因而关于书中这一类的报告我们便感得很乏味。"⑥虽然如此的评说实在有些"吹毛求疵"，茅盾先生那样写也不是什么大问题，但若结合小说回味一番，林海所指出的这些毛病还不能说是完全没有，有的地方甚至感觉他说得很准。完美不一定达

---

① 茅盾：《子夜》，人民文学出版社 1952 年 9 月第 1 版，1960 年 4 月第 3 版，第 30 页。
② 茅盾：《子夜》，人民文学出版社 1952 年 9 月第 1 版，1960 年 4 月第 3 版，第 32—33 页。
③ 吴宓：《茅盾著长篇小说〈子夜〉》，原载《大公报·文学》，1933 年 4 月 10 日。《茅盾专集》第二卷下册，第 929—930 页。
④ 朱佩弦：《子夜》，原载《文学季刊》第 1 卷第 2 期，1934 年 4 月 1 日。《茅盾专集》第二卷下册，第 969 页。
⑤ 吴组缃：《子夜》，原载《文艺月报》第 1 卷创作号，1933 年 6 月 1 日。《茅盾专集》第二卷下册，第 937 页。
⑥ 郑朝宗：《〈子夜〉与〈战争与和平〉》，原载《时与文》（周刊）第 3 卷第 23 期，1948 年 9 月 24 日，署名"林海"。《茅盾专集》第二卷下册，第 995 页。

到,但批评追求艺术上的完美却是应当的。

一直作为高等学校现代文学史教学重要教材的唐弢、严家炎先生主编的《中国现代文学史》,充分肯定《子夜》在语言创造方面所取得的巨大艺术成就,认为《子夜》"语言具有简洁、细腻、生动的特点。它没有过度欧化的语言,偶尔运用古代成语,也是恰到好处,趣味盎然。人物的语言和叙述者的语言,都能随故事和人物的性格发展变化而具有不同特色,使读者能如闻其声,如见其人,如临其境。"①评价从大处着眼,应该说是比较公允、客观的。庄钟庆先生对《子夜》的语言成就推崇备至,他认为:《子夜》的"文笔恣肆而又精细"②。"《子夜》的语言是雄健而又细密的,这是作品艺术风格的生动体现"③。"《子夜》的语言是在民族语言基础上加工的,并适当地吸取外来语言而形成的独特的语言特色。可是有人却认为欧化倾向很重。如果我们详细阅读当时作品就会同意茅盾自己的看法;《子夜》在当时小说中,文字上还是欧化味道最少的"④。还有研究者认为:"《子夜》更是充分发挥了语言艺术的特长,或写幻觉,或画梦境,或以象征的手法创造了许多让读者去细细品味和咀嚼的静态美。"⑤《子夜》在语言成就方面的评论歧见,也是其重要的"批评张力"之一。

除了以上简要梳理的几个方面的不同观点外,对于《子夜》,人们还在诸如创作意图⑥、受外来影响⑦等方面,持有不同的意见和看法。这些,也构成一种"批评张力",强化着《子夜》的某种神秘和魅力。

学界对于《子夜》创作过程的研究成果已经很多。多数文章从作家的创作意图、素材的搜集、题材的取舍、主题的确定、创作方法、语言特色、人物原型、所受外国文学影响等方面,探讨了《子夜》在现代文学史上的地位及其意义,以及《子夜》所取得的文学经验得失。其中,《子夜》最为一些研究者和读者所"诟病""遗憾"的,就是其"主题先行"的创作模式。虽然"主题先行"也非茅盾的首创,但由于茅盾写作小说方法的独特性和作家本人对创作背景与作品主题在不同时段、不同政治环境下的反复解释和阐述,使得某些学者和读者对《子夜》的这一基本印象根深蒂固。读者只要拿起《子夜》,就会想到这是一部为参加 20 世纪 30 年代中国社会性质大讨论而写作的长篇小说,它的理念特性就已经牢牢地嵌入到一般研究者和

---

① 唐弢主编:《中国现代文学史(二)》,人民文学出版社 1979 年 11 月第 1 版,第 175 页。

② 庄钟庆:《〈子夜〉的艺术风格》,《文艺论丛》第 17 辑,上海文艺出版社 1983 年 4 月第一版。《茅盾专集》第二卷下册,第 1100 页。

③ 庄钟庆:《〈子夜〉的艺术风格》,《文艺论丛》第 17 辑,上海文艺出版社 1983 年 4 月第一版。《茅盾专集》第二卷下册,第 1112 页。

④ 庄钟庆:《〈子夜〉的艺术风格》,《文艺论丛》第 17 辑,上海文艺出版社 1983 年 4 月第一版。《茅盾专集》第二卷下册,第 1115 页。

⑤ 张颂南:《从美学角度探索〈子夜〉》,见全国茅盾研究学会编《茅盾研究论文集》,湖南人民出版社 1983 年 11 月初版。《茅盾专集》第二卷下册,第 1145 页。

⑥ 茅盾研究中,对《子夜》是艺术地表现了时代,还是"主题先行"的概念化作品,一直存有争议,也体现于各自的现代文学史研究撰著中。此不一一列出。

⑦ 对《子夜》是否受左拉《金钱》影响,茅盾和研究者说法亦不一。

读者的意识之中。这种先入为主的对一部小说主题的理性印象一旦在读者文学接受意识或潜意识中生根,那么,无论我们怎样去读《子夜》这样的作品,便很容易被已经明确理性化的主题笼罩着,很难脱开任何羁绊,完全依据读者自己的阅读感受和文学审美经验,对作品得出属于自己的原初审美感觉、印象,从而在此基础上形成读者自己对《子夜》的批评或接受观点。

也许问题还远不止此。茅盾在《子夜》创作中所尝试或开创的这种明确创作主题,抑或"主题先行"的创作方法,在其后的中国文学,尤其是小说创作中产生了深远影响。特别是在文化激进时期形成的"三突出""三结合"等极左僵硬的创作模式,不少人由此将那种阻滞了中国文学创造性的极"左"方法和茅盾左翼现实主义文学创作理论联系起来,并常以《子夜》的"观念论证""主题先行""宏大英雄史诗""阶级观念"等创作特点方面的印象,把极"左"文艺的方法源头追溯和归罪到茅盾及其《子夜》等创作上。这就使得《子夜》文学批评和接受评价,尤其是厘定《子夜》在现代文学史上的价值变得更加复杂和难以言说。《子夜》究竟是不是"观念论证""主题先行"的创作也许并不重要。重要的是,如果我们能抛开任何成见,只本着尊重文学历史和实事求是的学术原则,在 21 世纪的今天重新阅读《子夜》,我们将会对茅盾《子夜》得出怎样的认识与评价? 我们将如何重新评价和估量《子夜》在现代甚至中国文学中的价值?

自然,也可以直接忽略或无视反批评的意见,将《子夜》视为当之无愧的文学经典,而且《子夜》已经接受了至少七八十年的批评和读者阅读考验。但那样做显然还是不够的,亦如我们不经过自己的阅读和研究就轻易下结论说《子夜》是一部"主题先行"的作品。对于离我们时间还不算久远的现代文学名作,我们要下结论,要给出文学史上的评价,更需要相当慎重。因此,重新结合《子夜》文本本身和它在文学批评史上被接受和研究的状况,仔细研究辨析一些需要阐明的问题,甚至是关系到一个文本细节的问题,看似"细枝末节",其实都是有必要的,至少是保留了一个时代的一个人对《子夜》进行研读和思考的印迹,体现了我们所处时代研究者对《子夜》的关注与审视。《子夜》作为文学,并没有在我们的时代消失,甚至被人遗忘。也许,它的命运就是那般离奇,同许多文学上的杰作一样,忽冷忽热,忽隐忽现。处在百年未有之大变局的当下,能够安心读一读《子夜》,也许会有新的体会。

其实,以上所有各种看法、意见亦即关于《子夜》"批评张力"的最终落脚点,还是在于如何对《子夜》进行整体艺术评价的问题。

五、作品整体艺术评价上:文学—巨著

可以说,现代文学史上,还没有哪部作品像《子夜》一样,在长达七八十年的接受史上,得到如此褒贬不一、优劣悬殊的评价。这本身就是一种令人深思的文学现象。《子夜》迅速地反映时代,是一部"政治小说"①的特点,也使得对它的评价和

---

① 萧三:《读长篇小说〈子夜〉》,见《茅盾研究》编辑部编《茅盾研究》(2),文化艺术出版社 1984 年 12 月初版。《茅盾专集》第二卷下册,第 980 页。

不同年代的政治变化因素紧密相连。《子夜》一发表,的确在当时文坛引起了巨大轰动,当时就有对其艺术成败的意见分歧。例如有人认为:"这本气魄伟大的巨著,不细看它三五遍是不能提笔批评它的。"①但在 20 世纪 30 年代,也就开始有人怀疑"《子夜》究竟有几个人在读? 有多久的寿命?"②;到 20 世纪 70 年代,仍有人认为"《子夜》且被推举为三十年代的代表作,其实这只是一种不负责任的浮夸,直到今天没有一个文学史家敢于深入剖析这部小说"③。20 世纪 90 年代,《子夜》是不是"一份高级形式的社会文件"④又引出文坛和学界一丝波澜。这些事实表明,围绕《子夜》的批评分歧并没有真正消除,《子夜》是不是一部文学经典,依然众说纷纭。

《子夜》批评史上的重重歧见,是客观的存在。从"批评张力"角度梳理《子夜》文学接受批评史上具有代表性的两歧观点,也是为了使读者更明晰地把握人们对《子夜》文学褒贬的"聚焦"之所在,从而冷静、客观地正视这部作品;使读者能在获得一些历史感的基础上,通过自己直接的阅读,得出《子夜》是否文学经典的结论;使读者更多了解《子夜》在批评史上的命运,在细读原著的基础上寻找文学问题的思考答案,相对理性地去认识和理解这样一部作品。

何谓"文学经典",也成了人们一次次讨论的话题。笔者以为,无论"经典"概念有多少,"评价标准"如何变,至少在超过五十年的时间跨度上,《子夜》属于事实上的文学经典应当没有太多疑问。因为《子夜》常被读者提起,依然活在人们的现实生活中;不同读者对其有不同看法,不同文学史有不同评价,说明它有争议,是耐琢磨、耐咀嚼的作品,而不是一次性的阅读消费品,可以经得起反复阅读;它被不断重印,或被影视改编;谁也无法不正视吴荪甫这个文学形象在我们文学生活中的存在;它的作者在现当代文化史上的重要影响力愈发得到研究者的重视,等等。同样,我们可以找出一千种理由说《子夜》可能不是"经典",但那一千种理由,恰恰证明了它无法抹去的巨大而真实的存在。

也许,正是此种"批评的张力",形成了《子夜》让人说不尽、道不明的文学经典效果。

---

① 吴组缃:《子夜》,原载《文艺月报》第 1 卷创作号,1933 年 6 月 1 日。《茅盾专集》第二卷下册,第 937 页。

② 芸夫:《〈子夜〉中所表现中国现阶段的经济的性质》,原载《中学生》41 期,1934 年 1 月。《茅盾专集》第二卷下册,第 964 页。文中说:"虽然还有人酸愤愤的喊'《子夜》究竟有几个人读? 有多久的寿命?'"(见天津《益世报》梁实秋主编《文学周刊》第三十六期莲子著《文学的永久性》)。据此,看出当时对其艺术成就评价上的分歧。

③ 司马长风:《中国新文学史·中卷》,昭明出版社 1976 年 3 月初版。《茅盾专集》第二卷下册,第 1038 页。

④ 蓝棣之:《一份高级形式的社会文件——重评〈子夜〉》,《上海文论》1989 年第 3 期,第 48 页。其实,贬低《子夜》文学价值者,也不是什么"重评"的"新论"。刊载于伦敦 1964 年第 19 期上的《中国季刊》,就有美国学者文森特 Y·C·史的关于《批评家茅盾》的文章,其中说:"自从胡适和陈独秀写下关于文学改良与革命的论战文章以来,四十多年过去了。这期间出现了很多被称为文学的重要著作。我们必须看到,这些著作虽然很有作为文学存在的价值,但是,它们毕竟更像表现社会主张和政治宣传的文件。"(曹晓乔、侯光复译,李岫编:《茅盾研究在国外》,湖南人民出版社 1984 年 8 月第 1 版,第 707 页。)二者论调何其相似乃耳?!

"塞上风云"与"兰州杂碎":
论抗战时期茅盾的"兰州之行"及其文学行为[①]

贾东方 李 琨[②]

内容摘要:1939 和 1940 年,茅盾曾先后两次在兰州短暂寓居。近触塞外风物之后,茅盾开始饱含热情地赞叹西北民众朴质善良、韧性坚强的品质,完成了他对抗战时期民族精神的"重构"与"再发现"。茅盾在兰州时期的写作、访谈、讲演等文学行为,不仅促进了抗战文艺宣传及西北文化运动的展开,影响了杨静仁、唐祈等青年文艺爱好者,也是茅盾对于自我战时文艺观的一次集中思索与表达,在救亡与启蒙、抗战文艺的普遍与深入等问题上值得深究。

关键词:茅盾;兰州之行;西北观感;战时文艺观

1939 年 1 月 5 日,应新疆军阀盛世才的邀请,茅盾踏上了到新疆学院任教的旅程。然而,当从云南直飞兰州的班机抵达后,因入疆的飞机迟迟无法成行,茅盾被迫一直滞留在兰州,直至 1939 年 2 月 20 日才离去。此后,茅盾于 1940 年 2 月 6 日从新疆返归期间,也曾在兰州短暂停留数日,并将观感写成《旅途见闻》《兰州杂碎》等文章。

关于这次茅盾的"兰州之行",回族作家杨静仁和"九叶派诗人"唐祈都印象深刻,他们一致肯定了茅盾在兰州期间对于当地文艺的开展以及指导青年方面的积极意义。杨静仁说:"(茅盾)应兰州伊斯兰教协会的邀请,作了题为《抗战与文艺》的演讲……沈先生的讲话深入浅出,给大家很大的启发,是一篇重要讲话,其意义不仅仅限于文学方面。"[③]唐祈回忆:"《抗战与文艺》的报告,从抗战文艺的方针、任务和文艺批评作了精辟的论述……另一篇《谈华南文化运动的概况》……在介绍上海、香港、昆明等地文化人和文艺团体的运动情况之后,提出当前文艺运动和任务,以及时开展西北文化运动的意见。这两篇报告不仅针对兰州当时的文艺现状和问题,给予了明确、深刻的指导……指引着我们奋力前进。"[④]

目前学界对于茅盾的西北之行,已有不少的论述,但更多的研究重心集中在

---

① 本文系教育部人文社科项目"1940 年代西北地区现代文学文献整理与研究"(项目编号:20YJC751009)的阶段性成果。
② 作者简介:贾东方,兰州理工大学文学院副教授;李琨,西北师范大学文学院讲师。
③ 程野萍:《杨静仁谈茅盾的一次讲演》,《中国民族》1987 年第 9 期。
④ 唐祈:《茅盾抗战时期在兰州的文艺报告·前言》,《社会科学》1982 年第 2 期。

茅盾在新疆时期及延安时期的活动及其影响①。茅盾的"兰州之行"及其文学行为的意义固然不宜夸大，但是它在茅盾的战时文艺思想转变过程中确是非常重要的一环，并且对西北现代文学、文化的展开产生了积极的影响作用。

一、西北风物的描绘与流徙作家的观感印象

茅盾对于兰州乃至西北的基本情况，在1939年以前一直是比较隔膜的。兰州为西北大后方的重要城市，担负着西北军事、政治、交通、经济生活中心的多种功能，"新疆与内地之交通，必要过兰州。青海与内地交通，也要过兰州。从兰州东北通宁夏，西北经甘、凉、肃以通新疆，西通青海。更有青海西南，为入藏大道……故兰州客商云集，客店货栈盛极一时"②，但在时人的印象中，兰州却一直是经济贫瘠、文化落后之地。萧军在甘肃省党部大礼堂演讲时说，兰州虽然已经是五月了，但感觉好像连春天都没过去一样，在西安一带许多麦苗都长得快成熟了，而兰州却连树叶都还不曾长好，文艺运动的水准差几乎也和天气相仿。1940年来到兰州的女诗人陈敬容，触目所见是连亘的黄色的土墙、荒凉的院落、尘土飞扬的路以及奔腾不息的黄色的河水。茅盾也曾回忆道："江南人多知有兰州，'兰州水烟'很出名。但兰州究为何等样的地方，则大都茫然。讲到兰州的书籍，似乎也很少。昔年我经过兰州，曾闻友人言，前清时代有湘籍某公为甘省学台，居年余，作《七笔勾》词七首寄其夫人，极言甘省之贫瘠，谓衣、食、住、游宴、玩好、妇人、功名等七事，皆一无可取，故名《七笔勾》，后为台官纠弹，因以去职云。"③

茅盾对于兰州的第一印象并不怎么好，从昆明抵达兰州之后，一下飞机，扑面而来的就是凛冽的西北风。昆明是四季如春的城市，而兰州却是零下十几度的严寒，西北风轻易地穿透厚呢大衣，直浸骨髓。西北高原的风光，在茅盾此时的眼中，并无太多出彩之处——"一条黄土公路蜿蜒在黄色的高原上，庄稼早已收割，只留下了枯黄的根茬，远处能见到用黄土垒筑的村屋，也溶入了周围的灰黄中。没有绿色，一切似乎都失去了生机。黄土的公路，被往来的车辆把路面碾得粉碎，软绵绵的好像铺了一层黄色的面粉，汽车开过，车后高高地扬起一片黄色的尘埃。当汽车颠簸时，积存在车厢内的黄土就腾空而起，与窗外刮进来的混合在一起，钻进鼻孔、耳朵、嘴巴，落在眉毛、头发上"④，茅盾一行乘车在这样的西北高原上旅行，显然并非愉悦的体验。

抗战时期的兰州虽是西北重镇，但却与现代文明、都市生活之间的距离很远。茅盾居住的招待所已经是兰州最好的旅馆，但却异常简陋，楼梯踏上去都嘎吱嘎吱作响，常年客人都很稀少，与可以媲美上海一流旅馆的西安招待所相比，相差十万八千里。兰州城当时也不大，街道狭窄，寸许厚的浮土，走上去如地毯一样软，

---

① 按：关于茅盾西北之行的相关研究，张积玉、陆维天、周安华等学者发表的文章多集中于茅盾与新疆文化的关联；孙中田、郭鹏程属意于茅盾的延安之行；李继凯则从宏观上探讨茅盾与大西北的结缘。

② 范长江：《中国的西北角》，新华出版社1980年版，第60页。

③ 茅盾：《茅盾全集·散文六集》，人民文学出版社1987年版，第384页。

④ 茅盾：《从东南海滨到西北高原》，《新文学史料》1984年第2期。

市面上"洋货"奇缺,肥皂、玻璃杯、毛巾、小镜子都成了宝贝。入夜电灯太暗,一到傍晚,城市就休息了,没有任何现代都市意味的华灯夜市。如果到街上漫步,人们能感到空气中弥漫着似雾的轻烟,甚至能闻到一股燃烧干牛粪的淡淡腥臭味。

兰州对于茅盾而言,是他体验、领略西北地区特有风物,形成西北文化观感、印象的起始之地。茅盾在致友人信中写道:"生平未尝至西北,此次乃饱览塞外风物,尤以乘汽车自哈密至迪化一段,横亘大漠,见百数骆驼之大商队委蛇去来,可谓壮观。……在兰时,又曾坐羊皮筏子渡黄河,履冰而过黄河(皆在兰垣外)……沿途皆有所记,惜无时间整理之也。"①

未到西北之前,茅盾是一个南方的文人,习惯于描写上海的都市生活与江南地区农村的风俗人情,旅行时接触更多的风景,也多是碧水蓝天一片翠绿的景象。然而自抵达兰州以后,茅盾才感受到了另外一种迥异的生活景象,正如《兰州杂碎》所言:"南方人一到兰州,这才觉得生活的味儿大不相同。"②茅盾一下兰州就经历了"黄土的洗礼",他在兰州洗脸用的是清澈却苦涩的井水,喝的却是一杯中有小半杯泥浆的黄河水,还得花钱买;街上浮土有一寸多厚,更为奇异的是经历轰炸后到处都是瓦砾的兰州却并未呈现凋敝、荒凉面貌,反而在发国难财的官员及商人勾结营销之下呈现出畸形的"繁荣"景象,茅盾对于当局政府黑暗、腐败的境况也流露出无奈和嘲讽之意。

风尘仆仆,一路颠行,茅盾的西北之旅非常艰难。或许是被滞留兰州不得通行之故,也或许是茅盾抵达兰州时恰逢冬日萧瑟寒冷,茅盾对于西北风物的观感与认知,在这一时期并没有产生过多的心灵共鸣,与抗战时期抵达兰州的顾颉刚、罗家伦等人相比,显然并不相同。抗战时期,同是行旅之中被迫滞留异地的顾颉刚,他在兰州夜听黄河流水,发出了"青石关前滞客行,长空惟有阵云横。黄河夜泻千峰雨,进作金戈铁马声"的豪壮之声;同是在冬日抵达兰州,罗家伦也写出"山挟水东流、寒林集冻鸠。冰拥皮筏子,载雪下兰州"的旅途快意。

当然,一个文学作家进入到一个新的地域,他的生命体验、思维观感都会发生某些变化,具体在创作时,作品所选取的题材、意象、主题也会发生相应的变化,并融入所在地的文学元素。在西北待的时间久了,尽览塞外风物的茅盾,也开始饱含着热情来赞美西北地区荒凉却又令人震撼的地理风景,歌咏着西北民众朴质善良的品质、韧性坚强的精神。茅盾的心境,在《风景谈》《白杨礼赞》等散文名篇中流露无疑。

这是茅盾于西北所见的风景:西北的黄土高原,多数是秃顶的山,单调的黄土。塞外的沙漠,四顾茫茫一片,偶尔只有些驼马的枯骨,那微小的白光,也早融入了周围的苍茫,一切都是那样的寂静,似乎只有热空气在作哄哄的火响。

这也是茅盾所见的西北风景:驼队在地平线上出现时,微风把铃铛的柔声,叮当,叮当,送到你的耳鼓。黄土高原之上,植物颀长而整齐,在晚风中摇曳,别有一种惹人怜爱的姿态;三五明月之夜,天空碧蓝如水,月亮离山顶,似乎不过几尺,远

---

① 楼适夷:《茅公和〈文艺阵地〉》,《新文学史料》1981 年第 3 期。
② 茅盾:《茅盾全集·散文二集》,人民文学出版社 1987 年版,第 24 页。

看山顶的小米丛密挺立,宛如人头上的怒发。晚归的耕田人姗姗而下,在蓝的天,黑的山,银色的月光的背景上,成就了一幅剪影。

这更是茅盾所见的西北风景:五月的北国清晨,万籁俱静,朝霞笼住了左面的山。山峰上的小号兵,霞光射注他,晨风吹着喇叭的红绸子,他的额角异常发亮。更使人惊叹的是,不远处有一位荷枪的战士,面向着东方,严肃地站在那里,犹如雕像一样,枪尖的刺刀还闪着寒光,"我看得呆了,我仿佛看见了民族的精神化身而为他们两个"①。

西北地区生活的人们,在茅盾心中,正像那普通但不平凡的白杨树,笔直的干,笔直的枝,在北方风雪的压迫下却保持着倔强挺立,参天耸立,不折不挠,力求上进;守卫家乡的哨兵,也像白杨树那样,朴质、坚强、傲然挺立。华北平原上浴血奋战的将士,也像陇上壮士陈安一样,勇猛向前,视死如归,用生命谱写着新中国的历史。茅盾难以抑制心中澎湃的激情,大声赞咏着:"自然是伟大的,人类是伟大的,然而充满了崇高精神的人类的活动,乃是伟大中之尤其伟大者!"②

茅盾于西北时期的创作,往往正是在短小精悍的篇幅中,借用生活中常见的自然风物、普通的日常情景来"小题大做",以透射时代的面貌,发现民族的精神。从东南海滨到西北高原的旅程,对于茅盾的生命体验及文学创作来讲,至为重要。茅盾不仅亲身体会了中国西北广大地区艰难困苦的生活境况,得以更深入、更全面地观照中国的现实,同时也获得了更为宏阔的文化视野与全新的审美体验,以"他者"的眼睛发现了西北风物苍茫辽阔、民性坚韧淳朴的地理风景与人文风景。

作为西北记忆起点的兰州,茅盾后来并未忘怀。1941 年茅盾回到重庆时,还被一本《忆兰州》勾起了往日的温暖回忆,他如是写道:"《七笔勾》所描写,今在甘省虽犹可见之,但兰州则已今非昔比,……本书篇幅虽不多,但内容充实扼要,又亲切有味……不能以印象记目之"③,茅盾还借此契机向全国民众介绍甘肃及西北的风土物产水利,流连之意溢于言表。

二、茅盾的文学行为与抗战时期的西北文化运动

1939 年的兰州文化界,异常冷清寂寥,从事新文学创作的人比较少,印刷报刊的物质条件也比较困难,仅有《甘肃民国日报》《西北日报》两家官方报馆自办报纸,余者寥寥。纯文艺刊物当时只有综合性半月刊《现代评坛》一种,还是从北平、城固辗转迁到兰州创办的,印刷条件不佳,两三万字,排印一个月才能完成,销路也不好,每期只印五百份,读者主要是青年学生,而且时断时续,还有停刊的危险。兰州地区当时也没有统一的文化界组织,"文协"甘肃分会还没有成立,战地文化服务团的工作也正在筹备开展之中,再加上当地封建势力很严重,文化落后,原来在这里的几个著名文化人如萧军、塞克等人都选择了离开,抗战文艺运动很难开展。虽然中国的其他地方都正在经历抗战的烽火,更多的人都在为抗战宣传而奔

---

① 茅盾:《茅盾全集·散文二集》,人民文学出版社 1987 年版,第 18 页。
② 同上书,第 15 页。
③ 茅盾:《茅盾全集·散文六集》,人民文学出版社 1987 年版,第 385 页。

波、呼吁,但兰州的街上显得特别的寂静,死一样的寂静,"街上除了几张抗日宣传招贴,嗅不到战争气息,老百姓只能从买不到'洋货'和挖防空洞中,感觉到战争正在进行。"①

自抗战以来,茅盾到过不少城市,而每抵一地,茅盾"立足未稳",就要应付当地的编辑和记者的联合冲击,几乎成了规律。但在兰州期间,茅盾的生活却显得有些清静,基本无事可忙,偶尔和旅伴们一起逛一逛中山铁桥,坐羊皮筏子履冰渡过黄河,与家人一起品尝西北佳肴涮羊肉,再就是和新结识的朋友们聊聊天,生活比较闲,甚至近乎无聊。茅盾回忆道:"兰州的文艺界如此冷清,我这四十五个日夜就得另寻消遣之道。然而兰州的晚上是做不了事情的,连看书都不成,因为虽然有电灯,却因电压太低,灯泡里只见一根红线,亮度还不及一盏油灯。而白天,斗室中挤了四个人,实非工作的环境。"②后来,茅盾搬进平房,环境清静一些后,就勉强为楼适夷编辑的《文艺阵地》写了一篇旅途见闻之类的散文《海防风景》。但写完一看,茅盾又觉浅陋,便随手弃置行箧,没有寄给楼适夷,而且意兴阑珊,不再想动笔了。

在茅盾百无聊赖之时,得益于中央社驻兰记者对茅盾进行的一次访问,茅盾来到兰州的消息才被甘肃的抗战文艺工作者及青年读者广为知晓。茅盾在这次访谈中,基本上围绕着"抗战"与"文艺"的主题而展开,讨论的是全国抗战文艺的问题,主要从三个层面来论说:一,抗战以来,中国文艺作家的大团结问题;二,抗战后中国新的作家的问题;三,抗战文艺介绍到国外的问题。

茅盾谈及抗战以来中国文坛所发生的变化时说,作家都团结在"御侮"的大前提下,集中开展工作,坚守自己岗位,抗敌文艺协会就代表了这种团结一致的精神。重庆、桂林、广州的作家,都是在敌机轰炸、纸张昂贵的艰难环境中坚持创作,编辑刊物,积极开展文化工作。在抗敌高于一切的口号下,中国各个地方都出现了许多陌生的新作家,有着无限的朝气和远大的前途,作品的质与量也有了很大的提高。中国的抗战文艺在不断进展之中,并且还切实解决了文艺作家的后备军问题。同时,茅盾也指出抗战文艺的一些缺陷,如抗战文艺的创作时间较短,内容不够充实,写的人不少,但出色的作品不多,等等。

关于抗战文艺向海外传播的问题,记者说,苏联塔斯社中国分社社长罗果夫到达延安时,曾询问丁玲:"为什么中国忘记了民族英雄的纪述?"茅盾回答道,中国写民族英雄的作家是不少,可是出色的还不多见,而且有些作家正在打算写作中。至于介绍中国抗战文艺到海外的问题,茅盾谈起陈依范出国时,他曾介绍过十二篇抗战文艺作品,预备在欧洲翻译、刊载。香港的一些文艺界朋友,也预备翻译一些抗战作品、抗战诗歌,先在欧美报刊杂志上发表,然后出版成专集。此外,茅盾还对于自己主编的《文艺阵地》没能经常出现在大西北文艺读者的眼前而表示了歉意,并期望兰州有志于文艺的朋友,能组织文艺通讯员网,集中改变文艺上的技巧、内容、材料的问题。

① 茅盾:《茅盾全集·散文二集》,人民文学出版社 1987 年版,第 15 页。
② 茅盾:《从东南海滨到西北高原》,《新文学史料》1984 年第 2 期。

《访谈录》登出以后,茅盾的居所一时之间络绎不绝,陆续有人来拜访,有不相识的文化界朋友,也有意料之外的熟人,其中就有生活书店兰州分店的薛迪畅。薛迪畅带了三四个青年来到招待所,包括青年编辑赵西,还带来几本《现代评坛》,请茅盾提些意见,并邀请茅盾在小范围内作一次讲演。

茅盾为这些甘肃文艺青年的热情所感动,不仅赞扬了他们在如此困难条件下还执着开拓着抗战文艺运动的精神,而且还希望他们继续坚持下去,并建议他们早日把文协分会成立起来,以便有一个统一的组织和活动中心。后来,茅盾在致友人信中如此交待:"兰州文化界因人少及物质条件困难,较之昆明更感困难,然十数年青人苦干之精神亦甚可佩。惜为行色匆促,未及多与叙谈。此间已有中苏文化协会分会等团体,'文协'甘肃分会尚未成立,政治部派至此间之战地文化服务团祝同志正在筹备发起,望兄等与有联系……"①

茅盾的讲演会在甘肃学院的一间会议室里举行,题目为《抗战与文艺》。甘肃的文艺界人士就兰州这样的后方城市,如何创作反映抗战现实,创作过程中是"揭露后方的黑暗面"还是"鼓舞民众的抗战热情"提出了问题。茅盾认为,抗战文艺不一定只限于写前线情形,后方民众的生活状态及后方现实情况,也都与抗战息息相关。抗战以来,文坛上有些作家只写抗战的光明面,而对于封建势力、贪官污吏的恶行等黑暗面避而不谈的态度是不对的。"八·一三"以来,抗战文艺大多只写前线将士怎样英勇杀敌,民众怎样精诚团结,但是写来写去就写成了公式化的东西。抗战文艺要描写缺点,提出问题,目的是克服、解决,对于抗战有积极意义,是建设性的,同时也可以教育民众、组织民众。抗战所需要的文艺,不是表层的虚伪的文艺,而是深入的真实的文艺。

一月下旬,赵西又来看望茅盾,谈到筹组文协分会的困难,因为兰州没有知名的作家和文化人士,只有几个爱好文艺的无名小卒在"瞎折腾",所以"文协"认为不够条件,不予批准。赵西邀请茅盾再做一次讲演,茅盾同意后,又一次在甘肃学院讲演,题目为《谈华南文化运动的概况》,介绍了上海、香港、广州等华南各地的文艺运动开展情况,谈及上海沦陷以后文化界的统一战线工作,广州的文艺通讯网运动,香港的举办业余学校,昆明的歌咏队及灯歌改良的通俗化文艺运动等,希望这些地方的抗战文艺工作经验能够对兰州的文化工作者有所帮助。

茅盾就西北文艺运动的未来提出了展望,他认为目前文化运动在各地发展不平衡,西北的文化运动,需要大批的文化人到这儿来推动。开展西北文化运动,除努力抗战建国以外,还要和封建势力斗争,文化运动一方面固然是反帝国主义的,同时也是反封建的。茅盾的讲演,无疑给充满热情但深感茫然的兰州文艺工作者及文学青年以极大鼓舞和信心,不仅给予青年的抗战文艺创作以明确指导,同时也对兰州的抗战文艺运动产生了积极的推动作用。

三、茅盾的战时文艺观及其反思

1938 至 1939 年前后,不仅茅盾在兰州有过短暂的旅行及滞留,萧军、老舍、顾

---

① 茅盾:《茅盾全集·书信一集》,人民文学出版社 1997 年版,第 182 页。

颉刚等人也都曾经或短或长寓居于此,并积极地参与到抗战时期的西北文化运动中来。这些流徙作家因其自身的主体经验及文化观察视角的问题,使得他们在叙述、书写西北时就会有选择性地强化或遮蔽某些文学景观以及现象问题,他们的战时文艺理念,对抗战时期西北文化运动的影响与贡献也不尽相同。

萧军在兰州时一直在宣扬永不妥协、不断抗争的"斗士精神",强调文艺工作者有韧性地去展开抗敌救亡的工作。"忍耐着克服艰难!""配合着整个的抗战发挥出推动唤起民众,组织民众,教育民众的作用。"老舍在兰州时,一方面呼吁文艺作家团结起来配合抗战宣传,另一方面主张书写通俗文艺、深入民间采集民间语汇以及民族思想、意识、感情、文化,在文艺通俗化过程中走出抗战文艺虚、假、空的困境。顾颉刚在兰州各地时,则趋向于从西北历史文化的考察与书写中,激发民族自豪感与自信心,同时和睦各族民众、共同抗战。

与这些作家相比,茅盾在兰州期间的访谈、演讲及其他文学活动,无疑也是投进平静湖面的一颗重磅炸弹,反响深远。值得进一步探讨的是,茅盾在战时所秉承、宣扬的文艺理念,对于抗战时期的现代文学、文化究竟又有着怎样的独特价值及意义。

首先,茅盾在演讲过程中对于抗战时期的文化运动提出了自己的观点:"在历史上,无论哪一个时代的文化运动,最先总是一种启蒙运动,由启蒙而普遍的发展下去,文化运动就可以渐渐地提高。因为不普及,就根本谈不到提高,也就是说量的方面能普及,质的方面才能提高。"①需要注意的是,在中华民族处于"救亡图存"的危亡时期,茅盾对于全国性抗战文艺运动核心目标的理解是"启蒙运动"而非"救亡图存",这一点基本上迥异于包括老舍、萧军、顾颉刚在内的同时期作家。

在兰州演讲时,茅盾激赏抗战时期上海等地的报刊,内容进步,传承新文学的传统,刊载诸如鲁迅杂文等文章,积极引导、影响青年。同时,茅盾也对于和抗战无关的无聊、低级趣味的东西深恶痛绝,比如上海电影界拍摄的武侠神怪和鸳鸯蝴蝶派一类东西,还有上海、广州、香港等地的小报刊载的男女恋爱的烂污的东西以及一些诲淫诲盗、低级趣味的作品,呼吁进步的文化人和文化团体用最大的力量去和它斗争。

一切是那么相似,不禁让人回想起"五四新文化运动"时,茅盾等新文化先驱与"礼拜六派"一争文坛之高下的局面。时隔多年,文坛上的"颓废之风"较之当年,有过之而无不及。华南各地不少思想落后的知识分子,依然沉浸于莺歌燕舞、你侬我侬的通俗小说中不可自拔,任何经世治国、抗敌救亡的文学理念一概摒弃,文学在他们的手中,成了媚俗、消费、游戏的手段。基于此种感触,茅盾在昆明、西安、兰州等各地演讲之时,都在痛斥文艺的颓靡现象,一次又一次地强调:各地文艺的封建色彩还是异常浓厚,在开展文化运动时,一方面固然是反帝国主义的,但是同时也是反封建的。在茅盾看来,即使面临国破家亡之际,文艺的"思想启蒙"使命,也依然是一个迫切的、漫长的、亟待完成的任务!

---

① 欧阳文、赵西:《茅盾先生谈华南文化运动概况(下)》,《现代评坛》1939年第16期。

李泽厚曾在论述"启蒙"与"救亡"时说,启蒙的主题、科学民主的主题与救亡、爱国的主题之间的碰撞、纠缠,在中国的近现代历史中是一以贯之的命题。启蒙侧重于"人的精神",文化的改造、传统的摒弃;救亡则着意于国家的富强,社会的进步,两者之间是有明显分歧的。

从茅盾在兰州及西北各地的创作及演讲来看,抗战时期的文艺界并非完全像李泽厚所说的那样"救亡的时局、国家的利益、人民的饥饿痛苦压倒了一切,压倒了知识者或知识群对自由、平等、民主、民权和各种美妙理想的追求和需要"①,反而呈现出的一种状态是"启蒙并没有被救亡所淹没,在相当一个时期,启蒙借救亡运动而不胫而走"。"救亡图存"的抗战时局之中,像茅盾这样的作家反而把"思想启蒙运动"带到了各处,由中心城市到中小城镇,由东南沿海到西北高原,影响了一批西北的文艺青年,并反过来给抗战救亡运动提供了人才队伍,两相结合,相得益彰,大大突破了原来的范围。

其次,茅盾对于抗战时期的作家职责也有自己的理解:"作家必须锻炼自己的观察能力,能透过表面看到内层,能从片段看到全体,并指出这些缺点不是民众本身的,而是由于社会组织或政治机构不健全造成的。"②这种理解同样是茅盾式的观念表达,自《子夜》《春蚕》《林家铺子》等文学创作以来,茅盾对于自我的责任、作品的内涵的理解一直都是"载道式的",从整体上宏观地把握社会、时代的格局。

茅盾提出抗战文艺的普遍与深入的问题,认为在"文章下乡""到民间去"的背景下,文艺与民众之间,却存在根本性的隔阂。他所认同的抗战文艺的真正深入民间,是必须触及民众日常生活里所碰到的问题,如生活的痛苦、贪官污吏的罪恶等。茅盾主张文艺应当在指出缺点的基础上,成为教育民众的武器,他在演讲时,曾谈及在《文艺阵地》上发表的小说《差半车麦秸》。这篇小说描写了落后农村的一个生活穷苦之人,极不聪明,什么都不懂,被敌人抓住弱点加以利用,刺探军事消息,甚至于被抓之后,连什么是汉奸都不懂。后来他被留在军队里当伙夫,渐渐明白了日本是敌人,也懂得拿起枪和敌人拼命,并在战斗中光荣牺牲。借由这篇小说,茅盾阐释了什么是"典型环境中的典型人物"的形象化创作,也指出了作品要描写文化落后、民众愚昧的后方现实境况以及文艺教育民众的重要性,没有任何标语口号,但却可以看出深刻的道理和许多问题来。茅盾还一直探讨、思索着抗战文艺的"光明"与"黑暗"、"歌赞"与"暴露"、"进步"与"颓靡"、"真实"与"虚伪"等诸多命题,并没有过多的偏执,而是"辩证"地来看待、解决,比如"抗战文艺,光明一面固然要描写,黑暗一面同样要描写,这样才能反映出全面抗战的胜利前途","过去一年多的抗战文艺,鼓吹和宣传已经很多,但要指出缺点,使文艺成为教育民众的武器。当然,也不能使人们起悲观念头"③等言论皆是如此,引导着抗战文艺不流于口号式的呐喊,而更贴近现实,更趋深入,这一点也与侧重于宣传、通俗的流行抗战文艺明显不同。

---

① 李泽厚:《中国现代思想史论》,生活·读书·新知三联书店 2008 年版,第 33 页。
② 茅盾演讲,赵西笔记:《抗战与文艺》,《现代评坛》1939 年第 11 期。
③ 同上注。

最后值得留意的是，茅盾对于抗战期间文艺界的统一、联合所持的赞赏认可态度。茅盾认为："文化人不团结，文化的组织不统一，文化工作就不能开展。文化人必须在一个统一的组织下，分工合作，才能表现出文艺运动在抗战中的伟大作用。"①茅盾在兰州演讲时，曾介绍上海、华南各地的文艺组织及其作用：上海的业余学校，吸纳店员、进步工人及流徙的大、中学生，讲授社会科学、抗战知识、国内外形势，并成立了统一的组织以密切联系及开展学生运动；上海的新闻、文艺界有编辑人联合会、派报工会、文化人联合会，结成一致的态度和言论，反对汉奸妥协的言论；广州建立文艺通讯网，使青年作者增多，把文艺运动做到普遍和深入。针对兰州没有"文协"分会及其他统一组织的境况，茅盾还委托"文协"云南分会的负责人楚图南，联系帮助兰州的文艺工作者，和战地文化服务团的同志一起，筹备发起并成立"文协"的甘肃分会。同时，茅盾还呼吁文化人要分散各地，特别是在西北，更需要大批的文化人到这儿来推动文化运动。

抗战时期的文艺联合组织，已经和现代文艺界常见的志同道合"同人团体"之间的性质迥异，有"抗敌建国"的明确目标，也有具体负责人和细致的工作安排，所有的文化人，不分党派、不分新旧，都被吸纳进来。这时的作家，已经自觉意识到他们共处于一个宏大的国家、民族共同体之中，个体的声音几乎被时代的声浪所席卷，他们的责任与使命，借用当年"文协"成立大会的标语来说，即为"拿笔杆代枪杆，争取民族之独立"，"寓文略于武略，发扬人道的光辉"。

毋庸置疑，这种统一的文艺组织形式，便于短暂、有效地进行抗战文艺宣传，推进文艺运动的广度与深度，增进作家之间的感情交流。但这一组织形式本身与政治、现实之间联系密切，而且它的"和谐、统一"目标的实现，本身就是以压抑作家的个体意愿为代价的，余波影响深远。遥想在现代文学发展之初，茅盾参与发起的文学研究会，本身是一个松散的组织，"除了反对'把文学当作高兴时的游戏或失意时的消遣'这一基本的而且共同的态度之外，就没有任何主张"②，那么抗战时期像茅盾这样的现代知识分子又是如何自然而然地接受并加入这种"统一组织"，它们又如何规范、约束并影响身处其中的文化知识分子，进而对当代文艺界的文学新秩序、新形式的建立有何启迪，这又是一个值得深入思考的问题。

无论如何，茅盾抗战时期的"兰州之行"及其文学行为，不仅促进了抗战文艺宣传及西北文化运动的拓展、繁荣，影响了包括杨静仁、唐祈在内的一批青年文艺爱好者，也使得茅盾自身获得了全新的观察视野、生命体验、创作实绩以及民族精神的"重构"与"再发现"！

---

① 欧阳文、赵西：《茅盾先生谈华南文化运动概况（下）》，《现代评坛》1939 年第 16 期。
② 茅盾：《关于文学研究会》，《现代》第 3 卷第 1 期。

女性孕育与男性文化霸权的沟壑

——茅盾小说中的生育问题

王　琴①

内容摘要：茅盾是较早关注妇女运动的那批人之一，在他的小说中，他虽未刻意书写女性生育，但有关女性生育的情节却贯穿于他小说的前后期，可目前对茅盾小说中有关生育的相关研究却几乎没有。生育是一种女性专属特征，对于女性具有特殊意义，茅盾以一个男性作家的视角描写不同时期的女性生育，表现了茅盾本人对女性个体命运的关怀。茅盾的小说以女性的生育感受反映时代的变迁，关注其小说中对不同时代环境中女性生育的书写，以此探讨封建婚姻中女性属"人"的生存状态、女性觉醒与生育之间的微妙关系以及生育与革命事业的两难、个人生育与国家话语的纠缠。

关键词：茅盾小说；女性生育；生育权

当下，关于生育的话题俨然已经变成一个全社会的热点话题，女性的生育不仅涉及与身体相关的生殖，更牵涉到更为广阔的社会文化背景。五四时期，随着西方各种女性主义思想的传入，一批接受女性主义思想的学者开始意识到女性作为独立的个体，应当有权利独立思考生育的话题。自20世纪20年代开始，有关女性生育的探讨从未停下脚步。20年代，随着思想解放，女性意识的觉醒，有关个体的自由与生育之间的话题引起了人们的注意，传统社会中的生育模式成为影响女性解放的因素。30年代，大批妇女从家庭中出来从事社会工作，而工作与生育之间的矛盾成为女性的难题，这一时期，兴起了新贤妻良母主义的思潮。因此，与中国妇女息息相关的"生育"成为了关注点，女性身体与生育之间的研究成为热潮，而在这股热潮中，对于女作家笔下的女性生育研究更是异军突起，诸如对苏青、萧红等女作家笔下的生育的研究。相较而言，对于男性作家笔下的女性生育研究较少，因为男女作家在叙述生育话题时侧重点往往不同：女性作家更能感同身受，描写生育场景更加真实可感，以此表现女性的生育遭遇。如萧红的小说《生死场》中对女性生育场景的描写；而男性作家笔下的生育往往简略具体生育场景，更关注生育蕴含的社会意义。如巴金小说《家》中通过瑞珏的难产，揭露封建家庭的弊端。

纵观茅盾的创作，茅盾并未在创作中主动提及有关女性生育的话题，但却从

---

① 作者简介：王琴，四川师范大学文学院教师。

有关生育书写中侧面透露出对封建婚姻中女性属"人"的生存状态的思考,对五四时期女性觉醒与生育权之间的微妙关系的思考,甚至展现出革命的理性与母亲本能,国家民族的利益与女性的生命诉求之间矛盾的思考。女性争夺个体生育权的进程,也是女性争取解放的历程,进一步表现出男性文化霸权下女性争取个体生育权的艰难。

本文所讨论的茅盾小说中的生育问题,涉及茅盾小说中对传统女性生育的书写,对五四新思潮下女性生育观变化的探究,革命时期个人生育与国家前途命运的思考,着重考察不同时期女性生育观念的变化及其背后女性生育选择与男性文化霸权的冲突。

一、传统社会的女性生育:作为器皿的身体

"母亲"这一概念是人类集体无意识的产物,中国文学从古至今都有大量对母亲形象的书写,从女娲、王母到孟母、岳母,从神到人,都给母亲的形象打上神圣的光环。人们不断地将母亲的隐忍、奉献牺牲精神推崇到极致,不断强化"贤妻良母"这一传统女性古典审美范畴的道德评价。"母亲"越来越脱离本来的含义成为具有神圣意义的名词,而这些被讴歌的母亲的行为,是父权制社会有意识选择过滤后的结果。这些"母亲"被迫服从这些道德规范,被阉割情欲,成为生育器皿。

茅盾在《霜叶红似二月花》中塑造了几位母亲的形象,她们只是生下了孩子,却不曾有一个丈夫。恂少奶奶和钱太太,都是包办婚姻制度下典型的母亲形象,她们是旧制度的牺牲品,"相夫教子"是她们的使命和职责。恂少奶奶和钱太太苦于有孩子,却不曾有一个真正的丈夫,生育只是"例行公事"。恂如对恂少奶奶只有厌烦,别无感情,他觉得"这样的'女人'无可与言"①。两人育有一女,名曰"引弟"。从这个名字也可以看出,"引",即带来,寓意下个孩子为男丁。对于恂如而言,恂少奶奶宝珠只是孩子的母亲,不是情感上的妻子。对于宝珠而言,她只是拥有一个名义上的丈夫,不曾得到过丈夫的关爱,她仅仅是这个家庭里孩子的母亲。

作为"母亲"的她们也往往被忽略了其作为女人的感情、情欲。马尔库塞认为,"性本能的社会组织实际上把所有无助于生育功能的性本能表现都视为性反常行为而予以禁止"②。在传统家庭中,"性"只是为了传宗接代,是一种"例行公事",而非情爱。

钱太太四年前因病去世,她的丈夫钱良才一心扑在他的事业上,妻子在病中盼他未归,最终去世。钱良才回顾两年的夫妻生活,才意识到自己没有尽过一个丈夫的责任。"他待夫人不坏,然而直到夫人死了,他才知道夫人心中的抑塞悲哀;他和她何尝不'相敬如宾'……相片从继芳手中掉在地上了。良才拾取来,惘然又看着,那上唇微翘的嘴巴似乎又在这样叹气说:'我给人家生了个孩子,可是我不曾真正有过一个丈夫!'"③作为男性作家的茅盾在文中表现出对婚姻关系中

---

① 茅盾:《茅盾全集》第 6 卷,人民文学出版社 1984 年版,第 7 页。
② [德]马尔库塞著,黄勇、薛民译:《爱欲与文明》,上海译文出版社 2012 年版,第 27 页。
③ 茅盾:《茅盾全集》第 6 卷,人民文学出版社 1984 年版,第 205—206 页。

丈夫职责的思考。借钱良才之口，表达的是千百年来婚姻中丈夫职责的缺失。传统婚姻家庭中，男主外女主内，男性在外拼搏，不务家事被认为是天经地义的事。而传统家庭妇女往往活动区域仅限于家庭的空间，交往的空间和能接触到的人都十分少，最亲近的人莫过于丈夫，但丈夫往往忽略了她们的感受。在传统社会的两性婚姻关系中，对丈夫职责并不明确，几乎没有任何要求，而对于妻子的职责要求诸多，最重要的一项就是"开枝散叶"、传宗接代。生育是夫妻双方共同的事，但男性往往缺席，独留女人承担生育的责任。无论是宝珠还是钱太太，她们的主要身份不是妻子，而只是母亲，她们的身体仅仅承担传宗接代的职责——"给人家生个孩子"。茅盾对准的是传统婚姻制度下的女性，解构"母亲"的神话叙事，思考封建婚姻中女性属"人"的生存状态。

在以儒家思想为根基的宗法制家庭伦理体系中，"维系'同居共财'家庭单元生活的根本目的是纵向家庭结构的延续"①，即家庭的本体性价值是世系延续，因此，生育在家族里是一件极其重要的事情。对于家族来说，生育不是某一对夫妇的私事，而是关乎财产分割继承等家族利益的公共事务。对于家族中的女性而言，生下儿子传宗接代是人生的首要任务，不生育是不允许的，无法生育的女人也是要遭受异样眼光的。

茅盾小说中除了描写"有子无夫"的传统女性外，还描写了"有夫无子"的女性。这样的女性一方面饱受传统观念中对女性母亲角色期待的折磨，另一方面也被压制了作为女人的身体情欲。张婉卿是《霜叶红似二月花》中作者极力塑造的一位女性，与恂少奶奶和钱太太只能在家庭里守望丈夫、照顾孩子不同，张婉卿还有自己的事业，能在外场管理家业。但她有"夫"无子，由于丈夫的性无能，被迫成为无法生育的女性。传统观念对女性的角色期待决绝不仅仅是妻子，无法生育的女性在诸多作家笔下的遭遇都不会太好。如老舍《柳屯》中因不能完成传宗接代任务而被夏家欺凌的夏嫂，林语堂《京华烟云》中无法生育的牛素云连族谱也进不去。

在《霜叶红似二月花》中，无论是张婉卿的姑妈瑞故太太还是它的弟媳宝珠，这些传统女性对于婉卿未生育也都持焦虑的态度，"婉妹，你件件都有了，就差一件：孩子。有了孩子，你就是一个全福的人。"②因为生育永远是传统女性的首要职责，在传统家庭，若女性婚后几年内无所出，丈夫势必休妻，"无子"是男子休妻的"七出"当中的一条。但婉卿的无法生育根本原因在于丈夫黄和光生理上的缺陷。黄和光寄希望于鸦片治疗，结果使得身体更加衰败，而正是丈夫身体的衰败，才造就了张婉卿既能在家庭主持各项事务，又能周旋于各行业人士，在外场生意上大放异彩，既具有传统女性娴静美又具有现代女性魄力。但尽管在别人眼中颇具能力，对于她自身而言，没有孩子，仍旧是一件遗憾的事："我想，有这么一个孩子在家里，多少也热闹些，也多一件事来消磨时光。不过这是我现在的想法，以前我可

---

① 桂华：《礼与生命价值——家庭生活中的道德、宗教与法律》，商务印书馆 2014 年版，第 79 页。
② 茅盾：《茅盾全集》第 6 卷，人民文学出版社 1984 年版，第 48 页。

不这么想。""和光,我告诉你吧,从前有好多时候,我是把你当作我的孩子的……"①归根结底她仍然具有传统女性生育的强烈愿望。所以她以各种方式减少和光吸食鸦片的分量,积极鼓励丈夫,费劲各种心思,想要生育。对于无法实现生育,她最终选择领养一个孩子来释放其母性,完成传统观念对女性母亲角色的期待。通过领养得以做母亲,但作为女人而言,黄和光的生理缺陷,也导致张婉卿对身体情欲的压制。

在女性成长的不同时期都存在着男权社会对女性身体的规训:"一生三个时期——为人女,为人妻,为人母——慑于旧伦理的权威,旧道德的束缚,只有绝对服从男性的义务,没有处置事物的权利。"②女人也必然经历为人女、为人妻、为人母的阶段,女人必然要嫁人生子,为家族开枝散叶,这是传统宗法思想赋予女人的枷锁。而茅盾试图打破这一传统观念,他曾在介绍爱伦凯的母性论时,就反驳了爱伦凯主张的"女性最宜于育孩""女性有天生的母才""凡女人有天然的为母的能力",他认为:"女人的才能并不限于'做母亲'。"③茅盾对于传统旧教中中国式的"闺训""母教""男主外而女主内"是反对的,在他看来,妇女的唯一职责并不是母职,传统观念对女性母亲角色的期待,将女性身体当作生育器皿,是对女性身心的压抑。传统的生育文化只是承认生育是妇女的责任却忽视了妇女应享有的最基本的权利——生育自主权,即妇女有权选择生与不生、生几个、何时生等问题。

传统的生育伦理视生育为婚姻的终极目的,为了支持和维护这种婚姻观念,儒家宣扬有后为孝的伦理观念,基督教旧教将"离了生育的而夹以显著的放纵的交媾,只当做一种可以'赦免的罪'"④。所谓的夫妻只是为生育而缔结两性关系,情欲是不被谈及的,而"五四"新文化知识分子试图重构生育伦理,将之从"婚姻的目的"转为"恋爱的产品"。1925 年 1 月至 6 月《妇女杂志》《现代评论》《莽原》《京报副刊》等刊物展开了一场关于"新性道德"的大讨论。其中,周建人强调为了使夫妻的性生活从生育的压力中解放出来,他提倡节制生育,将性爱和生育进行分离。"使夫妇得恋爱的热烈,和情感的和谐,家庭生活也成为更安乐和好。"⑤对于"新性道德"的讨论,也表现在茅盾 20 年代的小说创作中,这一时期的女性,拒绝以生育为目的组建家庭,渴望获得身体自主权,以享受崇尚个人享受取代为家庭忍辱负重。

二、五四思潮下的生育:个体自由与生育权

1922 年春,美国"生育节制"运动领袖桑格夫人⑥来华,她通过一系列的演讲

① 茅盾:《茅盾全集》第 6 卷,人民文学出版社 1984 年版,第 70 页。
② 周剑虹:《妇女生计问题的将来》,《妇女杂志》1924 年第 1 期。
③ 茅盾:《茅盾全集》第 14 卷,人民文学出版社 1987 年版,第 287 页。
④ 陈德征:《婚姻和生育》,《妇女杂志》1922 年第 8 卷第 6 期。
⑤ 周建人:《产儿限制与性道德》,《晨报六周年纪念增刊》1925 年 1 月 15 日第 3 版。
⑥ 玛格丽特·桑格(Margaret Sanger,1879—1966)。20 世纪 20 年代对她的姓名译法并不统一,较常见的有桑格、珊格尔、山格、山额等,姓名后均附称呼"夫人"。本文在论述时选用后世通用译法"桑格",引用则以原刊译法为准。

和大量文章向当时的国人讲述有关生育节制的依据、历史和必要性等问题,引发了中国历史上第一次关于生育问题的公开的、专门的讨论。这对当时的新文化知识分子产生了巨大影响。其实,早在 1922 年之前,新文化界为了改良婚姻制度和家庭制度,将生育节制作为一种宣讲手段,已经出现在当时的一些刊物讨论之中。如俞平伯的《我的道德谈》①、黄蔼女士的《模范家庭为社会的中心》②等,这些文章的出发点是"优生学",生育节制是为了减少人口,减少社会承担的经济压力,改善家庭经济环境,提高生育的质量,这和桑格夫人的观点相同,从根本上来说,是为了提升国民素质,但这部分思路并没有完全被新文化知识分子吸纳。

其实,当时的新文化知识分子真正关注的是生育的伦理问题。首先,生育与婚姻及性之间密切联系,新文化知识分子通过宣扬"生育节制"试图重构的是生育与恋爱、婚姻的关系,突出生育是"爱的结晶",建立新的性道德;其次,生育是一种女性的专属特征,新文化知识分子试图将"生育节制"放到女性解放运动的理论背景之中进行讨论,也就是说,新文化知识分子对生育的思考,聚焦的依然是"人"的问题,女性解放的问题。因此,当时的新文化知识分子是借助"生育节制"的讨论以求达到重建新的性道德和实现妇女解放的目的,本质上不同于桑格夫人的观点。

不同于传统女性的身体被作为生育器皿,在茅盾早期小说中描写了一群经过五四思潮洗礼的女性,她们逐渐抛弃传统观念,大胆表露身体欲望,试图牢牢把握身体自主权。对这批女性的书写,是茅盾试图聚焦"人"的问题、女性解放的问题和建立新的性道德的尝试。在个性解放的话语下,女性单纯享受情爱,拒绝生育的行为也被肯定。在茅盾早期的小说中,他塑造的大多时代女性都是拒绝家庭,拒绝母职的,这揭示女性觉醒与生育权之间的微妙关系。

小说《动摇》虽未对女性生育过多着墨,但依然可透过孙舞阳服用避孕药这一情节看出:拒绝生育成为女性解放的表现,凸显女性对生育的自主选择。在《动摇》中,作者特意安排这一细节:"方罗兰拿起纸盒再看,纸盒面有一行字——Neolides-H. B 也不明白是什么意思,揭开盒盖,里面是三支玻璃管,都装着白色的小小的粉片。"③在小说文本中,作者特意标注了"Neolides-H. B","是一种避孕药,当时新派人物都喜用之"④。方罗兰在孙舞阳房间的桌上看到一个黄色的纸盒,猜测了两次,一次是香水,一次是香粉,最终也没猜出。作者在此安排这样一个情节,在于凸显孙舞阳的新派女性作风,女性解放首先表现在性解放,不再是传统的一夫一妻,贞操观念有所削弱。作为革命阵营一员的孙舞阳,生育权是掌握在她自己的手上,一定程度上意味着有对自己身体的控制权。而作为革命阵营中的女性拒绝生育也并非怕耽误革命事业,而是为了避免拖累,妨碍了对生活的享受。这是一种新的生育观念,在五四思潮启蒙下,女性的思想得到了全新的改变,拒绝

① 载《新潮》1919 年第 1 卷第 5 号。

② 载《少年中国》1919 年第 1 卷第 4 期。

③ 茅盾:《茅盾全集》第 1 卷,人民文学出版社 1984 年版,第 174 页。

④ 同上注。

生育可理解为是拒绝传统生育观对女性身体的束缚,女性身体不再甘愿成为生育器皿。

拒绝生育,也意味着拒绝母亲的身份,拒绝母职,进一层含义是拒绝传统贤妻良母式的生活。这样的女性,在小说中表现得比传统家庭女性更具魅力,对于男性也更具吸引力。所以,孙舞阳身边围绕着众多男性,甚至连方罗兰也对她心生爱慕,将她与自己的妻子进行比较,在这一对比中,方罗兰渐渐发现妻子不如勇敢、自信、妩媚的孙舞阳。担负着为妻为母的职责的妻子是一位回归家庭的新式女性,在过上贤妻良母、相夫教子式的生活后自我感觉到:"可是我不同了:消沉,阑珊,处处,时时,都无从着劲儿似的。我好像没有以前那样的勇敢,自信了。"①尽管曾经她也是新式女子,有着理想与憧憬,但在为人妻为人母后,也渐渐放下了自我的追求。所以,在这一对比中,拒绝生育的孙舞阳显得更为突出。方罗兰向孙舞阳表达爱意时,孙舞阳回答道:"没有人被我爱过,只是被我玩过。"②对身体毫无保留的展现,对性欲如此大胆的直白,并控制着男人们的渴求,在两性关系中拥有主动性,让作为男性的方罗兰深感"可爱而又可怕"。这样的"尤物"与家庭妇女相比在男性眼中更具吸引力。她们无需承担起"为妻为母"的责任,不受家庭所累,没有孩子羁绊,自由无拘束,可以花费精力自我修饰,追求自我享乐。她们在男性的眼中更具活力和光彩。

新文化将生育的伦理价值定位为个体情爱的延伸,赋予生育情感内涵上的意义,因此,在新文化的个人主义话语中,生育从传统宗法制家庭伦理的工具性中剥离出来,被赋予了世俗自然情爱的意义。

《追求》中的章秋柳也表现出强烈的拒绝母职的行为。在得知王诗陶怀孕时,她建议王诗陶立即打掉:"我永远不想将来,我只问目前应该怎样?必须怎样?我是不踌躇的,现在想怎么做,就做了再说,我劝你下决心,打掉这个还没成形的小生命罢!"③章秋柳以追求当下的快乐而活,这个"还没成形的小生命"显然会打乱这种生活,"这不是一星期两星期可以完了的事,这将拖累你到五年六年。"生育是一种拖累,这显然是章秋柳所不乐意的。茅盾看到了像孙舞阳、章秋柳这一类新解放的女性已经不愿再担负母职,而专注投身于自己想做的"事业"。这一类新女性是"放弃了神圣的母职,以为社会事都比在家哺小孩为神圣些"④,随着思想的解放,以孙舞阳、章秋柳为代表的一批觉醒的女性开始厌恶母性,拒绝生育,生育观念发生了变化,展现出一种新的生育态度。生育的女性,或者女性的生育,既可以是家族主义的工具,也可以是个人主义的工具,还可以是拒绝任何"主义"的民间思想的工具。孙舞阳主动避孕、章秋柳的拒绝被拖累,她们不再把生育看成是女性唯一的价值。主动拒绝生育,这与传统女性具有极大的不同,传统女性的生育权一定程度上是掌握在男性手中。传宗接代,接续香火,实际上是男权社会强加

---

① 茅盾:《茅盾全集》第 1 卷,人民文学出版社 1984 年版,第 139 页。

② 同上书,第 213 页。

③ 同上书,第 372 页。

④ 茅盾:《茅盾全集》第 14 卷,人民文学出版社 1984 年版,第 172 页。

于女性身上的妇女道德规范。五四时期的拒绝生育是女性意识的觉醒,使她们争做一个"人"而不再沦为生育工具。一些女性主义著述,如弗里丹的《女性的奥秘》、波伏瓦的《第二性》等认为"生育"及"母亲身份"对女性的限制使女性成为"他者",成为"第二性",它们否定了女性作为母亲角色的价值。如波伏娃的《第二性》,详细分析了生育对女性身心的影响,认为正是物种的特性改变了习俗,造成了女性"第二性"的社会现实。也就是说,"生育"和"母亲身份"对女性的限制,某种意义上导致了女性从属的地位。

女性在生育上得不到真正的解脱就难以摆脱生育机器的命运,拒绝生育一定程度上,是对女性身体的巨大释放。"我们不能忽视的是妇女生理方面的特殊情形常常妨害了她得到和男子平等的权利地位的机会"①而"生育节制"思潮不仅将女性从无休止的生儿育女中解脱出来,更是在心理上给女性莫大的安慰。争取生育主动权成为中国妇女解放的重要方面。

20世纪20年代的中国,在对"生育节制"的讨论中出现了要求女性个体对生育之完全决定权的声音,这是对传统生育观的历史性革命。这种生育节制思潮在茅盾前期的小说中都有所体现,这种思潮无疑冲击了无视妇女人权的观点,为提高妇女地位、解放妇女并进入社会打开了一扇门。

五四时期,以茅盾为代表的知识分子高呼"婚姻恋爱自由",要求"个性解放"。这一时期他们史无前例地重视对个性自由的获得,力图进行"身体改造",将"人"从大家庭中脱离出来,强调"个人身体自由"。"个人性"成为大批知识分子对现代中国人的要求。这种对个人身体的重视已经不同于此前梁启超等人提出的"废缠足"的身体改造。对"个人身体自由"的呼吁,一定程度上体现对个人身体欲望的肯定,表现出反传统的特质,成为现代中国人自我意识觉醒的体现。因此,五四时期也被认为是中国社会"人的觉醒"时期。这股个性解放潮流,也让茅盾深刻认识到妇女解放的责任和意义,使得他在早期小说创作中展现这一时期女性的境遇,打破传统社会对女性身心的禁锢,从女性对个体生育权的争取中探讨女性解放之路。

进一步分析这批接受过五四思潮洗礼的女性,她们在对待生育问题上,虽然表现出与传统女性完全不一样的生育观,发出坚决捍卫自己自由的权利的呼声,但从另一个角度来说,对生育本身的拒绝,即带有鲜明的抵抗男性文化霸权的痕迹。服用避孕药的孙舞阳、追求当下快乐的章秋柳,她们女性意识的觉醒,不再沦为生育工具,但也可能是以抛弃做母亲的权利为代价的。

三、革命环境下的女性生育:个人话语与国家话语

生育处于个人话语与国家话语的复杂纠缠之中,生育问题比恋爱婚姻具有更高的公共性。革命环境中的生育问题不仅仅是个人问题,更是涉及国家民族的利益。而在革命环境中,革命的理性与母亲本能,国家民族的利益与女性的生命诉

---

① 张竞生:《张竞生文集》上卷,广州出版社1998年版,第188页。

求之间的矛盾,使得女性的生育在身体和心理层面都要承担巨大的压力。

在茅盾小说中,女革命者需处理革命事业与生育之间的关系。女性生育一定程度上会对女性从事革命事业造成影响。杨刚的小说《肉刑》就曾描写革命女性为了革命事业放弃生育,革命事业与女性生育之间的冲突展现了生育与国家间存在的微妙关系。丁玲在《三八节有感》中也描写了革命女性为了不落于人后,拒绝生育的情节。从事革命事业的女性,其生育权无法得到保障,国家无法为她们提供生育的环境。茅盾小说中的革命女性有的出于革命事业的需要,将生育作为希望,担负起创造新国家的重任;有的出于对革命预设的美好未来的向往,独自承担起生育带来的苦果;有的甚至为了在革命环境中工作而放弃生育的权利。女性依托于革命获得身体解放,但革命的残酷性也给女性的身体带来巨大伤害。

《追求》中王诗陶出于革命事业的需要,宁愿做妓女也要将已牺牲的革命者的孩子生下抚养。王诗陶本来是三角恋中的一员,过往只图恋爱的欢愉,在得知自己怀孕后,对同样沉迷享乐的章秋柳说道:"秋柳,在这斗争尖锐的时代,最痛苦的是我们女人,有了孩子的女人尤其痛苦;然而我总觉得孩子是应该要的,他们是将来的希望。我们的生命是有限的,我们的斗争却是长期的,孩子们将来要接我们的火把。"①当革命事业还处于朦胧未知其前途的时刻,革命者们寄希望于未来,将生育作为对将来革命事业的延续。王诗陶本来也是革命阵营中的一员,她虽然沉浸于三角恋爱关系,但在爱人东方明死后又孕育新生命的前提下,她开始积极朝着革命的方向前进。为了养育这个还未出世的作为革命延续的婴儿,她不得不走上了卖淫的道路。

章秋柳是站在王诗陶的对立面,不赞成将孩子生下来,理由是"拖累"。王诗陶在未怀孕前,与章秋柳同样是"摩登女性",玩恋爱游戏。要自由的王诗陶也曾百般纠结,生育对于像她们这样一群要自由的人来说确实是一种拖累,但还是将孩子生下来。叙述者借王诗陶这一人物的话语,将原因归结于"孩子们将来要接我们的火把",也就是革命的延续。出于革命事业的需要,生下、抚养孩子,这一信念的产生与王诗陶的爱人东方明的牺牲不无关系。正是由于爱人在革命中牺牲,才有了让孩子作为革命延续的信念。尽管孩子是作为革命的延续,但革命环境并未给女性生育提供任何条件,王诗陶必须靠卖淫来养活孩子。以"卖淫"这一行为宣告了女性主体性的丧失,生育自由的掠夺。在这里,民族新生的过程是以女性身体的摧残和生育的矛盾、痛苦来表征的,女性的身体及生育行为被"物化"为国家及其象征物。

短篇小说《自杀》讲述了环小姐未婚怀上革命者的孩子而被迫选择自杀的故事。在小说中这个不合时宜的孩子并不被当作为延续革命的新生儿,反而因为这样一个革命者带来的孩子,导致了环小姐的自杀。这位男青年并没有试图将她引上革命的道路,而是以参加革命的名义抛弃了她,让她独自一人对抗冷漠而刻毒的社会。但环小姐却为革命男青年辩解:"他不是坏人,他的走是不得已,他舍弃

---

① 茅盾:《茅盾全集》第 1 卷,人民文学出版社 1984 年版,第 372 页。

一己的快乐,要为人类而牺牲,他是磊落的大丈夫……他也是血肉做的人,他也有热情,他也不能抵抗肉的诱惑。"①环小姐对革命男青年行为的肯定实际上是对革命的肯定和向往,她认为这样一个"为大多数人的幸福而奋斗的男子","可以自傲"。对于革命男青年的离开,她认为他是"为了更神圣的事业",换句话说,在她看来革命是"最高明最崇高的事"。出于对革命预设的美好未来的向往,她独自承担下了生育的苦果,放弃母职,为革命牺牲,选择自杀的路径逃避非议。为了"更神圣的事业",国家民族利益,放弃自己的生命诉求。不同于"五四"新文化运动动员女性追求个性的解放,从封建牢笼中挣脱出来,追求个人身体的自由,"革命"对女性最大的吸引力是"彻底解放"女性的身体,试图通过"彻底解放"获取女性生育自由权等其他权利,但在革命书写中,对女性生育的呈现,则揭示了女性生育与革命之间缠绕的关系,表现了作家对"大革命"这一段历史的"另类"反思。"大革命"非但没能保障生育权,反而进一步限制了女性个体生育的权利,为了生育需付出更大的代价。

《腐蚀》中女特务赵惠明,在被作为汉奸的男人抛弃并卷走她的全部积蓄时,她生下了卑劣无耻的他的孩子,让她感到耻辱、懊悔,憎恶自己遇人不淑,自食其果,也决然地拒绝成为母亲,抛弃了刚出生的孩子:"我是一个母亲似的母亲。……我即使有力'赎'他回来,我也没法子抚育他。我有把握摆脱我这环境么?我不能让我的孩子看见我一方面极端憎恶自己的环境而又一方面一天天鬼混着。特别重要的,我还有仇未报;我需要单枪匹马,毫无牵累地,向我憎恨的,所鄙夷的,给以无情的报复!"②作为"一个母亲似的母亲",因为无法养育、极端厌恶自己生活的环境、状态,也不愿使孩子受牵累,她丢弃了自己的母亲身份。拒绝母职才能获得复仇的自主权,"女性生育失去外部世界,男性的优势恰恰在于女性失去的外部世界(公共领域)的超越性实践"。③ 赵惠明拒绝了承担母职,在于复仇的愿望远大于成为一个母亲,要想在社会上继续她的事业,作为女性的她就必须放弃生育的职责。事实上,革命中的女性担心母亲身份使自我丧失,阻碍自己的政治生活,很多时候,干革命和尽母职二者对立,女性决定是否要孩子时受到的压力,不是来自个体,而是来自自己作为特定民族的成员与国家利益可能产生的冲突。

"中国的政治革命在女性的身体内部开辟了一个战场,在这个战场上,国家民族的利益与女性的生命诉求、革命的理性与母亲本能展开了搏斗,革命女性无法胜任这一战役,只得背对自己的生命本体价值——拒绝母职。"④生育从来都不仅仅是"人"的问题,更不仅仅是女人个体的事。社会结构的完整和延续依靠人口再生产,国家的定义也同时包括了主权、领土和人口。从现代社会和民族国家运转的机械原理上看,它们并不必然需要个体结婚,却需要个体生育。从思想文化的

---

① 茅盾:《茅盾全集》第8卷,人民文学出版社1985年版,第41页。
② 茅盾:《茅盾全集》第5卷,人民文学出版社1984年版,第11—12页。
③ 张凌江:《拒绝母职——中国现代女作家革命书写主题探微》,《文学评论》2009年第5期。
④ 同上注。

角度观察,有关生育的内容仍然是当下国人伦理观念和价值认同中与所谓"传统"联结最为紧密的部分。

传统社会长期压制着女性的身体,"革命"对女性的最大诱惑力在于能"解放"女性的身体。茅盾亲身经历了大革命的高潮与失败,革命失败时产生的鲜血令他感到不知所措,开始对革命的深沉思考。对大批觉醒的女性而言,革命成为充满诱惑的召唤,它包含了妇女解放的目标愿景,吸引着大批新女性以前所未有的真诚和热情走向革命之路。革命对女性的解放首先表现在使女性突破被束缚的生活方式,获取更为合理的生活方式,为女性提供了摆脱封建家庭控制、实现身体的自我管理的可能性。但在具体实际中,革命与女性获取生育权之间的冲突实际上并未实现女性通过革命获取更为合理的生活方式的目的。

茅盾置换为异性的立场书写女性生育,关注到生育作为女性特征在不同时代环境中的呈现,发觉女性孕育本身和男性文化霸权之间的沟壑。即使无法抵制根深蒂固的男权文化积淀,身为男性知识分子的茅盾仍然有意识地去超越惯常的男权中心主义与男权社会心理,去关注不同社会时期女性对生育的不同态度。从女性生育的角度考察,以女性生育书写表达茅盾本人对女性个体命运的关怀,对于探讨茅盾从早期 20 年代的创作到后期 40 年代的创作,探讨女性解放之路,具有一定意义,值得继续探索。

民国国文教科书收录茅盾作品情况论析①

金　鑫②

内容摘要：茅盾是文学研究会的重要作家，在 1922—1937 年中学国文教科书稳定发展的阶段，共有 10 篇作品被 10 部教科书收录了 17 次。与周作人、朱自清、冰心等文学研究会同仁相比，茅盾的作品被收录是比较少的。辨析其中原因，客观上，与教科书选文要求题材内容多样，体式丰富，而茅盾的创作题材、体式都较为集中有一定关系；主观上，则因为茅盾熟悉国文教育，认识到教科书选文与文学创作有着不同的要求，坚持将治文学与治国文教科书，治课本与治课外读物区分对待，坚持以自己的文学创作服务国文教育的一个侧面。20 世纪 20 年代以来的国文教育与新文学有着密切关系，茅盾作为一个样本，体现了在开课、贡献教科书篇目以外，作家们所做的努力和对国文教育的贡献。

关键词：茅盾；国文教科书；收录

　　茅盾是文学研究会的重要作家，其人其作在 20 世纪二三十年代的文坛已经有了较大影响。同时他又是一位国文教育家，创作生涯早期就为学生进行翻译和写作。他比较多地参与了国文教育讨论、亲自选编过国文教科书和学生读本。民国时期的国文教育与新文学有着较为紧密的关系，像茅盾这样身兼创作、教育、编辑数职的作家，本身就是新文学与国文教育互动的典型样本。但与周作人、朱自清等人不同，茅盾正式从事国文教育的经历并不算丰富，作品被当时国文教科书收录的也不算多。考察从 20 世纪 30 年代开始茅盾作品陆续被选编入国文教科书的情况，不仅可以从数据和篇目上认识茅盾作为作家对国文教育的直接贡献，还可以通过对当时教育环境和茅盾主观思想的考察，辨析影响教科书收录作品的主要因素，进而看到茅盾在贡献教科书篇目之外的努力，看到新文学与国文教育之间的隐性互动。

一、国文教科书对茅盾作品的再选择

　　民国时期是我国教育的转型期，中学语文教育也在这一时期完成了从文言为主的国文教育向文言文、白话文并举的语文教育的转变。尤其在 1922 年北洋政府颁布《学校系统改革案》后，"六三三"的基础学制随着"壬戌学制"推广到了全国，中小学教科书编撰也随之进入一个稳定而快速的发展期。要考察国文教科书

---

① 本文系国家社科基金项目"现代大学'国文'学科教育研究"（18BZW117）阶段成果。

② 作者简介：金鑫，南开大学文学院副教授。

对茅盾作品的收录情况,时限定在 1922—1937 年较为合适,原因有二:其一,1922年"壬戌学制"颁布后,白话文才在国文教科书中取得合法位置,国文教科书才按照叶绍钧起草的《初级中学国语课程纲要》和胡适起草的《高级中学公共必修的国语课程纲要》收录白话文;其二,1937 年抗日战争全面爆发,为统一思想、砥砺民族精神,教科书编撰由审定制调整为部编制,国文教科书编撰也要比较多地考虑服务抗战,原有稳定的教科书编撰制度和生产方式发生了比较大的变化。根据《民国时期总书目(1911—1949):中小学教材》的统计,1922—1937 年间共出版中学国文教科书约 42 种,收录白话文的约有 33 种,其中有 10 种教科书收录了茅盾的 10篇作品,具体情况见下表。

中学国文教科书收录茅盾作品情况统计表(1922—1937)

教材	主编	出版社	出版时间	收录
基本教科书国文(6册)	傅东华、陈望道	商务印书馆	1931—1933 年	《大泽乡》《叩门》(第 5 册)
初中国文读本(6 册)	朱文叔	中华书局	1933—1934 年	《当铺门前》(第 2 册)
杜韩两氏高中国文(6 册)	杜天縻、韩楚原	世界书局	1933—1934 年	《雾》(第 1 册)
初级中学国文教科书(6 册)	孙怒潮	中国书局	1934—1935 年	《雾》(第 1 册);《红叶》《叩门》(第 3 册);《五月三十日的下午》(第 4 册)
初中当代国文(6 册)	江苏省教育厅	中学生书局	1934 年	《卖豆腐的哨子》(第 1 册)
复兴初级中学教科书国文(6 册)	傅东华	商务印书馆	1933—1935 年	《红叶》(第 1 册);《卖豆腐的哨子》(第 3 册);《机器的颂赞》(第 5 册)
开明国文讲义(3 册)	夏丏尊	开明书店	1934 年	《浴池速写》(第 1 册)
高中混合国文(6 册)	赵景深	北新书局	1935—1936 年	《樱花》(第 2 册)
初中新国文(6 册)	朱剑芒	世界书局	1935—1937 年	《红叶》(第 1 册);《机器的颂赞》(第 4 册)
新编初中国文(6 册)	宋文瀚	中华书局	1937 年	《红叶》(第 3 册)

从上表可见,茅盾共有 10 篇作品被 10 种中学国文教科书收录 17 次,被收录次数最多的是散文《红叶》,共被 4 种教科书收录。仅看茅盾一人的情况,无法判断其作品作为国文教育资源被教科书选取和利用的情况,我们还需要将其置于更广泛的范围中进行比照。

　　教科书是一种特殊的社会公共文本,它不仅传播知识,还传递社会倡导的文化、思想和道德,因此国文教科书的编者一般不会选择包含情爱、暴力情节,思想情调低俗的作品,而更倾向于选择自然、朴实、直面现实的作品。在民国各文学流派中,文学研究会的作品在内容、题材和风格方面更受教材编者的青睐。茅盾是文学研究会的核心成员之一,但他的作品被教科书收录的情况在文学研究会众同仁中并不突出。

　　周作人是被中学国文课本收录作品最多的作家,共有 43 篇文章被收录 137次,其中《乌篷船》《卖汽水的人》先后被 9 部教科书收录;朱自清有 21 篇文章被收录 73 次,其中《背影》被教材收录 15 次,《荷塘月色》12 次,《匆匆》11 次;叶圣陶有16 篇文章,被教材收录 63 次,其中《诗的源泉》《没有秋虫的地方》都被收录过 9次;冰心有 16 篇文章被收录 56 次,其中《笑》被 12 部教科书收录;夏丏尊、郑振铎则分别有 13 篇和 12 篇文章被教科书收录了 29 次和 28 次。文学研究会同仁中,与茅盾作品被教科书收录情况相仿的是许地山,共有 8 篇文章被收录了 18 次,其中《落花生》被 7 部教科书收录。收录文章数、收录总次数、被收录次数最多的作品等都是一位作家作为中学国文教育资源的重要指标,而茅盾的这些指标远不及其他几位文学研究会的知名作家。

　　茅盾作为文学研究会的重要作家,却不是中学国文教科书宠儿,这可以较为直观地反映出国文教材选文与文坛不同的标准。最表层的原因是,教科书有一定的体量限制,相应地就会对选文的篇幅有一定的要求,编辑一般不会选择篇幅太长的作品,散文往往是最受编辑青睐的文体。朱自清在谈 20 年代散文时认为,"但就散文论散文,这三四年的发展,确是绚烂极了:有种种的样式,种种的流派,表现着,批评着,解释着人生的各面。迁流蔓延,日新月异:有中国名士风,有外国绅士风,有隐士,有叛徒,在思想上是如此。或描写,或讽刺,或委曲,或缜密,或绮丽,或洗练,或流动,或含蓄,在表现上是如此。"①散文日新月异的发展态势,为教科书选文提供了丰富资源。而 20 年代茅盾的散文创作,一是 1925 年"五卅"运动爆发之际的一组为运动呐喊助威的文章,二是陷于茅盾文艺观的重意境的抒情散文创作,从题材、风格、数量看,在日新月异的散文发展潮流中都算不得丰富,与国文教育的需求并不非常适应。

　　透过国文教材对茅盾散文的选录情况,可以看到国文教育与文坛之间较为微妙的关系。作家的文坛声誉会对教科书选文产生一定的影响,比如鲁迅被选入教科书最多的《聪明人和傻子和奴才》《风筝》《雪》《秋夜》等作品都选自《野草》,"至于《野草》,可说是鲁迅的哲学"②,深奥难懂并不适合中学生,多次被选录显然受鲁迅文坛声望的影响。但就多数作家作品而言,起决定作用的还是国文教育的需要,教科书选文的教育标准有别于文坛声誉和文学评价。比如,前面提到的,因为教科书的特殊属性,编者更青睐文学研究会的作品,而林语堂、郁达夫这样的作

① 朱自清:《论现代中国的小品散文》,《文学周报》1928 年第 345 期。
② 许寿裳:《我所认识的鲁迅·鲁迅的精神》,北京鲁迅博物馆编:《鲁迅回忆录·专著(上册)》,北京出版社1999 年版,第 502 页。

家，虽然在文坛影响很大，但因为作品有幽默闲适、自怨自艾的色彩没有一篇作品被教科书收录；与他们情况相反的是苏雪林，她的文坛影响不及俞平伯、巴金、郑振铎等作家，但教科书收录了她的 14 篇作品，总计 34 次，其中《秃的梧桐》《扁豆》更是被收录了 7 次，远高于俞平伯、巴金等人①。

此外，原本因共同思想倾向、文学追求而形成的作家小群体和门户之见在教科书选文时被完全打破，一部教科书收录多个作家群的作品是很常见的现象。比如专事教科书编辑工作的朱文叔，他主编的《新中华教科书国语与国文》（新国民书社 1928—1929 年出版），不仅收录鲁迅、周作人、朱自清、郑振铎等文学研究会作家的作品，同时还收录了多篇徐志摩、陈西滢两位现代评论派代表作家的作品。

还有一点值得注意，茅盾作品主要被初级中学国文课本收录，高中国文仅世界书局的《杜韩两氏高中国文》和北新书局赵景深主编的《高中混合国文》分别收录了他的《雾》和《樱花》。作品收录数量少与高中国文教科书选择的新文学总量少有关，但是与高中国文课本收录的作品相比，还是能看到题材类型对茅盾作品成为高中国文教育资源的限制。世界书局出版的朱剑芒编《高中国文》收录 5 篇新文学作品，朱自清 2 篇，《桨声灯影里的秦淮河》和《文学的一个界说》；周作人 3 篇，《平民的文学》《地方与文艺》和《读京华碧血录》。江苏省教育厅编著的《高中当代国文》收录新文学作品 6 篇，周作人 4 篇，《日记与尺牍》《我的国文经验》《吃茶》和《读京华碧血录》；夏丏尊 1 篇，《文艺的真功用》；叶绍钧 1 篇，《古代英雄的石像》。利达书局的《高中国文选本》收录新文学作品 6 篇，周作人 2 篇，《人的文学》和《美文》；朱自清 2 篇，《文学的一个界说》和《背影序》；叶绍钧 1 篇，《诗的源泉》，夏丏尊 1 篇，《作文底基本态度》。从以上三部教科书收录的文章看，高中国文教科书更青睐那些探讨文学观念，阐发文艺思想的文章，这恰恰与 1929 年颁布的《高级中学普通科国文暂行课程标准》相吻合，即"继续养成学生运用语体文正确周密隽妙地叙说事理及表达情意的技能，关于文的技能方面，选读范围以叙事明晰，说理透辟，描写真切，可供欣赏，可备参考为度"②。而茅盾的作品紧贴现实，以意境表达苦闷的散文并不非常符合高中国文教育目标和教科书编撰要求，收入少也就成了很自然的事。

基于教材的特殊性质，民国时期的中学国文教科书较为青睐文学研究会成员的作品，但茅盾作为文学研究会重要成员却未能成为国文教科书的宠儿，收录作品的篇数和次数都不多。茅盾的情况反映出，文坛影响和评价会影响教科书选文，但完成阶段教育目标、完成国文教育使命才是国文教科书选文的首要标准。

二、国文教育使命：影响教科书收录茅盾作品的客观因素

教育政令、法规对教科书收录文章标准有决定性影响。茅盾作品集中被 30 年代国文教科书收录，1929 年颁布的《初级中学国文暂行课程标准》《高级中学普

---

① 俞平伯有 10 篇作品被教科书收录 22 次，巴金仅 3 篇作品被教科书收录 6 次。
② 课程教材研究所编：《20 世纪中国中小学课程标准·教学大纲汇编：语文卷》，人民教育出版社 1999 年版，第 286—287 页。

通科国文暂行课程标准》对教科书选文的要求非常值得关注。《初级中学国文暂行课程标准》规定的总体教育目标是"养成运用语体文及语言充畅地叙说事理及表达情感的技能",具体的选文标准是"叙事明晰,说理透辟,描写真实","各种文体错综排列。第一年偏重记叙文抒情文,第二年偏重说明文抒情文,第三年偏重议论文应用文"①,最终让学生"养成阅读书报和欣赏文艺的兴趣目标"②。可见初级中学国文教科书选文讲究一个面广,文章内容题材尽可能涉及社会的方方面面,文章体裁渐次涉及记叙文、说明文、抒情散文、议论文、应用文等多种,因此,创作题材越丰富,文体尝试越多的作家,越容易受到初级中学国文教科书的青睐,而茅盾的创作题材和艺术手法较为集中,这会影响到其作品被收录的情况。这里也较为清晰地体现出国文教育与文坛不同的评价标准,专注一类题材,擅长一类文体,自成一种文风,在文坛不仅常见,甚至还是一位作家被读者认识的重要途径,走向成熟的标志之一。但在国文教育领域,题材广泛、文体实践丰富、风格多变的作家才是最佳国文教育资源,教科书收录此类作家的文章也更多。

除了培养学生读写能力,国文教科书还较多地承担着思想教育、砥砺民族精神的使命。比如 1932 年颁布的《初级中学国文课程标准》就对教材的选文标准做出了如下规定:"含有振起民族精神,改进社会之意味者。包含国民应具之普通知识思想而不违背时代潮流者。合于现实生活及学生身心发育之程序,而无浮薄淫靡或消极厌世之色彩者。"③因此,中学国文教科书中,弘扬民族、国家精神(这方面比较典型的选文有郑振铎《我爱的中国》、鲁迅《双十节》、刘大白《十年前的今日》、徐志摩《泰山日出》等),直面内忧外患、反映社会现实(这方面比较典型的选文有周作人《一个乡民的死》、郑振铎《止水的下层》、叶绍钧《这也是个人吗?》、叶绍钧《五月卅一日急雨中》等),以爱(如朱自清《背影》、胡适《我的母亲》等)、情操(如巴金《植物园》、丰子恺《秋》、朱自清《荷塘月色》等)、道德(如许地山《落花生》、苏梅《秃的梧桐》、叶绍钧《古代英雄的石像》等)、科学(如郑振铎《蝉与纺织娘》、冰心《机器与人类幸福》等)立人的文章是比较多的。直面现实,体察社会生活中的疾苦是茅盾散文的重要特征,因此茅盾多数被选入中学国文教科书的文章都是基于在思想教育、砥砺民族精神方面的突出表现。直面内忧外患、社会问题,表达个人忧思的《五月三十日的下午》《雾》《当铺门前》《卖豆腐的哨子》;从国家情感出发的抒怀作品《红叶》《樱花》;弘扬科学精神的《机器的颂赞》。可以说,承担思想教育功能,是茅盾作品对国文教科书最突出的贡献。

在茅盾被国文教科书收录的作品中,有一篇是比较特殊的,那就是《浴池速写》。而这篇文章同样有很高的样本价值,它反映了教员教学便利、学生学习意愿对教科书选文的影响。

教育政令规定的影响是总体的、宏观的,但是教育本身是以人为中心的社会

---

① 课程教材研究所编:《20 世纪中国中小学课程标准·教学大纲汇编:语文卷》,人民教育出版社 1999 年版,第 282—293 页。

② 同上书,第 282 页。

③ 同上书,第 289—290 页。

活动,教员和学生是否认可,是否有使用的愿意,也是国文教科书选编过程中编者需要考虑的。中学国文教育的核心是阅读和写作,教员指导阅读,学生掌握文意、技法,体会思想、美感,再从中汲取对自己写作有益的部分。关于阅读教学,《初级中学国文课程标准》在"实施方法概要"中有明确规定:"(1)教员对于选文应抽绎其做法要项指示学生,使学生领悟文字之体式与其作法。并将其内容及作者生平概要叙述,使学生对于全篇有简括之认识。重在引起自习之动机,不必逐字逐句讲解。……(4)在选文中遇有初见或艰深之单字及术语应特别提出讲解。(5)教师在讲述后,应指导学生作分析综合,比较之研究,务使透彻了解。或提出问题,令学生课外自行研究。"而考察的办法是"(甲)复讲(乙)问答(丙)测验(丁)默写或背诵(戊)轮流报告及讨论(己)检阅笔记"①所以对于教员而言,意思单一、明确,不容易产生多重理解的文章不仅便于讲授,也便于考核时给出统一的标准答案。因此,带有一定现代主义色彩的,容易产生歧义,意蕴朦胧的作品往往不受教员欢迎。相应的,学生也更愿意学习意思容易掌握,文体特征明显,技法运用清晰,既能在考核中标准作答,又能为个人习作提供直观帮助的作品。

茅盾的《浴池速写》是一篇典型的记叙文,篇幅非常短,只有 600 余字,但短短的文字却把自己在日本浴池看到的场景都记录下来,具体而传神。叶圣陶专门为《浴池速写》撰写了点评文章,认为"茅盾先生这篇文章并不是告诉我们一个故事,只是告诉我们他眼睛里看见的一番光景。文章的内容本来是各色各样的。记载一件东西,叙述一件事情,发表一种意见,吐露一腔情感,都可以成为文章。把眼睛里看见的光景记下来,当然也成为文章。"②可见《浴池速写》最大的特点就是非常简单的记述,内容、形式、表达都易于掌握。因此它被夏丏尊主编的《开明国文讲义》第一册收录,供入学第一年的初中学生学习,而这一年的国文学习重点正是记叙文。

《浴池速写》被中学国文教科书收录,反映了教员、学生因教学规定和学业要求而形成的对文章的偏好,这也影响了国文教科书的选文标准。朱自清的《背影》是被民国国文教科书收录次数最多的文章之一,多达 15 次,除了亲情主题能满足教科书思想教育需要外,典型的抒情文体和写法,便于教员清楚地总结讲授,适合学生学习仿作,也是《背影》备受教科书编者青睐的重要原因。例如,叶楚伧主编的《初级中学教科书国文》(中正书局 1934 年出版)收录了《背影》一文,就着重从文体、章法、风格角度对文章进行了讲解:文体,本篇是"主美"的叙事文,虽然含有许多伦理上的亲子之爱的"善"的意味,然其给予读者的是一种"趣味",并不是一种"教训",所以这是"美"的亲子之爱而不是"善"的。从章法上看,本篇行文,以总叙起,以总叙结,中间依照时间先后的顺序,次第说来,是顺行叙事。从风格上看,本篇是纯写实的。文中虽有怆然哀思之处,但论其作风,却不是沉郁,而是"清

---

① 课程教材研究所编:《20 世纪中国中小学课程标准·教学大纲汇编:语文卷》,人民教育出版社 1999 年版,第 291 页。

② 叶圣陶:《茅盾的〈浴池速写〉》,庄钟庆主编:《茅盾研究论集》,天津人民出版社 1986 版,第 309 页。

新"①。夏丏尊等主编的《开明国文讲义》(开明书店1934年出版)围绕"抒怀"的写法对《背影》进行了细致的解读:善于取用材料,对于写作抒怀文字原来有这样的效用②。

周作人的文章是当时最受国文教科书编者青睐的,他的43篇文章被各类中学国文教科书收录超过130次。被大量、反复收录,其中也有便于教员讲授、适合学生学习方面的原因。章锡琛曾编选过《周作人散文钞》,他就认为:"这部选本用意在给中学生一个榜样,让他们明白怎样才能将文章写得好。周岂明先生散文的美妙是有目共赏的;他那枝笔宛转曲折,什么意思都能达出,而又一点儿不啰嗦不呆板,字字句句恰到好处。最难得的是他那种俊逸的情趣,那却不是人人可学的。"③

茅盾被国文教科书收录的文章不多,他被教科书选中的文章主要是承担了国文教育之思想养成、砥砺民族精神的使命。《浴池速写》被收入则反映了国文教科书选编对教员好用、学生好学的重视。宏观层面教育政令、法规的要求,微观层面教员学生的偏爱,不仅是影响茅盾作品被中学国文教科书选录的客观因素,当也影响到教科书对多数作家、作品的选择与利用。

三、"分而治之":茅盾主体观念对教科书选录其作品的影响

从接受教育和从事教育工作两方面看,茅盾是熟悉国文教育的。1903年,第一个现代学制"癸卯学制"推行,七岁的茅盾就入小学学习国文,后在湖州中学、嘉兴中学、杭州安定中学继续学习国文,还在北京大学预科接受大学国文教育。茅盾也不缺乏任教经历,在大学、中学都开设过语言文学类课程,而且在20世纪二三十年代参与到关于国文教育改革的讨论中,还曾亲自参与国文教材编辑,为新疆选编了小学国文教科书。茅盾接受过完整的现代国文教育,也参与过国文教学的讨论和教材编撰,在这一过程中逐步形成了较为明确的国文教育观念。他认为国文教育应从内容和形式两方面入手,处理好思想与文法的关系。一方面他重视内容的思想性,从"文白之争"中吸取经验,不把国文教育简单理解为语言教育、文学教育,而是重视其思想教育的作用,将国文教育与社会现实、历史发展联系在一起,这与他的文学观是吻合的;另一方面他也重视国文的工具性,努力通过合适的选文提升学生的艺术鉴赏能力和写作能力。

熟悉并亲自参与过比较多的国文教育活动,形成了较为明确的国文教育思想,但身为文学研究会重要作家的茅盾,被国文教科书收录的作品却并不多。经验丰富、思想明确与作品收录不多的反差背后,是茅盾将教科书与文学创作,教科书与课外阅读分而治之的主体观念。

茅盾认为编写国文教科书有两个基本目标,"第一,使学生有欣赏能力;第二

① 叶楚伧编:《初级中学教科书国文》,正中书局1934年版,第43页。
② 夏丏尊、叶圣陶、宋云彬、陈望道:《开明国文讲义(第一册)》,开明书店1934年版,第134页。
③ 章锡琛:《周作人散文钞·序》,载章锡琛编:《周作人散文钞》,开明书店1932年版,第1—2页。

有写作能力",因此教科书选文应该"兼容博采,而且各篇需是各体的模式"①。这里的欣赏能力是广义的,不仅指向文章的艺术形式、语言风格,还包括思想取向,道德情操,因此兼容博采的不仅是文章的体式、风格,也包括题材、内容。茅盾作品主要被 30 年代出版的国文教科书收录,收录的散文大体创作在两个阶段:第一阶段是 1925 年前后,围绕"五卅运动"创作的文章,这部分作品革命热情、战斗精神非常突出,体式上则较为模糊,"又像随笔又像杂感——乃至有时竟像评论"②;第二阶段以 1928 年后旅居日本时期创作为主,这些作品虽然因茅盾内心的苦闷思想性不如第一阶段那么突出,但艺术水平更高,抒情散文体式越发成熟。1923年后,茅盾已充分认识到时代、社会要求文学关注现实人生,"希望文学能够担当唤醒民众而给他们力量的重大责任"③。因此,两阶段作品题材内容都紧贴社会现实,艺术手法上都倾向写实,注定只能从一个角度满足教科书题材、体式多样化的选文需求。但有一点值得注意,虽然茅盾的创作有自己在题材、观念方面的坚守,在现实主义手法和风格上也渐趋固定,但这些文学创作方面的一致和统一,并未影响到茅盾国文教材选文多样化的观念,他既没有主张国文教材应突出社会思想功用,多选立足社会现实的文章,也没有将自己认可的文章风格作为选文标准,提高某种体式、文风在国文教育中的作用,他是将治文学与治国文教育分开的。

在 1980 年 12 月出版的《茅盾散文速写集》序言中,茅盾说:"我知道中学教科书中选了《白杨礼赞》和《风景谈》作为教材,我愿推荐《雷雨前》和《沙滩上的脚印》。这两篇,也是象征意义的散文,但所象征者,和《白杨礼赞》与《风景谈》之所象征,时代不同,背景也不同,方法也不同。可以说,《白杨礼赞》等两篇只是把真人真事用象征手法来描写,而《雷雨前》等两篇是用象征手法描写了三十年代整个中国的政治与社会矛盾。同样,《神的灭亡》却是用北欧神话中的劫难来象征蒋家王朝的荒淫堕落及其不可挽救的必然灭亡。因此,我以为这一篇也适用于中学教材,而且让中学生读一点北欧神话,也是增加他们知识之一道。"④《白杨礼赞》和《风景谈》是茅盾在延安期间根据自己真实见闻创作的,充盈着对根据地军民的赞美之情,两篇散文一直是新中国语文教科书收录的名篇。而茅盾愿推荐的《雷雨前》和《沙滩上的脚印》是创作于 20 世纪 30 年代的作品,作者以日常景物象征当时中国社会遭遇的危机,以及其中孕育的革命的希望与力量。《神的灭亡》利用北欧神话来象征特定时期的中国社会现实。虽然了解历史、认识现实的总目标没有变化,但茅盾即使到了晚年仍坚持教科书应该展示给学生多样的社会和丰富的知识。

茅盾将文学与教科书"分而治之"还表现在对教科书选文应尊重作家风格的强调上。1978 年茅盾曾就编辑未经他允许就删改《风景谈》收入教科书发表了自己的看法,他认为"不合你们的规范,就得改。那么,又何必选作家的文章来做教

---

① 茅盾:《中学生怎样学习文艺》,《文汇报》副刊《文化街》,1946 年 7 月 1—2 日。

② 茅盾:《速写与随笔》,开明出版社 1992 年版,第 1 页。

③ 茅盾:《"大转变时期"何时来呢?》,《茅盾全集》第 18 卷,人民文学出版社 1989 年版,第 414 页。

④ 茅盾:《茅盾散文速写集》,人民文学出版社 1980 年版,第 1 页。

材呢？每个作家都有自己的风格，你们这样办法（随便删改，却又不明言），实在太霸道，不尊重作家的风格。……你们这种办法是不能使中学生养成独立思考的能力，只是使中学生的语文学习，成为一种'教材风'而已"①。茅盾始终认为，教材选文多样化是培养学生语文能力和独立思考能力的需要，作家各有风格，供教材选用，教材选文不应单一，亦不可删改统一成"教材风"，作家也不必顺应教材需要，改变个人风格。文学创作与教材选编当各行其道，互相服务。

民初的教育改革，有很多新文化人士参与其中，胡适就是其中的代表。他参与了 1921 年《学制系统草案》的制定，参与了 1922 年新学制课程标准的起草工作，《高级中学第一组必修的特设国文课程纲要》胡适提出了诸多建议并最终都写入定案。而《初级中学国语课程纲要》是由文学研究会的重要作家叶圣陶起草的。加之新文化人士在教育界推动国语运动，使新文学在中学国文教育中站稳了位置。可以说，从那时起，国文教育中的白话文教学看起来几乎等同于新文学教育。但国文教育的目的绝不仅仅是培养新文学作家和新文化认同者，它有其更丰富的目标，有自己的教育规律。因此，参与教育活动的新文学作家如何认识国文教育与文学创作的关系就显得尤为重要。茅盾将治国文教育与治文学分开，教科书选文以教学需要为核心标准，这些作法对于国文教育自身发展是有益的。而茅盾"分而治之"的作法，也是多数参与国文教育的新文学作家的一个典型样本，比较充分地体现了一批作家为国文教育发展做出的努力。

作家参与国文教育活动与普通教员、教科书编辑的最大不同是文学创作能力，虽然茅盾没有像朱自清那样专门为国文教科书创作作品，但他以另一种方式为国文教育贡献自己的创作才华，那就是为学生的课外阅读写作。茅盾始终认为，"中学生多数喜欢在课外阅读文艺作品"②。1917—1920 年，茅盾作为《学生杂志》编辑，为中学生撰文，20 年代在商务印书馆工作的茅盾为中学生编校国语课补充读本，30 年代茅盾为孩子们创作多部儿童小说。这体现了茅盾国文教育活动的另一个"分而治之"，即将国文课的课堂教学与学生的课外补充阅读分而治之。用于课堂教学的国文教科书选文，坚持教育目标和教育规律，不将自己的创作偏好和热情参与其中；供学生课外阅读的补充读物，则在服务国文教育的同时，兼顾文学趣味，发挥自己的文学才华为学生创作，他的创作偏好、个人风格在这里有一定的体现。

茅盾两个"分而治之"的背后，是对个人创作道路的坚持，对国文教育规律的尊重，对国文教育的补充和拓展。虽然茅盾被国文教科书收录的作品不多，但他是一个典型样本，他提醒我们，以各种方式参与国文教育的作家们的贡献和努力，不能仅以教科书收录了多少作品、开设过多少课程、指导出多少优秀作家计数，在这些便于统计的显性数字之外，还有作家们对国文教育与个人创作关系的深刻把握，以及在自己参与的教育活动中的坚决贯彻执行。这些隐形的努力对于国文教育乃至现代语文学科的发展都是有积极作用的。

---

① 姜德明：《读〈被删小记〉之后》，《文艺报》1981 年第 19 期。

② 茅盾：《中学生怎样学习文艺》，《文汇报》副刊《文化街》，1946 年 7 月 1—2 日。

从事教育工作与从事创作区别很大,前者有明确目标,受一定的制约和规训,后者则更为自由,思想活跃,甚至可以快意恩仇。从这个角度讲,茅盾等一批作家能够将创作与教育分而治之是非常难得的,其中蕴含了他们的职业身份意识和积极的自我调整。但就教科书的选文来讲,有一种文坛习气还是存在的,那就是人际关系网的影响。以茅盾为例,他的 10 篇文章被 10 部教科书收录了 17 次,而这10 部教科书的编者多与他有一定的交情或渊源。例如,商务印书馆的《基本教科书国文》和《复兴初级中学教科书国文》都选了茅盾的作品,茅盾在商务印书馆任编辑十余年,自然有些渊源,而两部教科书的主编傅东华与茅盾是浙江同乡,同为文学研究会成员,又同在商务印书馆供职,交情颇深。中华书局《初中国文读本》选了茅盾的作品,主编朱文叔与茅盾都是桐乡人,有密切的地缘关系;开明书店《开明国文讲义》收了茅盾作品,主编夏丏尊与茅盾同为文学研究会第一批会员;北新书局《高中混合国文》收了茅盾作品,主编赵景深不仅与茅盾同为文学研究会会员,还长期为《小说月报》写世界文坛消息,追随茅盾[1]。文缘、地缘、业缘,民国文人之间最重要的几种人际关系,比较多地出现在茅盾和收录其作品的教科书编者之间,体现了教科书选文中人际关系的影响。这既可以理解为一种普遍存在的社会现象,也可以看作作家在文坛养成的交游习惯在教育界、出版界的一种投射,以及作家性情和思维在国文教育活动中的隐形存在。

---

[1] 赵景深:《赵景深自传》,《文献》1980 年第 3 期。

茅盾史料考证

乡里乡亲点滴谈茅盾

孔海珠① 辑录

内容摘要:这份半个世纪前(1961—1962年)访谈记录,是从《茅盾访问通信录》中辑录而来。这份资料中有较多涉及茅盾关于家乡的史料,很有参考价值和史料意义。原始的访问通信录中被访者有七十多名,笔者将其编为七个部分,现在这辑摘编其中十七名,名单如下:沈德湖、沈时霖、沈仲襄、沈季豪、沈函夏、李詠章、肖觉先、曹辛汉、钱君匋、钱青、丰子恺、钱槐新、郑明德、程志和、孔彦英、孔另境、张琴秋。可贵的是,当时,这份访问通信录曾请茅盾亲自审阅,留下了他亲笔的阅注意见(已用黑体注明)。

关键词:茅盾;家乡;史料

说明:

1961年,对于文化人来说无疑是思想宽松而充满希望的一年,经过几次政治运动,原本紧绷的弦稍稍地松弛了一下,文化单位想做一些文化积累工作。在上海,由上海作家协会资料室牵头,会同大专院校图书馆,选择了一些著名作家为研究课题,从基础工作着手,在图书馆查阅了大量的旧报刊,同时走访作家的有关知情人,期望得到更多的线索和内容。这些材料再给作家本人过目,请他订正。这样的操作顺序,所花费的时间和人力很多,整理出来材料基础扎实,资料价值高,真实性强。却因为种种原因,这样的工作很快变得难以维持了。

尽管如此,在1961年至1962年间,这项工作开展得很顺利,笔者还不太清楚当时组织了多少人参加,课题规模有多大,涉及研究对象的面有多广。然而,有关茅盾研究,据我所知,由华东师范大学的瞿同泰,中国作家协会上海分会的魏绍昌和上海师范学院的徐恭时等同志,组织了一个"茅盾资料编辑小组",他们做了上面所说的这些工作,获得了大量的第一手资料。经过十年动乱,他们编纂的原稿居然保存了下来。1982年,当"中国当代文学研究资料丛书"《茅盾专集》,由我和复旦大学中文系的同志合作编著时,瞿同泰在征得其他先生同意后,将这份访问录供我使用。当时,我希望将它编入专集的第三卷"附录"中。但是,事与愿违,专集出版了二卷之后,没有再出版第三卷,使这份史料没有面世的机会。

今天,为纪念茅盾先生逝世四十周年,我又打开封存了四十年的这份资料,读着已经淡化的墨迹,仍然感动他们当年所做的这些有益工作,它给我们的研究者

---

① 作者简介:孔海珠,上海社科院文学所研究员退休。

提供了真实而宝贵的史料。随着岁月的流逝,时代的亲历者早已离我们而去,做访问工作的这三位先生也先后离开人世,然而他们做的工作,为茅盾本人撰写回忆录提供参考,为后来的茅盾研究作出了贡献。今天,披露这些访谈记录,是为了不使当年他们的努力在我手中被消逝,被耽搁,被丢弃,被蒸发,这都是不应该的。如今我也步入古稀之年,披露前人为史料保存所做的可贵努力,成了我的责任。这样的发掘,希望供研究者进一步考证、辨析、利用。特此记载。

需要申明的是,访谈内容围绕茅盾展开,被访者自己的经历和回忆也有所谈及,全文照录,原注照用。(这份谈话稿并没有经谈话者本人审阅和订正。)本文以亲属、同乡、同学的身份谈及他们知晓的沈雁冰。谈话内容虽然也会旁及其他内容,不作舍弃。所以,每一位人物在这份“近半个世纪前的访谈录”中,只出现一次。之前,这份“近半个世纪前的访谈”已经发表了四个部分,其中有《关于茅盾、文学研究会》刊《新文学史料》2009 年第 2 期“历史档案”。《忆左联,谈茅盾》刊《鲁迅研究月刊》2009 年第 10 期“研究资料”。《商务印书馆同仁谈茅盾》刊《出版博物馆》2009 年 3 月总第 5 期。《关于茅盾的出版史料》刊《出版史料》2013 年第 3 辑。《大革命时期风云中的茅盾》刊《随笔》2021 年第 5 期。敬请识者留意。

孔海珠　2021－4－6

1. 沈德湖①,1962 年 2 月 6 日来信摘录

鸿哥生日为 5 月 25 日属猴。伯母,名陈爱珠属鼠儿,比伯父小三岁。济哥(泽民)比鸿哥小二岁②。伯父二十八岁时得风湿症,三十一岁亡故。

祖父于 1942 年农历 8 月 26 日亡故③。姑母:沈爱仪、沈寿仪。

他们的排行是:1 伯蕃,2 爱仪,3 仲襄,4 叔庆,5 寿仪,6 季豪。

鸿哥 6 岁上学,开始时是在隔壁书院求学。侄儿女:霞、霜的名字,只记得一个叫学梅。

我们故乡的房屋是在九曲弄的东面。

2. 沈时霖④,1962 年 2 月 25 日来信摘录

我和泽民是小学时的同班同学。他在校是高材生,常占第一名。他的母教很严,经常被约束在家里,所以在校外的关系很少。他是安分的学生,而我是最顽皮的一个,但是我们有着很好的友谊。

我在十四岁以后患了三年疟疾,后来就到天津去就业了,在这期间就少有联系。大约在 1919 年,接到他从南京河海工程专门学校发出的信,叫我在回家路过

---

① 沈德湖是茅盾的二叔父沈仲襄的长女,这封信是在她询问了她父母之后写来的。

② 沈德济,字泽民,生于 1990 年。比茅盾小 4 岁。

③ 沈季豪说,其父死于 1940 年阴历八月二十八日。

④ 沈时霖,在银行界工作。这封信是从青岛寄来。

南京时去看望他,因此我们才得到一次快晤。他介绍给我许多有关过激党①的小册子,还告诉我,(以下就仿照他的口吻来写。)

"你这样好勇善斗不得胜利不肯罢休的个性,应当扩大范围应用到为国为民的伟大事业上去,不要仅仅为着打一个抱不平而努力。"

他授意我放弃银行事业而要转入军队里去工作,取得一份实力来作为革命的力量。这是投我所好。那时我们的乡亲有力量也可以提携我,但在我父亲的反对下没有成功。

我和茅盾只会面过一次。我的原配是他夫人的七姑母,八姑出阁的喜期是我们会面的机会。以时间来说,快要四十年了。

茅盾在那时,已经是我们老家乌镇的杰出人物了。在我们会面时,我还记得有如下一件事。

他主张无鬼论而发表了许多破除迷信的话,有些反对他的人在他的威望之下不敢畅所欲言。那时我就说了一句:我认为"鬼"字是一定有的。一般人都没有注意到"字"字而误认为鬼是一定有的,连茅盾也不例外。因此助长了有鬼论的力量。一时间纷纷攘攘,每人都提出了一些有鬼的证据。后来茅盾也似乎明白了我的主张可能还与这些人有所不同,因而问我:"这许多有鬼论的证据。如同鬼有形象,鬼能动作,鬼能祸福人等等,你都能同意吗?"我答复说:"毫不同意,但是'鬼'字是的的确确保存在字典里面。"他笑了一笑说:"诡辩诡辩。"

3. 访问沈仲襄,1961 年 12 月 21 日于其上海寓所

沈氏族中辈分的排字是"恩、永、德、学"四字。

雁冰生肖属猴。他的生日记得是阴历五月二十五日。泽民比雁冰小四岁。

沈家老屋在青镇观前街十七号,九曲弄之东,共二进,楼四开间。以前四房各房分居一楼一底,后面小园有三间平房,雁冰加以修茸,他母亲从上海回来后即住在该屋内,也故世在那里。

乌镇名称大家都知道,青镇名称,知道的少,所以一般把青镇也叫乌镇,实际是两个镇。一度分属桐乡、湖州。这两镇市面繁盛,镇上人以最多时有五六万人,比桐乡县城还热闹。乌青镇距桐乡县城三九(二十七里)。

雁冰幼时在家读书,由其父亲伯蕃教读,后父患病,改由他祖父教读。清末镇上办小学,他大约六岁进小学。

我家那时的经济很困难,没有田产,靠祖父开一纸店以维持一家生计。我父亲恩培(字砚耕),为了生活,随徐冠南在杭县塘栖"裕生当"、石门湾"公泰当"任事。

雁冰外公陈我如,是浙西有名的中医。雁冰父伯蕃即随岳父学中医,后挂牌应诊,雁冰妻弟孔另境的祖父开酱园,店后有一家园,叫"庸园",地方很大。

卢涧泉名学溥,他母亲是茅盾的祖姑母。卢家原住在青镇南栅中心,雁冰叫

---

① 过激党,"五四"运动前后保守派对共产党的称呼。

卢为表叔。卢初任交通银行协理,后该行改组,任董事长,又任造币厂厂长。卢与张菊生是同年,也是商务印书馆的董事。我与季豪弟两人均由卢介绍入交通银行工作。我在民国九年(1920 年)离开到北京。卢洞泉子卢树人,在工厂工作,现在上海。

雁冰在沪最早住在宝山路鸿兴坊,接他母亲住在一起。后从鸿兴坊搬至虹口(里名已忘),与叶圣陶邻居。从汉口回来住在大陆新邨,又搬到新闻路慈德里,再搬到愚园路庆云里。瞿秋白、杨之华夫妇住过茅盾家里。"一·二八"后搬到梵渡路信义邨。"八·一三"后搬到常德路嘉禾里 78 号。这时曾送子沈霜(小名阿双),女沈霞到长沙。

雁冰在大革命失败后,由于受到国民党反动派的压迫,避难到日本。从日本回来是与某某某同行,当时他改名沈仲方,住在福煦路茂名路一里弄内。

4. 访问沈季豪,1962 年 2 月 14 日于乌镇茅盾旧居

雁冰曾在立志小学(已改为小学),不是书院读书毕业。当时初等小学为 4 年。校长是卢洞泉。后进植材高等小学,与沈承章(志坚)同学。没有在县城读过书。

我父亲是个秀才,先教家塾,后在徐冠南在塘栖开的"裕生当"做钱房(出纳)。后转石门湾的"公泰当",仍做钱房。

我的大哥伯蕃也是秀才出身,以医生为业兼教家塾。

我家祖遗之纸店为祖父芸卿所开,三家合资,名泰兴纸店,后来一家抽出,改名泰兴昌纸店,再后又有一家抽出,只剩我们一家,加上"盈记"两字。抗战前盘给黄妙祥,改名祥兴昌纸店。

雁冰读中学的时候,我已经离开家,以后事情不清楚,只记得他 6 岁进立志小学,未在家塾中读过书,只跟他父亲认过方块字。

泽民在南京河海工程专门学校毕业后曾去过日本,从日本回国后,曾到安徽芜湖做过某一中学的校长。

5. 访问沈函夏,1962 年 2 月 14 日于桐乡县委招待所

雁冰是乌镇公立植材高等小学堂(三年)毕业。我在私立务本小学堂毕业。他在 1910 年春入湖州府公立中学堂(当时中学为五年制,都是春季招生。辛亥革命后改为四年制,到民国五年方改为秋季始业),湖州府中学设在湖州爱山书馆(苏东坡所造),现在是一所完全小学,与第三中学不是一个学校,第三中学是在 1913 年才开办的。辛亥年上半年他还在湖州府中学三年级,我在二年级。辛亥年下半年他转学到嘉兴第二中学。翌年春,再到杭州安定中学(安定中学在解放街浙江医科大学附属第二医院附近,是个教会学校)。**(茅盾在此处旁注,"不是教会学校;是私立的。")**他在湖州府中学功课很好,还会刻图章,刻得又快又好。有次海岛中学(是个教会学校)里女生公演话剧,大家都想去看,但是票子很少,他想了一个办法,用萝卜刻了一个图章**(茅盾在此处旁注,"恐无此事。")**,仿造入场券,结果大家都去看了,都称赞他聪明有办法,他的弟弟泽民在中学时功课比他还要好,

每期非考第一名不行,也会治印。有次考试作文,他在一堂时间内写了两篇,一篇给了旁边一位同学,两篇内容不同,而那位同学在抄时却连字也抄错了。

后来雁冰到商务印书馆,我还和他通信。五四运动时我在石门湾,受他兄弟的影响很大。1923年,1924年两个暑假,他与泽民、曹辛汉(在上海)、李詠章(在嘉兴)、杨朗垣(在杭州)同来同我一块办暑期讲习会(在桐乡崇实完全小学内),并编印《新桐乡》(二十四开两面印),用"青年社"名义出版,并联络当地教育界人士,鼓吹新思想,宣传改革地方。

1924年阴历十二月八日我代植材小学到上海采办教科书,在黄浦江边不慎落水,到他家里换衣服,遇到杨之华和张梧(张在石门湾振华女子小学毕业,孔德沚也在那里读过一年)。饭后大家一同去宝山路一个小广场上参加孙中山纪念会,参加者大多为商务印书馆的职工。

1925年他与郑明德介绍我加入国民党。当时他没来,是郑明德亲自到植材小学吸收党员的。1926年郑明德带了上海市特别市党部的委任令来要我和肖觉先等办桐乡县党部,不久郑在上海被杨虎逮捕,肖觉先逃走,当时我在桐乡县政府做督学,不能逃,暂时去杭州避了一阵,回来后仍遭攻击,于是在民国十九年(1930年)离开桐乡到南京去学习酿酒。

6. 李詠章[①],1962年2月27日来信摘录

提问一:茅盾先生是在1912年春天还是秋天从嘉兴府中学转到安定中学?插入的是几年级?当时旧制中学是几年毕业?他是夏季还是冬季毕业?他在这一时期内的学习、生活、思想各方面的情况怎样?

答:是春天,因为旧制中学全是春季始业。插入四年级。当时旧制中学是五年毕业,论理要到1913年冬季毕业,但因学制变更,而且以秋季为学期之始,所以提前在1913年夏季毕业(就是少读一学期书)。

在各种学习科目中,他独注意文科方面。他绝不要分数,即使作文,也总是在限时的两小时前交卷,文长不过三纸,但也不潦草写字。在一班之中,每次作文名次他大约在七八名左右。国文先生有二人,一个就是编《古今文综》(中华书局出版)的张相(号献之)先生。张先生是一个词章家,梁启超也称赞他。他教我们古文、骈文、挽联、《庄子》,一星期在黑板上当堂改一次作文。还有一个国文先生是俞玉书(号康候),课时少,而作文卷是他改的。他是一个举人,同学们都欢喜他的改作,有点铁成金之妙。茅盾名次虽常在七八名左右,但有一次是第一。

常自己出题,写下几句诗,写在一本面写"雪泥鸿爪"的小册子上。他喜看小说,有一天他拿了林纾译的小说多本,对同学们说:"大家不读句子,但看懂大意,看谁快。"结果我比他慢三分之一。他也看古书,如《国学纪闻》之类。

提问二:离开安定中学后,你们是否还有联系?如果有,那么您知道他的哪些活动?

---

① 李焕彬,字詠章,在安定中学读书时是茅盾的同班好友,后从事国画工作,这封信是苏州寄来的。

答:离开安定中学后,他进北大预科,我进北高师。他知我喜欢音韵学,曾送我一本章太炎的《庄子解故》,我和他学《庄子》,张相先生即用此书教我们。

"五四"运动后,我在嘉兴教书,他有志要对本乡(桐乡)的一切旧风俗旧习惯太不合理的要进行批评。本来有个刊物《新乡人》只限于乌镇地区,他和我商量,把算把它扩大到全县,于是就在1922年在嘉兴南湖烟雨楼开会成立青年社。当时我做主席。上海方面有茅盾和他爱人孔德沚、弟弟沈泽民,还有曹辛汉、朱文叔、程志和等,杭州方面有杨朗恒等,学生方面有金仲华、孔另境等桐乡青年都到的。决定上海由茅盾主持,杭州由杨朗垣主持,嘉兴由我主持,要把旧桐乡改造成新桐乡,就把《新乡人》刊物改组发行。后因入社分子太杂,又因1924年齐卢战争起,就无形停止。

1923年暑假,我们在桐乡举办暑期讲演会,茅盾弟兄都到桐乡。茅盾寓我家中一星期。(**茅盾在此句旁注:"好像住在曹辛汉家。"**)这时他的思想着实跑在我前头了。我记得辩论娼妓问题,他已能说出这是一定社会的产物。他带来的书是鲁迅的《呐喊》和单行本《阿Q正传》。(**茅盾在此句旁注:"恐怕不是。"**)

1924年夏松江,侯绍裘叫我到松江讲演,后来雁冰和汪精卫、邵力子同车也到松江来讲演。在杨家桥景贤女中许多青年写志愿书加入中国国民党,其时汪、邵和雁冰都在场,雁冰说:"不要大家都入党,要留出一部分人作缓急必要时的奔走,革命是有必然的危险性的。"

国民革命军入浙之前,我被选为桐乡教育会长,雁冰为编辑员,接着国民党篡党分共,我在乡接到武汉《反蒋救国大会宣言》一束,其时侯绍裘已做烈士,我疑是雁冰寄我。

解放后俞康候师八十寿辰,叫我把他的诗寄给雁冰,要求不拘体韵和诗,曾去一信。

乌镇女界,思想以王会晤为最先最新,他是李达的爱人,也是我们以前桐乡青年社的社员,雁冰是否受到一些影响,得有启发,也未可知。(**茅盾在此段旁注:"王会悟比我小了好多岁(约十岁),是我启发她的。"**)

7. 访问李詠章,1962年11月17日于其苏州寓所

茅盾在杭州读书的安亭中学不是教会学校,只是私立学校,它的前身是博文书院。经费是由一位姓胡的银行家拿出的。他在该校读书时,与陈潘哲很友好。在北京大学预科读书时,与徐祖(台州人)很友好。当时我在北京高等师范,与他不在一校。

"桐乡青年社"于1922年创立①,这个团体原是乌镇人组织的。因为乌镇有一批青年人思想进步,为改革地方、反对军阀,组织了这个团体,参加者有茅盾、沈泽民、王敏台(李达的小舅子)、严家淦等。1922年在嘉兴召开了一次会,把这个组织扩大到全县。在嘉兴开会时,由我做主席,参加会议的大约有50人左右。这个团

———————————————

① 桐乡青年社创立于1919年下半年,1922年应为改组扩大。

体无严密组织,分区领导,上海由茅盾负责,嘉兴由我和金仲华负责,杭州有杨朗恒负责。改组所出的刊物叫《新乡人》,只出了几期。我这里原来保留有两期,一期已送桐乡县志编辑处,另外一期找不到了。《新乡人》是由茅盾编辑的,刊物的主要内容是反对军阀,反对地方恶势力,反对旧礼教。江浙齐卢战争发生后就停刊了。

在桐乡举办讲演会,我只记得有一次,年份记不清楚了,只记得鲁迅的《呐喊》已经出版了。当时我在桐乡做校长。(金仲华的父亲和我在一个学校教书,金仲华曾在这个学校读过书,他的中文基础很好,我曾教过他英文。)参加讲演的有茅盾、沈泽民、杨朗垣、李季宏、冯为由和我。各人讲演的题目和内容都已记不起来了,只记得李季宏说教育是要人快快回到自然去。我讲的是自然科学方面的题目。讲演稿是否全部发表记不清楚了,只记得泽民要我写出来发表,我未写。当时泽民在上海从事写作。

"桐乡青年社"停止活动的主要原因是参加的分子复杂。

大革命时,茅盾在广东曾代理过国民党中央宣传部部长。后来他回到上海,办了一个小的书店,郑明德曾在这个书店里工作过。大革命失败后,郑明德被国民党逮捕,曾经三次要枪毙他,都未枪毙成,第一次是把姓"郑"写为姓"陈",第二次是把他的妻子梁闺芳,误写为"阎桂芳",第三次是他的老师刘大白等人营救。郑明德出狱后就不再活动了。

8. 肖觉先[①],1962 年 3 月 11 日来信摘录

桐乡旅外学生出身的职员组织了一个"桐乡青年社",这个社是以改革桐乡社会为其宗旨,我认为不能算是政治团体,也非文艺团体,说它是社会团体比较恰当。该社的刊物初名为《新乡人》,我看到创刊号约在 1919 年,出版几期不详。"桐乡青年社"的社员包括有在桐乡的知识分子,不可能称为"桐乡旅外同乡会"。

《新乡人》的主要内容是针砭旧社会。由于社员都是知识分子,文字大体集中于社会风尚和教育两个方面。《新乡人》停刊许久以后,1922 年在嘉兴集会,有上海、嘉兴、杭州方面的代表,决定复刊。杭州方面有杨朗垣负责集稿,嘉兴方面由李詠章负责集稿,上海方面由茅盾负责集稿。因这个刊物在上海印刷,各地的集稿又汇总于上海,由茅盾总其成。我记得复刊后不用《新乡人》,但不是《新桐乡》,是否命名为《桐乡青年》已记不清楚。复刊后出版期数很少,一二年后,"桐乡青年社"这个组织也烟消云散了。

李詠章、曹辛汉都可说是"桐乡青年社"的发起人,嘉兴集会就是在曹辛汉的家里开的。

9. 访问曹辛汉[②],1961 年 12 月 15 日于其寓所

我与茅盾同志认识是在北京(我在北师大)读书时,卢涧泉和我有亲戚关系,

---

① 肖觉先,乌镇人,原在中华书局任编辑,后从事银行工作,这封信由青岛寄来。

② 曹辛汉,浙江桐乡人,曾任上海法学院教务长。

茅盾和卢也有亲戚关系,就在卢家相遇而认识的。卢名学溥,后担任交通银行董事长。卢中过第九名举人,与张元济是同科。卢涧泉母亲一百岁阴寿,茅盾曾写过一篇文章。

1916年夏天,茅盾在北京大学预科毕业后,和他同路回来,从北京乘车到天津,改乘船到上海,再回到桐乡,我到城里,他回青镇。茅盾当时在船上,常朗读樊山的《采云曲》。

大约在1921年前后,茅盾和我并约杨朗垣、金仲华、李季宏、沈泽民等组织一个团体叫"青年社",为反对地方恶势力,曾写过联名信件。当时茅盾是上海代表,我为嘉兴代表(因我在嘉兴教书),杨为杭州代表(杨在北洋大学法律系毕业,时在杭州教书),共有七位理监事。社的活动时间在1922年到1923年间。大约在1922年①暑假,我们在桐乡城内举办小学教师暑期讲习会,由"青年社"成员参加演讲,茅盾讲文学方面的问题,讲题已忘,沈泽民讲"近代新思想",我讲"国语运动"。这些讲演后来在《浙江民报》上发表过。

茅盾进商务印书馆,日期大约在阴历九月间②,是由卢涧泉介绍的,介绍信我见到过。进所后协助《学生杂志》(当时实际由杨贤江主编),记得商务印书馆出版的《卡奔德世界游记》③五本中有一本是茅盾所译。[**茅盾在此段后旁注:"此段有误。我进商务后,先在英文部,后转国文部,其后接编《小说月报》,杨贤江进商务较后,在我编《小说月报》时,《学生杂志》主编先为朱天民,后为杨贤江。"**]

茅盾在杭州安定中学读书时,图画老师叫樊照成。《我的回顾》中曾提及他。茅盾在安定中学国文考过第一名。安定中学的同班同学有李詠章、刘棣华和王显谟等。茅盾从北京回来,因患沙眼,到嘉兴就医,是我介绍他到嘉兴医院的。大约在1916年冬他在故乡结婚④。

茅盾在嘉兴省的二中读书时,有老师名杨次康[**茅盾在此旁注:"不记得有此人。但有朱仲璋(教国文)计仰先(教三角)"。**]原在上海贸易局工作,其子杨昌炘在城市建设局工作。最近桐乡正在编纂新的县志,预备写入茅盾的生平传记,乡间派人来沪找我搜集材料,我已去信给茅盾。

过去的《乌青镇志》署名是卢学溥主纂,实际是朱仲璋(号辛彝)所编,茅盾也参加了编辑体例的讨论工作。

茅盾祖父号砚耕,堂叔祖号悦庭。乌青镇沈家有二族,同姓不同宗。

抗战胜利后,我在上海法学院教书,曾邀请茅盾来院演讲,他讲的题目是《新疆观感》。听讲的人很多,当然有人认为演讲很危险,而茅盾依然前来。讲毕同学围着他请求签名留念,他题"正视现实"四字,共题了一百多本簿子。我当时主编《上海法学院季刊》曾向他征稿,他写了《蚂蚁爬石像》一文,登在第一期(只出一期),此稿现在仍保留着,原署名"茅盾",后涂去改署"沈余"。

---

① 一说为1922年。

② 据《商务印书馆编译所职员录》记载:茅盾进商务印书馆的时间为1916年8月28日。

③ 《卡奔德世界游记》非茅盾所译,茅盾译的是《衣·食·住》中的后两种。

④ 茅盾在回忆录《革新〈小说月报〉的前后》说到他结婚时间是1918年3月,见《新文学史料》第三辑。

1946年我曾请茅盾写一扇面，现仍保存着。他写了一首旧体诗："忧时不忍效乡愿，论史非为惊陋儒，岂有文章真传世，酒酣耳热歌呜呜。"另一面是丰子恺画。茅盾寄给我的信件，一部分已遗失，一部分在桐乡，预备去找出来。1938年7月30日茅盾给我一信（署名"玄"，谈我托他介绍老师事，并提到"庐山三期谈话"，业已展期，弟等都不去了），云云。

沈泽民名德济，南京河海工程专门学校毕业（**茅盾在此旁注："差半年或一年毕业。"**）后在上海参加政治工作，后去苏联，回来后担任中共中央委员。茅盾从日本回来，住在山阴路大陆新村六号，（鲁迅住在九号），泽民曾秘密来沪到茅盾住处，我当时曾见过。泽民爱人张琴秋，现任纺织工业部副部长。泽民有一女儿生在苏联。

《上海时人志》一书内有茅盾小传。《东洋文化史大系》第七册上有茅盾照片。

10. 访问曹辛汉第二次，1962年3月21日于其上海寓所

从李詠章、肖觉先的信使我想起"桐乡青年社"的成立有一个过程：原来桐乡的知识分子有两个组织，一个是乌镇的，一个是县城。乌镇的人数较多，经费也充裕，他们的年龄大，常在宁波旅沪同乡会召开会议，一次花钱很多。《新乡人》可能就是乌镇的旅沪同乡会办的。这个组织可能是由严独鹤主持。可以去问他。县城的一个人数少，经费也不充裕。后来两个组织合并起来，在这个基础上成立了"桐乡青年社"。

"桐乡青年社"开会的地方以在杭州最多，嘉兴其次，上海最少。茅盾为同乡会的事情到嘉兴最少有三次。有一次会在南湖烟云楼开的，肖觉先（当时在中华书局），金仲华（当时可能还在嘉兴省立二中读书），都来参加了。是否为成立会记不清了）。时间大约在1920年到1922年之间。

"桐乡青年社"做过几件事情：

一件事情是反对不好的学校校长。大约在1922年，为桐乡县城内崇实小学校长沈小亭办学不善，茅盾和其他一些会员回到桐乡，通过桐乡县教育会会长（也可能就是教育局长）沈松生（杨朗垣的老师）写信给沈小亭，结果叫他辞职。

一件事情是举办小学教师暑期讲演会，讲演者有茅盾、沈泽民、杨朗垣、李宗武（号季宏）和我等，茅盾演讲有关文学方面的问题，沈泽民讲的是有关现代思想史方面的问题，有一次讲到马克思主义，在黑板上写了"卡尔·马克思"几个字我还记得。讲演稿整理以后由杨朗垣介绍到杭州一个报纸副刊上登了好几期。这个报纸名字已经记不起来，但还记得它的主编是朱章宝（字隐青）。

"桐乡青年社"的分化大约在1923年到1924年，因为杨朗垣本是北洋大学法科毕业生，虽不反对共产党，但对茅盾等以共产党的组织方式来搞这个团体有点害怕，就以工作忙为借口不积极参加活动，并劝告我也不要积极参加活动，于是这个团体便无形中解散。

关于"桐乡青年社"和讲演会的事情还有程志和、朱文叔可以访问。

大约在1929年或1930年，"桐乡青年社"曾想出版一个刊物，我提议叫做《先路》，由沈文华（已去世）编辑，结果没有出版，但这与"桐乡青年社"已无关系。

11. 访问郑明德，1962 年 2 月 21 日于其上海寓所

我和茅盾先生认识在 1923 年，那时他在上海大学教书，我想到上大读书，因同乡关系，所以相识。

"青年社"大概就在这时成立，我是中途加入的。1924 年曾在桐乡城内崇实小学办过小学教师暑期讲习会。1925 年或 1926 年曾计划在嘉兴办一师范学校，这件事可能是党要他这样做的。后来没有办成。改组桐乡县党部这件事是我奉了国民党浙江省党部办的，与他没有关系。沈函夏不知内情，所以说与他有关。

茅盾曾告诉过我，说他参加过党的上海马克思主义小组，参加过党的第一次代表大会。（**茅盾在此处旁注："非事实。"**）黄逸峰说党成立后茅盾是中央委员会委员之一。（**茅盾在此处旁注："非事实。"**）

1926 年季之龙事件发生前不久，他打电报要我去广州，我和孔另境一同坐船到广州，过两天就发生了季之龙事件。当时他在国民党中央宣传部做秘书长。事件发生后党要他到上海来传达广东的情况，说明蒋介石靠不住。五月间，我和他同船回上海，我们在船上曾批评过戴季陶，说："国民党的一些人失势时就'左'一些，得势了就右起来。"

1926 年夏办《国民日报》，想利用张廷灏（张静江的远房本家）和国民党的关系，所以让他做社长，茅盾做总编辑，孙伏园编副刊，我也参加。结果没有办成。表面上是法国领事不让登记，事实上是国民党各派在后面捣的鬼。

1926 年他还做过国民党上海交通局局长，我也参加工作，推销毛泽东主编的《中国农民》《向导》等杂志。同年国民党中央军事政治学校第六期（或第三期）在上海秘密招考，由他负责，吴文祺曾参加监考。（**茅盾在此处旁注："交通局职权另见，此处所记不全。"**）年底他去汉口，是我办的结束工作。

1926 年商务印书馆编译所可能有一个支部，是由杨贤江负责，冯定、吴文祺都是这个支部。他在商务印书馆时，我和杨之华、胡子婴等常到他家去，一些党的重要领导人也常去，他家中常常是宾客满座，在那里吃饭的人很多。

1927 年他在汉口当《民国日报》总编辑。五月间他打电报要我去。我去后他派我回上海侦察上海的情况，我回到上海两三天就被捕了。

1943 年在重庆枣子岚垭良庄，我们是邻居，他和沈钧儒住在一个院子里。当时蒋介石曾召见他，想笼络他，他没有答应做事，但还是不能不去见他一次。

12. 访问钱槐新，1962 年 2 月 23 日晚于乌镇旅社

乌镇地处两省（江苏、浙江）三府（嘉兴、湖州、苏州）七县（桐乡、嘉兴、秀水、乌程、归安、震泽、吴江）之间。市河西名乌镇，原属乌程，后属吴兴。市河东名青镇，原属桐乡。解放后，两镇合并。原乌镇属桐乡，设镇人委。其郊区为"乌镇""民合""建新"三个人民公社。镇上有人口 12 000 多人。抗战前更繁华，东西栅长六里，南北栅长三里，素称蚕丝鱼米之乡。

乌镇过去比较繁杂，有句老话叫："乌镇北栅头，有天无日头。"

镇上有几个大族，丁士源在清末曾做过军机大臣。（**茅盾在此处旁注："非也。**

丁之历史颇复杂,而以‘满州国’汉奸终。")徐冠南是个资本家,曾做过务本小学校长。沈和甫开冶房,很有钱,做过中西学堂校长。镇上有两族沈家,同姓不同宗。茅盾的一族人丁兴旺。有句老话说:"冶房(沈和甫)的锅子,张家(同成)的银子,徐家(冠南)的牌子,沈家的儿子。"后来卢涧泉成了银行家,也很有钱。

镇上最早的学校是立志书院,后改立志小学,是初等小学,4 年。后来办了植材(公立)和中西学堂(私立)(**茅盾在此处旁注:"中西学堂即植材之前身。"**)都是高小。当年,植材附一商科,两年。植材高小在北宫,抗日战争时期,因游击队经常住在那里,被日寇拆毁。原来里面所特有的双瓣五色桃花(不结果),很有名,也被毁。现为公园。中西学堂后来做了卢涧泉家的祠堂,抗战时期被烧毁,镇上现有两所中学,桐乡二中(公立)和三中(民办),两个书场,一个俱乐部,一个文化馆,一个戏园。

茅盾进嘉兴府中学比我早,当时的旧制中学是 4 年不是 5 年。嘉兴中学程度最高。当时校长为计仰先(字中型)。后来。茅盾转到杭州安定中学。安定是教会学校。(**茅盾在此处旁注:"不是,是私立。"**)1925 年左右,他曾与泽民一起到嘉兴中学来讲过新文学的问题。(**茅盾在此处旁注:"并无其事。"**)

《新桐乡》是桐乡祇沪同乡会所办,(**茅盾在此处旁注:"并无此会。"**)由茅盾主持,像一张小报,不定期出版,是用捐款筹办的。出版时间大约在 1922 年,内容以谈文学较多。

孔另境家的"庸园"很大,在假山上造一"花好月圆"楼,花果树比较多,抗战时期已全部被敌人烧毁。

"双桥"无镇也无村庄,是跨在运河上的两座大石拱桥,南距桐乡县城七里,北距炉头镇六里。栗市属吴兴,在乌镇西十二里。

传说梁昭明太子在本地读过书,现在国乐戏院墙壁上尚有"六朝遗胜""梁昭明太子同沈尚书读书处"。湖州同知金建翊立,总兼中里人沈士茂识"的字迹。

13. 访问钱青,1961 年 12 月 25 日于其上海寓所

我和沈泽民的爱人是表姐妹,和孔德沚三人是幼年时在石门湾振华女校的同学。和茅盾先生也有过一些接触。主要是我在 1925 年到 1931 年间在日本奈良读书。茅盾在 1928 年到 1930 年住在京都(西京)。茅盾在回国之前,曾到奈良去玩过。

茅盾在日本时最接近的是杨贤江。杨的夫人姚韵漪现在北京的人民教育出版社,编辑中学语文课本。他对茅盾这一时期的生活、活动或可能提供一些材料。茅盾与陈望道有一个时期(大约在去日本前后)关系也很密切,陈老可能有些材料提供。

《虹》是在日本写的,那时茅盾与某某某过从较密。所以有人说某某某是《虹》中梅女士的模特儿。某某某大概就是李大钊同志培养过的那位女青年。(**茅盾在此处旁注:"此不确。"**)

茅盾回国后一年,我也从日本回来了,那时茅盾与夏衍、沈西苓交往较多。

在大革命以前,孔德沚也参加过一些革命活动,据说《创造》中的某些题材与

这段生活有关。(茅盾在此处旁注:"不确。")

茅盾的女儿亚男,是死于手术流产,孔德沚最疼爱这个女儿。所以女儿的死讯曾对她隐瞒了很久。沈泽民的女儿玛霞生于苏联,解放后才回国。

14. 访问丰子恺,1962 年 1 月 2 日于其上海寓所

我和茅盾同志过去的接触不多,茅盾夫人孔德沚却从小就认识。她读书时名世珍。大约在民国初年,我姐丰梦忍在故乡崇德石门湾办振华女校(初高等小学)。孔世珍也在该校读书。当时即寄宿在我家里。

我与茅盾见面,大都在一些宴会上。我先在浙江上虞白马湖春晖中学教书,后到上海立达学园教书。以后一直住在杭州。抗战后期,我在重庆,香港沦陷后,茅盾万尽艰险假扮商人逃出来,到重庆和我见面时他还是商人打扮。我请他们夫妇吃过一次便饭。

沈泽民的爱人张梧(字琴秋)是我的学生,在小学时教过她。她父名张殿卿,是石门地方绅士。妹名张兰,共产党员,抗战时期领导敌后斗争而牺牲。兄名张桐,1923 年春晖中学初办时,我在该校教艺术课。沈泽民以作家身份到春晖来,和我住在一起,约有半年。泽民爱读古诗、喜欢喝酒,和我个性相近,所以两人很接近。当时他大概也是党员,但他没有对我谈过党内的事。记得当时,校长叶天底常与泽民谈话。1926 年我离开春晖到上海立达学园教书,一直没再遇到过泽民,可能那时他已到苏联去了。张梧也同去的。

1959 年,电影《林家铺子》映出时,《文汇报》徐开垒来约我为《林家铺子》绘连环漫画,因为我故乡石门湾与乌镇相距不远,环境差不多,我绘了十幅,刊载在《文汇报》上。

15. 访问钱君匋,1961 年 12 月 15 日于其上海寓所

我过去为茅盾同志著译书籍封面的绘制方面联系较多,如《子夜》《幻灭》《动摇》《欧洲大战与文学》《小说月报》《文艺阵地》等,都是我所绘制。最近已把我所绘的封面编成《钱君匋书籍艺术选》。内选入茅盾著译封面三幅,交人民美术出版社出版。

我开始认识茅盾,是在 1924、1925 年间。那时我刚从学校毕业,到上海找工作。我是桐乡屠甸镇人,与乌镇相距不远。丰子恺是石门湾人,距屠甸很近,他是我的老师,就介绍我入开明书店。后来就认识茅盾,茅盾在商务时,住在宝山路宝山里 64 号。

茅盾在"五四"以后,与曹辛汉、杨朗垣等(均桐乡人)组织过一个文学团体。(茅盾在此处旁注:"非文学团体。")名"青年社",曾到桐乡小学校讲演国内外的情况,到了屠甸镇的崇道小学。

当时我与茅盾在回乡时相遇,我问他:《小说月报》自改组后,与过去的纸张不同。茅盾听了,误以为主张不同,答称:"这刊物的主张,自改革后,以提倡新文学为主,没有变更主张。"后来了解我是说"纸张"。因为我们的家乡话,两者音相同。他说:"这是资本家的经营打算问题。"

茅盾故乡乌镇(乌镇与青镇,向来在外边均称乌镇)为两省(江、浙)三府(嘉兴、湖州、苏州)七县(桐乡、吴江、乌程、归安、嘉兴、秀水、震泽)之交。当地有句谚语:"乌镇北栅头,有天无日头。"说明在地方解放前许多府县都"管",又都不"管",老百姓有冤无处诉。

"八·一三"事变时,日寇从金山卫登陆。我从上海到湖州,转南昌。约在阴历十二月中到达长沙。茅盾大约在那年底也到达长沙,住在天心阁附近。当时郭沫若、田汉、蒋牧良、张天翼、王鲁彦、刘良模、楼适夷等也先后到了长沙。长沙文艺界曾开会欢迎。茅盾在会上讲了话。

茅盾到广州,约在 1938 年阴历 1 月底 2 月初。我到香港时遇见他,当时他住在九龙太子道,与萨空了住在一屋。**(茅盾在此处旁注:"非一屋,但相近耳。")**

《烽火》半月刊,我了解实系巴金主编,但登记时改用茅盾为主编人,巴金为发行人。《烽火小丛书》大概茅盾也参加编辑,其中有一本《战地行脚》是我写的。

《文艺阵地》的封面是我所绘,是在上海画好后寄去的。我现在还记得保存有联系封面的信件。

茅盾的记忆力很强,看过的书不会忘记,他对《红楼梦》的文字能够背诵。有一次在开明书店同人们打赌说,如茅盾能背诵可以请客,后茅盾果然背了一回。**(茅盾在此处旁注:"并无其事。")**

最近我计划刻三种印谱。一是长征印谱,二是《茅盾笔名印谱》,三是《革命烈士印谱》。第一种已经完成,第二种计划在 1962 年完成。已搜集到 40 多个笔名,希望你们能配合搞好这一工作。

茅盾笔名曾用过"冬芬""冬芬女士""芬君""冯虚""冯虚女士"。这是可以确定的。"希真"可能是高尔柏兄弟用的笔名。**(茅盾在此处旁注:"不是,乃是我与我弟合用过的一个笔名。")** 也用过"冰"字的古本字作笔名。他通信时,一般不写真名,用过"玄""玄珠""明甫""世珍"(借用他夫人名字)。他用笔名很随便,比如,商务同仁称他为"老沈",他就署名"郎损"。**(茅盾在此处旁注:"'郎损'者,'疲损沈郎腰'简写也。")** 因两者在我们家乡话中音相近。"玄珠""方璧"是用"珠圆璧润"的意思。**(茅盾在此处旁注:"'玄珠'典出《庄子》,'方璧'乃随手拈来,并无典故。")**

16. 访问程志和,1962 年 3 月 25 日于其上海寓所

我是桐乡人,家住在城里。早年和茅盾同志接触很少。

辛亥革命时期,我在杭州安定中学读书。校址在清泰门葵巷,茅盾比我高一班。只知道他的作文写得很好,在学校里很出名,我是 1915 年在安定中学毕业的。茅盾在甲寅年 1914 年暑假毕业的。是否因学制变更而提早毕业。记忆不起了,安定中学当时的校长叫陈纯。李詠章是茅盾的同班同学,知道的情况可能比我多。

我在安定中学毕业后,到上海同济大学读书。后来杨朗垣等和我联系组织青年社,我也参加了。没有什么活动,没有写过文章。成立会在嘉兴开,我好像没有去。后青年社在上海借一地方集会,我到过大约有十几个人,后在桐乡举办暑期

讲学会。我也参加了,讲什么题目? 已记不起了,在桐乡的社员有 20 多人。松江演讲我也去过。《新桐乡》这一刊物当时看到过,不记得是铅印还是油印。青年社这个组织不是很严格的,只是志气相投的青年相聚在一起,做一些文艺活动等工作。

17. 访问孔彦英,1962 年 3 月 1 日于复旦大学附中

我虽与茅盾同志是亲戚,但对于他的情况了解得不多。我小时在商务印书馆附设的尚公小学读书时,曾寄寓在姐夫茅盾家里(宝山路鸿兴坊)。后来在上海大学附中读书,仍住在他家里。但那时我正年轻,对茅盾的社会活动不太了解,只看到他的朋友很多,经常到家里来。我姐出嫁大约在 1916 年①。我姐原名世珍,后改德止。她先在石门湾的振华女校读书,后到湖州女中读了一年,嫁后到上海读书。

我的祖父名繁麟,字经轩。祖母姓周。父名祥生,字问松。母亲姓沈,但与茅盾不是一家。我家庸园在抗战时期被毁,现已无遗迹。

茅盾的《林家铺子》《春蚕》《秋收》《残冬》等小说,都是以我故乡乌青镇为背景写的。

18. 访问孔另境,1961 年 12 月 16 日于其上海寓所

茅盾是桐乡青镇人,住在中市观(修真观)前街。老屋原为四开间两进,后来茅盾把后面旧平房三开间修葺好供他母亲居住。沈老太太故世在 1940 年 4 月 17 日。

茅盾的笔名由于在白色恐怖下,为避免国民党反动派注意,所以随便取名。有些笔名用了一次即不再用。这些笔名现在很难确定。《矛盾月刊》是反动人物办的杂志,茅盾是不会向它投稿的,其中"毛腾"这个笔名靠不住。

茅盾有三个叔父,其二叔沈仲襄过去在银行工作。仲襄长女沈德湖现在福州路某小学(原名华华小学)教书,可去访问。

茅盾进商务印书馆是卢涧泉介绍(卢曾任造币厂厂长),刚进去在英文部工作,月薪二十四元。

茅盾加入中国共产党很早,可能是上海共产主义小组的发起人,党的"一大"可能也参加。(**茅盾旁注:此有误。**)记得当时我在嘉兴省立二中读书(地址在天官牌楼),有人来告诉我:"你的姐夫来嘉兴开会。"我曾在南湖见到他。1922 年到 1923 年间,茅盾曾担任共产党上海地委书记。当时商务印书馆同人中有陈云(在发行部门)、徐梅坤同志(现任国务院参事),上海工人三次武装起义,徐与周恩来同志共同负责指挥工作。(**茅盾旁注:"非商务同事,而是上海印刷工会负责人。"**)

我在上海大学读过书,瞿秋白同志任上大社会系主任,陈望道任中文系主任。中文系教师有:茅盾、田汉、赵景深、郑振铎等。茅盾教《中国小说研究》《神话研

---

① 茅盾在回忆录《革新〈小说月报〉前后》中说,孔德沚与茅盾结婚在 1917 年 3 月。

究》两门课程。英文系主任叫何世桢。丁玲也在上大读书。

1926年国民党二大在广州召开，茅盾从上海到广州，参加会议，后担任国民党中央宣传部秘书。当时毛泽东同志代理中央宣传部部长（汪精卫是部长，不到职），与茅盾在一间房内办公，对坐二办公桌。我也在宣传部担任书记之职（抄录工作），也在同一房间内。

北伐时，我随北伐军先到汉口，大概在1927年元旦，茅盾从上海也到了武汉，先住武昌阅马厂附近，后即迁居汉口民国日报馆，担任《汉口民国日报》总编辑，兼军校教官，他平时穿着军装。

沈泽民比茅盾小四岁，曾在南京河海工程专门学校读书，在上海大学教过书，是"少年中国学会"会员，与田汉、张闻天很熟悉。后去苏联留学，回国后，到达鄂豫皖苏区，就死在那里。当时苏区办有"沈泽民大学"来纪念他，由瞿秋白任校长。

《洁本红楼梦》初稿是我代茅盾整理的。（**茅盾旁注："并非事实。"辑者注：待考。**）经茅盾仔细校订，并写了序文，由开明书店出版。《子夜》原稿，由我姐保存，付印稿由我姐抄过的，《子夜》初版本瞿光熙有收藏。我姐原名"世珍"，后改"德沚"，是茅盾按照自己的排行名代改的。

茅盾到新疆是杜重远邀请他去的，杜被软禁后，党通知茅盾立即离开新疆，（**茅盾旁注："并无此事。"**）当时茅盾母亲故世，请了丧假，才得离开，走时乘的苏联飞机。

1948年底茅盾离开香港到东北解放区，同行有五十多人，大都是民主人士，在东北曾发表过一篇宣言。

19. 访问张琴秋，1962年11月9日于纺织工业部

我和孔德沚在石门湾振华女校是同学，到上海后常到他们家去。因而和泽民相识。他们家中经济情况不好，母亲很开明，尽量节约把钱积存下来供给他们兄弟俩去上学。泽民可能在浙江省立第三中学（在湖州）读过书。未毕业就考进大学。（**茅盾在此处旁注："南京河海工程专门学校。"**）

泽民曾与张闻天同去日本，在帝国大学半工半读。回国后由恽代英介绍，曾去芜湖某中学教过书。他大约于1922年入党。1923年下半年与一姓梁的同去南京建业大学教书。教的课程是文学方面的，并从事革命活动，在南京因待不下去才回到上海。他参加过"文学研究会"。与柯庆施一同在平民女校教过书。他的文艺思想可能受他哥哥的影响。他的生活一直很朴素，有时拿到稿费就与同志们共用。他很乐于帮助人。

1924年他在环龙路44号国民党上海执行部做文字宣传工作。1924年到1925年之间。曾编过《民国日报》副刊《觉悟》。（晚上工作）约半年多。并曾在上海大学社会学系兼过课。五卅运动时他曾亲自参加。1921年到1924年这段情况，杨之华、徐梅坤、浦化人（早年搞教会工作，现在中宣部救济总会工作）比较了解。

1925年我们结婚。不久我就去苏联学习。1926年他随刘少奇同志等去苏联，参加职工代表大会，做英文翻译。会开完后，他就留下来在孙中山大学学习。

后来考取红色教授学院学习哲学,约一年半到两年。他学习很用功,肯钻研,每晚总要学到十二时才睡觉,因而得了肺病。他懂得英、日、俄三种外国文字。

1930 年他先回国,在中央宣传部工作,约半年多。因在上海待不住,于 1931 年"五一"前和我一同去鄂豫皖苏区。他先任省委宣传部长,后任省委书记。他在那里工作积极努力,生活刻苦,活泼乐观,决不愁眉苦脸。他喜欢做调查研究。与大家相处关系很好,与群众能打成一片。大部队离开以后,他带着少量部队打游击。因为生活艰苦,身体原就不好,这时得了很重的疟疾(成仿吾也得了此病),因急于治好,吃奎宁过多,结果中毒而死。过去传闻他是 1934 年年初死的。去年夏天成仿吾告诉我,说他是 1933 年 11 月死的。在苏区这段情况,成仿吾比较了解。

我到鄂豫皖苏区后,他征求我的意见,我说我愿意到军队里去锻炼锻炼。结果就到部队上去了。所以我到苏区以后就未和他在一起工作。最初部队在周围打仗,还偶然有机会回到后方去和他见见面,后来部队越走越远,被张国焘带往川陕,因此他死的确切日期我也不知道。

他死后葬于湖北红安县七里天堂公社联民大队刘家湾村。我给湖北省委去信询问,回信说将把他的遗骨迁葬于红安县烈士陵园。迁葬时我将去一趟。

2021 年 4 月 5 日录完

第一次会面：略谈郭沫若与茅盾在 1921 年的交往

马正锋①

内容摘要：1921 年 4 月，郭沫若与茅盾在上海首次会面，郑振铎、柯一岑作陪。对于这次会面，二人的感受颇有不同。几位会面人对会面的日期、缘由、讨论的内容和相互的评价等事宜之描述或回忆，则存在一定出入。考虑到文学研究会成立于会面前的 1 月份，而创造社成立于会面后的 6 月份，细察这次会面的来龙去脉，将有助于增进理解两大文学团体的初期交往，进而对 1920 年代初期新文学阵营内部关系有所把握。

关键词：郭沫若；茅盾；创造社；文学研究会

郭沫若和茅盾是中国现代文学史上举足轻重的人物，他们的文学思想和文学创作深刻地影响了中国现代文学的进程。早在 1921 年，郭沫若与茅盾有了第一次会面②。出人意料的是，对于这次会面，不仅同行之人描述不一，二位作家本人的描述亦多有不同。细察会面时间、会面缘由、会面评价等有关事宜，或可窥探1920 年代初期中国新文学的有关动态。

首先谈谈会面的确切日期。郭沫若说自己于 1921 年 4 月 3 日由日本门司抵达上海，4 月 8 日游西湖，4 月 12 日到杭州，而"在我们由西湖回沪之后的不几天，接到振铎写来的一封信，约我在一天礼拜日在半淞园会面"③。茅盾称会见时间为"一九二一年五月初"④。另一位会见人郑振铎说了一个确切的日期——"时间是4 月 24 日星期天"⑤。其他资料里，蔡震著《郭沫若家事》遵从郭沫若自传的说法，将时间定为"1921 年 4 月下旬"⑥，而查国华著《茅盾年谱》遵谱主所说，其"1921 年 5月"条目末尾写到——"本月，与郑振铎同邀郭沫若在上海半淞园会面并共餐"⑦，陈

---

① 作者简介：马正锋，湘潭大学文学与新闻学院副教授。

② "茅盾"这一笔名的正式启用始于 1927 年 9 月发表于《小说月报》的中篇小说《幻灭》，在此之前一般称"沈雁冰"。为行文方便，本文多用"茅盾"，间或使用"沈雁冰"或"雁冰"。

③ 郭沫若：《创造十年》，现代书局 1932 年版，第 127 页。

④ 茅盾：《我走过的道路（上）》，人民文学出版社 1997 年版，第 225 页。

⑤ 陈福康：《郑振铎传》，上海外语教育出版社 2009 年版，第 93 页。

⑥ 蔡震：《郭沫若家事》，中国华侨出版社 2009 年版，第 96 页。另，龚继明、方仁念的《郭沫若年谱》作"五月上旬"，天津人民出版社 1992 年版，第 99 页。

⑦ 查国华《茅盾年谱》，长江文艺出版社 1985 年版，第 43 页。多种茅盾相关年谱或传记作五月上旬或五月初，如万树玉编著《茅盾年谱》，浙江文艺出版社 1986 年版，第 58 页；唐金海、刘长鼎主编《茅盾年谱》，山西高校联合出版社 1996 年版，第 114 页。

福康著《郑振铎年谱》作"约 4 月下旬"①。综上,结合郭沫若、郑振铎的说法,时间应为 1921 年 4 月 24 日。这里需要指出的是,就在 4 月 23 日,《时事新报》头版刊载了《本报特别启事》,称将出版《文学旬刊》,同时刊载了《文学旬刊宣言》与《文学旬刊体例》,该刊为文学研究会会刊,郑振铎主编。

至于会面时二人相互的观感,则是大相径庭。茅盾晚年回忆:

> 我们约定在半淞园门口见面,因为我们中间只有柯一岑认识郭沫若。九时,我们先到,不一会儿郭沫若也来了。这天,郑振铎和我都穿长衫,柯一岑是一身当时时兴的学生装,就是郭沫若穿了笔挺的西装,气宇不凡。②

郭沫若说茅盾:

> 雁冰给我的第一印象却不很好,他穿的是青布马褂,竹布长衫,那时似乎在守制的光景。他人矮小,面孔也纤细而苍白,带着一副很深的近视眼镜,背是微微弓着的,头是微微埋着的。和人谈话的时候,总爱把眼白眍起来,把视线越过眼镜框的上缘来看你。声音也带着些尖锐的调子。因此我总觉得他好像一只耗子。——我在这儿特别要加上一番注脚,我这只是写的实感,并没有包含骂人的意思在里面。③

郭沫若也谈及另两位会面人郑振铎和柯一岑(时任《时事新报》副刊《青光》编辑):郑振铎"面貌很带有希腊人的风味,但那时候好像没有洗脸的一样,带着一层暗暮的色彩","柯一岑的印象没有什么特别可说的,我只记得他的面孔平板,嘴唇微微上翘,有点朝鲜人的风味,只是没有朝鲜人所共有的那种可怜的茫没的情况。他穿的是青哔叽的学生装。我听雁冰称之为'劳动服'"④。不难发现,茅盾的回忆简洁、清晰,评说客气并带有好意:柯一岑装束时兴,而郭沫若西装笔挺、气宇不凡。郭沫若的回顾比较细致,他着笔于茅盾的肖像外貌及着装气质,虽特意强调耗子的说法没有骂人的意思,却多少有些"此地无银三百两"。茅盾的回忆约在 1979 年,郭沫若则是 1932 年,写作时的年龄和心境或能够解释会面印象的粗细乃至行文语气的差别。

其次,关于会面的缘由。茅盾说:

> 正因为我和文学研究会的同人(主要是郑振铎)对郭沫若的诗有这样深刻的印象,所以还在文学研究会发起之时,郑振铎就曾写信给在东京的田寿昌(田汉),邀他和郭沫若一同加入发起人之列,但田汉没有答复。一九二一年五月初。我和

---

① 陈福康:《郑振铎年谱》,书目文献出版社 1988 年版,第 46 页。
② 茅盾:《我走过的道路(上)》,人民文学出版社 1997 年版,第 226 页。
③ 郭沫若:《创造十年》,现代书局 1932 年版,第 128—129 页。
④ 同上书,第 129 页。

郑振铎听说郭沫若到了上海,就由郑振铎发了请柬,由《时事新报》副刊《青光》的编辑柯一岑先容,请郭沫若在半淞园便饭。①

郭沫若自 1919 年 9 月 11 日在《时事新报·学灯》发表第一首新诗之后,声名鹊起,很快成为全国编辑和读者所熟知乃至喜爱的诗人。郑振铎是在看《学灯》稿子时发现有郭沫若的《归国吟》组诗,方才知道郭氏将要回国。这组诗后来分两次刊于 4 月 23、24 日《时事新报·学灯》,而前文所提文学研究会会刊《文学旬刊》亦问世在即。不难想见,双方 4 月 24 日会面之时,心情理应不错。

虽然有茅盾、郑振铎、柯一岑三人与郭沫若见面,但是邀请郭沫若加入文学研究会一事,则由郑振铎单独与郭讨论,因茅盾觉得郑振铎比自己更擅长交际。于是,用餐后四人分成两路,郑振铎、郭沫若商谈入会之事,茅盾、柯一岑则喝茶等待。其结果,按照茅盾晚年的回忆是这样:

事后郑振铎告诉我,郭沫若答应给《文学旬刊》写点文章,但对于加入文学研究会却婉词拒绝了,理由是:他昨天才从成仿吾那里知道,半年前田寿昌曾收到郑振铎的一封信,邀请田和郭沫若一同加入文学研究会,但田寿昌没有把信转给郭,也未答复,显然是他没有合作的意思。现在郭沫若又来加入,觉得对不起朋友。郭表示愿意在会外帮助。当时我和郑振铎都认为郭沫若既如此表示,就不便再劝驾了。不加入团体,也可以合作,这是郭沫若当时回答郑的话,我们也以为是这样。那时候我们不知道郭沫若正在酝酿成立另一个文学团体。六月上旬郭沫若回到日本,七月初就在东京成立了创造社。②

郭沫若的回忆详细呈现了他与郑振铎的谈话内容:

"我们不久要在《时事新报》上出一种文学周刊,"振铎对我说,"希望你能够合作。"

"我已经看见过你们登的广告,"我回答他,"我自然要尽力的帮助。"

"你率性加入我们的组织不好吗?"

"没有什么不好的,只是我听说你们最初发起文学研究会的时候,写过信给田寿昌,并邀我一同加入发行人之列。……"

"是的。有那么一封信。那时没有得到你们的回信。"

"那信我并没有看见,寿昌没有把信给我看。他没有答复你们,想来他怕是没有合作的意思。现在我又来加入,觉得对不住朋友,所以我看最好是在会外来帮助你们了。"

"好的,总之请你帮助好了。"③

---

① 茅盾:《我走过的道路(上)》,人民文学出版社 1997 年版,第 225 页。

② 同上书,第 226 页。

③ 郭沫若:《创造十年》,现代书局 1932 年版,第 129—130 页。

这里,郑振铎所说的一种文学周刊,即作为文学研究会会刊的《文学旬刊》。郭沫若婉拒了加入文学研究会的邀请,只同意为《文学旬刊》写稿,在会外帮助文学研究会。拒绝的原因,是较早前郑振铎曾致信田汉,并诚邀田汉与郭沫若加入文学研究会,而田汉却不置可否。对此,郭觉得为难,他说:

> 仿吾在这时候(按:指接到郑振铎的半淞园会面来信后)才告诉我一件事情。
> 原来振铎和他的朋友们要发起文学研究会的时候,有一封信寄到东京田寿昌处,约他和我加入。这封信寿昌没有转寄给我,同时也没有答复。那封信仿吾是在寿昌处看见的,他那时说过寿昌很多不是,那样的消息都没通知我一声。[1]

郭沫若把这事推给了田汉。对于郭沫若的说辞,郑振铎的态度是:

> 听郭沫若这样说,他才知道原来田汉扮演了《世说新语》中'不为致书邮'的洪乔的角色。不过,他又感到郭沫若推辞加入的理由也有点儿费解。但是,既然沫若不愿加入,又答应在会外相助,那么也就不好再勉强了。[2]

茅盾、郑振铎盛情邀请,郭沫若等虽早有打算,但双方仍约定共为中国新文学的发展而努力,四月底的会面就这么告一段落,可谓友好、相安无事。

五月底,郭沫若返回日本福冈,随后即赴京都和东京两地访朋问友。六月初,郭沫若、田汉、郁达夫、张资平等人发起成立了创造社,而其成立后点燃的第一把火就烧向了文学研究会。对此,茅盾很不满:一方面,他猜想郭沫若在上海半淞园时就已酝酿成立新的文学团体,而会面时却不露口风;另一方面,郭沫若不但没有"在会外相助",反而主动挑起纷争。茅盾的不高兴当然不无道理。更遑论,郭沫若在1930年代初对此会面过程用了"劝诱"[3]一词,有些不地道。

不过,创造社的成立并非一蹴而就,其初衷并无处心积虑要针对文学研究会的意思。1918年夏天是创造社的受胎期,当时郭沫若与张资平在日本福冈博多湾曾有长谈,想着要"出一种纯粹的文学杂志,采取同人杂志的形式,专门收集文学上的作品。不用文言,用白话"[4]。1919年下半年,郭沫若在《时事新报·学灯》上第一次读了中国的新诗,兴奋之余遂向该刊投去诗稿并很快得以发表。1919年下半年到1920年上半年,是郭沫若诗歌创作的爆发期,《地球,我的母亲》《凤凰涅槃》《匪徒颂》《天狗》等名篇均作于该阶段。与此同时,张资平、成仿吾等人也有诗作在国内刊物上发表。创作上的成功,使他们坚定了对文学事业的信心。在郭沫若的串联下,田汉与张资平、成仿吾、郁达夫等人在东京建立了联系,他们多次会

---

① 郭沫若:《创造十年》,现代书局1932年版,第127页。
② 陈福康:《郑振铎传》,上海外语教育出版社2009年版,第93页。
③ 郭沫若:《创造十年》,现代书局1932年版,第194页。
④ 同上书,第42—43页。

面,商讨相关事宜。具有建设性的意见大概在 1920 年下半年形成,随后田汉开始在国内寻找可以合作的出版社并进一步邀请同人。田汉的进展不太顺利,成仿吾则在 1921 年 3 月接到了上海泰东书局愿意合作的消息,后者遂将临到头的毕业实验也给抛弃,决定于当月月底前往上海,郭沫若亦同行。于是,在这年 4 月 24 日,有了郭沫若、茅盾、郑振铎、柯一岑的会面。

对于此时的郭沫若,茅盾"已从《时事新报》副刊《学灯》上发表的他的一些诗认识他了"①,"对于作者这种热情横溢敢于创新的气魄十分钦佩"②。郭沫若对当时文艺界的看法通过他与田汉的通信可以见出:

成仿吾君你近来会过没有?他去年有信来,说有几位朋友(都是我能信任的)想出一种纯文艺的杂志,要约你和我加入。他曾经和你商榷过没有。他来的信上说:'新文化运动已经闹了那么久,现在国内杂志界底文艺,几乎把鼓吹的力都消尽了。我们若不急挽狂澜,将不仅那些老顽固和那些观望形势的人要嚣张起来,就是一班新进亦将自己怀疑起来了。'他这个意见,我很具同感,所以创刊底建议,我也非常赞成。③

这封信写于一九二一年正月十八日,公历应为 1921 年 2 月 25 日,距离郭沫若动身回国的日期很近。信里对于当时国内杂志界文艺的不满以及舍我其谁的勇气表露无遗。带着这样的观感和决心,郭沫若在会面之后,婉拒合办刊物并加入文学研究会的提议就不难理解。

文学研究会成立于 1921 年 1 月 4 日,筹备工作主要在 1920 年的 12 月份展开,郑振铎是发起人和组织者。那封写给田汉,邀请田汉并郭沫若入会的信,应当是写于筹备之时。而在东京的田汉、成仿吾、张资平和郁达夫等人已经会面,且对于成立新的纯文艺杂志有了想法,只是苦于找不到合适的出版单位。田汉对于来信不理不问,亦不通知郭沫若,当是主意已定,准备自己来干一场。郭沫若 1921年 4 月上旬在上海时,左舜生曾来拜会,并说"寿昌在二月间有信来,托我找出版处,我也奔走了几家。中华书局不肯印,亚东不肯印;大约商务也怕是不肯的"④,可见田汉当时已有实际动作,郭沫若也在勉力促成。又成仿吾知道郭沫若与郑振铎、茅盾会面一事,并在会面前提及了前述之邀请信,郭、成二人对是否与文学研究会合作应有过讨论。郭沫若的婉拒,实际上不可避免。试想,泰东书局赵南公答应了成仿吾担任该局文学编辑部主任,创办新杂志已经成为可能,何必寄人篱下?尽管后来赵南公没有如约聘任成仿吾作文学编辑部的主任,但还知道郭沫若并非等闲,听说他要出纯文艺刊物,便有意让他主编《新的小说》;郭沫若甚至已经想着要将《新的小说》改名为《新晓》了,只是由于《新的小说》之时任主编不愿让

① 茅盾:《我走过的道路(上)》,人民文学出版社 1997 年版,第 218 页。

② 同上书,第 219 页。

③ 郭沫若:《创造十年》,现代书局 1932 年版,第 100 页。

④ 同上书,第 136 页。

贤,他无法即刻就位主持该刊。有鉴于此,赵南公同意了郭沫若在《新的小说》外,再出一种新的刊物。这本刊物,就是后来的《创造季刊》。1921 年的春夏在沪期间,郭沫若为筹备这本新刊物大耗精力。然而,由于势单力孤,新刊进展缓慢,对杂志的名称、出版周期、稿件分量等问题未能完全确定好。郭沫若遂决定返回日本,与自己的同人商量上述事宜。

茅盾说他和郑振铎不知道郭沫若正在酝酿成立另一个文学团体,确有埋怨郭沫若不道实情之意。郭沫若、郁达夫等在"创造社预告"及《创造季刊》之创刊号对文学研究会进行攻击的做法,茅盾更是不能接受。对此,郭沫若可以稍作辩解。前已提及,春夏在沪期间,郭沫若尚未确定刊物名称,这进度距离酝酿成立另一个文学团体大约是不近的。而且,在和郁达夫于东京会面之前,刊物的名称还在"创造"和"辛夷"之间徘徊。此种情况之下,郭沫若可能觉得没有必要在 4 月 24 日与茅盾、郑振铎会面之时将这没有眉目的刊物和盘托出。另外,对于返回日本会见同人后所能达到的成果,郭沫若本人并无多少信心。不过出人意料的是,郁达夫表现出极强的兴趣和热心。他建议杂志定名为"创造",并表示无论月刊还是季刊,每次他都可以担任一两万的文字。在东京会面期间①,在郁达夫的住处,三年前(1918 年夏)郭沫若在博多湾就有的出纯文艺杂志的想法,终于有了执行的组织——"创造社"。据张资平回忆,除商定社团名称,还确定了要出季刊和丛书的出版计划;而在他看来,这"一切都是由郭一人的决断才见成功的"②。七月,郭沫若又回上海,为《创造季刊》的"创刊号"组稿。七月中旬,文学研究会李石岑致信郭沫若,转述郑振铎等人的意思,再邀郭沫若等人加入文学研究会,郭以与首次会面同样的理由予以拒绝。试想,郭沫若此时如将四月至七月有关事宜转述至茅盾与郑振铎,双方后来的论战大概率可以避免。

《创造季刊》的创刊号进展不顺,郭沫若虽奔走不息,但收效甚微,劳累困顿之余,开始怀疑自己,又加国内无法创作,遂想着"半路出逃",先回日本完成学业。临走之前,他向泰东书局赵南公推荐了郁达夫,而后者的执行能力与工作效率显然高于郭沫若。在正式接受编辑任务后不久,郁达夫即在《时事新报》刊登了《创造季刊》的出版预告:

> 自文化运动发生之后,我国新文艺为一二偶象所垄断,以致艺术之新兴气运,渐灭将尽,创造社同人奋然兴起打破社会因袭,主张艺术独立,愿与天下之无名作家共兴起而造成中国未来之国民文学。
>
> 创造社同人
>
> 田汉　成仿吾　郁达夫　郭沫若　张资平　郑伯奇　穆木天③

---

① 关于此次会面以及创造社成立的日期,郭沫若、郁达夫、张资平等当事人曾有不同的说法。对此,陈福康进行了考证,确认该日期是"1921 年 6 月 8 日",文见《创造社元老与泰东图书局》,《中华文史资料(一)》百家出版社 1990 年版,第 35—36 页。

② 张资平:《曙新时期的创造社》,见史若平编《成仿吾研究资料》,湖南文艺出版社 1988 年版,第 257 页。

③ 《纯文学季刊〈创造〉出版预告》,《时事新报》,1921 年 9 月 29—30 日。

对这个预告，郭沫若既兴奋，又担忧——兴奋的是叹服郁达夫的勇气，担忧的是夸大其词的所谓"文坛"之"垄断"现象的存在会引来文学研究会的不满。这种担忧，很快成为现实。

出版工作确实不容易，原定于 1922 年元旦出版的《创造季刊》之"创刊号"延期至同年 5 月 1 日出版，其所刊郁达夫《艺文私见》、郭沫若《海外归鸿》引起茅盾与郑振铎的震惊与不满。茅盾尤为不解，他认为文学研究会自成立以来，热心提倡新文学，努力介绍进步文学，反对鸳鸯蝴蝶派，不应当落个"党同伐异"与"压制天才"的罪名。他第一时间回应，以"损"的名义在《文学旬刊》第三十七期（1922 年 5 月 11 日出版）上写了《"创造"给我的印象》，规劝创造社要凭作品说话，要有大的心胸容纳他人的文学批评。郭沫若的不解则在于，"我们感觉着寂寞，感觉着国内的文艺界就和沙漠一样"①，一方面是批评家的不宽容，另一方面在于读者太少，"创刊号由五月一号出版已经过去两三个月了，才仅仅销掉了千五百部"②。从 1922 年 5 月 1 日《创造季刊》"创刊号"出版，至 1924 年 7 月茅盾与郑振铎在《文学》周报第一三一期以编者名义回复郭沫若关于梁俊青对郭译《少年维特之烦恼》译文批评之长信为止，文学研究会与创造社的论战，历时三年，内容涉及作品细读、文艺理论、欧洲文学、翻译、创作评论等多个方面。在此期间，茅盾与郭沫若针锋相对的文章有多篇③，茅盾晚年还坦陈文学研究会与创造社论战的"第二回合"主要就是他与郭沫若二人关于如何介绍欧洲文学的讨论。就文章的学理性与气度而言，茅盾似更胜一筹，郭沫若则的确说了不少现在看来很不恰当的话。需要补充的是，就在双方论争之时，在由文学研究会同仁主持的重要刊物，如《小说月报》《文学旬刊》《文学》等刊上，仍旧关注着创造社的文学创造，并力求给予充分的介绍与公正的评价。最后，茅盾主动挂出免战牌，"郭君及成君等如以学理相质，我们自当执笔周旋，但若仍旧羌无左证谩骂快意，我们敬谢不敏，不再回答"④，文学研究会展现出更从容的姿态。

对于创造社与文学研究会的这场论战，郭沫若自己的评价是：

我们当时的主张，在现在批评起来自然是错误，但在当时的雁冰和振铎也不见得有正确的认识。文学研究会和创造社并没有根本的不同，所谓人生派和艺术派都只是斗争上使用的幌子。雁冰在当时虽有些比较进步的思想，他的思想便不见得和振铎相同。文学研究会的几位作家，比如鲁迅、冰心、落华生、叶圣陶、王统照，似乎也不见得是一个葫芦里的药。雁冰在那时能够同振铎合作，倒是我们的

① 郭沫若：《创造十年》，现代书局 1932 年版，第 196 页。
② 同上注。
③ 主要文章有：郭沫若：《海外归鸿》，1922 年 5 月 1 日《创造季刊》创刊号（出版时日期印刷为 1922 年 3 月 15 日）；茅盾：《创造给我的印象》，载 1922 年 5 月 11 日《文学旬刊》第 37 期，署名"损"；郭沫若：《论文学的研究与介绍》，载 1922 年 7 月 27 日《时事新报》副刊《学灯》；茅盾：《介绍外国文学作品的目的：兼答郭沫若君》，1922 年 8 月 1 日《文学旬刊》第 45 期，署名"雁冰"；郭沫若：《论国内的评坛及我对于创作上的态度》，载 1922 年 8 月 4 日《时事新报》副刊《学灯》。
④ 郭沫若、编者：《通信》，《文学》第 131 期，1924 年 7 月 21 日。

一种惊异。所以在我们现在看来,那时候的无聊对立只是在封建社会下培养成的旧式的文人相轻,更具体的说,便是行帮意识的表现自己。①

不过,茅盾可能完全不同意郭沫若这个结论。在晚年的回忆中,茅盾大幅引用论战两方的文字,对郭沫若和成仿吾的多篇观点矛盾的文章表示批判,对创造社吝惜批判鸳鸯蝴蝶派的行为表示质疑。茅盾还谈及鲁迅建议其不要与成仿吾进行辩论,因那不过是与聋子的对话。

需要补充说明的是,郭沫若认为创造社虽然和文学研究会的人有些意见,但"也并不曾怎样的决裂"②。他提及郁达夫牵头发起了一次聚会,纪念诗集《女神》出版一周年。郑振铎答应参会,承诺邀请文学研究会同人参加,并借此机会组织作家协会。后来,沈雁冰、谢六逸、庐隐等人出席了会议,而"雁冰在席上确是含着敌忾地演说过一次"③,不过组织协会的事情则没有谈起。会议结束后与会者还合影留念。这次会面应该是郭沫若与茅盾的第二次会面。据查国华《茅盾年谱》,会面日期是8月5日,此时距半淞园首次会面已近一年半。另据陈福康《郑振铎年谱》,"由于隔阂尚未消尽,组织作家协会一事无从谈起"④。由于参加纪念会的还有"湖畔社"的汪静之和应修人,郭沫若所谓"含着敌忾"表明茅盾在席间的怨言是公开化的,意味着茅盾尝试着将双方之间的论争理个清楚。而双方隔阂的消除在当时大概还很难,因为就在头一天(8月4日),郭沫若的《论国内的评坛及我对于创造上的态度》发表在《时事新报·学灯》,对茅盾的用笔名"骂人"及文学研究会艺术上的功利主义颇有讥讽。对于这篇文章,茅盾久不能释怀,晚年写回忆录谈双方之纷争时,将其作为例证,作了详尽分析。

对于创造社和文学研究会的这场论战,在创造社是不得不发,主要的理由,一方面自然是为了扩大知名度,而这个效果也达到了,另一方面,则是因为创造社在整个的筹备、出版和发行过程中或多或少都遇到了各种不顺,而其创始人之性情又多高蹈,两相叠加,遂致行事暴躁凌厉,敌友不分;而在文学研究会,尤其是在茅盾与郑振铎这里,论战的爆发很是"突然",而论敌来自新文学的内部又让他们愤怒——当时文学研究会还与"学衡派""鸳鸯蝴蝶派"等复古派和旧派文人作着斗争;面对这种局面,茅盾等不得不应声而起。比较来说,文学研究会总体上算是对有关问题基本上作出了更具理性和风度的答复,尽管从年龄而论,当时他们与创造社成员一样是"二十来岁的青年"(茅盾语)。在晚年的回顾中,茅盾就论战双方最为纠缠的翻译问题作了简明而确实的总结:

中国用白话文翻译介绍外国文学作品,始于一九一九年五四运动前后,到论战发生的一九二二年才只三年。翻译家们的幼稚,水平不高,经验不足,自不待

---

① 郭沫若:《创造十年》,现代书局1932年版,第195—196页。"行帮意识的表现"着重号为原文所有。

② 同上书,第199页。

③ 同上书,第200页。

④ 陈福康:《郑振铎年谱》,书目文献出版社1988年版,第73页。

言,因而译品纵有错误、误译、死译等也不足为奇。善意地交换意见,互相帮助、探讨、批评,是完全应该的,而且是提高翻译质量的重要方法。可是,关于翻译问题的论战却夹进了太多的意气和成见,以致成了一场护自己之短,揭他人之疵,讽刺、挖苦乃至骂人的混战,徒伤了感情。①

　　的确,论争本可警醒新文学提倡者对翻译质量的重视,从而提升读者对于外国文学作品的认识,进而造成一个读者、作者和出版机构间的良性互动/循环,可结果却因为论者的"意气和成见",导致了某种买椟还珠的局面——建设性的观点被急躁的情绪所掩盖,留下"一地鸡毛"。创造社与文学研究会的这场论战可谓新文学内部第一次大规模的冲突,它在爆发之初就成了现代文学的重要事件,而茅盾与郭沫若此后又几乎始终是现代文学的关键人物,这就使得该论战在当时与后来仍不断被人提起或评说,个中是非亦众说纷纭。对此事件,鲁迅的观点可备一说。1931 年七八月间,鲁迅的《上海文艺之一瞥》将这次事件视为上海近三十年文艺的大事,他不无讽刺地批评了创造社,在一开始着力于揪住文学研究会的翻译作长文章,待到势力雄厚起来,尤其是其译著也在商务印书馆这种大社出版之后,就不再如原来那般审查误译和错翻了,只是创造社的成员最终仍不敌那些更强势的"旧老板"们。彼时正流亡日本的郭沫若,看到鲁迅这篇文章的日语译记,时间是 1932 年"正月三号",在稍后正式出版的《创造十年》之"发端"部分,能够看到郭沫若对该文涉及创造社处的回应。郭沫若逐字翻译相关文字,并通过夹注和述评的方式展开行文。在郭氏看来,鲁迅的文章是一种"创作",其中关于创造社的评论基于一些不确实的信息,多有臆想成分,对于创造社是极不公平的;又称鲁迅"在'一瞥'之间便替创造社创作出了一部'才子加流氓痞棍'的历史"②,因此他才决心来写创造社的十年。这个"发端"完全针对鲁迅,火力也集中在鲁迅那里,反而忽略了两团体论战之本身,曹聚仁谓郭沫若"给鲁迅以严苛的批评,其文字之毒辣,也和鲁迅的不相上下"③。

　　茅盾与郭沫若是中国现代文学的大宗,且都有鲜明的革命倾向,旁者往往认为他们之间交集多、关系好。事实如何呢? 二人在 1921 年的首次会面定然留下了遗憾,而 1922 年至 1924 年的论战则继续扩大着这样的遗憾。1928 年至 1930年,茅盾曾旅居日本东京,彼时郭沫若亦在日本千叶,两地相距不过百里,但二者没什么交往,一方面是因为他们作为逃亡者的身份,另一方面也是因为各自沉湎于自己的创作事业之中。1935 年初至 1936 年,关于"两个口号"的论战,碍于鲁迅的缘故,从面上看来茅盾和郭沫若也处在对立面。抗日战争期间,茅盾辗转上海、新疆、延安、香港、桂林和重庆,郭沫若则在回国后辗转上海、广州、武汉、长沙、衡阳、桂林,最后在重庆,二人少有交集。新中国成立以后,郭沫若与茅盾都曾受到共和国政府的最高礼遇,在历次运动中虽然多少受到冲击,但都安然度过,只是二

---

① 茅盾:《我走过的道路(上)》,人民文学出版社 1997 年版,第 240—241 页。
② 郭沫若:《创造十年》,现代书局 1932 年版,第 23—24 页。
③ 曹聚仁:《鲁迅年谱[校注本]》,生活·读书·新知三联书店 2011 年版,第 87 页。

者文学上的来往鲜有见到。总而观之,1920 年代初的那几年,是茅盾、郭沫若二人文学交往较多的时期。在随后的年代里,两人逐渐成为文艺界继鲁迅之后的代表人物和影响力极大的人物,而根据上文的分析,很难说二人最初的交集是愉快的。此外,他们二人最初的选择,与之后截至 1945 年抗战胜利期间的各种选择,是具有一致性的,而如何描述这种一致性,则需留待它文解说了。

茅盾著译编作品广告辑校

彭林祥① 辑校

内容摘要：本文辑校了茅盾在 1918—1948 年间出版的著译编 50 余种的出版广告 100 余则，这些广告无疑是茅盾文字生涯的见证者、参与者。刊载于各种报刊上的广告文字颇具历史价值。笔者大体以时间为序辑录于此，作为一类特殊的史料，希望能对茅盾的研究提供一点助益。

关键词：茅盾著译编；广告；辑校

在茅盾漫长的文字生涯中，以 1949 年为界，可以分为民国时期和共和国时期。民国时期茅盾的经历十分精彩，做过出版社编辑，主编过杂志，干过革命，做过职业作家，参加过各种社会政治活动。在北京、上海、武汉、长沙、桂林、重庆、香港、新疆、延安等地长时期生活过，这些地方都出版过他不少著译编作品。在民国三十多年的文字生涯中，茅盾著译编作品数量众多，这些作品大多刊载有广告，这些广告文字无疑是茅盾文字生涯的见证者、参与者。长期以来，这些广告文字并不为研究者所重视，但不少广告文字却颇具历史价值。如《子夜》最早的评论文字应该就是刊载于《东方杂志》上的广告。尽管这些广告很难一一考证出出自谁人之手。笔者推测，其中不少应该还有茅盾的亲自参与（需要研究者加以考证才能确认），如茅盾主编《中国的一日》，刊载的不少广告可能就与茅盾密切相关。如果能得以证实，那不少广告就是茅盾的佚文。笔者经多方搜集，按时间先后顺序，把部分茅盾的著译编作品的广告辑校②于此，作为一类特殊的史料，希望能对茅盾的研究提供一点助益。

1. 沈德鸿③编《狮骡访猪》，上海商务印书馆 1918 年 8 月初版。《申报》10 月19 日刊载了该书的出版广告：

童话　狮骡访猪　一册五分　沈德鸿编

此书皆是寓言，共分五则。一《狮骡访猪》，二《狮受蚊欺》，三《傲狐辱蟹》，四《学由瓜得》，五《风云雪》，情味深长，耐人寻思，有益德育智育不少。

---

① 作者简介：彭林祥，广西大学文学院教授。
② 民国报刊上的书刊广告，大多随写随刊，导致文字错讹不少，好在不少广告刊载于多个报刊，故在辑录时，笔者对一些错讹的文字加以校正。
③ 系茅盾原名，"茅盾"这一笔名主要是 20 世纪 20 年代中期以后才开始广泛使用，之前主要用沈德鸿、沈雁冰。

2. 沈雁冰主编《小说月报》（第 12 卷第 1 号，1921 年 1 月），《申报》1921 年 1 月 26 日有该期的出版广告，文字如下：

《小说月报》 十二卷一号出版　商务印书馆发行

本月刊为顺应世界潮流并促进国内新文学的创造起见，今年把内容刷新，体例变更了！除介绍西洋文学名著外，兼要讨论新文学创造的方法，和文学批评主义的要义。分有（一）论评（二）研究（三）译丛（四）创作（五）特载（六）杂载六大门。对于西洋文学，用研究的态度，忠实介绍过来；对于国内的创作，用批评主义的原理，无偏见的批评；对于中国的旧文学，用科学的方法整理起来。这是本月刊今年的精神。本月刊承文学研究会诸先生的应许，长期担任本月刊的撰著，所以材料格外精美丰富，决无一篇杂凑充数的文字。

第一号要目如下

《圣书与中国文学》（论文）周作人

《疯人日记》（译著）耿济之　《笑》（创作）冰心女士

《乡愁》（译著）周作人　《熊猎》（译著）孙伏园

《新结婚的一对》（脑威名剧）冬芬

《邻人之爱》（俄国名剧）泽民　《脑威写实主义前驱般生》（论文）　沈雁冰

此外，本月刊尚有一个特色，就是"海外文坛消息"这一栏。在这一栏中，我们把世界文学界最近的消息，介绍给读者，可以叫中国的新文学研究者时常熟悉世界文学界的情形。其余如"书报介绍"一栏，每期介绍英文有名的文学入门书，也是对于研究文学者很有益处的。总之，今年的本刊，已不是消闲主义的《小说月报》，而是研究文学必备的书籍了！

定价	每月一册	半年	全年
旧订	三角	一元六角	三元
新改	二角	一元一角	二元

3. 沈雁冰等著《新文学讲义》①。《申报》1922 年 9 月 16 日刊有该书的广告：

新文学研究中的第一部好书《新文学讲义》

特点：有定义的说明，有作法的练习，有名辞的解说，有理论的研究，有图表的解剖，有历史的证明。

诸君！你不是对于新文学有许多不明白的地方吗？这部书便是解剖他的性质，抉发他的意义，说明他的名辞，指示他的作法底一部好书，读完这书以后，包你可以做许多新体裁的作品，包你可以做许多新小说和戏剧，内容如下：

---

① 尽管在《申报》上以"新文学讲义"刊载的广告多次，但笔者未能查到以"新文学讲义"为名的书。只查到刘贞晦、沈雁冰合著的《中国文学变迁史》（上海新文化书社 1921 年 12 月版），该书版权页上有"编辑者　闻野鹤"。

第一卷 《近代文学概观》 沈雁冰著 共分三章 四十节
第二卷 《白话文作法》 许厘父著 共分六章 百数十节
第三卷 《白话诗作法》 闻野鹤著 共分八章 五十节
第四卷 《小说作法》 张舍我著 共分九章 百数十节
第五卷 《戏剧构造法》 张舍我著 共分十八章 八十节
第六卷 《文学变迁史》 刘贞晦著 共分十一章 百数十节

这六卷书,四卷是指道作法的良师,二卷是供给研究的好友。真是有实用的一部好书。全书五册减价三元,特价只收一元,邮费一角。

4. 沈雁冰选注《庄子》,上海商务印书馆 1926 年 1 月初版。《申报》1926 年 3 月 22 日刊有该书的广告:

学生国学丛书 庄子 一册定价四角 邮费二分半

沈雁冰选注 采选《庄子·内篇》五,《外篇》六,《杂篇》一,加以注解。卷首有注者绪言,详述庄子生平及其思想概要。

5. 沈雁冰校注《续侠隐记》(伍光建译),上海商务印书馆 1926 年 1 月初版,《申报》1926 年 7 月 4 日刊有该书的宣传广告:

新学制中学国语文科补充读本 《续侠隐记》二册
定价一元八角 邮费七分半

伍光建译,沈雁冰注,《续侠隐记》乃法国大仲马所著《火枪手》三部作之第二编,原名《二十年以后》,述达特安等四侠中年时代的冒险事业,尤以四侠忽因政治党派不同而成敌人,然仍不失交谊一段描写为最有精妙。凡已读《侠隐记》者,当续读此书。已经沈君加了新式标点和详细的注释。

6. 茅盾著《幻灭》,上海商务印书馆 1928 年 8 月初版。列为"文学研究会丛书"之一,叶圣陶为该书撰写了出版广告:

幻灭 茅盾著

本书为一中篇小说,是一幅现代青年的描写。

书中主人公静女士是一位多愁善感的幽静温柔的女子,向善的焦灼与幻灭的苦闷,织成了她的颠沛的生涯,她希望在恋爱中得到安慰,结果是失望。她又转而想在服务社会上得到慰藉,结果是更大的失望。

国民革命的高潮,曾卷了她去,然而她依旧回到了原路。革命时代青年的心理的感应,在此书中有一个不客气的分析。全书共男女人物十二三,时代背景为一九二七年秋——正是中国历史上一个极不平常的时期。①

《申报》1928 年 9 月 19 日刊有该书的出版广告:

> 茅盾的处女作《幻灭》 一册 定价五角五分 邮费二分半
>
> 本书主人静女士是一位多愁善感的幽静温柔的女子,向善的焦灼与幻灭的苦闷,织成了她的颠沛的生涯,她在恋爱上和社会服务上得到安慰,结果都是失望。国民革命的高潮曾卷了她去,然而她依旧回到原路。革命时代青年的心理的感应,在此书中有一个不客气的分析。时代背景为一九二六年夏至一九二七年秋,正是中国历史上一个极不平常的时期。

7. 茅盾著《动摇》,上海商务印书馆 1928 年 10 月初版。列为"文学研究会丛书"之一,《申报》1928 年 10 月 31 日刊有该书的出版广告:

> 文学研究会丛书 续出两种《动摇》
> 茅盾著 定价七角 邮费二分半
>
> 年来革命的壮潮冲打在老社会的腐朽的基础上,投射在社会各方面人的心镜上,起了各色各样的反映。在这篇小说里,有一个精细的分析。故事的背景在长江上游一个县城里,旧势力的蠢动、民众运动的纠纷、从事革命工作者的彷徨苦闷,织成了全书的复杂的结构。在这里我们看见尖滑的投机分子,看见一般人认识革命的程度。此书和《幻灭》可以算是姊妹作,不过《幻灭》只从侧面远远的描写现代革命,而此书已深切的触着了它的本身。(《幻灭》定价五角五分)

8. 茅盾著《追求》,上海商务印书馆 1928 年 12 月初版,列为"文学研究会丛书"之一。《申报》1929 年 6 月 1 日刊有该书的出版广告:

> 文学研究会丛书 追求 茅盾著 一册定价八角 邮费二分半
>
> 《追求》和《幻灭》《动摇》是有联续性的三个中篇小说。本书所写照的,是一班在革命壮潮中经过幻灭动摇后不甘寂寞,仍有奋进的热望的青年。书中许多人物的性格和见解虽不是同一模型,而他们都不免有些脆弱,所以追求的结果都是失败。

《幻灭》《动摇》《追求》三部书出版后,书店又为这三部小说合写了宣传广告,载《申报》1929 年 4 月 5 日,文字如下:

---

① 转引自《叶圣陶集》第 18 卷,江苏教育出版社 2004 年版,第 343 页。

　　《幻灭》　茅盾著　五角五分（重版中）

　　《动摇》　茅盾著　七角

　　《追求》　茅盾著　八角

　　革命的浪潮打动古老中国的每一颗心,摄取这般的心象,用解剖刀似的锋利的笔触来分析给人家看,是作者独具的手腕。因有作者的努力,我们可以无愧地说,我们有了写大时代的文艺了。分开看时,三篇各自独立;合并起来,又脉络贯通,亦能一并看,更能窥见大时代的姿态。①

　　9. 沈德鸿选注《楚辞》,上海商务印书馆 1926 年 9 月初版。《申报》1929 年 4 月 24 日刊载了该书的出版广告:

　　《楚辞》　沈德鸿选注　四角

　　本书选入《楚辞》八篇。注者认定《楚辞》并非北方文学《诗经》的流齐,而出源于中国的神话。据此,对于《楚辞》各篇的性质,以及聚讼纷纭的作者主名,自愿有新解。编者既于绪言中详论之,并于各篇注释中随时述及。

　　10. 茅盾著《现代文艺杂论》,上海世界书局 1929 年 5 月初版。《申报》1933 年 2 月 12 日有该书的广告:

　　现代文艺杂论　茅盾著　一册五角半　今日半价　只售二角七分半

　　大战以后,文艺界的趋势怎样,现在的地位何如,未来的倾向又如何,本书就各国文艺观察而得结论,为爱好文艺者必读。

　　11. 茅盾著《野蔷薇》,上海新文艺书店 1929 年 7 月 15 日初版,《申报》1929 年 8 月 24 日刊有该书的出版广告:

　　野蔷薇　茅盾作　（创作集）　实价六角五分

　　内收创造诗与散文等五篇,《幻灭》等三部作以后的力作尽在乎此了。茅盾的创作之美,已无人不知;此处所收,更如野蔷薇似的,虽然有刺,可是有色有香。

　　12. 茅盾(方璧)著《西洋文学》②,上海世界书局 1930 年 8 月初版。《申报》1931 年 9 月 4 日刊有该书的出版广告:

　　西洋文学　方璧著(新刊)　一册一元五角

　　我们要研究西洋文学,一定要知道西洋文学进程中所经过的各阶段。这部西洋文学,就是要使读者明了这一点;然后去入手研究,方不致走入歧途,而可收事

---

① 此广告为叶圣陶所拟。

② 此书封面书脊上署"西洋文学",版权页上则署"西洋文学通论"。

半功倍之效。全书完全注重实际,叙述精详,关于西洋文学上的各种重要的说明,莫不一一详为列入,应有尽有。共十一章:分绪论、神话和传说、希腊和罗马、中古的骑士文学、文艺复兴、古兴主义、浪漫主义、自然主义、自然主义以后、又是写实主义、结论等等。足供高中大学教本及治西洋文学者作为良好参考书之用。

13. 茅盾著《三人行》,上海开明书店 1931 年 12 月初版。《时事新报》1931 年 12 月 18 日刊载了该书的出版广告:

三人行　茅盾创作　五角五分

三人行是现代青年的生活的片影,因对于客观环境认识的程度不同,三个人取着互异的步调,结果一个是死了,一个发了狂,一个却迈步前进。散文诗的情味贯通着全篇,不让于作者的三部曲。

14. 茅盾著《路》,上海光华书局 1932 年 5 月初版。《申报》1932 年 6 月 15 日刊有该书的广告,文字如下:

路　茅盾著

本书写一九三〇年的学生生活。作者以学生生活为背景的作品,现已有单行本之《三人行》而外,惟此中篇《路》。此虽系一中篇,然人物多至二十余,动作紧张,描写方面与作者向来作风,颇有不同,是作者最近满意的力作。

每册七角　邮费二分半,凡加入第四届光华读书会者得赠送一册

15. 茅盾著《虹》,上海开明书店 1930 年 3 月初版。
茅盾著《蚀》,文学周报社丛书之一,上海开明书店 1930 年 5 月初版。
《中学生》第 1 卷第 6 期(1930 年 7 月 1 日)刊载了这两书的出版广告:

表现时代性的新文艺　茅盾氏不朽作
蚀　实价二元　虹　实价一元三角

茅盾氏三部曲《幻灭》《动摇》《追求》——出版以后,中国新文坛上忽呈异常的热闹。虽其间毁誉不一,要之不得不公认为不朽的杰作。

《蚀》是三部曲的总集,最近由商务印书馆移归本店出版,前加作者自序。全书六百三十页,布面精装,非常美观。

《虹》为三部曲的姊妹篇,前半曾载《小说月报》,久为读者所渴望,初版出书后不及两月,便告售罄。再版改用布面精装,现已出书,欲购从速。

16. 茅盾译《文凭》,上海现代书局 1932 年 9 月初版。《申报》1932 年 9 月 18 日刊有该书的广告:

世界文学名著　文凭　茅盾译　俄国丹青科著　实价大洋六角

本书原著者丹青科是莫斯科艺术剧院的创办人。他除了写剧本以外,也能以其敏锐精致的感觉,优美的文笔,写出浓厚的俄国乡村风味的小说。俄罗斯九十年代都市工业化的速度,止水般的乡村人生起了波澜。本书中将乡村中听到的都市的宏壮的呼声,以美妙的文笔表达出来。译者茅盾先生在《译后语》里说:"奈弥洛维支·丹青科的小说……《文凭》,在一八七四年出现,仿佛就宣告了这新的表面不甚惹人注意的,然而不声不响地猛进着的变迁是无可避免的了。"

现代书局　廉价期内一律八折　新出版　总发行所:上海四马路

17. 茅盾著《子夜》,上海开明书店1933年1月初版。《东方杂志》第30卷第1号(1933年1月1日)刊载了该书的推介文字:

介绍《子夜》

本书为茅盾新作,一部三十余万言的长篇小说。作者以一九三〇年在世界经济恐慌与国内战争交迫下的中国社会经济现象作为题材,支配了八十多个人物。从民族工业的衰败到劳资斗争,从现金集中上海到公债投机的热狂,从内战的猛烈到一般社会的恐慌乃至颓废享乐——一切衰溃期中的社会现象都有了深刻的描写。"中国社会到底是一个怎样的社会呢?"这是近年来许多人的争论题目。茅盾在这部三十余万言的小说内也就企图作一个解答。可是这样的一个社会科学上的题目经作者以艺术的手腕写出来,全书三十余万言却没有一些干燥无味的地方。故事的穿插,人物个性的描写,都比作者前此诸长篇更见缜密深刻。尤其在结构方面,全书自首至尾是戏剧的动作,非常的紧张。中国新文坛自有长篇小说以来,大多数的题材尚属知识分子的青年男女生活。这部《子夜》虽也有青年男女生活的描写,而主要题材却是广阔得多了。书由开明书店出版,实价一元五角。

《中学生》第31期(1933年1月1日)也刊载了该书的宣传广告:

子夜　茅盾作

全书计三十余万言　排成五百七十余页　二十五开本一厚册　每册实价一元四角

本书为茅盾最近创作,描写一九三〇年的中国社会现象。书中人物多至八九十,主角为工业资本家,金融资本家,工人,和知识分子青年等四类。书中故事除以工业资本家与金融资本家的利害冲突为总结构外,又包括了许多互相关连的小结构,如农村骚动,罢工,公债市场上的斗争,青年的恋爱等,成为复杂生动的描写。全书文字多至三十余万言,而首尾经过的时间,不过两月,即此可见全书动作之紧张。[①]

---

① 此广告为叶圣陶所拟。

18. M. D① 著《宿莽》,上海大江书铺 1931 年 5 月初版。《申报》1931 年 6 月 14 日刊载了该书的出版广告:

宿莽　M. D. 作　实价六角五分

M. D. 先生的作品,曾散见东方杂志小说月报等处,每一篇出,全国轰传。这里所收的,是他一九二九年到一九三〇年的中篇、短篇和随笔,都是比较最近的作品。据 M. D. 先生的弁言说,是一部镂刻着苦心的东西。

19. 茅盾著《茅盾自选集》,上海天马书店 1933 年 4 月初版。《申报》1933 年 4 月 8 日刊有该书的广告:

最近出版:现代作家自选集丛书之一《茅盾自选集》
内有作者近影及原稿墨迹等非常珍贵
实价大洋一元
上海老靶子路二四九号　天马书店　开幕特价　门售函购一律八折

《大公报》(桂林)1942 年 6 月 19 日刊载了桂林天马书店印行的《茅盾自选集》出版广告:

茅盾自选集　最近重版　每册八元

本书分短篇小说、随笔二部,为作者选自他生平作品中最值得介绍的几篇文字,全书共十二篇,各有其中心的意识和不同的技巧,无论在思想、技巧、结构各方面,都值得向爱好文艺的读者作一回推荐。

20. 茅盾著《春蚕》,上海开明书店 1933 年 5 月初版。叶圣陶为该书拟写了出版广告:

春蚕　茅盾著

本书是茅盾的第三个短篇小说集,包括《春蚕》《秋收》《小巫》《林家铺子》《右第二章》《喜剧》《光明到来的时候》《神的灭亡》等八篇,都十万言。《春蚕》以下四篇描写现代的农村生活,主题是农村经济的破产。作者过去的小说多写都市生活,此集中《春蚕》等四篇是他转向农村生活描写的第一步,很值得注意的。而《春蚕》一篇,已由上海明星影片公司摄成电影。②

茅盾原著、程步高导演《春蚕》,1933 年 10 月上映。《申报》1933 年 9 月 6 日刊出了此影片的试映报道:

---

① 此为茅盾的又一笔名。
② 转引自《叶圣陶集》第 18 卷,江苏教育出版社 2004 年版,第 343 页。

《春蚕》之试映

九月一日晚,茅盾原著小说《春蚕》改编为影片之《春蚕》在中央大戏院试映。程导演步高特请茅盾及新文学家如田汉、叶蚕凤等十余人莅院参观。至午夜一时半始竣事。对程导演对于外景的选择与内景的匠心,咸致敬意。而萧英所饰之老通宝,亦与茅盾意象中者相吻合云。按中国新文学作品之上银幕者,当以《春蚕》为滥觞。此种深具文学意味之剧本,自不能不有仗于文学性的写实方法不可,故在演出时,各个演员无不努力从事。此片中,萧英实居主角地位,其一人表演之成功与否,实影响及全剧。萧英自知在过去诸片中,不免有过火之处,考在此片中,特别留意。闻当其演老通宝数日不眠之神情时,为求其逼真起见,亦三昼夜不眠。致满眼红丝,精神憔悴,一上银幕,更见深刻动人云。

《申报》1933 年 10 月 6 日刊有电影《春蚕》正式上映的宣传广告:

春蚕

不是什么"一九三三代表作"　这是世界影坛永久的奇迹
明星公司从不借广告骗人　对《春蚕》却敢于向观众夸口
原著　茅盾　编剧　蔡叔声　导演　程步高
主演:萧英　郑小秋　龚稼农　严月闲　高倩苹　艾霞
注意! 本片自后天起映于新光大戏院
明星影片公司出品:中国第一流大文豪与大艺术家合作的上上佳片

《申报》1933 年 10 月 8 日又有该影片上映的广告:

新光大戏院宁波路(即南京路新新公司后面)　电话九四五九〇号
时间下午三时五时半九时一刻今天开映价目五角七角一元日夜一律
中国第一流小说家茅盾原著
《春蚕》开摄,震撼了整个影坛!
《春蚕》放映,乐然了全国观众!
不论阶级,不论职别,不论男女,不论老幼只要是中国国民,都有看《春蚕》的权利与义务!
《春蚕》全部音乐有声巨片
程步高导演
郑小秋　高倩苹　萧英　严月闲　龚稼农　艾霞主演
明星影片公司出品
农村经济破产的素描　社会组织动摇的缩影
暴露洋货猖獗的狂流　暗示土产衰落的病根
新文坛与影坛的第一次握手　教育电影的第一炮　生产作品的压道车

21. 茅盾著《茅盾散文集》,上海天马书店 1933 年 7 月初版。《申报》1933 年 7 月 15 日刊有该书的出版预告:

茅盾散文集　出版预告

茅盾先生最近两年间的作品:分三辑,四十八篇,共合十余万言,由作者自编成集。古色道林纸精印,三十二开本,二七〇页,每册实价大洋七角,月内出书。函购邮费加一,多还少补。

《申报》1933 年 8 月 2 日又有该书的出版广告:

茅盾散文集　茅盾近著　全书二七〇页　古色道林纸印　实价大洋九角

茅盾先生是今日中国文坛上最卓越的一个,同时也是最努力的一个。他到现在为止所成就的业绩,不仅在他许多卓越的创作上,同时也在他许多随笔散文上。本书搜集先生近年来所有散文的写作,都四十八篇,分社会随笔、文艺随笔、故乡杂记等三辑,爱读先生那些精心构制的文艺作品者,更不可不读他的唾珠滴玉的小品随笔。

22. 茅盾等著《创作小说选》第一集,上海申报社 1934 年 3 月初版。《申报》1934 年 3 月 21 日刊有该书的出版广告:

创作小说选第一集　申报月刊丛书第四种

本书所选集的小说计五篇,茅盾的《秋收》《林家铺子》,巴金的《沙丁》,陈瘦竹的《巨石》,以及沈从文的《黑暗占领了空间的某夜》,是深刻描写小商人被排挤而趋于没落,出卖劳力者被压榨而不能自存,农民因收获不足偿其所费而至破产,大学生没有出路,甚至求为仆役而不可得,以及两种势力短兵相接,斗争日渐紧张的作品。这些作品都能把握住我们这时代的核心。所以都足激荡读者心弦而引起共鸣。本书计长九万余言,定价每册大洋六角。

发行处申报馆特种发行部　上海汉口路新门牌三〇九号

23. 茅盾著《茅盾短篇小说集》(第一集),上海开明书店 1934 年 9 月初版。《申报》1934 年 10 月 6 日刊有该书的出版广告:

茅盾短篇小说集

茅盾所著短篇小说的总结集,爱好文学的青年不可不读。

平装一厚册　实价大洋一元

24. 茅盾著《茅盾短篇小说集》(第二集),上海开明书店 1939 年 8 月初版。《中学生》复刊第 16 期刊载了该书的出版广告:

茅盾短篇小说集　第二集　茅盾著

作者笔锋犀利,观察深刻,早为读者公认为中国文坛上之权威,本书为其短篇小说之第二结集,内共分五辑,计有小说二十三篇。

25. 茅盾著《话匣子》,上海良友图书印刷公司 1934 年 12 月初版。《申报》1934 年 12 月 16 日刊有该书的广告:

茅盾先生新作　话匣子

作者亲笔签名本一百册　今日门市函购　各半发售

作者自前年出版长篇小说《子夜》后,未见新书问世。本书为最近辑成之散文集,内分上下二编,篇目都四十余,共十二万字,有文艺理论、随感小品、新书评述等。凡爱读茅盾作品者,切勿错过。初版五千本,布面精装,每册大洋九角。

《二十人所选短篇佳作集》(上海良友图书印刷公司,1936 年 12 月 20 日)书末刊载了该丛书的出版广告:

茅盾作　话匣子　三十六开　黄道林印　布面精装　二五零页　九角
——良友文学丛书之十六——

本书为作者最近辑成之散文集,内分上下二编,篇目都四十余,共十万字,有文艺理论、随感小品、新书评述等,凡爱读茅盾作品者,皆宜人手一册。

26. 茅盾编《中国新文学大系·小说一集》,上海良友图书印刷公司 1935 年 5 初版。《申报》1935 年 3 月 18 日提前刊出了该大系的预告,对《小说一集》的推介有茅盾的《编选感想》及该书的编选情况介绍:

小说一集　茅盾　编选感想

新文学发展的过程是长长的一条路,这条路的起点以及许多早起者留下的足迹,有重大的历史价值。现在良友公司印行新文学大系第一辑,将初期十年内"新文学"的史料作一次总结。这在今日的出版界算得是一桩可喜的事。至少有些散逸的史料赖此得以更好地保存下来。

小说共分三集,以文艺团体为标准。小说一集由茅盾先生编选,范围大约属于文学研究会的作家。本集中所选的小说约数十篇,作者如冰心、叶圣陶、落华生、王统照等数十人,其四十五万字。导言约二万字,由茅盾先生撰述,把新小说初期的发展史,详细叙述,对于文学研究会以及本集所选诸作家在中国文学史上的贡献,也作一历史上评价。

《申报》1935 年 4 月 1 日对《小说一集》也有推介,文字如下:

小说一集

小说共分三集,以文艺团体为标准。小说一集由茅盾先生所选,范围大约属于文学研究会的作家。本集中所选的小说约数十篇,作者如冰心、叶圣陶、落华生、王统照等廿九人,共四十五万字。导言约二万余字,由茅盾先生撰述,把新小说初期的发展史,详细叙述,对于文学研究会以及本集所选诸作家在中国文学史上的贡献,也作一历史上的评价。

《申报》1935年5月15日有《小说一集》出版广告:

小说一集

特于今日提前出版　预约即日可取书　新函印　索样即寄

本公司为优待预约诸君家起见,特将第一本书提前于今日出版,小说一集由茅盾先生编,其共选文学研究会作家三十余人,共五十余篇。导言都三万字。全书共计六百二十余页,较预定篇幅增加四分之一,预约者即日可取。

《申报》1935年11月17日刊有该书的宣传广告:

小说一集　茅盾

《小说一集》的编选人是茅盾先生,他是把《小说月报》从鸳鸯蝴蝶派读物改为文学研究会主持的新文艺刊物的第一个编辑人,也是文学研究会主要发起人之一。这本《小说一集》,就是选文学研究会诸作家的代表作品,共选二十九家,作品五十三篇。茅盾先生的导言,首述新文学第一个十年里创作小说发展的概况,和文学研究会结社的经过,次述民国六年至民国十五年间全国各处小规模的文艺团体的组织和它的所出刊物的情形,于是作者先评述四个没有正式加入文学研究会而久已不见的作家,利民,王思玷,朴园,李渺世,然后分别的详尽评述文学研究会里许多重要的著作者:好像冰心,卢隐,孙俍工他们三个人是追求人生究竟的;叶绍钧,王统照,落华生是描写灰色的卑琐人生的;徐玉诺,潘训,彭家煌,许杰等便描写农村生活的。茅盾先生用了他锐利的批评家的目光,一个个的根据了他们十年间的成绩,分别估计他们的价值。

27. 茅盾叙订《红楼梦》,上海开明书店1935年7月初版。《申报》1935年12月5日刊出了叙订《红楼梦》、叙订《水浒》和叙订《三国演义》三书的出版广告:

开明书店　出版洁本小说

茅盾叙订	《红楼梦》	六九〇页七角
宋云彬叙订	《水浒》	五二二页五角
周振甫叙订	《三国演义》	五四〇页五角

作为中等学生国文科课外读物的文艺书籍,不但要估量它的文艺价值,同时还要估量它的教育价值,有许多好书,因为有一些不适宜于青年的部分,从教育的

观点看来,是应该排斥到学校的门外头去的,然而青年不看这种好书究竟是一种精神上的损失,为此,我们就打算出版洁本旧小说,所选的是《水浒》《三国志》《红楼梦》等具有普遍性的作品,经过专家订定,把其中不适宜于青年的部分逐一删去,使它成为并不缺乏教育价值的东西,又由订定者撰作序文,对于各书本身既有公允的批评,对于阅读方法又作详细的指导,阅读这种本子,在理解与欣赏上,自然比较阅读他种本子便当得多了。①

《申报》1935 年 12 月 19 日又刊出了这三书的广告,内容如下:

洁本小说

茅盾叙订 《红楼梦》　　　六九〇页七角
宋云彬叙订 《水浒》　　　五二二页五角
周振甫叙订 《三国演义》　五四〇页五角

上列三种小说,经专家订定,删去不适宜于青年的部分,使它成为兼有文艺价值与教育价值的东西,并由订定者撰作导言,对各书本身既有公允的批评,对阅读方法又作详细的指导,是一种消过毒的智识粮食。

28. 茅盾著《速写与随笔》,上海开明书店 1935 年 7 月初版。列为"开明文学新刊"之一,叶圣陶为该书拟写的出版广告:

速写与随笔　茅盾著

本书共收速写十余篇,随笔二十余篇,为作者到现在为止所作小品文之选集。凡以议论为主,形如短评之随笔,皆不收录;而题材性质重复之随笔,亦甄别取去,每篇都是精美完整的结晶品。以小说的笔调记叙人生之片断,故轻松中含有严肃。而文章尤为明快爽利,颇合于中等学生国语科之课外读物。②

《申报》1936 年 1 月 1 日刊有该书的出版广告:

速写与随笔　茅盾著　五角

本书为作者所作小品文之精选集,都是精美完整的结晶品。以小说笔调,记叙人生片段,轻松中含有严肃,文章尤明快爽利。颇合中学生课外阅读。

《申报》1936 年 1 月 16 日又有该书的广告,文字更精炼:

《速写与随笔》　茅盾著　五角

以小说的笔调记叙人生之片段,每篇都是完美的结晶品。

---

① 此广告为叶圣陶所拟。
② 转引自《叶圣陶集》第 18 卷,江苏教育出版社 2004 年版,第 361 页。

29. 茅盾译《桃园》,译文丛书之一,上海文化生活出版社 1935 年 11 月初版。《申报》1935 年 11 月 30 日刊有该书的出版广告:

译文丛书　桃园　弱小民族短篇集　茅盾译
廿五开本二百六十面　实价　平装六角　精装一元

介绍弱小民族的文学,并不是容易的事。第一,对于那个民族的生活和它们的文学就须有深入而广大的认识。在中国,担任这工作的只有少数的几人,就中茅盾先生的成就尤其是值得赞赏的。这里十五个短篇(土耳其一,荷兰一,匈牙利三,克罗地亚三,罗马尼亚一,新希腊二,波兰一,斯罗伐尼亚一,秘鲁一,阿尔及利亚一)是茅盾先生近年来继《雪人》而后在这方面的努力的总结。选择既极精审,实见苦心,译笔尤其生动活泼,字字传神,为原作增光不少。

《申报》1936 年 5 月 8 日刊有该书的宣传广告:

桃园　弱小民族短篇　茅盾译

这是一部弱小民族短篇小说集,共包含十五个短篇,代表十个民族,为茅盾先生继《雪人》后在弱小民族文学介绍上的另一大的贡献。本书各篇,选择既极精审,真见搜求苦心。译笔尤其生动活泼,字字传神,为原作增光不少。平装六角,精装一元。

《申报》1936 年 10 月 4 日又刊有该书的广告,文字与上稍有不同:

弱小民族短篇集　《桃园》　茅盾选译　平装六角　精装一元

本书包含十五个短篇,代表十个民族,为茅盾先生继《雪人》而后在弱小民族文学介绍上的另一贡献。各篇选择精审,具见搜求苦心,译笔尤其生动,为原作增光不少。

30. 茅盾著《泡沫》,上海文学出版社 1936 年 2 月初版。《申报》1936 年 3 月 16 日刊有该书的出版广告:

文学社丛书之一　泡沫　茅盾创作　五角五分

这是茅盾最近的短篇小说集,共十篇。其中《夏夜一点钟》及《第一个半天的工作》写摩登的女职员生活;《赵先生想不通》及《微波》写经济恐慌中都市里的精致生活者的悲哀;《有志者》《尚未成功》《无题》等三篇则为现代某种作家谑画;《当开前》与《赛会》为农村生活;《牯岭之秋》为中篇,写一九二七年秋武汉几位政治工作者在大风暴中的簸荡。

31. 茅盾译《战争》,上海文化生活出版社 1936 年 3 月初版。《申报》1936 年 5 月 8 日刊有该书的广告:

战争(铁霍诺夫) 茅盾译

这是描写一九一四年第一次大战的小说。作者为现代苏联新作家,以亲身的经历和正确的理解,把大战的根因及过程造成了艺术的形象。被誉为苏联新现实主义的杰作之一。平装四角半,精装六角半。

《申报》1936 年 10 月 4 日又刊有该书的广告,文字与上不同:

战争 平装 四角五分 精装 六角五分 铁霍诺夫著 茅盾译

本书为苏联社会主义的现实主义之代表作,因为世界观和人生观之进步,与历来的战争小说大有不同之处。

32. 茅盾著《多角关系》,上海生活书店 1936 年 5 月初版,1941 年 12 月渝三版。《新华日报》1941 年 1 月 11 日刊载了该书的出版广告:

多角关系 茅盾著 一元一角

这个中篇可以算是《子夜》的续篇。写的是一九三四年年关时的金融恐慌,与《子夜》一般的真实生动。故事是四五组人物中间的债务纠纷——厂主欠了银行和工人的钱,工人又欠了房饭钱,这样的《多角关系》表现出农村经济破产与金融停滞的双重的严重性。故事是发生于下午到晚上的六七小时内的,动作很紧张;以结构上说,可说是作者所写中篇小说之最严密者。作者特别用了通俗的文笔,希望从知识分子的读者扩充到一般读者。

33. 茅盾著《世界文学名著讲话》,开明青年丛书之一,上海开明书店 1936 年 6 月初版。《申报》1936 年 6 月 1 日刊有该书的宣传广告:

世界文学名著讲话 开明青年丛书 茅盾著 七角五分

本书以作品为本位讲到它的时代背景,作者的艺术手腕,以至文学史上的同类作品。从希腊的史诗《伊利亚特》和《奥德赛》起一直讲到俄国近代大文豪托尔斯泰的《战争与和平》止。全书近二十万言,茅盾先生用了他的创作手笔写述本书,娓娓动人,绝无沉闷晦涩之弊。即使不是文学研究者,读了也会发生无穷的兴趣。附图数十幅,可作诵读时的帮助。

1947 年 1 月,上海开明书店再版该书,叶圣陶为该书的再版拟写了预告:

世界文学名著讲话 茅盾著

本书以作品为单位,讲到它的时代背景,作者的艺术手腕,以至文学史上的同类作品。从希腊的史诗《伊利亚特》和《奥德赛》起,讲到俄国近代大文豪托尔斯泰的《战争与和平》为止。全书近二十万言,文笔生动,趣味丰富。再版即将出书。

34. 茅盾译《轭下》(似未出),列为"世界文库"外国之部之一,上海生活书店出版。《申报》1936 年 7 月 1 日刊有该书的出版预告:

> 轭下　保加利亚　跋佐夫作　茅盾译
>
> 跋佐夫是一个伟大的诗人和小说家,同时又是一个实际行动的革命家。轭下的出版,奠定了保加利亚民族文学在世界文学史上的确占地位,传达出保加利亚民族在继续不断地奋斗中的血淋淋的事实。

35. 茅盾译《回忆·书简·杂记》,上海生活书店 1936 年 7 月初版。《光明》第 2 卷第 2 期(1936 年 12 月 25 日)刊载了该书的出版广告:

> 回忆·书简·杂记　世界文库　脑威　别伦·别尔生等作
>
> 甲种六角　乙种四角
>
> 本书所收计有:我的回忆(脑威　别伦·别尔生),游美日记(波兰　显克微支),英吉利片断(德国　海涅),集外书简(脑威　易卜生),《蜜蜂的发怒》及其他(比利时　M·海涅林克),忆契诃夫(俄　蒲宁),拟情书(罗马　渥维德)等七篇,这些作品,可以代表各个大作家的性格和作风,同时也可以看出他们观察事物是如何的锐利和深入。

36. 茅盾主编《中国的一日》,上海生活书店 1936 年 9 月初版。《申报》1936 年 4 月 25 日刊出了茅盾起草的《"中国的一日"征稿启事》,文字如下:

> 幸荷读者的爱护与作家们的协助,本刊已经快要走上它的第四个年头了。从前为了酬答读者诸君的厚爱,我们编印过我与文学及文学百题,略尽贡献的微意。也是全靠了海内作家们的协助,乃能使我与文学及文学百题蔚为巨观,受读者爱好。在此第四个年头之初,同人等一方面不敢不竭尽绵力依往例以酬答爱读诸君,另一方面拟进一步要求作者与读者的通力合作,要求文化界的合力赞助;本此目标,同人等谨拟《中国的一日》为题,敬求赐教。兹将《中国的一日》编辑旨趣条陈如左:
>
> 一、《中国的一日》意在表现一天之内的中国的全般面目。这预定的一日是随便指定的。我们现在指定的日子是"五月二十一日"。
>
> 二、凡是"五月二十一日"二十四小时内所发生于中国范围内海陆空的大小事故和现象,都可以作为本书的材料。这一日的天文,气象,政治,外交,社会事件,里巷琐闻,娱乐节目,人物动态,无不是本书愿意包罗的材料。
>
> 三、依上述目的,我们希望凡赞助我们这计划的一切作家非作家,在"五月二十一日"这一天留意他所经历所见的职业范围内或非职业范围内的一切大小事故,写下他的印象(至多二千字)。我们更希望全国的艺术家把这一天里所作的木刻,或"速写"(Sketch)或"漫画",或风景摄影,社会事件摄影,给我们充实本书的内容。
>
> 四、文字的材料,可以是个人在五月二十一日的工作经历的片断,也可以是个

人在五月二十一日所见的任何方面的"印象",也可以是个人在五月二十一日的私人通讯和感想。图画的材料可以是个人在五月二十一日所特作的木刻,漫画,摄影等等,也可以是这一日完工的作品。

五、凡是五月二十一日这一天所发生的各地方的风俗,习惯,迷信等怪异事件,也是我们愿意收集的材料(每篇至多一千字)。又此一日所发见的有趣味的商业广告(包括戏园戏报、街头分送的传单等等),也是我们愿意得到的。

六、这一天所发生的政治,外交,军事,以及出版界的新书报等等,也是本书的一部分材料,唯此项材料若用征求方式,势必重复极多,故拟由本书编纂委员会自行采辑。但关于此日新出版画报一项,除上海以外各省的报告,我们仍旧欢迎。

这是我们的计划。我们希望此书将成为现代中国的一个横断面。从这里将看到有我们所喜的,也有我们所悲的,有我们所爱的,也有我们所憎的。我们希望在此所谓"一九三六年危机"的现代,能看一看全中国的一日之间的形形色色,——一个总面目。

这是个不小的规模,所以我们诚恳地请求全国的作家,艺术家,各职业界的人,学生,电影演员,喜剧演员,——一切对我们这计划有兴味的人们多多赞助。

我们希望所有的投稿能在五月三十日以前寄出,凡经采用的投稿,我们当敬致薄酬。

稿件请由上海福州路三八四号生活书店转交《中国的一日》编委会。

文学社,《中国的一日》编委会　同启

37.《申报》1936 年 5 月 20 日又刊出了《不要忘记了"五月二十一日"呵!》,内容如下:

不要忘记了"五月二十一日"呵!

《中国的一日》将包含"五月二十一日"二十四小时内所发生于中国范围内海陆空的大小事故和现象,这一日的天文,气象,政治,外交,社会事件,里巷琐闻,娱乐节目,人物动态。…………

《中国的一日》将包含"五月二十一日"二十四小时内所发生于中国范围内海陆空的大小事故和现象,这一日的天文,气象,政治,外交,社会事件,里巷琐闻,娱乐节目,人物动态。…………

我们希望一切作家非作家在"五月二十一日"这一天留意他所经历所见的职业范围内或非职业范围内的一切大小事故,写下他的印象(至多二千字)。我们希望全国的艺术家把这一天里所作的木刻,或"速写"(Skech)或"漫画",或风景摄影,社会事件摄影,给我们充实本书的内容。凡是"五月二十一日"这一天所发生的各地方的风俗,习惯,迷信等怪异事件,也是我们愿意收集的材料(每篇至多一千字)。又此一日所发见的有趣味的商业广告(包括戏园戏报,街头分送的传单等等),也是我们愿意得到的。

我们希望所有的投稿能在五月三十日以前寄出。

稿件请由上海福州路三八四号生活书店转交《中国的一日》编委会。

文学社,《中国的一日》编委会　同启

《申报》1936年7月1日有赠送《中国的一日》的宣传广告:

赠送中国的一日
定阅文学一年　赠送本书一册

凡在七月一日起至九月底止新定文学全年一份者,赠送《中国的一日》一册;旧定户续定全年一份,赠特价券一张。以直接向本总店定阅者,方为有效。

《中国的一日》,意在表现一天之内的中国全般面目。内容包括"五月二十一日"二十四小时内所发生于中国范围内海陆空的一切大小事故和现象。如:天文、气象、政治、外交、军事、里巷琐闻、娱乐节目、人物动态,和各地的风俗、习惯、迷信等怪异事件,以及这一日艺术家所特作的木刻、漫画、摄影等。我们从这里可以看出所谓"一九三六年危机"的现代中国一日之间的形形色色——一个总面目。

全书五十至七十万字

《申报》1936年8月6日又刊出了《中国的一日》的出版预告:

现代中国的总面目　中国的一日　九月初出版

编辑委员会　王统照　沈兹九　金仲华　茅盾　柳湜　陶行知　章乃器张仲实　傅东华　钱亦石　韬奋

订阅文学一年赠送本书一册

赠送办法

凡在七月一日起至九月底止,新定《文学》国内(全年三元五角,国外加倍)全年一份者,赠送《中国的一日》一册;旧定户续定全年者,赠特价券一张。以直接向本总店定阅为有效。

全书约七十余万言,外附随相木刻插图百余点。内容共分十六编。第一编为"全国鸟瞰",包含五月二十一日全国范围"一日间"之政治,经济,外交,军事,报纸,出版界,体育,娱乐等八章。此皆为记叙文。其余十五编为各省市之部分,共收文章四百数十篇,以地区言,有南京,上海,江苏,浙江,安徽,江西,湖北,湖南,北平,天津,河北,绥远,察哈尔,山东,河南,山西,陕西,甘肃,广东,福建,广西,云南,贵州,四川,"失去的土地"(东北及冀东),海外等;以文字内容言,有在"中国的一日"都市及农村所发生之富有社会意义的事件,有在此一日间各色人等——军人,医士,公务员,工人,店员,学生,农民,知识分子,商人,各种各样的生活记录。以文字言,有速写,有报告文学,有小说,有日记,有通讯,有诗歌,乃至短剧。在其中将一日间的全中国人生的面影已经相当地表现得明显了:一方面是商业的不景气,一方面是农村的崩溃,一方面是帝国主义侵略的加紧,一方面是民气的奋扬,一方面是荒淫无耻,一方面是严肃的工作。

每册实价一元二角　上海生活书店发行

《申报》1936 年 9 月 9 日又刊有该书的宣传广告：

现代中国的总面目　中国的一日

全书八十余万言　廿三开大本　八百余页巨制

编辑委员会

王统照　沈兹九　金仲华　茅盾　柳湜　陶行知　章乃器　张仲实　傅东华　钱亦石　韬奋（以姓氏笔画为序）

硬面精装一册　实价一元六角

函购另加挂号寄费二角三分

本书共十八编：一、全国鸟瞰；二、南京；三、上海；四、江苏；五、浙江；六、江西·安徽；七、湖北·湖南；八、北平·天津；九、河北·绥远·察哈尔；十、"失去的土地"；十一、山东·河南；十二、山西·陕西·甘肃；十三、广东·福建；十四、广西·贵州·云南·四川；十五、"海、陆、空"；十六、侨踪；十七、一日间的报纸；十八、一日间的娱乐。除第一、第十七、第十八三编为富有历史意义之统计材料，余十五编皆属一日间各地各项生活之素描。插图方面，计有精美木刻七幅及全国各地之风景及生活摄影等八组。现摘录本书主编茅盾先生序文的一段，以证明本书内容的丰富与人人都有一读的价值。

阅检编辑的经过

（上略）这不是幻想。本书的大部分材料就是一种保证。本书所收的五百篇，几乎包含尽了所有的文学上的体式。这里有短篇小说，有报告文学，有小品文，有日记，信札，游记，速写，印象记，也有短剧。差不多每一部门都有几篇实在很好的作品。而这些又大半是"素人"的"处女作"。要不是《中国的一日》，他们大概永远不会想到提笔来写他们职业以外的文艺性的东西。（他们附给我们的信里都这样说。）他们的名字是陌生的，他们所写的材料也是新鲜的，但是他们的技巧真可以说已经圆熟。

他们给我们看：自南至北，自西徂东的中国农村如何在各自不同的内在和外来的摧残和侵略下崩溃而衰落；他们又给我们看：地方的土劣如何假公济私，以至凡有"建设"反成为平民的疾苦；他们痛心疾呼：民族的最大敌人的触角如何地伸展到穷乡僻壤；他们壮烈地声诉了他们为求民族解放而受到的惨痛的待遇，他们坚决地勇敢地声讨着"为虎作伥"的汉奸；他们给我们看：有多少热血男儿在严重的压迫下刻苦地耐心地在干着庄严神圣的工作，——从深入民间的救国运动以至帮助大众认识学习自己的文字，从血淋淋的斗争以至沉着虚心的理论研讨。

真的，这里是什么都有的：富有者的荒淫享乐，饥饿线上的挣扎的大众，献身民族革命的志士，落后麻木的阶层，宗教迷信的猖獗，公务员的腐化，土劣的横暴，女性的被压迫，小市民知识分子的彷徨，"受难者"的痛苦及其精神上的不屈服，……真的！从都市的大街和小巷，高楼和草棚，从小城镇的冷落仄隘的市区，从农村的断垣破屋，从学校，从失业者的公寓，从军营，从监狱，从公司公署，从工厂，从市场，从小商店，从家法森严的家庭，——从中国的每一角落，发出了悲壮的呐喊，沉痛的声诉，辛辣的诅咒，含泪的微笑，抑制着然而沸涌的热情，醉生梦死的呓语,宗教徒的麻醉,全无心肝者的讥笑! 是现中国一日的然而也不仅限于此一日的奇瑰的交响乐!

然而在这丑恶与圣洁,光明与黑暗交织着的"横断面"上,我们看出了乐观,看出了希望,看出了人民大众的觉醒;因为一面固然是荒淫与无耻,然而又一面是严肃的工作!

茅盾

内容一斑(下列要目仅及全书五分之一)

蔡元培先生序

关于编辑的经过

……(省略)

全国鸟瞰

上海生活书店发行

总店　上海福州路三八四号

《申报》1936 年 9 月 22 日又刊有该书的广告:

现代中国的总面目　茅盾主编　中国的一日

这里有:富有者的荒淫与享乐　饥饿线上挣扎的大众　献身民族革命的志士女性的被压迫与摧残　落后阶层的麻木　宗教迷信的猖獗　公务人员的腐化土豪劣绅的横暴

从本书十八编中所收的五百篇文章里面,可以看出现中国一日间或不仅限于此一日间的丑恶与圣洁,光明与黑暗交织成的一个总面目。

全书八十余万言　硬面精装一巨册

二十三开大本　新五号字排印　实价一元六角　实费二角三分

定阅文学一年　赠送本书一册

凡在本月底前定阅《文学》月刊一年(全年十二册,国内连邮三元五角,国外加倍),概赠本书一册,价值一元六角。旧定户续定全年者,赠特价券一张,均以直接向本总店定阅为有效。

本店特约各地中国、交通、上海、新华、浙江兴业、江苏农民、大陆、华侨、聚兴诚、富滇新等十大银行,免费经汇,购齐汇款,省费便利,安捷无比。

上海生活书店发行

总店　上海福州路三八四号　电话　九七一一七

《申报》1936 年 10 月 24 日又刊有该书的宣传广告:

本书奉赠文学定户办法本月底截止

中国的一日　茅盾主编

本书内分十八编,共收文章五百篇,计八十余万字。在这庞大的数字中,除了特殊"人生"以外,没有一个社会阶层和职业"人生"不占一位置,也几乎包含尽了所有文学上的体裁。这书不但可以供中学生、大学生作为进修国语文的范本,并可使大众都有因此认识现实的机会,引起改造现实的动机,勇敢地负起时代的使命!

廿三开大本新五号字排印　全书八百余页

硬面精装一巨册　一元六角寄费一角六分

特印本重磅米色道林纸冲皮面烫金精装　二元四角寄费二角三分

(特印本以五百部为限,售完为止)

赠送办法

凡本月底前定阅《文学》一年(全年十二册,国内三元五角,国外加倍),概赠本书一册,价值一元六角。旧定户续定全年赠特价券一张,以直接向本总店定阅为有效。

上海生活书店发行

总店　上海福州路三八四号

本店特约十大银行均可免费汇款订购,省费便利,妥捷无比

《申报》1936 年 11 月 16 日刊有该书的广告:

茅盾主编　中国的一日　精装本　一元六角　特印本　二元四角

本书内分十八编,共收文章五百篇,计八十余万字。在这庞大的文字中,除了特殊"人生"以外,没有一个社会阶层和职业"人生"不占一位置,也几乎包含尽了所有文学上的体裁。这书不但可以供中学生、大学生作为进修国语文的范本,并可使大众都有因此认识现实的机会,引起改造现实的动机,勇敢地负起时代的使命!

38. 茅盾著《创作的准备》,青年自学丛书之一,上海生活书店 1936 年 11 月初版。《光明》第 2 卷第 2 期(1936 年 12 月 25 日)刊载了该书的出版广告:

青年自学丛书　创作的准备　茅盾著　实价三角

这本书,是贡献给一切有志于文学写作的自学青年的。作者把他丰富的写作经验告诉我们,使我们知道在创作之前,应做些怎样的准备工作。高尔基常常对于苏联的文学青年,讲述他自己的创作经验,指示各种的创作方法:"人物"应该怎样刻画?"自然"应该怎样描写?但那些"自然",那些"人物",到底都还是异国的,从这书中,却可以得到更亲切的指示,它告诉我们应该怎样去把中国的"人物"和"环境"活捉到创作中来。全书内容分(一)学习与模仿,(二)基本练习,(三)收集材料,(四)关于"人物",(五)从"人物"到"环境",(六)写大纲,(七)自己检查自己,(八)几个疑问。句句都是经验之谈。

《文艺阵地》第 7 卷第 1 期(1942 年 8 月 25 日)又刊载了重庆生活书店为此书撰写的出版广告:

茅盾著　创作的准备　每册 2.00

作者以高度压缩之笔,将其积十年来研习所得之珍贵经验,写成这一小册子,虽只短短的五万余字,但它对于每一个有志于文学写作的自学青年,可谓句句是金玉之谈。

39. 茅盾等译《普式庚研究》,上海生活书店 1937 年 2 月初版。《申报》1937 年 2 月 7 日刊有该书的宣传广告,内容如下:

普式庚研究纪念　普式庚不可不读　研究普式庚更不可不读
茅盾等译　实价八角　八日出版

普式庚是近代俄国文学,不,是现代世界文学的总母体、发源地。今年正是这位伟大的文学家及诗人的逝世百年纪念。但是从新的视角来论述他的生平作品,用忠实的译笔来译介他的小说,诗歌的书,我们还没有。本书分上下二编,上编系论文,计苏联批评家的近作四篇,分论他的生平,他的精神,他的写作方法,他的童话,及杜斯退益夫斯基的有名的讲演《普式庚论》及升曙梦的《普式庚兴拜伦主义》各一篇,并附莱尔蒙托夫的名诗《普式庚之死》。下编系普式庚的作品,计小说五篇:波希米人,铲形的皇后,棺材商人,联长,射击。诗三首,及童话诗《渔夫与鱼的故事》一首,研究与作品并收。译者茅盾、黎烈文、孟十还、孙用、克夫等,俱系名家,这里不仅可以知道一位旧俄诗人何以在殁后百年会受全苏联甚至全世界的民众所热烈的爱好与敬崇,且可以亲切体尝这份珍贵的文学遗产,这是译文社三年来译介普式庚的精华,当这普式庚逝世百年纪念盛会之际,是一本最好的读物,也是一份最好的纪念。

40. 茅盾著《烟云集》,上海良友图书印刷公司 1937 年 5 月初版。列为"良友文学丛书"第 37 种。《申报》1936 年 1 月 27 日刊有该书的出版预告:

茅盾　烟云集　短篇

这是茅盾先生最近写成的短篇集。全是些社会上多余的人物,他们的生命也许被一般人看做过眼烟云般淡然处之,但是作者替他们留下了宝贵的痕迹。

《申报》1937 年 6 月 10 日又刊有该书的出版广告:

烟云集　茅盾作　良友文学丛书之卅十七

茅盾先生的短篇小说,年来产量不多,各刊物编辑,均极重视。本集包含最近一年中在各主要文艺刊物所发表的短篇,如烟云,大鼻子的故事,手的故事等。其中水藻行一篇是作者为日本改造杂志所特写,国内从未发表,作者自认为年来最自满之作品。全书三百余页,最新出版。

41. 茅盾著《劫后拾遗》,桂林学艺出版社 1942 年 6 月初版。欧阳山《战果》

（桂林学艺出版社 1942 年 12 月初版）书后刊载了该书的出版广告：

劫后拾遗　茅盾著　定价九元

茅盾先生以其亲身所历，用深刻而美妙的笔调，描绘了香港战前战后各阶层人民的生活，细味而动人，全篇约八万言。

42. 茅盾著《见闻杂记》，桂林文光书店 1943 年 4 月初版。叶圣陶为该书拟写了出版广告：

见闻杂记　茅盾著

茅盾先生前年旅行大西北，由重庆去新疆，后由新疆南下香港，以中途所见所闻，写成散文随笔，现辑成此集，交由本店出版。作者在文学上的造诣，已不用我们多作介绍。这是一本生活的旅行记，是一册优美的散文集。[①]

43. 茅盾著《霜叶红似二月花》，桂林华华书店 1943 年 5 月初版。上海华华书店 1946 年 7 月推出修订本。《申报》1946 年 8 月 3 日刊出了该书的出版广告：

茅盾　霜叶红似二月花　增订本　实价二千五百元

这是茅盾先生的近著，内容取材于五四时代江浙一带某一富饶水乡的民间生活，以镇上土豪劣绅的争权夺利为中心，烘托出一般勤劳农民的疾苦来，书中几十个人物的性格，随着写景所传达的气氛，全部发展得十分深刻动人，在错综而精严的结构中间，随时流露着冷隽的风趣，作者的妙笔，使深秋的霜叶，也像二月花那样值得惊赏，足见他的小说技巧上炉火纯青的功夫，这部小说，正同《子夜》一样，无疑地是我国新文学的瑰宝。

目录备索欢迎函购　华华书店　上海林森中路一四八号

44. 茅盾著《耶稣之死》，重庆作家书屋 1943 年 6 月初版。《大公报》（重庆）1943 年 6 月 23 日刊载了该书的出版广告：

耶稣之死　茅盾著　定价十三元

本书为茅盾先生抗战以来第一个短篇小说集，作者以崇高的心情，圆熟手腕，美丽文字，紧密结构，写杀身成仁的古代的圣哲和奔赴祖国的今日的义民，每篇都是极成功的作品。茅盾先生的作品向为广大读者所热爱，兹特负责推荐这个新集。

45. 茅盾译《复仇的火焰》，苏联文学丛书之六，重庆中苏文化协会编辑委员会

[①] 转引自《叶圣陶集》第 18 卷，江苏教育出版社 2004 年版，第 347 页。

1943 年 6 月初版。《大公报》(桂林)1943 年 8 月 14 日刊有该书的宣传广告:

　　　　复仇的火焰　巴甫林科著　茅盾译
　　这是一部惊心动魄用血肉构成苏联伊尔曼湖森林地带游击战争的一段故事。描写当游击队队长英勇战死以后,动摇分子变成了内奸,阴谋进行彻底的破坏。一个不曾受过什么教育,而只知热爱祖国的守林老头子,以钢铁般的意志挺立起来,继续领导着这支队伍,恐怖地出没在敌人疯狂的围剿压迫下,燃起复仇的火焰,在惊风险浪中,在恶劣环境下艰苦奋战,不屈不挠。作者是苏联当今文坛一位有名作家,以生动的笔调写出战斗的苏联人民的悲壮事迹,也吹响了一支号角。全书由茅盾先生译出,名著名译,更为当年今译文中不多见。定价二十二元。

　　46. 茅盾著《第一阶段的故事》,重庆亚洲图书社 1945 年 4 月初版,1946 年 3 月沪一版。《大公报》(上海)1946 年 3 月 20 日刊载了《亚洲图书社为发行茅盾创作〈第一阶段的故事〉声明发行权》,内容如下:

　　茅盾在渝创作《第一阶段的故事》,在渝即交本社发行,订有契约。倾闻重庆联益图书社已在沪翻印,兹已依法追究中,为特郑重声明,敬请各同业注意,敝社沪版现已出书,并委托上海百新书店总经售,请各地读者同业,径与接洽为荷。
　　　　　　　　　　　　　　　　　　　　亚洲图书社经理陈鸿谋谨启
　　茅盾战后长篇小说　第一阶段的故事
　　写抗战时上海各阶层的形形色色,在文坛上轰传已久。
　　收复区第一版今天出售,一厚册,二千六百元。

　　《大公报》(上海)1946 年 4 月 23 日又刊载了《联益图书社为发行上海版茅盾第一阶段的故事启事》,内容如下:

　　查茅盾先生著《第一阶段的故事》一书,其上海区之印行权业由作者授权敝社发行,深恐外界不明真相,兹特将作者致本社来函制版刊载于后,敬请各地同业及读者注意是荷。
　　　　　　　　　　　　　　　　　　　　　　　联益图书社谨启
　　附茅盾手迹①(因无法辨认,没法辑录,此手迹应是茅盾的佚信)

　　《申报》1946 年 11 月 25 日刊有联益出版社的《第一阶段的故事》沪二版的出版广告:

---

① 因影印在报纸上的茅盾手迹大部分无法辨认,没法辑录。笔者查阅《茅盾全集》《茅盾书信集》,均未收此信,初步推测此应是茅盾的佚信。

第一阶段的故事　茅盾著　三千元

这是茅盾先生以淞沪抗战为背景,以"通俗形式"的笔调写成的长篇小说,而结构上技巧上的严密与完善,作者在文坛上的蜚声以及一般人对他的评判,是最好的介绍和说明,本店谨将此书再版于茅盾先生出国的前夜!

47. 茅盾著《委屈》,上海建国书店1945年3月初版。《新华日报》1945年4月2日刊载了该书的出版广告:

茅盾先生新著　委屈　每册一百四十元

这是茅盾先生最新的创作集,包括五个短篇小说,所反映的现实范围极为广泛,篇篇都有坚实的内容。读者们可以把它当做艺术作品欣赏,可以当作小说范本研究,同时更可以从这些作品中,学习作家对现实战斗的方法。

48.《新华日报》1945年6月23日刊载了《纪念茅盾先生五十岁　特价发售他的著作三天》的宣传广告:

今年茅盾先生五十岁了,他的朋友们定在本月二十四日为他作纪念。我们几家出版或者贩卖他的著作,那些著作是他在文学方面的劳绩,我们也要为他作纪念。作纪念不单表示我们对他的敬意,同时还希望社会更认识他,更了解他,因此我们联合起来,商定了特价发售他的著作的办法。

书名	定价	出版者
蚀(幻灭、动摇、追求)	六六六元	开明
虹	四五〇元	开明
子夜	九〇〇元	开明
三人行(中篇)	(售缺)	开明
路(中篇)	(售缺)	文生
多角关系	(售缺)	生活
霜叶红似二月花	六〇〇元	华华
走上岗位	(未出)	黄河社
第一阶段的故事	八〇〇元	亚洲
腐蚀		(大众生活连载)
茅盾短篇小说集第一集	七六五元	开明
茅盾短篇小说集第二集	八八二元	开明
耶稣之死	一五〇元	作家
委屈	一八〇元	建国
劫后拾遗	(售缺)	学艺
速写与随笔	三七八元	开明
印象、感想、回忆	(售缺)	文生
时间的记录(最近杂感散文集)	(未出)	良友

炮火的洗礼	四〇元	文生
欧洲大战与文学	(售缺)	开明
世界文学名著讲话	(售缺)	开明
文艺论文集	一〇〇元	群益
雪人	(售缺)	开明
桃园(翻译短篇)	(售缺)	文生
回忆、书简、杂记	二二〇元	生活
他们的儿子(西班牙 柴玛珂司原著)	(售缺)	商务
一个人的死(新希腊 帕拉玛兹原著)	(售缺)	商务
文凭(俄 丹青科原作)	(售缺)	华侨
战争(苏 铁霍诺夫原作)	(售缺)	文生
复仇的火焰(苏 巴甫林科原著)	(售缺)	新知
人民是不朽的(苏 格罗斯曼原作)	五八〇元	文光
话匣子	(售缺)	良友
春蚕	(售缺)	开明
宿莽	(售缺)	开明
野蔷薇	(售缺)	开明

(上列三种皆短篇集后又分收于短篇小说集第一二集中)

泡沫	(售缺)	生活
烟云集	(售缺)	良友
白杨礼赞	(售缺)	春潮社
见闻杂记	二八〇元	文光
茅盾自选集	(售缺)	天马
高尔基(与戈宝权等合译)	四〇〇元	北门
洁本红楼梦(编辑)	(售缺)	开明
侠隐记	(售缺)	商务
萨克逊劫后英雄略	(售缺)	商务
去国(编辑)	一〇〇元	文阵社
纵横前后方(编辑)	一二〇元	文阵社
哈罗德的旅行(编辑)	一二〇元	文阵社

目录中开列的书,除售缺者外,我们几家都有发售,读者可以就近采购。

特价日期 特价期从本月二十三日开始,到二十五日截止。

特价折扣 在特价期内,各书售价,概照原售价七折计算。

外埠函购 特价期内,外埠读者,也得享受同样优待。但必须以邮局日戳为凭,逾期无效。寄费另加二成。

茅盾先生著作特价发售处:

开明书店(重庆保安路) 联营书店(重庆林森路) 生活书店(重庆民生路)

文光书店(重庆中一路) 文化供应社(渝新生市场) 读书出版社(重庆民生路)

群益出版社(重庆西来街) 亚洲图书社(渝新生市场) 建国书店(重庆林森

路) 新知书店(重庆民生路) 作家书屋(重庆民国路) 文化生活出版社(重庆民国路)

49. 茅盾著《时间的记录》,良友文学丛书第 44 种,重庆良友复兴图书印刷公司 1945 年 7 月初版。上海大地书屋 1946 年 11 月初版。列为"大地文学丛书"第二种。《申报》1946 年 11 月 25 日刊有该书的出版广告:

> 第二种 时间的记录 茅盾著 定价三〇〇〇元
> 本集为茅盾先生自一九四〇年至一九四六年杂文的结集,共收文三十余篇。自序中说:"题名曰时间的记录者,无非说,在这震撼世界的人民世纪中,古老中国之大后方,一个在良心上有所不许,以及良心上又有所不安的作家所能记录者惟此而已……"本书可说是《腐蚀》的另一种文学形式的表现。

50. 茅盾著《清明前后》,重庆开明书店 1945 年 10 月初版。《新华日报》1945 年 10 月 10 日刊载了该书的出版广告:

> 清明前后 茅盾著 五幕剧 定价一元八角 十五日左右出版
> 这是茅盾先生第一个剧本,也是抗战以来第一个用民族工业问题作题材的剧本。故事的背景是轰动了山城、轰动了全国的黄金案,写的是卷在这个事件当中的几位"可敬的人"和两三个可怜人。茅盾先生用他写小说的那种细腻深刻的手法,把人物的性格刻画得非常鲜明,又依照他一贯的写作态度,把题材处理得又精细,又严肃。爱读茅盾先生小说的一定欢迎这个剧本,欢迎他创作新道路上的第一个收获。①

51. 茅盾编《现代翻译小说选》,上海文通书局 1946 年 10 月初版(渝版也于 10 月问世),列为"文艺丛书"之一。《新华日报》1946 年 12 月 9 日刊载了该书的出版广告:

> 文通书局 重庆分局 茅盾著 文艺丛书 现代翻译小说选
> 渝熟料纸本 二四〇〇元 沪版白报纸 四六五〇元
> 本书是茅盾先生选辑最近十年内的翻译小说而成,共三十篇代表十个民族三十位作家,计英国五家五篇,美国六家六篇,苏联八家八篇,法国、德国各三家三篇,日本、意大利、捷克、塞尔维亚、西班牙各一家一篇,篇首有茅盾先生长序专文介绍每篇后酌附作家小传及译文的出处,选择精慎,译文忠实流利,是爱好时代文学的人不可不读的书。

---

① 此广告为叶圣陶所拟。

52. 茅盾著《苏联见闻录》,上海开明书店 1948 年 4 月初版。《进步日报》(天津)1949 年 6 月 7 日刊载了该书的出版广告:

苏联见闻录　茅盾著　定价一元四角

茅盾先生于三十五年冬季游苏联,翌年夏季回国。在旅行期间,他每天写日记,用他那细密的文笔,把所见所闻所思所感记载下来,对于特别需要详记的材料,如访问某一位作家,参观某一个博物馆,观赏某一出戏剧,他又另写专篇,好似电影中的特写镜头,旅行日记与三十多篇专论合在一块儿,就成了这部包括他全部的游苏观感的《苏联见闻录》。①

53. 茅盾著《回顾》,北雁出版社拟出(最后似未出)。《申报》1937 年 7 月 16 日刊有该书的出版预告:

茅盾:回顾

这是作者从最近三年内所作的短评杂论选辑而成,大多数是当时文艺上的问题。问题有大有小,故论评亦长短不一。作者自语他的论评,只是就时地之不同作常识的判断,而写作态度也是"有话便长无话即短"。今辑印成册,无非因过去成问题者,到今日尚成问题,或许将来仍成问题,回顾以往,聊可备忘罢了。作者虽然这样推谦,但集中所说各种问题,却都是国家民族、文坛艺术当前的难关,手此一编,不但对于三年来的文坛动向,与作者意见,可以一目了然,而且从此也可寻出各种疑难问题的解答,和各项事务所应走的大道来,不日出版。

---

① 此广告为叶圣陶所拟。

茅盾求学经历时序的梳理

陈　杰①

内容摘要：伟大的革命作家、文化活动家、社会活动家茅盾为中国革命和中国现代文学的发展做出了不可磨灭的巨大贡献。他一生所创作的 1200 万字的文学作品已成为中国文学宝库的瑰宝。探寻茅盾的成长与成才，离不开对他人生起步阶段的求学之路的研究。本文以时间为序，梳理茅盾初入立志小学至北大预科毕业的求学经历。

关键词：茅盾；求学经历；时序梳理

茅盾，从 1896 年 7 月 4 日诞生至 1916 年 7 月北京大学预科毕业的人生最初二十年，是他从呱呱坠地的婴儿成长为具有爱国为民情怀、科学民主精神、丰厚学识涵养的中国进步知识分子的重要人生阶段。

茅盾的成长之路上，江南文化的滋润、中华文化的熏陶以及父母师长的引导、教育和培养，加之自身的天资聪慧、勤奋好学，与他日后成为著作等身、享誉文坛的文学泰斗，以及在身后被誉为"革命作家、文化活动家、社会活动家"，是密不可分的。

茅盾的成长之路上，求学经历是其中至关重要的一环。茅盾晚年的自传体回忆录——《我走过的道路》，为我们后人了解、研究、宣传茅盾的求学经历提供了鲜活、详实的第一手材料，弥足珍贵。

毋庸讳言，《我走过的道路》是茅盾晚年写就的，毕竟那时距其求学阶段已经过去六十年左右了，所以，茅盾对当时某些时间节点的回忆与史实有所出入，且有不少地方未明确表述相应学习阶段的年份、年级。况且茅盾的求学经历，既有跳级、插班、转学的状况，又遇学制的变化。因此，我们后人阅读《我走过的道路》相关章节时，会感觉茅盾求学经历时序的脉络不够清晰明了。

今以茅盾《我走过的道路》之《学生时代》章节的"我的小学""中学时代"和"北京大学预科第一类的三年"三个篇章名为标题，对茅盾十二年半的求学经历（不含家塾、私塾求学阶段）进行时序梳理。

我的小学

"我的小学"阶段，即茅盾在家乡乌镇就读立志小学、植材高等小学时期。

根据《桐乡县志》记载，光绪三十年（1904 年）后，洲泉镇、石门县城、濮院镇、玉

---

① 作者简介：浙江省桐乡市茅盾纪念馆文博馆员。

溪镇、乌青镇先后增设小学堂。"我的小学"中写道:"乌镇办起了第一所初级小学——立志小学,我就成为这个小学的第一班学生。"①1904 年 1 月 13 日,清政府颁布《奏定学堂章程》,因制定颁布于旧历癸卯年,故又称"癸卯学制"。按当时春季招生开学的学制规定,结合"我的小学"中的叙述,可以确定茅盾进立志小学就读是在 1904 年春。

"我的小学"的第九段开头写道:"在进入立志小学的第二年夏天,父亲去世了。"②紧接着的第十段开头:"这年冬季,我毕业了。"③联系这两段的内容表述,"这年冬季"应理解为茅盾进立志小学的第二年的冬季。根据既有史料证实,茅盾父亲逝世于 1905 年,按此表述,茅盾该是 1905 年冬毕业。而据已查证的史料,茅盾于 1907 年春转入植材高等小学就读。因此,可以确定茅盾的回忆"这年冬季"(1905 年冬)毕业的年份有误,而应在 1906 年冬。

综上可知,1904 年春至 1906 年冬,茅盾在立志小学就读。1907 年春,茅盾转入植材高等小学就读。

中学时代

"中学时代"的开头,茅盾如此回忆:"一九〇九年冬季,我从植材小学毕业了,时年十三周岁。"④按当时"癸卯学制"的规定,高等小学学制为四年。茅盾直至晚年仍清晰记得其毕业于植材高等小学的确切的年份及年龄,可见,茅盾是跳级一年(四年级跳级),用三年时间完成四年的高等小学学业。1910 年春,茅盾离开家乡乌镇到湖州求学。

据"中学时代"中的叙述,茅盾原想插班浙江省立第三中学堂(现湖州中学)三年级,但因算术题目完全答错了,只能插班二年级。1910 年春至 1910 年冬,茅盾插班浙江省立第三中学堂二年级。1911 年初的寒假期间,茅盾四叔祖儿子凯崧(茅盾称他凯叔)说起浙江省立第二中学堂(现嘉兴一中)的英文教师更有水平、师生平等的这些状况让茅盾心动。1911 年春至 1911 年夏,茅盾就读浙江省立第三中学堂三年级上学期。在这期间,因该校部分调皮同学对茅盾说了不堪入耳的话而气恼,加之对浙江省立第二中学堂的向往,茅盾于 1911 年秋转学嘉兴至 1911 年冬,在此期间插班就读浙江省立第二中学堂,完成了三年级下学期的学业。

茅盾在浙江省立第二中学堂就读期间,正值辛亥革命爆发,风起云涌的革命态势让少年茅盾兴奋不已。茅盾为反对学监的专制而对抗,结果被除名了。后来,茅盾经反复考虑,决定去杭州求学。

辛亥革命后,民国政府制定的"壬子癸丑学制"确定了各中小学每学年开学时间为公历 9 月 1 日(即每年 9 月 1 日至次年寒假前为上学期,寒假后至暑假前为下学期)。因学制的变化,1912 年春至 1912 年夏,经杭州私立安定中学(现杭州七

---

① 茅盾:《我走过的道路》(上),人民文学出版社 1981 年版,第 63 页。
② 同上书,第 65 页。
③ 同上书,第 66 页。
④ 同上书,第 69 页。

中)招录,茅盾插班就读四年级下学期的学业。1912 年 9 月至 1913 年 7 月,茅盾在杭州私立安定中学完成五年级的学业并毕业。

北京大学预科第一类的三年

1913 年 7 月至 8 月上海《申报》公告栏刊登北京大学在上海招预科生的告示,报名时间为 7 月 21 日至 31 日。预科第一、二类各招 80 名,学制三年,考试科目有历史、地理、国文、英文、数学、理化、博物、图书,报考第一类者"理化、博物、图书三门中免试两门"。8 月 11 日起,招生考试在上海虹口唐山路澄衷学校举行。茅盾报名并参加了北京大学预科第一类的招生考试。试后约一个月,北京大学寄来了录取通知,茅盾被北京大学预科第一类录取。这年茅盾虚岁 18,实岁 17。

1913 年 9 月,茅盾乘船赴上海,与同时考取北京大学的谢砚谷结伴乘船北上抵达天津,之后转乘火车抵达北京。

1913 年 9 月至 1916 年 7 月,茅盾完成了在北京大学预科第一类的三年学业并毕业。之后,茅盾离开北京返回家乡乌镇。

至此,茅盾的求学经历画上了句号。

(文后附《茅盾求学经历时序表》)

茅盾求学经历时序表

序号	求书经历	时间	年级	备注
1	初小阶段 (立志小学)	1904 年春至 1904 年冬	一年级	
		1905 年春至 1905 年冬	二年级	
		1906 年春至 1906 年冬	三年级	立志小学毕业
2	高小阶段 (植材高等小学)	1907 年春至 1907 年冬	一年级	
		1908 年春至 1908 年冬	二年级	
		1909 年春至 1909 年冬	三年级	跳级一年,植材高等小学毕业(四年级跳级)
3	中学阶段 (三所中学)	1910 年至 1910 年冬	插班 二年级	浙江省立第三中学堂(现湖州中学)
		1911 年春至 1911 年夏	三年级 上学期	浙江省立第三中学堂(现湖州中学)
		1911 年秋至 1911 年冬	插班三年级 下学期	浙江省立第二中学堂(现嘉兴一中)
		1912 年春至 1912 年夏	插班四年级 下学期	杭州私立安定中学(现杭州七中)(涉及学制变化)
		1912 年 9 月至 1913 年 7 月	五年级	杭州私立安定中学(现杭州七中)毕业
4	大学阶段	1913 年 9 月至 1916 年 7 月		北京大学预科第一类就读三年,毕业

茅盾在各校的就读时长:

立志小学　　　　　　　三年
植材高等小学　　　　　三年
浙江省立第三中学堂　　一年半
浙江省立第二中学堂　　半年
杭州私立安定中学　　　一年半
北京大学　　　　　　　三年
合计:十二年半

茅盾域外传播与研究

论沙博理英译茅盾短篇小说

北　塔①

内容摘要:用英文翻译茅盾短篇小说最多的是沙博理,而且他的译文影响也最大,但有关他翻译茅盾短篇小说的研究成果很少。本文从沙博理对原文的理解和误解问题入手,就译文的措辞、场景再现、文化缺失、音韵讲究等几个方面对沙博理的翻译做出尽可能公正的评判。笔者以为,沙博理具有非常高的语言天赋和驾驭能力,他精通中文,相当了解中国文化;他的翻译态度也是严肃认真的。然而,他英译的茅盾短篇小说并没有达到尽善尽美的程度,还有一些讹误或缺漏问题。

关键词:沙博理;茅盾;短篇小说;英文翻译

至今为止,用英文翻译茅盾短篇小说最多的是沙博理②,而且他的译文影响也最大,不断被不同地区的不同出版社以不同的形式再版。如:

(1)《小巫》(*The Vixen*,这个英文名的翻译不妥——因为这个词的原义是"雌狐",引申义是"泼妇",不符合小说女主人公的形象和性格),中国文学出版社"熊猫丛书"之一种,1987 年出版。这实际上是茅盾的作品选集,可以分为上、下两大部分,上半部分是短篇小说,下半部分是散文。短篇小说有八篇:《创造》《小巫》《林家铺子》《春蚕》《水藻行》《儿子开会去了》《列那和吉地》《委屈》。

这部集子的译者有多位。就小说而言,《创造》的译者是戴乃迭,《水藻行》《列那和吉地》的译者是西蒙·约翰斯顿(Simon Johnstone),其余五篇即《小巫》《林家铺子》《春蚕》《儿子开会去了》《委屈》采用的都是沙博理的译文。

(2)汉英双语版《茅盾小说选》(*Selected Stories by Mao Dun*),北京:中国文学出版社和外语教学与研究出版社联合推出,1999 年。这是"中国文学宝库·现代文学系列"中的一种。这套文库的总编辑是杨宪益和戴乃迭夫妇。本书可以看作是《小巫》的精华版,收入了《小巫》中的前 5 篇小说,即《创造》《小巫》《林家铺子》《春蚕》《水藻行》。译者也跟《小巫》一样,《创造》的译者是戴乃迭,《水藻行》的译者是西蒙·约翰斯顿,其余 3 篇即《小巫》《林家铺子》《春蚕》采用的都是沙博理的译文。

(3)汉英双语版《春蚕·林家铺子》,北京:中国文学出版社和外语教学与研究

---

① 作者简介:北塔,原名徐伟锋,中国现代文学馆研究员。

② 早在 1956 年,沙博理就出版了他翻译的《春蚕》《秋收》和《寒冬》,英译本为"Spring Silkworms and Other Stories"(《〈春蚕〉及其他故事》),由其所供职的外文出版社刊印。

出版社联合推出,2001 年(后来再版过)。本书可以看作是汉英双语版《茅盾小说选》的精华版,全书只有《林家铺子》和《春蚕》两篇作品,英译都出自沙博理之手。

鉴于沙博理翻译茅盾短篇小说的巨大劳动和丰硕成果,下面笔者将讨论他的译文的得失。

《水浒传》是沙博理最重要的译著,因此,有关研究文章比较多,相比之下,有关他翻译茅盾短篇小说的研究成果很少。到目前为止,专文只有寥寥数篇。比较早的是李振发表于 2009 的《关联理论视角下文化负载词的翻译策略——以沙博理译“茅盾农村三部曲”为例》,后来有张洁洁发表于 2015 年的《沙博理文化身份下的翻译行为——〈春蚕〉译本个案分析》,晚近的有黄勤和党梁隽发表于 2019 年的《沙博理的文化身份对其“农村三部曲”英译本的影响》。前两篇对具体的译文讨论得比较简单,其中第二篇的作者张洁洁没有广泛深入阅读原文,论述单薄,甚至连所用例子大部分都是李振用过的。第三篇则对具体的译文评析得比较丰富。前两篇对沙博理的译文质量只有正面的评价,而且不惜以某种勉强的理由和过度的态度来替沙博理的某些不良译文进行辩护或解释;中国文字或文化内涵越丰富被沙博理有意无意忽视得越多。比如,《春蚕》中的词语“品字式”是说根据汉语“品”字三个“口”字的空间顺序而进行排列的一种组合排列方式。沙博理没有翻译出这个表示形状的内容。李振却曲为之说:“而目的语读者,即英语言读者不懂得汉语,也就构成不了对应汉语结构的认知语境,因此译者意译为‘on every tray’,间接地描述了汉语‘品’字式的空间组合,实现了原语情景语境与目的语认知语境的关联。”①要知道,“on every tray”的意思是“在每一张团扁上”,没有任何形式描绘,与“品字式”完全不匹配,这不是意译,而是臆译——凭臆想造出来的译文。第三篇的评价有正面也有负面,作者说:“沙博理对于英汉两种语言的运用可以说是炉火纯青,但受其文化身份影响,其译文虽在主题传达等方面与原作一致,但在人物塑造及文化特色再现等细节处,其译文与原作还是产生了或多或少的偏差,可能会影响读者对于小说内容的理解。”②

三篇文章都重点讨论了翻译中的文化元素的处理问题。第一篇聚焦于文化负载词,第二、第三篇聚焦于文化身份。论者都认为,沙博理具备双重文化身份,而且两者之间不仅没有冲突,而且亲密无间。如黄勤和党梁隽认为:“沙博理受中国文化及西方文化的共同影响,具备双重文化身份,而其文化身份又会影响其翻译策略。”③张洁洁在标举沙博理的双重文化身份之前,解释说:“沙博理在美国度过了二十多年的时光,在美国接受了西式教育,因此,他的价值观和审美标准都不可避免地打上了美国社会的烙印。他来到中国后,接触到和美国文化截然不同的中国文化,很好地适应了这种文化并且深深地爱上了中国文化,一心想向世界展

---

① 李振:《关联理论视角下文化负载词的翻译策略——以沙博理译“茅盾农村三部曲”为例》,《郑州航空工业管理学院学报(社会科学版)》2009 年 4 月号。

② 黄勤、党梁隽:《沙博理的文化身份对其“农村三部曲”英译本的影响》,《外语与翻译》2019 年第 4 期。

③ 同上注。

现中国尤其是新中国的形象。"①

笔者以为,尽管沙博理在中国生活的时间(从 1947 年算起)远远多于在美国的时间,尽管他很好地适应并且"深深地爱上了中国文化",似乎没有遭遇文化适应不良症。尽管在日常生活中,两种文化在他身上和谐相处,但在翻译过程中,出于对目的语读者的负责和考虑,他的美国文化身份意识还是大于中国文化身份意识,两者之间可能存在或强或弱的内在隐性冲突。况且,在他翻译茅盾短篇小说时,主要是在 1950 年代,那时他尚未加入中国国籍,他的中国文化身份的自我认同尚未被中国国籍所加强或固定,或者说他那时对中国的社会、语言、历史和文化恐怕还谈不上十分精通。

张洁洁基于沙博理双重文化身份的认定基础,总结沙博理的翻译策略和译文效果说:"沙博理借助翻译中国文学作品为手段,在翻译的过程中努力做到了对源语语境的忠实以及对目的语语境接受的关注,在准确忠实地传达源语文本的基础上,通过异化、文内解释、文外加注等翻译策略照顾读者尤其是外国读者的感受。"这是在说沙博理的译文既能忠实于出发语,又能照顾目的语读者的思维和阅读习惯,既能贯彻归化原则,又能保持异化效果,似乎两者之间是平衡的。

所谓"准确忠实"或者说"准确忠实"的前提是对出发语及其社会文化的准确、完整而透彻的了解。关于这一点,或者说,关于精通中国语言文字、了解中国社会文化这一点,沙博理是非常自信的。他在中国生活工作了半个多世纪,还娶了一位文化名人(凤子女士),他对中国社会文化的方方面面都十分了解。他自己说:"我觉得,译者不但要精通所译文学作品相关国家的语言,了解其历史、文化、传统习惯,而且对他本国的这一切也要精通和了解。"②

但是,沙博理真的透彻了解中国的历史、文化、传统习惯吗?他的翻译真的完全"准确忠实"吗?笔者以为,沙博理的翻译以归化为主,异化为辅。尽管他精通中文,热爱中国文化,但他更挂心的是译文读者的欣赏习惯,而不是要向英语读者宣扬中国文化。为了保证英文的纯粹、流畅,他不惜牺牲原文的很多要素。这导致他的译文中出现了许多出发语文化缺失(cultural defaults)现象,既有本土文化的缺失,也有外来文化的缺失;既有官方文化的缺失,又有民间文化的缺失。其中,缺失最严重的是茅盾作品中最有特色最鲜明的江南地方文化,包括方言、风物、称谓等。

笔者下面从对原文的理解和误解问题入手,就译文的措辞、场景再现、文化缺失、音韵讲究等几个方面对沙博理的翻译做一些尽可能公正的评判。

一、对原文的理解和误解

沙博理在理解原文的努力上非常值得赞赏,有的时候比中国本土译者更加深

---

① 张洁洁:《沙博理文化身份下的翻译行为——〈春蚕〉译本个案分析》,《湖北函授大学学报》2015 年第 10 期。

② 转引自张洁洁:《沙博理文化身份下的翻译行为——〈春蚕〉译本个案分析》,《湖北函授大学学报》2015 年第 10 期。

入细致,不过,未必透彻。

《春蚕》中老通宝的儿媳妇四大娘跟隔壁家的女人荷花形容自己的公公愚昧固执的性格,说:"老糊涂的听得带一个洋字就好像见了七世冤家! 洋钱,也是洋,他倒又要了!"

沙博理的译文是:"The old fool only has to hear the word 'foreign' to send him up in the air! He'll take dollars made of foreign silver, though; those are the only 'foreign' things he likes!"

"洋钱"俗称"大洋",是中国半殖民地社会的最重要标志。"洋"者"外"也。那么,"洋钱"是"外国钱币"吗? 叶君健是这么认为的。他把这句话译为:"The doddering old fool hates everything that bears the word 'foreign' except, of course, silver dollars."然后做了个注解:"Silver dollars were first introduced in China from Mexico. So in Chinese they are called 'foreign coins'."返译过来的意思是:"银元最初由墨西哥引入中国,因此在汉语里叫做'洋钱'"。的确,中国本来用的是铜币,银元之铸造和流通起源于 15 世纪的欧洲。早在明万历年间(1573—1619)银元就流入中国。经专家考证,墨西哥银币早在 1820 年代末就开始流入中国并流通。① 但一百多年后,1930 年代中国的银元却不是从外国引进的。因为早在清乾隆五十八年(1793),清政府就开始在西藏铸行本国银币,称为"乾隆宝藏"。光绪十六年(1890)清廷开始正式铸造银元,称为"光绪元宝"(即龙洋),各省纷起效尤,从此本国铸造的银元成为主要流通货币。沙博理应该是对此作过研究,他的译文没有额外加注,但在内文中货币"dollars"后面掺了一个注释性的后置"made of foreign silver"(用外国银子铸造)。这会让英文读者以为中国缺乏银子,或者自从鸦片战争之后中国的银子都被清廷用来赔给外国列强了。但是事实上,大部分中国银币还是用本国的银子铸造的,之所以沿用"洋钱"的称呼,只是因为其样式还是以前墨西哥银元的。沙博理的理解比叶君健的更接近事实,但还有距离。笔者以为,这里的译文如果要加解释性短语,应该是"in foreign style"。

在茅盾的短篇小说中有大量带"洋"字的事物名称,这一方面表明茅盾的现实主义写法,这些名称都来自现实生活中人们的口头语;另一方面,恐怕他也是有意通过这诸多"洋"名,来强调对当时中国作为半殖民地社会的性质的界定的认可。因此,这些"洋"字原则上应该统统翻译出来。但沙博理有些时候并没有译出。如,他把"洋油臭"译成了"stink of its exhaust"。"exhaust"是"废气""尾气"的意思,既没有"油",更没有"洋油"。而 1930 年代中国普遍用的是进口的洋油。即便解放后,中国自力更生产出的"煤油"代替了"洋油",但"洋油"这个名称一直沿用到 1980 年代煤油灯退出历史舞台。通过"stink of its exhaust",英文读者怎么能了解中国人曾经在日常生活里多么依赖洋物? 怎么能领会到茅盾借"洋"字来表征中国半殖民社会特征的良苦用心?

沙博理在理解原文上的有些错误有点离谱。如,第五部分中关于寿生与林小

---

① 徐倩倩:《墨西哥银元在中国的流通》,北京大学硕士论文。

姐的年龄差,沙博理的译文是——"If Shousheng weren't twice the girl's age..."意思是:寿生的年龄是林小姐的两倍,即两人岁数相差一倍。这个不仅是对原文的误解,而且误解得不合常理。原文此处茅盾有过多次修改。《林家铺子》最早发表于1932年7月的《申报月刊》第一卷第一号。在这一初版本中此处的内容是:"要不是岁数相差一半多,把寿生招做女婿倒也是好的!说不定在寿生那边也时常用半只眼睛看望着这位厮熟的十七岁'师妹'。"十七岁的一半是八九岁,由此推算,寿生的年龄至少是二十五六岁,稍稍"多"一下就接近三十。在1930年代的中国社会,这个年龄的未婚青年显然太稀罕,有点不合常情。次年,1933年4月,此篇曾被收录于由上海天马书店出版的《茅盾自选集》,1933年5月,又被收录于由开明书店出版的短篇小说集《春蚕》。在这两个版本里,茅盾把此处改为"要不是岁数相差一半",去掉了"多"字;可能就是因为他觉得写初稿时把寿生的年龄写得有点太大了,需要改小一点。1959年人民文学出版社出版的《茅盾文集》时,茅盾又做了修改,把此处的年龄差做了模糊化处理,改为:"要不是岁数相差得多。"这个被认定为茅盾生前最后的定稿,所以后来比较通行,如1985年人民文学出版社出版的《茅盾全集》第八卷和2014年黄山书社版的《茅盾全集》第八卷,都采用这个"相差得多"的说法。沙博理在1950年代上半期翻译时采用的八成是天马书店版或开明书店版,即"相差一半"说。不幸的是,显然他把"一半"理解成了"一倍",所以才有"twice"(两倍)之译,从而把寿生的年龄飚高到了34岁。[①] 在1930年代初的中国,一般人在20岁左右就成家了。一个像寿生那样聪明勤劳又踏实肯干的男人到了这个年纪,难道还没有结婚生子?假如寿生的年龄真的那么大了,恐怕连林大娘也会嫌弃,她怎么旋即就决定把唯一的心肝宝贝女儿许配给了他这个穷小子呢?纵然她有这想法,颇为自负的林小姐也不会答应啊。而事实上,她是一下子就甘愿跟她的寿生哥(不是寿生叔)拜堂的。比较让笔者觉得遗憾的是:沙博理没有注意到茅盾精益求精的修改,否则他会翻译得更加认真细致一些。

二、措辞高妙,偶有欠妥

茅盾在《林家铺子》中分别对林家三口人的习惯、神态和样貌有着极为精确而又精练的描写。沙博理在措辞上非常精当地翻译出来了。

且按三人出场先后顺序来看。

原文:林大娘坐定了半晌以后,渐渐少打几个呃了,就又开始她日常的疼爱女儿的老功课。

译文:Mrs. Lin gradually controlled her hiccups, and began usual doting routine.

林氏夫妇膝下只有一个独女,因此相当宠爱这个十七岁的少女,尤其是林大娘简直是溺爱这孩子。本来,"疼爱"可以直译为"love dearly"或"love tenderly"。但

---

① 参见晏洁:《重回文本背后的历史原场——论茅盾〈林家铺子〉版本修改中的叙事迷思》,《新文学评论》,2019年第1期。

沙博理精选了程度更高的"doting"一词,更能表现林大娘对宝贝女儿的宠爱之情。

林小姐呢,恃宠任性。母亲越是对她百依百顺,她越发学宠物邀宠。

原文:林小姐撒娇说,依然那样拳曲着身体躺着,依然把脸藏在母亲背后。

译文:The girl demanded petulantly.

本来"撒娇"可以翻译为"coquettishly",其词源"coquette"是法文词,意思是"交际花"或"卖弄风情的女子";但林小姐虽然有点爱慕虚荣,喜欢臭美;但她毕竟还是一个未经世事的中学生,不失淳朴本性;她撒娇的对象是她自己的母亲,而不是外面的随便哪个男人。况且,她的"撒娇"只是像宠物一样求取别人的宠幸,而不是卖弄风情。"coquettishly"一词并不适合于此。沙博理精选的"petulantly"特别精当。这个词的词根是"pet"(宠物)。在母亲身边,林小姐愿意自己是一只宠物,如同她自己豢养的宠物猫一样。在此处前,作者两次提到她的猫咪,以及她在自己不开心的时候拿猫咪出气的恶行。不过,她可不想她母亲也会对她恶语相向。她知道母亲对她的宠爱是无条件的。

林先生也宠爱女儿,但没有林大娘那么严重。他在宝贝女儿面前没有强颜欢笑,也没有掩饰或压抑自己的灰暗情绪,而是比较自然地哀形于色。且看他作为小说主人公的"首秀":

原文:恰在此时林先生走了进来,手里拿着一张字条儿,脸上乌霉霉地像是涂着一层灰。

译文:Just then Mr. Lin came in. He was holding a sheet of paper in his hand; his face was ashen. "脸上乌霉霉地像是涂着一层灰"这一句如果直译的话,势必会显得冗长而啰嗦,仿佛林先生走进来时,犹抱琵琶半遮面,不让妻女一下子看清他难看的表情;而林大娘母女似乎也没有一下子看清他的脸面。他的脸上真的"涂着一层灰"以做掩盖吗?"像是"表明"灰"在这里不是实质,是个比喻的说法。沙博理精选的"ashen"一词是绝妙的,既有"灰"(ash),又不是真的"涂着一层灰",而是指脸色"灰白"。更加精妙的是:"ashen"仿佛是"ash"的过去分词所扮演的形容词,因此隐含着动作,即"涂灰",这恰恰符合原文"涂着一层灰"这一动词词组。因此,"ashen"这个词合着名词、动词和形容词三种词性,而且紧贴"灰"这个字眼。这样的选词堪称绝妙。

沙博理的绝妙措辞还有很多很多。比如《林家铺子》:"林先生坐在账台上,抖擞着精神,堆起满脸的笑容,……满心希望货物出去,洋钱进来……林先生伸长了脖子。"这一段中,"堆起满脸的笑容"的译文是"a broad smile plastered on his face",而不是直译为"smiles are fully piled on his face"。其中"a broad smile"的英文解释一般是"grin"(露齿咧嘴而笑),"broad"的本意是"宽"。"笑容"如何"宽"?如何变成"宽""容"?这是在强调林先生为了讨好顾客,硬挤出许多笑容。这么多笑容由于不是自然而然从心底里发出来的,看上去似乎是涂抹或粘贴(plastered)在脸上的,而且一道道一层层叠加着,以至于脸都变宽了——不是阔了。这两个词用在这里非常形象、有表现力。"出去"和"进来"的译文分别是"moving out"和"rolling in",而不是直译为"going out"和"coming in"。两者都具有视觉效果:货物是"搬"出去的,所以用"moving",能让读者仿佛看见店里的伙计在不停地往外搬运商品。"洋钱"即银元,圆圆的,沉甸甸的,很容易滚动,所谓"财源滚滚"也,所以用"rolling"比原文更为生动具体,能让读者仿佛看见洋钱兀自不停地在柜台上由外往里滚动。"伸长"的译文是"crane",而不是直译为"stretch"。"crane"的原义是"鹤"。由于鹤的脖子长,很容易伸长,所以演变为动词"伸长";因此,这个词本身就内含着一个比喻,指林先生像鹤一样,伸长了脖子,张望着街面,巴望着有人来照顾他的生意。这个英文词隐含着他的焦虑、希望与无奈。

这些措辞显示了沙博理极为丰富的词汇储备和强大的调遣词汇的能力,这些词汇的选用首先是非常贴切,更重要的是它们比原文更生动、更有表现力、更有美学效果。在这一点上,他让其他译者尤其是非母语译者很难望其项背。

不过,沙博理有些措辞并不合适。比如,《春蚕》中的荷花被村里有些人蔑称为"白虎星",因为据说这颗星主凶,会给人间带来灾祸。所以大家伙都躲着她,不跟她来往。用她自己的话来说就是:"你们怎么把我当作白老虎,远远地望见我就别转了脸?"也许正是抓住了这个含义,沙博理把"白虎星"译成了"leper"——麻风病病人。李振对此评价说:"'白老虎'是俚语,具有典型的中国文化特性,意为不受欢迎的人。若直译为'a white tiger',则所指中少了'unacceptable'这一层关键意义。而改换语言载体,意译为'leper'则恰如其分。"①文学不是哲学和宗教,不能得意而忘言。而这个措词的译法是得意而忘言的典型做法。"白虎星"是个象征性的说法,荷花并没有真的给任何人带来过灾祸。而麻风病是一种真正的病,会让不明就里的英文读者以为荷花真的得了这种令人望而生畏、退避三舍的恶病。况且,"白虎星"隐含着丰富的中国文化特性,跟占星学、民间信仰有关,"leper"则斩断了英文读者对中国文化的联想。其实,译文可以保留"白虎星"这个文化意象;如果担心英文读者无从感知其内在的"不祥"含义,则可以通过加上"ominous"(不祥的)解决。

三、情景再现——尤其通过对动作进行描绘的精彩翻译

茅盾非常擅长用寥寥几笔,生动勾勒某个场景,描绘某个画面。而且,他习惯用人物的一连串动作来勾勒或描绘。

比如,《林家铺子》的结尾处写陈老七、朱三阿太和张寡妇他们与警察们在党部大门口激烈冲突、被警察打散的混乱而悲惨的情景。其中原文写道:"闲人们大乱。朱三阿太老迈,跌倒了。张寡妇慌忙中落掉了鞋子,给人们一冲,也跌在地上,她连滚带爬躲过了许多跳过的和踏上来的脚,站起来跑了一段路,方才觉到她的孩子没有了。看衣襟上时,有几滴血。"张寡妇一连做出三个动作——"掉""跌""躲",而且这三个双声字都以钝音[d]相互谐作,这十分有效地表现了她的慌乱、恐惧与着急。而后面的"跳"与"踏"也是双声,是别人施与张寡妇的暴力动作,表现了张寡妇身边的其他人跟她一样慌乱、恐惧与着急,逃跑的时候慌不择路、不顾别人的死活。

---

① 李振:《关联理论视角下文化负载词的翻译策略——以沙博理译"茅盾农村三部曲"为例》,《郑州航空工业管理学院学报(社会科学版)》2009 年 4 月号。

这五个字及其所承担的音韵效果是很难翻译的。我们来看沙博理的译文:"Widow Zhang lost her slippers. Pushed and buffeted, she also fell down. Rolling and crawling, she avoided many leaping and stamping feet."

"lost"与"slippers"谐音——都含有[l]音和[s]音。"Pushed"和"buffeted"也谐音——都含有[t]音。"Rolling"与"crawling"押韵,"leaping"和"stamping"也押韵。这些"韵"强有力地展现了人们相互踩踏、挤压、拨打的危险动作和凌乱场景,可以说比原文更惊心动魄,更精彩纷呈。

四、沙博理译文中的中国文化缺失问题

沙博理的有些译文丧失了中国文化里的传统元素。比如名教传统,即中国人喜欢给事物取个好名字,以取得吉祥与利益。

《林家铺子》中有这样一句:"听说南栅的聚隆,西栅的和源,都不稳呢!"

"聚隆"与"和源"是两家店铺的名字,多么祥瑞而又喜气的名字啊,如果名实相副,那么肯定他们生意兴隆、财源滚滚;然而,讽刺的是,他们"都不稳呢!"这种讽刺的效果产生于"聚隆"与"和源"和"不稳!"之间。如果把这两个店名翻译出来,而且意译;那么,英文读者也能感受到其中的讽刺意味。关键是,通过这两个名字,英文读者可以认识到中国人的好名习惯。可惜,沙博理两者都没有翻译出来。

沙博理的有些译文牺牲掉了中国文化里的民间元素。比如排行称谓法,即中国人喜欢用家庭中的同辈排行数字来称呼人,尤其是中青年。如《林家铺子》中有个叫陈老七的,无非是说他在家中排行第七,这个"老"字,并不真的说他年老了。从作品中对他的描写来看,他也的确不是一个老男人形象。相反,他血气方刚,动不动就骂人甚至打人,甚而至于打警察!子曰"少年好斗",怎可言"老"呢!但沙博理把他译成"老陈"(old Chen),虽然老陈未必真的指老人,但一般不会指中青年。这一失误恐怕是因为他没有吃透中国的民间称谓文化造成的。

就家族文化而言,中国人又喜欢自己比别人辈分高,为此不惜假装或者强行抬高自己的辈分。辈分高了,他就能骄傲,能安慰,能舒服,能自得其乐,能以苦作乐。比如,阿Q被别人打了,就说"老子被儿子打了",只要自己是"老子"辈的,哪怕被"儿子"打了,他也不以为奇耻大辱。在日常生活中,中国人往往在辈分称谓上做文章,赚别人的便宜。但这种贬低别人、抬高自己的说法主要是精神上的、象征性的、名义上的,因此不会真的惹恼对方,有时对方也知道这只是玩笑话。《春蚕》中少妇荷花对小伙子阿多是有点喜欢的。阿多喜欢帮人忙,也喜欢开玩笑,吴方言所谓"胡调"(不是"调情",一般情况下不能翻译为"flirt")。有一次,荷花想让阿多帮她拿东西。阿多故意半开玩笑说:"叫我一声好听的,我就给你拿。"荷花呢,顺着阿多的口气,把玩笑开大了。她答复说:"那么,叫你一声干儿子。""干儿子"一词表明荷花在以开玩笑的方式赚阿多的便宜,也从侧面表现了她喜欢"胡调"的乐观性格。因此,这个词应该翻译出来。但是,沙博理译成了"kid brother",意思是"小兄弟"。这种辈分的差异被译掉了,关于辈分称谓的有意思的中国民间文化也丧失了,而且英文读者也无法把握荷花的"胡调"行为习惯。

再如,"和尚"这一特殊的民间称谓。本来,在印度佛教语境中,"和尚"一词是个敬称,其原义是"老师",而且是"亲师"(见北塔的考证文章《和尚乎?和上乎?》)。但传到中国之后,随着佛教的世俗化,这个敬称也普通化了,甚至带有一点揶揄的味道甚或贬义。在民间,由于老百姓普遍认为:和尚们没有家室,居无定所,喜欢游方,所以,"和尚"往往用来指单身男子或闲荡汉子。《林家铺子》中有个绰号叫"陆和尚"的,就属于后一类,热衷于到处闲游,还传闲话。这个绰号是符合他的性格特征和行为习惯的,在翻译时不应该省略;但沙博理把"和尚"省掉了,只译为"陆"(Lu),从而使这个人物形象模糊化了。

沙博理的有些译文牺牲掉了中国文化里的外来元素。如,观音菩萨被译为"Goddess Guanyin"。"Guanyin"只是"观音"的音译,没有任何含义的指向,更谈不上文化的联系。当然我们也不能从字面上直译为"watching sound"(观看声音)。普通英文读者初读时恐怕不知道"Guanyin"是"观音"的音译;如果他学过一点拼音,那么他可能还会以为"Guanyin"指的是"官印"或"官瘾",他就会纳闷,中国神话谱系中有"官印女神"或"官瘾女神"吗?大家知道"观音菩萨"来自印度佛教神话,本来就有英文名字 Avalokitesvara,为何不用呢?当然考虑到读者对 Avalokitesvara 这个来自印度佛教的专有名词的接受难度,可以在它前面加上"Goddess"。

沙博理的译文失掉最多的是中国文化里的江南地域元素。

首先失去的是方言因素。沙博理精通中文,可能也懂一点方言;但对吴方言应该是所知甚少。而茅盾作品中,尤其是短篇小说中,有丰富而生动的吴方言,给作品中的人物和事件增添了许多浓郁的地方风情。对这些方言,沙博理要么完全省略,要么改头换面乃至荒腔走板。

如上面所引《春蚕》那句话"老糊涂的听得带一个洋字就好像见了七世冤家!"中的"七世冤家"这个词语组合,有时也被江南老百姓说成"五七世冤家",意思是"连续五代乃至七代都是冤家",可见其仇恨之深久。沙博理的译文化用了一个英文中的俗语"send somebody up in the air",但是,这个俗语的意思并不完全等同于"结世仇",其字面意思是"把人悬置于空中",实际意思是"置之不理",可能有点恨意,但绝对不是深仇大恨。叶君健译为"hates",也仅仅是仇恨,没有表现出"大恨"。

吴方言中有很多非常绝妙的俗语,富于生活气息。沙博理可能是因为理解不到位,往往采取意译,用一个英文中的习语来翻译,但那个习语的含义跟原文有差距。比如《春蚕》里有这么一句:"你管得我?棺材横头踢一脚,死人肚里自得知:我就骂那不要脸的骚货。"吴人习惯于把自己痛恨或喜欢的人称为"死人"或"棺材"或"活死人",类似于密尔顿说的"walking sepulcher"。"棺材横头踢一脚,死人肚里自得知"本是一句谚语,本指只有躺在棺材里的死人才明白是谁在棺材横头踢了一脚,用来指谁做的坏事谁自己心里清楚。沙博理译为:"If the shoe fits,wear it!"李振为这个译法叫好说:"沙译本在翻译时巧妙地将谚语典故改换喻体,采用符合目的语读者认知语境的喻体形象,即意译为'If the shoe fits,wear it!'

实现了最佳关联,读者以最小的努力获得足够的认知效果。"①殊不知这个译文的问题首先是含义有偏差,因为这个英文习语的意思是自己认为合适的就干,而不是自己应该知道干了什么坏事。其次,江南方言文化的特色被译掉了。叶君健的译文是"Even the man who lies dead knows who's kicked his coffin with the toes."显然,无论是从文字表面,还是内在含义,或是江南方言文化指向,都更加忠实于原文。

沙博理对江南文化内部情况比如地域歧视现象缺乏了解。《春蚕》第一段所写到的"拉纤的快班船上的绍兴人"。为什么是"绍兴人",而不是"嘉兴人"或"湖州人"? 这里涉及江南的一种内部地域歧视现象,不是苏南人瞧不起苏北人,不是南方人瞧不起北方人,而是江南人瞧不起江南人,受到歧视的是绍兴人。也许是因为绍兴人比较能吃苦耐劳,性格刚直,嗓门洪亮,喜欢跟别人抬杠甚至耍泼,有点浑不懔,为其他地方的江南人所不喜乃至妖魔化。久而久之,"绍兴人"成为一类人的称呼,即"像绍兴人那样的人"。无论什么地方的人,比如乌镇的或我的老家盛泽镇的,只要有绍兴人的言行特征,都会被称作"绍兴人"。沙博理对这种江南地域歧视文化显然不了解,所以他没有翻译出"绍兴人",只译作"苦力"。要知道,世界任何一个地方都有"苦力",对苦力的观念本身不涉及地域歧视,也失去了对绍兴人形象的偏见的描写。

当然,沙博理成功译出来的江南地域因素也不少。比如,《春蚕》开头提到的"塘路"。原文就用了引号,也许茅盾是为了表示它有一定的特殊性。外人恐怕不知道这是一条什么样的路。江南有"塘河"的称呼,"塘路"来自"塘河",指的就是"塘河边上的路"。而"塘河"一般指的是运河。比如,从苏州平望到嘉兴的古运河就被我们这些当地人称作"塘河"。沙博理可能是借助有关的注释,准确、细致而全面地翻译出来了,即"the road that skirted the canal"。"水车"一般相应的英文是"waterwheel"。但是,江南的水车具有特殊性,又叫"踏水车",即用脚踏轮子产生动力,从而驱动叶轮输送水。因此农田灌溉又叫"踏水"。这是一般外人所不知的,连外地人都不懂,更遑论外国人了。但是,沙博理通过《春蚕》中有关动作的描写,准确地翻译了这一农具名称,即"treadmill"。另外,《春蚕》里有大量养蚕业术语,如"团扁""蚕簟"和"蚕台"等。茅盾为了江南以外的人也能比较快地理解它们,做了一些注释;沙博理认真研究这些注释,基本上都准确译出来了。

五、音韵上的讲究与出彩,译文比原文有过之而无不及

茅盾虽然不是以诗闻名,但诗词修养深厚,旧体诗水平很高,他的有些散文其实应该被认作散文诗,具有诗的辞藻、韵味和节奏。在小说文本中,他的诗才有时也会显露一二。沙博理尽管不是诗人,但他对语词的色彩和音质等各方面都有敏锐的感觉和驾驭的才能;因此,他能抓住茅盾作品中的诗性因素并加以有效转化,有时他的译文在音乐性上的表现力甚至超过原文。

---

① 李振:《关联理论视角下文化负载词的翻译策略——以沙博理译"茅盾农村三部曲"为例》,《郑州航空工业管理学院学报(社会科学版)》2009 年 4 月号。

如《林家铺子》中有这样一个句子:"认明是当真活的林先生时,林大娘急急地爬在瓷观音前磕响头,比她打呃的声音还要响。"这句话的原文并没有模拟磕响头的声音效果,不过,茅盾是想要表达这"响"的,所以他用的是"磕响头",而不是"磕头"。而译文却有了这声响效果:"When she saw that it was really Mr. Lin in the flesh, she agitatedly prostrated herself before the porcelain Guanyin and kowtowed vigorously, pounding her head so loudly that it drowned out the sound of her hiccups."这个复合句的主句中用了大量的浊辅音,如【g】【d】【b】【v】,而且有的还重复用,如【d】音重复出现达八次之多! 非常有效地模拟了林大娘像捣蒜一样磕响头所发出的连续"响"声,我们真的仿佛听见了林大娘的脑门狠狠地重重地磕在木头桌子上所发出来的有点钝的声音。"pounding her head"是对"kowtowed"的解释,这样的解释其实已经不太必要,因为"kowtowed"早已经作为来自汉语的"外来语"进入英文词汇库,英语读者是能理解的;这样解释性翻译虽然有点重复、啰嗦,但是由于"pounding her head"这个词语中含有两个钝音,像两声鼓点,其效果不仅抵消了啰嗦感,而且加强了"磕响头"的音色,从而强有力地表现了林大娘当时虔诚的心态和激动的作态。

我们再来看一个更加精彩的例子。

原文:

天又索索地下起冻雨来了。一条街上冷清清地简直没有人行。自有这条街以来,从没见过这样萧索的腊尾岁尽。朔风吹着那些招牌,嚓嚓地响。渐渐地冻雨又有变成雪花的模样。

译文:

An icy rain began to fall. The street was cold and deserted. Never had it appeared so mournful at New Year's time. Signboards creaked and clattered in the grip of a north wind. The icy rain seemed like to turn into snow.

茅盾用象声词"索索"模仿冻雨轻触空气的声音,不是"哗哗",因为冬天的雨水本来就不像夏天的雷阵雨那么大,况且冻雨像是被凝住了似的,介于液体和固体之间,不会产生很大的声音。茅盾又用"嚓嚓"模仿朔风吹着木头招牌的声音,不是"呼呼",这风似乎也并不很猛。这两个叠音词不仅在模仿自然的声音,而且在营造一种冬天的市镇或者说行情的冬天的气氛——冷清、萧索,还在模拟人的感觉和心态——悲凉、无奈。茅盾又用了另外两个叠音词"冷清清"和"渐渐"来加强这种气氛和心情。沙博理也用了拟声词,如"creaked"和"clattered",来模仿自然的声音,还用了比较多而密布的清辅音,如【s】【f】【k】,来比拟冻雨和朔风的声音。高妙的是,他用了大量而密集的浊辅音,如【g】【d】【v】,来表现或者说强力表现那种自然和社会双重"严冬"的氛围和心境,取到了非常强烈的效果。可以说,在音韵上,此处译文比原文更出色、更有效。这一方面归功于英文作为表音文字的优势,另一方面也证明沙博理对语音及其表达效果的敏感与天分。

总之,沙博理具有非常高的语言天赋和驾驭能力,他精通中文,相当了解中国文化;他的翻译态度也是严肃认真的。然而,他英译的茅盾短篇小说并没有达到尽善尽美的程度,比如他对原文个别地方是有误解的,他对茅盾作品中丰富微妙的吴越文化元素更缺乏细致入微的解悟。倘若他能多去几趟江南市镇,比较长时间地深入地去了解当地文化,甚至努力学习吴方言,他的译文或许会大有改观甚至臻于完善。

茅盾同时代人研究

胡先骕正大年谱[①](1942)

高传峰[②]

内容摘要：1940 年 10 月 2 日,46 岁的胡先骕由重庆经广西,到达江西泰和。在此前不久召开的行政院会议上,他被任命为新创建于泰和杏岭的国立中正大学校长。从本日起,他即开始主持校务。1944 年春,胡先骕辞去了校长职务。前后算下来,他大概做了三年半时间的校长。关于胡先骕的校长生涯,在目前所习见的一些胡先骕年谱、传记中,均语焉不详。胡先骕是我国著名的植物学家,是文学史上有名的"学衡派"主将。这一段书生从政的经历,在他生命中占有独特而重要的位置。本文用年谱的方式,将胡先骕担任校长职务期间的生命轨迹勾勒出来,无疑会推进关于胡先骕的研究。不管是在文学研究领域,还是在自然科学研究领域,这一项工作的意义都是不言而喻的。

关键词：胡先骕；正大；年谱

1942 年 48 岁

1 月 ［江西泰和］

1 月 1 日 上午 8 时,在大礼堂主持胜利年元旦庆祝大会及本年首次国民月会。即席作题为《民国三十一年之展望》的讲演。

同日 主编的《三民主义文艺季刊》创刊。

1 月 5 日 上午 9 时半,在大礼堂主持本校本学期第十四次总理纪念周。请王易先生作题为《义务的人生观》的讲演。

1 月 9 日 下午 2 时,在本校会议室主持校务会议第三十四次常务会议。议决要案如下：(一)通过《本大学教职员聘任待遇及服务规则》补充条款。(二)通过《本大学零用金改善办法》。(三)议决本大学各部门办公物品领用数量及手续,暂照总务处之规定试行。(四)规定本大学各部门所用款项,不论是否由庶务组经

---

① 本年谱的编撰参考了李杭春著《竺可桢国立浙江大学年谱(1936—1949)》(浙江大学出版社 2017 年版)的体例。月份后所注地名为胡先骕本月常驻地,若该月份内某日不在此地,则单独注明。本年谱的信息多整理、摘录于《国立中正大学校刊》,亦参考王咨臣、胡德熙、胡德明、钟焕懈四人合编的《植物学家胡先骕博士年谱》(发表于《海南大学学报》自然科学版 1986 年第 1、2 期),胡宗刚编撰的《胡先骕先生年谱长编》(江西教育出版社 2008 年版)、《竺可桢全集·日记》(上海科技教育出版社 2005、2006 年版)及各种不同版本的本校校史资料等。又"胡先骕正大年谱"从 1940 年编至 1944 年,其中 1940—1941 年部分已在《后学衡》杂志第五辑刊出,本文为 1942 年部分。

② 作者简介：高传峰,宁夏师范学院文学院教授。

手,其发票或单据上,均应盖各部门公章及其最高主管人私章,会计室始得出传票付款,以明责任而昭核实。(五)推定罗廷光教务长、朱希亮训导长、马博厂院长、文史系王易主任及姚显微先生负责筹备组织舜生才琳史理奖学金委员会,并指定由罗廷光教务长召集。(六)议决电请教育部设法救济本校之上海、香港、泰国、马来亚、婆罗洲等地学生,并另电请侨务委员会设法救济侨生。

1 月 11 日 在本日发刊的第 2 卷第 11 期《国立中正大学校刊》上,发表讲演稿《民国三十一年之展望》。

1 月 19 日 上午 9 时半,在大礼堂主持本学期第十五次总理纪念周。请江西省政府会计处会计长陈其祥先生作题为《现行之会计制度》的讲演。

1 月 23 日 下午 2 时,在会议室主持本校校务会议第三十五次常务会议。议决要案如下:(一)通过《本大学图书委员会简则》。(二)福建省立农学院二年级侨生张建保请求免试转入本校农学院二年级肄业,经议决准予在本年招生时参加转学试验。

1 月 26 日 上午 9 时半,在大礼堂主持本学期第十六次总理纪念周。请江西省政府统计处统计长刘南溟先生作题为《统计与行政之关系》的讲演。

同日 下午 2 时,在会议室主持本校社会教育推行委员会第二次会议。议决下列各案:(一)通过《本大学三十年度实施社会教育工作计划大纲》。(二)通过本大学社会教育施教区经费概算,并议决专案呈部核发。(三)议决对于社教实习成绩特优学生,应酌予奖励。此外,对于本大学与当地各级政府合作办理地方建设事业,各院系社教工作之联系与推行及本大学学生社教工作实习等问题,亦经加以讨论。

同日 王修寀先生辞去总务长职务。从今日起,该职务改由邹季穆先生担任。

1 月 29 日 教育部致电。内容如下:"教育部代电　高字第 03819 号　中华民国三十一年一月二十九日发　国立中正大学胡校长转全体教职员钧鉴:年来物价步涨,各校教职员薪津未随物价比例增加,生活之清苦,自不待言。诸君献身教育,与将士之效命疆场,功无二致。在拮据生活之中,为国家作育人才,安贫乐道,不稍游移,缅怀贤劳,诚不胜其感慰之忱!诸君之生活情形,维诸君不言,立夫亦知之甚稔。立夫忝主教政,对于诸君之生活,固未尝一日去怀,时思有以改善,如教职员及家属膳食补助金之发给,以及薪金之十足支付,在政府其他机关尚未实行以前,国立各院校已首先行之,生活津贴已自上年十月起增加二十元,自本年一月起可再增二十元。维欲求教育界生活之彻底改善,则一时犹力有未逮。盖战时从公人员生活之困苦,为一般之情形,而教职员生活之补助,系奉院颁办法办理,事属通案,无可单独变通。教育非生产事业,一切经费开支,皆须先奉院会核准,别无可以挹注,而国库非裕,军需浩繁,每值讨论改善生活之案,偶一涉及前线将士之艰苦,则不复能继续讨论。此种困难,想早在诸君洞鉴之中。惟于一般生活之改善,政府正统筹有效之办法,立夫当努力促其实现,用副诸君之望也。特电布达。陈立夫艳。"

1 月 30 日 下午 2 时,在会议室主持本校校务会议第三十六次常务会议。议决如下要案:(一)通过《本大学总务处办事通则》。(二)通过《本大学总务会议规则》。

1月31日 上午10时,江西省省府主席熊式辉先生在大礼堂向全体师生作题为《太平洋战争的形势》的讲演,主持会议。

2月 [江西泰和]

2月2日 上午9时半,在大礼堂主持本学期第十七次总理纪念周暨国民月会。请潘大逵先生作题为《现代国家应负之使命》的讲演。

2月6日 下午2时,在会议室主持本校校务会议第三十七次常务会议。议决如下要案:(一)通过《舜生才琳史理奖学金委员会简则》及《奖学金办法》。(二)议决凡曾受记过处分之学生,经三个月考察后,由训导处汇集各有关方面之意见,确认其行为业已改善者,经呈校长核定,仍准予申请奖贷金。

2月9日 上午9时半,在大礼堂主持本学期第十八次总理纪念周。请罗廷光教务长报告本学期期考应注意事项。

2月11日 下午2时,在会议室主持本校第十七次校务会议。议决如下要案:(一)议决利用集会讲演或导师谈话机会,指导学生政治思想,使其了解政治实况,信仰三民主义。(二)通过肃奸运动电文。(三)规定学生每学年缴纳体育费二元。

2月13日 下午3时,出席在会议室举行的本校基金委员会第一次全体大会。到有熊式辉、程时煃、彭程万、文群、任象构诸先生,由熊式辉先生主席。会上与文群、程时煃一起被公推为常务委员,并被推为常务委员会书记。

同日 上午10时,在天翼堂建筑基地内主持天翼堂奠基典礼,到有本校全体师生及外界来宾。即席奠基并宣读奠基文。礼成后,至本校大礼堂,主持庆祝熊式辉主席治赣十周年纪念及欢送赴美大会。即席致词,略谓:熊主席治赣十年,多有建树,其贡献不仅限于本省,全国人民实均蒙其利。盖吾国今日各项重要政治设施,多由江西创始。此次奉命赴美,任务重大,造福乡邦,厥功尤伟。最后希望式辉将来回国时,于亲见美国之空军堡垒后,再来校一视此民族复兴之精神堡垒,并进而护卫之。词毕,请熊式辉主席训话。12时许始散会。散会后,至中山室门首,主持中山室落成典礼,并与各教授陪同熊式辉主席等入内参观。

2月14日 上午11时,在本校会议室主持会议,审查本校申请"林主席"暨"中正"奖学金之学生名单。议决:除二十九年度已领"中正"奖学金学生王婵运、朱慕唐、石完璞、苏韶英、郭善洵、董滁新、萧世民、章士美、李斯吉等九名仍准继续申请外,另加倍甄选项鹏飞、熊振湜、黄尚仁、陈资舫、邹锐、许实章、吕学谟、胡承惠、陈效华、陈兆奎、解沛基、曾振等十二名及侨生廖良、李惠珍、陈君杰、陈秀锦等四名,呈部核定云。

2月23日 上午9时半,在大礼堂主持本学期第一次总理纪念周。即席作题为《科学的人生观》的讲演,略谓:生物界在原始时代,即有竞争与互助两现象,达尔文之倡天演论,克鲁泡特金之倡互助论,各有其根据。不过生物愈进化,竞争现象愈减少,而互助现象愈显明。最近轴心国之侵略战争,实人类文明最后之反动,迨战事结束之后,世界秩序将大改变,而人类将愈趋于互助合作之途。

2 月 25 日 下午 2 时,在会议室主持本校贷金委员会第四次会议。议决准予廖良等二十名侨生,自本年一月起向教育部申请贷金。

2 月 27 日 下午 2 时,在会议室主持本校校务会议第三十八次常务会议。议决如下要案:(一)规定本校工役膳食补助费,农工每月每名三十八元,校工及技工每月每名各三十二元。(二)规定本校学术研究费内调查费为五千元,实习费为三万元(计工学院二万元,农学院一万元)。(三)议决本校农场开支,须另编预算。(四)议决港沪退出之学生,除膳费须暂缴一月外,其他费用准予免缴。(五)议决本学期先修班一律不收旁听生及随班听课生。(六)规定 C 组补习英文的学生,上学期成绩满七十分者,本学期准在 B 组休习一学期,其未满七十分者,须在 B 组修习一学年,考试成绩及格,均给予全年学分。

3 月 [江西泰和]

3 月 1 日 在本日发刊的第 2 卷第 15 期《国立中正大学校刊》上,刊出《本校电请教育部发动肃奸运动》一则消息,其中录有学校电请教育部发动全国各大学普遍厉行肃奸运动原文。兹录之于此:"重庆教育部钧鉴:太平洋战事爆发后,我国已与各友邦并肩作战,五年艰苦抗战,已收重大效果,值兹争取最后胜利之际,乃有民族败类,居心叵测,散布流言,企图减损政府威信,实堪痛恨!特建议钧部发动全国大学厉行肃奸运动,以维国家正气,而杜乱谋。谨此电陈,尚乞垂察!国立中正大学校长胡先骕暨全体教职员学生同叩寒。"

3 月 2 日 上午 9 时半,在大礼堂主持本学期第二次总理纪念周暨国民月会。请罗容梓先生作题为《中国的士气》的讲演。

3 月 4 日 下午 3 时,在会议室主持本校时事问题研究会第一次会议。首先,宣读中央组织部拟定之《未来世界和平组织问题研讨大纲》及《未来世界和平组织问题讲词》。旋即开始讨论,议决如下要案:(一)议决先行收集具体材料,然后列举问题,以供研讨。(二)议决开会暂不定期,注意收集研究材料,列举研究问题大纲,随时研讨。关于农工问题材料,由农工二学院负责收集;政治经济问题材料,由文法学院负责收集。(三)推定马博厂、潘大逵、姚显微三先生负责汇集研究材料,列举研究问题大纲,并指定由姚显微先生召集。

3 月 6 日 下午 2 时,在会议室主持本校校务会议第三十九次常务会议。议决如下要案:(一)议决《三民主义》或《卫生学》二十九年度第二学期学期成绩不及格者,于三十年度第一学期补修及格后,第二学期仍应继续补修。(二)议决必修学程之学期成绩不及格者,应令重修;如重修又不及格,应令重修至及格为止。(三)议决除"国文""英文""三民主义""体育""军训"等学程外,其余各学程应一律依照《学则》第十五条之规定次序选习之。(四)议决一学期成绩,如所修学分有二分之一不及格者,此项学程,一律不得补考,并依照《学则》令其退学。(五)议决《音乐》学程之学分应合并计算在原定学分总数内。(六)议决凡转院学生应受转院考试,于学年开始时由教务处定期举行。

3 月 9 日 上午 9 时半,在大礼堂主持本学期第三次总理纪念周。请江西省政府委员邱大年先生作题为《和平的情绪态度之培养》的讲演。

3 月 12 日 上午 9 时,在大礼堂主持国民精神总动员三周年纪念会。即席报告国民精神总动员三周年纪念意义,以革除旧习染、创造新精神勖勉诸生。会毕,举行植树活动。

3月13日 下午2时,在会议室主持本校校务会议第四十次常务会议。议决:本校参加江西省会各界国民精神总动员三周年纪念之节储竞赛,本校认购三千元,其分配标准以薪额高低为比例,每满五十元应认购五元,不足五十元之数免予认购,并定自四月份起,分两个月在各人薪俸项下扣缴,由会计室负责办理之。

3月16日 上午9时半,在大礼堂主持本学期第四次总理纪念周。请江西省政府地政局局长熊澈冰先生作题为《中国地政现状》的讲演。

3月23日 上午9时半,在大礼堂主持本学期第五次总理纪念周。请张又新先生作题为《民族解放与世界经济之将来》的讲演。

3月28日 下午2时,值江西省三民主义文化运动会举行扩大讲演周期间,省党部梁栋主任委员到本校大礼堂作题为《国父要我们做一个怎样的人》的讲演。主持会议,并在讲演结束后答词致谢。

3月30日 上午10时,在大礼堂主持本学期第六次总理纪念周暨欢迎省党部梁栋主任委员、省政府曹浩森主席大会。即席致欢迎词,略谓:太平洋大战发生,同盟国反攻之时,必以中国为根据地。本省为东南要冲,地位重要,熊前主席兼主任委员因荣膺新命,离赣赴美,中央改委梁主任委员暨曹主席分别继任,可谓深庆得人。本校为熊前主席所创办,煞费苦心,今后希望曹主席本熊前主席之热忱,予以协助云云。词毕,请曹主席训话。继请梁主任委员作题为《总理怎样读书》的训话。

本月 《文史季刊》第1卷第4期出版(刊物所标注的出版时间为1941年12月)。在"诗录"栏目发表作品《南征二百五十韵》。

4月 [江西泰和]

4月2日 下午3时,作为指导员,出席三民主义青年团直属本校分团部筹备处在会议室举行的第五次干事会议。发表训话,对于今后团务之推进,指示甚详,并谓青年团员应本"公""勇"之精神,为群众服务。

4月10日 下午2时,在会议室主持本校校务会议第四十一次常务会议。议决如下要案:(一)推定罗廷光教务长、谢兆熊训导长、马博厂院长负责审查《本大学假期内职员办公及休假办法》,并指定由罗廷光教务长召集。(二)议决加推邹季穆总务长、桂子丰庶务主任负责筹备本校消费合作社,并改由邹季穆总务长召集。(三)议决本会计年度每学期补助学生自治会发行学生会刊经费一千元。(四)规定本校同人每月薪俸,自本年四月份起,改为每月十五日发放。(五)议决沪港退出学生严光朗等十六人,因交通梗阻,到校过迟,姑准借读,以后不得援例,惟本学期仍以选习十二学分为限。(六)通过修改《学则》第五十三条,条文如下:"学生因身体或家庭之特殊情形,经家长或监护人请求,由校长核准,休学一学期或一学年,必要时,得请求继续休学一学期或一学年,惟休学时间总共不得超过二学年。"

4月13日 上午9时半,在大礼堂主持本学期第七次总理纪念周。请姚显微先生作题为《经济制度之改造》的讲演。

4 月 15 日　下午 2 时,在会议室主持本校建筑委员会第十七次会议。议决下列要案:(一)议决校舍建筑概算,除工学院水利实验室暂行缓议及附设国民教育实验学校校舍增加建筑费二万五千元外,其余概依照工程处所拟之三十一年度建筑概算办理。(二)议决校舍建筑地点,除教室、男生宿舍、膳厅、教职员住宅均依照工程处所拟之校舍建筑地点建造外,其他工、农学院之工厂、实验室、研究室及行政管理专修科、师范专修科、国民教育实验学校等校舍,概由各有关部门会同工程处拟定。(三)规定校舍建筑材料及构造如下:1. 屋面:仍采用泥瓦屋面;2. 墙壁:外墙为双竹筋,内墙为单竹筋;3. 地面:改用砖铺地面或灰泥地面;4. 门窗:改用简单门窗。(四)议决采用包工制,定于六月上旬举行公开招标。(五)议决将大礼堂改作工学院物理、机电、化工实验室之用;水利实验室重新建造。(六)议决行政管理专修科之办公厅,另行建筑。(七)议决在梁村另建农学院教职员小型宿舍一所。

4 月 17 日　下午 2 时半,学校在会议室召开校务会议第四十二次常务会议。因病未能到场,由罗廷光教务长代为主持。议决如下要案:(一)改推谢兆熊训导长为本校物价查报委员会委员。(二)通过修正《本校物价查报委员会规程》第一条及第二条条文。(三)议决本校各部门暑假期内办公时间,定为上午七时至十一时,下午酌派人员轮值办公,其时间为三时至五时。职员暑假期内休假办法依照《本校职员聘任待遇及服务规则》第二十八条修正条文之规定办理,但本校招生期间,各部门职员应一律到校协助办理招考事宜。(四)议决修正《本校职员聘任待遇及服务规则》第二十八条,条文如下:"本大学职员每学年得于暑假期中休假一个月,其平时事假日数,应予扣除,但因职务关系,暑假期内不能休假者,得于其他时期补足之。"(五)通过《本大学师范专修科章程》。

4 月 20 日　上午 9 时半,本校全体师生在大礼堂举行本学期第八次总理纪念周。因病未能到场,由罗廷光教务长代为主持。江西省临时参议会秘书长刘海澄先生作了题为《对于三民主义青年团应有的认识》的讲演。

4 月 27 日　上午 9 时半,在大礼堂主持本学期第九次总理纪念周。即席讲演,题为《对于三民主义青年团之希望》。

4 月 30 日　下午 2 时,在本校总办公厅楼上,主持三民主义青年团本校分团部第六次干事会议。会上议决如下要案:(一)通过接纳郑远谏等九十一名志愿入团者为新团员。(二)议决因故未举行宣誓之团员,准予补行宣誓。(三)规定青年杯球赛用费,不得超过五百元。(四)议决筹办定期副刊,报导本处团务。(五)通过增派金崧岩为宣传股股员。(六)议决本届征求新团员、区分队及个人成绩优良者,请胡先骕指导员颁给奖状,以资奖励。

本月　本校学生自治会研究股拟举行论文比赛,特将题目命定为《战后世界之展望》,并被聘请为评判长。

约本月　由《正大农学丛刊》编辑委员会编辑的《正大农学丛刊》出版创刊号(刊物标注出版时间为本年 3 月 15 日),在刊物上发表《发刊词》。

5 月　[江西泰和]

5 月 1 日　下午 2 时半,在会议室主持本校校务会议第四十三次常务会议。

议决如下要案:(一)推定胡莲舫、沈叔钦、傅琰如三先生,负责考查志愿赴部队任翻译职务之田荣春等人的英语程度,并指定由胡莲舫先生主持。(二)通过本校师范专修科预算。(三)通过本校行政管理专修科《简章》《课程表》《预算分配表》《教职员薪俸说明表》《建筑计划》及《招生简则》。

5月7日 下午2时半,在会议室主持本校招生委员会第八次会议。当即通过《本大学三十一年度招生简章》。招考院系科别及名额情况如下:(一)招收大学一年级新生三百四十名。(内文法学院文史、政治、经济、社会教育四学系共约一百廿名;工学院土木工程、机电工程、化学工程三学系共约一百名;农学院生物、农艺、森林、畜牧兽医四学系共约一百廿名。)(二)招收师范专修科一年级新生约一百名。(内分教育、史地、理化、博物四组。)(三)招收行政管理专修科一年级新生约五十名。(四)招收大学二、三年级转学生共约六十名。(内文法、工、农三学院各二十名。)(五)招收先修班学生五十名。至于招考地点,俟教育部分区招考办法颁到后,再行决定。

5月8日 下午6时,三民主义青年团本校分团部筹备处在大礼堂合并举行团员大会、迎新大会暨生活辅导会。因事未能出席,由罗廷光干事代为颁给此次征求新团员最力之谭静皆等三人奖状。

5月11日 上午9时半,在大礼堂主持本学期第十次总理纪念周。请欧阳南雷先生作题为《辛亥革命与讨袁之经过》的讲演。

5月12日 下午3时,本校消费合作社在大礼堂举行创立会,由蔡方荫先生主席。会上,被选为监事。

5月15日 下午2时半,在会议室主持本校校务会议第四十四次常务会议。议决要案如下:(一)改订本校夏令作息时间,另表公布。(二)议决本年分区招考,浙赣区由本校召集,由教务处负责筹划之。(三)议决此次港沪退出来校之借读生张其栋等六十七人,一律须于本年招生前经转学考试及格后,始得改为正式生。考试不及格者,仍得继续借读。

5月17日 三民主义青年团本校分团部为提倡体育及响应献金运动起见,特联合泰和分团部举办"青年杯"篮球义卖锦标赛。今日在社会服务处球场举行决赛,到现场开球,并在比赛结束后颁奖。

5月18日 上午9时半,在大礼堂主持本学期第十一次总理纪念周。请谢兆熊训导长作题为《太平洋和平之基础》的讲演。

同日 下午2时,本校消费合作社在会议室举行第一次社务会议,由蔡方荫先生主席。会上,被推定为监事长。

5月19日 下午2时,在会议室主持本校第五次训导会议。谢兆熊训导长报告毕,议决下列各要案:(一)通过《本学期训导实施计划》。(二)通过《本年暑假期内留校学生训导计划》。(三)通过《本大学学生书刊、壁报审查规则》。(四)议决请各导师于一星期内,评定本学年第一学期所导各生操行成绩,送训导处汇报。

5月21日 在本日发刊的《国立中正大学校刊》第2卷第23期上,发表由何国栋记录的讲演稿《对于三民主义青年团之希望——胡校长在本大学国父纪念周讲话》。

5 月 22 日　下午 2 时半,在会议室主持本校校务会议第四十五次常务会议。推定胡先骕校长、罗廷光教务长、谢兆熊训导长、马博厂院长暨姚显微先生为三民主义论文比赛初选评阅委员会委员,并指定由谢兆熊训导长主持。

5 月 25 日　上午 9 时半,在大礼堂主持本学期第十二次总理纪念周。请江西通志馆馆长吴宗慈先生作题为《新方志学与三民主义》的讲演。

同日　下午 2 时,本校建筑委员会在会议室举行第十八次会议。因故未出席,由周宗璜先生代理主席。

6 月　[江西泰和]

6 月 1 日　上午 9 时半,在大礼堂主持本学期第十三次总理纪念周暨国民月会。请周拾禄院长作题为《粮食节约与增产》的讲演。

6 月 2 日　上午 9 时半,在会议室主持本校校务会议第四十六次常务会议。议决如下要案:(一)议决对于第八次教务会议决议修正《学则》第四十九条一案,照原修正条文通过,俟呈请教育部核准后施行。(二)议决修正《学则》第三十六条第三项如下:"修毕一、二年级必修学程并习满六十六学分者,编入三年级。"俟呈请教育部核准后施行。(三)议决对于第八次教务会议决议修正《本大学国文、英文编组试验及补习办法》一案,照原修正办法通过,并自三十一年度起开始施行。

6 月 4 日　学校中原剧社正式成立,被聘为顾问。

6 月 8 日　上午 9 时半,在大礼堂主持本学期第十四次总理纪念周。请监察院赣皖监察使杨亮功先生作题为《我国监察制度之特质》的讲演。

6 月 10 日　上午 9 时,学校于暑期内举行校务会议第四十七次常务会议。议决如下要案:(一)对于战区退出之高中毕业生,应否暂予收容,议决电教育部请示。(二)本校经费短绌,财务支配困难,其筹措及撙节办法规定如下:1. 请求追加预算,由会计室会同有关部门负责办理。2. 除最低限度日常必需开支外,各部门事业进展之用款,一律暂停。(三)规定本校自费生本学期欠缴膳费,限六月十三日以前缴清,逾限不缴,停止考试。(四)议决学期考试,改自六月十五日(星期一)开始,由教务处通知全体学生周知。(五)议决本年学生暑假实习,暂行停止。

本月上旬　偕罗廷光教务长与中正医学院王院长、赵教务长在本校举行谈话会,商讨两校联合招生事宜。

6 月 11 日　下午 7 时半,在会议室主持本校第十八次校务会议。议决下列要案:(一)因时局关系,除先修班外,学期考试暂缓举行,于下学年第一学期开始时再行定期补考,并定于六月十五日(星期一)开始放暑假。(二)暑假期内留校学生应一律加紧军训,教职员得自由参加,由训导处军事管理组拟定计划,送校务会议常务会议通过。

6 月 19 日　下午 3 时,学校于暑期内举行校务会议第四十八次常务会议。议决如下要案:(一)本年招生,仍照原定计划进行;建筑事宜,暂行停止。(二)本校学生暑期服务,由训导处拟具办法,送常务会议通过。

7 月　[江西泰和]

7 月 15 日　下午 3 时,学校于暑期内举行校务会议第四十九次常务会议。议决如下要案:(一)在总务处增设人事组,由何逢春秘书及余永年先生拟订人事组办事细则,并修改有关章则,提常务会议通过。(二)规定学生所欠膳费,限下学年第一学期开学前缴清,否则不许入学。

7月20日 下午3时,学校于暑期内举行校务会议第五十次常务会议。议决要案如次:组织本校战地服务团殉难烈士治丧委员会,并推定谢兆熊、王易、周拾禄、周宗璜、罗廷光五先生为委员,由谢兆熊先生召集,办理下列各事:1. 由本校公葬。2. 由本校联合江西省党部发起举行盛大追悼会。3. 呈请国府明令褒扬及抚恤。4. 其他善后事宜。

7月25日 上午9时,在李村自家住宅内主持本校第十九次校务会议。议决暑期留校学生,凡请准贷金者,七月二十六日至七月底之膳食,每人准予暂借十元。

7月29日 上午10时半,学校于暑期内举行校务会议第五十一次常务会议。议决如下要案:自八月份起,本校学生膳费垫借办法,规定如下:1. 已经教育部核准各种贷金生,照贷金计算标准按月垫借。2. 家乡最近沦陷,前学期未申请贷金之学生,一方由校专呈教育部请准自各该生家乡沦陷之月起补办申请战区贷金手续,同时由校暂照战区乙种贷金标准垫借膳费,以后在该生所得贷金项下扣回。3. 自费生家乡未沦陷者,膳费自理。4. 由训导处、总务处会同办理。

8月 ［江西泰和］

8月4日 上午9时,学校于暑期内举行校务会议第五十二次常务会议。议决如下要案:(一)停职人员,本年七月份以前家属米贴,每人暂借八元,俟教育部核定确数,再行补足。(二)本校物品验收,改由会计室办理。

8月10日 请罗廷光教务长于今日代表赴渝,晋谒蒋介石及陈立夫部长,报告本校近况并请示今后本校兴革事宜。罗氏于10月14日公毕返校。

8月19日 上午9时,学校于暑期内举行校务会议第五十三次常务会议。议决如下要案:(一)本校限于校舍,收容国立浙江大学龙泉分校修满二年级学生,暂以二十名为限。(二)议决在赣县设立分校,各学院一年级学生及师范专科学生全部均在分校,并推定罗容梓先生拟订《分校组织规程》,提交下次会议通过。(三)规定本校抚恤姚显微教授殉国办法,按姚教授月薪额三百四十元之数,按月致送恤金,以三年为限,呈请教育部核定。在未呈准前,由校按月暂借三百元。

8月23日 上午8时,暑期留校师生假图书馆举行大会,欢迎本校文法学院新聘院长陈清华先生到校主持院务。出席并致介绍词,略谓陈院长学识经验俱优,在我国金融界中夙建殊勋,而其好学不倦之精神,则尤为学者中所鲜见。

8月25日 上午9时,学校于暑期内举行校务会议第五十四次常务会议。议决如下要案:(一)通过《分校组织规程》,并呈教育部备案。(二)议决分校经费,除教职员薪俸一项外,每月经常费,由分校造具预算送核。(三)通过省府补助师范专修科开办费五万元,悉数拨交分校为师范专修科开办费之用,由分校编造预算。(四)议决分校建筑修缮费,斟酌实际情形拨付,仍由分校编具预算。(五)议决分校教职员及其家属迁移事宜,由本校负责办理。(六)议决分校所需图书仪器及交通器具、电话机、汽灯、油印机等物,酌量拨给。(七)议决分校钤记,由本校刊发。(八)议决分校学生油灯费,由校开支,并由分校编送预算。(九)议决分校教务、训导、总务三组主任每月支特别办公费五十元,校务主任每月支特别办公费一百元。(十)规定本校教职员眷属住宅分配办法如下:1.本校教职员眷属住宅,其大小优劣,按院长、系主任、教授资历分配之。2.新旧甲乙丙各种住宅,先由教授副教授租住,如有不敷,其不合规定租住者,应请还让。

8 月 27 日 上午 9 时,邀请全校教员,在第十五教室举行茶话会,纪念先师孔子诞辰并庆祝教师节。即席致词,略谓"五四"以来,学风嚣张,学校教育,除传授知识外,几无训育可言,国家社会深蒙其害。故今日纪念先师孔子,愿诸公效法先师诲人不倦之精神,除传授知识外,并须注重学生生活之指导,如此方能养成良好之校风。

8 月 29 日 上午 8 时,本校学生自治会假第十五教室举行欢迎战服团返校大会。出席并训话。

本月 本校开办三年制师范专修科;开办两年制行政管理专修科;在赣县龙岭开设分校。

9 月 ［江西泰和］

9 月 1 日 下午 3 时,学校于暑期内举行校务会议第五十五次常务会议。议决如下要案:(一)议决本校定于九月二十八日开学,旧生九月二十八日至十月九日补课,十月十二日至十七日补考,十月十九日注册开始,新生另行登报公告。(二)推谢兆熊训导长、周拾禄院长、蔡方荫院长负责拟定本校战地服务团遇敌人员行李损失救济费数目,并指定由谢兆熊训导长召集。(三)本校普通职员人数,与部颁编制表规定相比,超额甚巨,议决由校长室通知各单位,就最紧缩标准,分职别职掌员额薪给拟定人事编制,送校长核阅,再提会讨论调整办法。(四)规定各教职员住宅,添建房间,应增租金,依三十年新建住宅造价与租金平均比例,自本年八月份起照加。(五)议决本校赣县分校所需图书,暂定参考书由图书馆主任与文法学院院长商定,各学院开设课程必需用书,由各学院分别指定。(六)规定本校附属国民教育实验学校校具由该校经费节余项下购置,旧教室暂拨半数。(七)规定本校普通校工、农工及技工伙食补助费,自九月份起一律增加六元。(八)议决本校三十二年度预算,由校长室、总务处、会计室拟定原则,通知各单位拟定本单位概算,提本会议讨论。(九)规定本校借读生转学考试于开学前一周举行,考试科目由各院系酌定,未缴成绩单者,暂准与试,限注册开始以前补缴,以便审核,否则不算正式转学,但仍准留校借读。(十)规定申请转院转系学生之成绩审核,在期考成绩未确定前,暂以平时成绩作为初步审核标准。(十一)议决本校借读生参加转学考试,同时申请转入他院他系,准予通融办理,但照部颁学籍规则之规定,转院限于第二年级开始以前,转系限于第三年级开始以前。(十二)议决本校三十年度新生申请保留学籍及入学肄业未满一年中途休学,现请求复学,如有特殊情形必须转院转系者,须由教务处转呈校长核准办理。(十三)规定新沦陷区及已请得战区乙种贷金学生请借膳食贷金,仍照第五十一次本会讨论事项第一案第一、二项决议办理。

9 月 8 日 上午 9 时,学校于暑期内举行校务会议第五十六次常务会议。议决如下要案:(一)议决本年添建校舍,建筑费暂定十五万元。建筑行政管理专修科办公室一所,联立住宅八家,森林系、畜牧兽医系办公室及研究室,金工厂动力室,技工住宅,科学馆附近之小屋及生物系小屋四间,由工程处分别与建筑有关部门商洽,绘具草图,估定造价,提常务会议审核。(二)推周宗璜代总务长、蔡方荫院长、何逢春秘书负责拟定公共汽车票分配数额,并指定由何秘书召集。(三)规定本学期新旧各生一律各缴赔偿费十元,体育费五元,膳费自理,新生制服及白被单自备。(四)议决学生已领迁移补助费,未至各站报到,亦未照规定办法退回应缴还金额二百元者,在各该生奖金贷金项下分期扣回,每月不得少于十元。如无款可扣或中途离校者,均应于离校或毕业前还清,否则不发给任何学业证明书。(五)议决由训导员李殿黄会同庶务组主任桂子丰负责整理学生宿舍、饭厅、大礼堂家具。(六)规定教职员借用家具,橱、床、书架等大件每件收押金六元,凳、椅、茶几、面盆架、箱架等小件每件收押金三元,由庶务组负责清查。

9月15日 上午9时,学校于暑期内举行校务会议第五十七次常务会议。议决如下要案:(一)议决赣县分校开办费及经常费预算,由总务处会同会计室审查。(二)通过赣县分校教职员住宅免收租金。

9月22日 上午9时,学校于暑期内举行校务会议第五十八次常务会议。议决如下要案:(一)规定本校兼任教员一学年薪俸,改以十二个月计算。(二)议决申请借读学生,限九月二十八日以前截止,人数以五十名为限。(三)议决修正《总务处办事通则》。(四)规定本校教职员研究补助费,自本年八月份起,按照薪额比例一律增加三成。(五)规定离校导师所属学生,改以本系主任或院长为其导师。(六)议决二十九年度第二学期特别生金崧岩,原应参加三十一年度新生入学试验,因事逾期,准在本学期与江西省政府及教育厅所保送之行政管理专修科及师范专修科学生举行复试时合并补考。(七)规定本校事务人员及助理雇员,应一律觅取保证人。(八)规定本校教职员薪俸,改在每月二十五日发给。(九)议决修正《本校员工薪饷预借及发放办法》。

9月24日 上午9时,于暑期内在会议室主持本校第二十次校务会议。议决下列要案:(一)对于二年级转院学生,经编入一年级者,应否分往赣县分校修习其必修课程一节,议决由各该生转入之院系决定之。(二)三十年度第二学期期考,仍照规定时间举行补考。(三)修正《校务会议规则》。

9月27日 本校谢兆熊训导长等奉调于今日赴渝受训。在受训期内,训导长职务由胡光廷教授暂行兼代。

9月30日 上午9时,学校于暑期内举行校务会议第五十九次常务会议。议决如下要案:(一)议决建筑费及修缮费改为十七万元,内建筑费十三万元,修缮费四万元;行政管理专修科办公室于明年建筑,其建筑费并列入三十二年度临时费内;其余各种建筑,照工程处所拟通过;此外并添建水工实验室,建筑费定为一万五千元至二万元,在工学院设备费项下开支。(二)议决本校各单位所拟普通职员编制,由院处各长负责审查,并指定由陈清华院长召集,于三日内将审查结果送校长核阅。

10月 [江西泰和]

10月5日 上午9时半,在大礼堂主持本学期第一次总理纪念周暨国民月会。

10 月 6 日　上午 9 时,学校举行校务会议第六十次常务会议。议决如下要案:(一)通过本校处理公文程序。(二)通过《本校三十一年度学校历》。(三)议决本校药械费暂定每月为二千五百元。

10 月 12 日　上午 9 时半,在大礼堂主持本学期第二次总理纪念周。即席作题为《求学与修养》的训话,略谓诸生来校求学,无论入文法学院、工学院或农学院,除修习本学系应修之学程外,如有余暇,宜注意研习国文及英文,以备将来服务社会之需用。诸生若能勤学不倦,定能获得新知,以之建国,始克有成。继谓杏岭环境,宜于求学,深望诸生培养高尚人格,蔚成良好学风,使本校成为民族复兴之精神堡垒。

10 月 13 日　上午 9 时,在会议室主持本校校务会议第六十一次常务会议。议决庆祝总裁"五六"寿辰及本校成立二周年纪念办法如下:(一)十月三十一日放假,并于是日上午九时举行庆祝会。(二)三十日及三十一日晚举行游艺会。(三)庆祝费用以三千元为限。(四)推定训导长、总务长暨徐敬哉、吴云龙、张明善、聂根培、桂子丰、周树人、萧鹏翔、叶匆芳、甘勤登诸先生及学生自治会代表组织筹备会,并指定由训导长召集。

同日　三民主义青年团直属本校分团部筹备处,为表示慰劳该团参加"本校战地服务团"工作同志及参加"南岳夏令营""江西青年营"受训同志举行招待联欢大会,出席并发表训话。

10 月 17 日　下午 2 时,主持江西省省会各界 1942 年度国防科学运动筹备会假本校中山室召开的国防科学座谈会。出席者有中监委孙镜亚先生,江西省党部吴祖兴先生,教育厅张哲农、杨永、涂崇炳三先生,社会处杨镜澄先生,泰和警备司令部杨逢吉先生,泰和县政府邓县长暨本校教授等五十余人。会上报告了本次召集座谈会的意义,继请来宾相继发言,对战时金融等问题,讨论甚详。最后通过为稳定战时物价,应即建议政府从速在本省设立物资管理局。

10 月 19 日　下午 2 时,假会议室主持本校建筑委员会第二十次会议。首由工程处王主任报告此次联立式教职员住宅公开比价之经过及结果。报告毕,讨论并议决下列各案:(一)决定联立式教职员住宅工程,以最低标胜利营造厂为得标者,但于订立合约时,须觅殷实铺保。否则,以次低标志泰营造厂为得标者。(二)规定新建的两栋联立式教职员住宅,建于四教村原联立式教职员住宅附近。

10 月 20 日　上午 9 时,在会议室主持本校校务会议第六十二次常务会议。议决要案如下:(一)通过修正《本校员工薪饷预借及发放办法》第七条,条文如下:"各教职员借支金额以本人两个月薪金及生活补助费为最高限度。"(二)规定增加庆祝总裁"五六"寿辰暨本校成立二周年纪念大会经费二千元。

10 月 26 日　上午 9 时半,在大礼堂主持本学期第三次总理纪念周。请本省建设厅杨绰庵厅长作题为《江西地方经济应如何开展》的讲演。

10 月 27 日　上午 9 时,在会议室主持本校校务会议第六十三次常务会议。议决要案如下:(一)庆祝总裁"五六"寿辰本校献机捐款如何规定案,议决各教职员一律捐献一日所得。(二)校外技工待遇甚高,本校工学院技工工资较低,生活甚感困难,多请辞工应如何补救案,议决自十月份起各给技工特别津贴费四十元。
(三)本校农、工两学院及诊疗室技术人员编制如何订定案,议决由工、农两学院院
长及训导长分别拟定,送校长核定。(四)申请借读学生为数甚多可否准予通融
案,议决本年十一月二日截止申请,十一月三日举行借读试验,由教务处主办。

10 月 31 日 上午 9 时,在大礼堂主持大会庆祝蒋介石"五六"诞辰暨本校成
立二周年。领导行礼后,发给本校战地服务团奖章及奖状,继报告蒋介石之功业
及本校两年来之成就。会毕,全体教职员在图书馆举行茶话会。下午 6 时,全校
师生在本校大礼堂举行游艺会。

约本月 《正大农学丛刊》第 1 卷第 2 期出版(刊物所注出版时间为本年 6 月
15 日),在刊物上发表《经济植物与农业之关系》一文。

11 月 [江西泰和]

11 月 1 日 下午 6 时,全校师生在大礼堂继续举行游艺会。

11 月 2 日 上午 9 时半,本校全体师生在大礼堂举行本学期第四次总理纪念
周暨国民月会。因病未能出席,由罗廷光教务长代为主持。罗氏并发表讲演。

11 月 3 日 下午 3 时,在会议室主持本校校务会议第六十四次常务会议。议
决如下要案:(一)奉教育部令续招新生请讨论案,决议各院系及师范专修科在泰
和、赣县两处续招新生,十一月十三日起至十六日报名,十一月十九日、二十日考
试。(二)通过停付本年度不紧急之费用并收回未用出之公款。

11 月 7 日 晚上 6 时,本校战地服务团显微学社,假第十五教室开会,欢迎本
团被俘团员脱险返校。出席并致训词,勖勉诸君继续以往之精神,努力为国服务,
早日取得最后之胜利。

11 月 9 日 上午 9 时半,在大礼堂主持本学期第五次国父纪念周。请中央监
察委员会监察委员孙镜亚先生作题为《三民主义概论》的讲演。

11 月 10 日 上午 9 时,在会议室主持本校校务会议第六十五次常务会议。
议决如下要案:(一)本校学生选课办法,交由教务会议讨论拟定。(二)由注册组
统计本年二、三年级学生须补修之一年级学程及其人数,再提本会议讨论补救办
法。(三)通过本校三十一年度普通职员及技术人员编制表。(四)江西省教育厅
所保送的六名学生胡祖光等入学,准其随同新生考试参加复试。

11 月 12 日 上午 9 时,在大礼堂主持集会纪念国父诞辰,即席报告开会纪念
之意义。

11 月 14 日 下午 2 时半,在会议室主持本校贷金审查委员会第七次会议。
首先报告下列事项:(一)上学期申请贷金呈核结果。(二)本学期申请教育部贷金
情形。报告毕,讨论并议决下列各案:(一)议决本学期新申请贷金之战区生及自
费生孙永馨等七十二名,先由训导处调查申请贷金各生家庭经济状况,再行提会
审查,并由训导处统计各院申请膳食贷金人数,按照规定之比例,确定各院应得之
甲乙丙三种特种贷金名额,送由各院长及系主任会同审查。(二)议决行政管理专
修科新生申请贷金,归并□次申请贷金案内办理,其余各系各科新生申请贷金,归
并分校各生申请贷金案内办理。(三)本学期新申请贷金学生共计七十二名,申请
变更贷金种类及增给特种贷金生二十九名,旧生从八月份起算,借读生及行政管

理专修科新生从十月份起算。

11月15日 为纪念殉国烈士姚显微教授及吴昌达同学,本校战地服务团特组织显微学社。本日在学校中山室举行成立大会,通过社章,并选举出常务干事及候补干事。在会上,被敦聘为名誉社长。

11月16日 上午9时半,在大礼堂主持本学期第六次总理纪念周。请本校余精一教授作题为《资本主义共产主义的批判与未来世界发展趋势的推测》的讲演。

11月17日 上午9时,在会议室主持本校校务会议第六十六次常务会议。议决要案如下:(一)本校战地服务团殉难烈士墓,将迁往永久校址所在地,其在杏岭者系属临时性质,建筑图样再由工程处修改,呈校长核定。(二)规定三民主义教员属文法学院政治系,体育、音乐、卫生各科教员均属文法学院社会教育系,军事教官属训导处军事管理组。(三)各教职员应于到职十日内,由各部门通知校长室,以便转知有关部门,迟则仍自通知之日起以前十日到职论。(四)凡因转院转系应编入一年级肄业各生,如核准之学分数满十六学分者,仍留本校,余则应往赣县分校。(五)本校学生因故未参加三十年度第二学期期考,即以平时成绩代替学期成绩之学程,准予补考后再行核办。其已正式参加期考者,如不及格科目之学分数逾本学期修习学分总数二分之一以上,不得补考,应令退学。(六)赣县分校所在地之社会教育,俟从教育部得到经费后再行举办。

同日 下午3时,文法学院与工学院在新开放的排球场表演排球赛,亲临球场开球。

11月18日 晚,本校政治系三三级在第十五教室开全体会员大会,欢迎新到教授并举行改选事宜。出席并训话。到会者有陈清华院长等师生共六十余人。

11月23日 上午9时,在大礼堂主持本学期第七次总理纪念周。请胡莲舫代训导长作题为《理解》的讲演。

11月24日 上午9时,在会议室主持本校校务会议第六十七次常务会议。议决如下要案:(一)教职员生活已另颁办法改善,教职员合作食堂请准拨给燃料及工友膳食等费,俟奉到新颁办法后再行核办。(二)本校人事调整如下:1.机务生一人应列入工学院技术人员编制表。2.研究部另辟图书室陈列国学参考书籍,应设图书助理员一人。3.《文史季刊》编辑委员会缮校工作,原由文法学院书记兼任,现以行政管理专修科不设书记,缮写工作须由文法学院书记兼任,则《文史季刊》编辑委员会应另设书记一人。4.缮写室工作繁重应加书记二人。(三)各院系课程倘因事实需要必须变更时,应于本年十二月前,将变更情形详交教务处汇集呈部备核,以便据以实施。

11月28日 下午3时,在会议室主持本校贷金审查委员会第八次会议。议决要案如下:(一)浙东、赣东北本年五月以后沦陷区申请贷金生陈临权等九十五名,新申请贷金生孙永馨等七十六名,申请贷金借读生四十一名,申请变更贷金种类生四十名,由各院系按照申请贷金各生上学期学业操行成绩最高者支配后,造册送部,不必再开审查会。(二)按照上次会议第一、第三、第五、第六各决议案,调查各申请贷金生家庭经济状况。经查明,华国经原送申请书载每月收入达二千元,卞恩培申请书载每月收入达一千元,又本年由银行汇款接济一次达五千元者有傅子祥一名,达二千元者有郑大治一名,汇款两次每次达一千元者有郑清汉一名,华国经、卞恩培、傅子祥、郑大治、郑清汉等五人申请贷金,应予剔除。又吴望孚经本校选取函复上海商业储蓄银行核发助金,其申请甲种膳食贷金,应改为乙种膳食贷金。王词芳迄未注册,申请贷金,应予剔除。(三)本校新旧学生及借读生中因特殊情形未能按期申请贷金者,准予办理第二次申请。从十二月一日起迄三十一日止,与分校各生申请书一并送部审核。

同日 晚上 6 时,出席政治系三四级学生假本校大礼堂举行的迎新暨同乐大会,发表训词。到有师生共计七十余人。

11 月 29 日 偕胡光廷代训导长、蔡方荫院长、周拾禄院长及周宗璜教授等一行十余人,由本校乘车赴本大学赣县分校主持开学典礼,并与当地各机关团体、学校接洽要公。12 月 5 日公毕返校。

11 月 30 日 上午 9 时半,全体师生齐集大礼堂,举行本学期第八次总理纪念周。因赴赣县分校开学典礼,本次纪念周由张明善代理主席。请本校张宏英教授作题为《日本人的中国观》的讲演。

12 月 [江西泰和]

12 月 1 日 在本日发刊的《国立中正大学校刊》第 3 卷第 5 期上,发表《民族复兴与文化建设》一文。

12 月 8 日 上午 9 时,在本校中山室主持校务会议第六十八次常务会议。议决要案如下:(一)本校专任教员因重病请人代课,其代课教员之薪给,由本校俸给项内支付。(二)本校一年级新生尚有缺额,兹就续考新生中择优续取三十五名,计文法学院、工学院及农学院各十名,师范专修科五名。(三)现因物价飞涨,本校校工及农工膳食补助费应予增高。自十月份,起校工技工膳食补助费改为五十八元,农工改为六十八元。(四)本校各部分校工名额应重行调整,即校长室、训导处、文法学院、工学院各用校工一名,教务处及缮写室共三名,总务处三名,农学院及工程处共一名,总办公厅公用校工二名,以一名专司办公厅内送达文件,以一名专司送达校区内各部分文件,校区内各部分文件送交总务处文书组统收统发。

12 月 11 日 下午 6 时,本校社会教育学会假第七教室举行欢迎新到教授及新会员大会。出席并训话。

12 月 14 日 上午 9 时半,在大礼堂主持本学期第九次国父纪念周。即席介绍新人军事管理组主任刘维扬先生,继请本校文法学院陈清华院长作题为《战时金融》的讲演。

12 月 16 日 下午 2 时半,本校区党部举行三十一学年度第一次党员大会。除赣县分校方面党员因路远未能出席及本校少数党员因事请假外,到会者计有四十余人。以监察委员兼中央党部特派兼选员身份主持会议并致辞。会议进行了改选,当选为监察委员。又区党部近期奉令举办第二届直属大学党部论文竞赛,与本校罗教务长等共计九人被聘定为评判委员。

12 月 17 日 下午 6 时,出席本校显微学社假第十五教室举行的第一次学术演讲,并作题为《如何砥砺气节》的发言。首述抗战后为国牺牲之史迹;次示以人格修养方法,应看破生死,有所不为,淡泊明志;末谓养吾浩然之气,努力为国家、为民族、为社会而牺牲,并望继续显微先生之精神发扬而光大之。

12 月 18 日　上午 9 时,第三战区政治部主任邓文仪先生莅校,作题为《最近战争形势》的讲演。致介绍词,并在讲演毕答词致谢。

12 月 20 日　上午 9 时,出席本大学青年团举行的成立周年庆祝大会及团员大会。会上接受团员代表施亚光的献旗,旗上书"青年导师"四字。

12 月 21 日　上午 9 时半,在大礼堂主持本学期第十次国父纪念周。请本校杨宜之教授作题为《杏岭三害》的讲演。

同日　出席本校诗歌研究会举行的成立大会,并发表题为《学诗轨则》的讲演。内容要点如下:(一)审音。(二)辨体。(三)谋篇。(四)琢字、练句、练词。(五)造意。(六)陈理。(七)行气。(八)摹象。(九)咀韵。(十)抒情。(十一)写景。(十二)叙事。(十三)用典。

12 月 25 日　以校长名义发布布告。内容如下:"国立中正大学布告　学字第一五六号　中华民国卅一年十二月廿五日　接准中美文化协会函,以本会设立宗旨,端在沟通中美两国文化,促进两国邦交,以实现世界大同之理想。兹为提倡两国文化关系发展之研究起见,特举办悬奖征文,检送征文简则,请予公布等由。合行照抄简则布告,仰本校学生一体知照!此布。附抄征文简则于后　校长　胡先骕。"

12 月 28 日　上午 9 时半,在大礼堂主持本学期第十一次国父纪念周。请本校教授任启珊先生作题为《三民主义的人格修养》的讲演。

本月　三民主义青年团本校分团举办三民主义论文竞赛,与本校教授共计六人被聘为评判委员。

本月　由本校青年团分团部筹办的正大《青年月刊》创刊号送审付印,刊物的"论著"栏目收其《中国的民族精神》一文。

约本月　《文史季刊》第 2 卷第 1 期出版(刊物标注出版时间为 1942 年 3 月),在"诗录"栏目发表《初眺玩桂林郭外诸峰》等诗歌九首。

青年论坛

描写的诗学

——茅盾《霜叶红似二月花》的物界与视界

孙慈姗①

内容摘要："描写"手法的集中出现构成了茅盾创作于 1940 年代的长篇小说《霜叶红似二月花》的文本特质。长期以来，针对这一现象的批评研究或从经验与理念、日常与历史的思维框架出发，试图在二元冲突与融合中厘定此类笔墨以及小说作品整体的美学与历史位置，或将大量描写指认为自然主义、客观主义文学脉络中的产物，探究这类文学范式在社会分析方面的意义与局限。在这两类行之有效的阐释模式的基础上，小说创作过程及相应文学言说中的潜在对话关系或许也是不可忽视的线索。具体而言，《霜叶红似二月花》中的描写手法背后或许包含着作家对中国乃至世界左翼文学资源、路径、文艺观念与创作模式进行接纳、沟通与辩驳的丰富过程。准此，本文试图观察《霜叶红似二月花》中不同层面的描写手法对文本之"物界""视界"及二者相互关系的塑造，进而结合茅盾在相关理论资源与问题意识的推动下对"心—物"关系的探索及对描写相关话题的论说，勾勒作家在文学实践中建构描写诗学的基本过程，以此重审描写手法与相关作品的审美与历史价值。

关键词：茅盾；《霜叶红似二月花》；描写；物界；视界

1942 年 6 月，身在桂林的茅盾开始写作长篇小说《霜叶红似二月花》。1943年 5 月，小说单行本由桂林华华书店出版，包含了十四章内容。按照作家的创作计划，这些章节构成了《霜叶红似二月花》三部曲中的第一部。自单行本问世至1970 年代，茅盾一直没有完成《霜叶红似二月花》的续写，是以长期以来，小说都以未完之作的面貌示人，而对这部作品相较于茅盾以往长篇小说的异同特征的捕捉连同对其后续创作思路的设想也就成为几代读者与研究者们的共同工作。

就写作手法而言，针对物质及人物形象的"描写"笔墨的大量出现或许构成了《霜叶红似二月花》的重要文本特质。虽则"长于描写"②被认为是茅盾的一贯创作特色，然而相比于之前的多数作品，《霜叶红似二月花》中描写手法的密集程度及其本身的特征似乎都发生了一定新变。就前者而言，描写手法的数量在小说文本

---

① 作者简介：孙慈姗，北京大学中文系博士研究生。

② 钱杏邨：《茅盾与现实》，《新流月报》1929 年第 4 期。

中的增加导致了叙事速率的放缓①,甚至在某些时刻使得"细节"取代"情节"成为小说文本的前景性因素②。而从文学手法本身的样貌来看,如果说茅盾此前小说中的描写方式较为明显地体现出西方现实主义小说的影响痕迹,那么在《霜叶红似二月花》中,中国古典小说的描写形态则渐渐突显,并参与塑造了文本的整体美学风格。总体而言,《霜叶红似二月花》的描写手法呈现出更为复杂多样的特征。而对于这一文本特质,前人的批评研究也从不同维度予以阐释。

《霜叶红似二月花》的研究热潮出现在 1980 年代以降。针对由描写手法带来的小说风格特征,研究者们往往倾向于在经验与理念、个体与社会、日常与历史的辩证关系中展开分析。论者一方面强调二元融合的努力为小说文本带来的"繁盛之美"与社会历史价值,认为这类"寓重大事件于日常生活描写之中,寓人物描写于心理剖析之中"的写作方法使小说成为富于地方特色和生活气氛的"时代风情画"③,显露出"艺术的可感性与生活的容量"④,另一方面则又不断发掘出二元之间的冲突颉颃,也即"主题设计"与"生活经验"⑤、个体情感与历史书写间的矛盾,进而以《霜叶红似二月花》为例,探究此类社会剖析小说中,"经验视野"与"意识形态、社会科学理念"间的相互关系对小说整体视景的影响。⑥

对经验与理念二元框架的发现、命名与反复考量本身构成了研究者所处时代文化思潮的重要组成部分。而在此之外,《霜叶红似二月花》等作品也曾因其描写手法被冠以"自然主义""客观主义"之称。比之 1980 年代至 20 世纪初期的研究倾向,此类评价范式或许更内在于 1940 年代小说的创作与接受语境,而相应批评分析也同小说写作一并分享着某种高浓度的时代空气。然而在评价范式的差异下,上述两种批评话语或许在针对描写一事的阐释思路上具备某种深层共性。就小说叙事及其背后的历史感知而言,二者似乎都认同致密的描写所铺陈的大量经验性细节在一定程度上延缓、阻碍了叙事进程的推进,甚至导向历史远景的匮乏,这也被视为小说长期呈现未完成状态的内在缘由。

在具备有效性与洞察力的同时,这两种阐释路径着眼于作家个人性情与总体性时代文化思潮之间的关系,而或许忽视了一些有重要意义的中间环节。就《霜

---

① 谈及作为一种文学手法的"描写",其定义恐怕相当宽泛。然而若单就其在叙事性文本中产生的效果而言,则描写手法的集中运用首先往往意味着叙事速率的放缓,导致叙述时间基本等于故事时间甚至大于故事时间的"场景"或"停顿"的出现,从而产生一种静态化、画面化的文本效果。参见申丹、王丽亚:《西方叙事学:经典与后经典》,北京大学出版社 2010 年版,第 119—123 页。而在对《幻灭》《子夜》《霜叶红似二月花》等小说叙事速度的比较中,有研究者认为细密精微的描绘使得《霜叶红似二月花》的叙事速度明显减慢,从而使文学文本具备了"工笔画的优长"。参见孙中田:《〈霜叶红似二月花〉与 40 年代小说》,《东北师大学报(哲学社会科学版)》1996 年第 5 期。

② 张柠:《论细节》,《当代文坛》2021 年第 5 期。

③ 丁尔纲:《茅盾作品浅论》,青海人民出版社 1983 年第 1 版,第 185—204 页。

④ 孙中田:《〈霜叶红似二月花〉与 40 年代小说》,《东北师大学报(哲学社会科学版)》1996 年第 5 期。

⑤ 吴福辉、李频:《茅盾研究与我》,华夏出版社 1997 年第 1 版,第 182 页。

⑥ 吴晓东:《在经验与理念的张力之间——以茅盾〈霜叶红似二月花〉为中心》,《茅盾研究——第七届年会论文集》2001 年。

叶红似二月花》而言,其描写手法的特质很有可能关联着茅盾在多重对话脉络中某种自觉的文学探索。具体而言,在《霜叶红似二月花》中,由描写手法塑造的文本形态显影着作家对中国乃至世界各阶段左翼文学资源、路径、文艺观念与创作模式进行接纳、沟通、辨析与辩驳的丰富过程,并隐隐形成着一条勾连文本内外,勾连文学、文化与社会语境的通路。准此,本文试图以《霜叶红似二月花》为核心文本,观察描写手法对文本之"物界"与"视界"的塑造,进而结合茅盾在相关理论资源与问题意识的推动下对"心—物"关系的探索及对描写等话题的论说,勾勒其在文学实践中建构描写诗学的基本过程,以此重审相应手法与作品的审美与历史价值。

一

谈及"自然"与文学的关系,茅盾认为近代以来所谓"第二自然"也即"人类所创造的生产工具、生产方式等"对文学观念和技巧的影响愈发不容小觑。近代文学"结构上的紧密而有机化,色彩音响之人间化,都是要到近代机器工业发达以后才能有"①。物质生产方式的变化必将作用于文学的生产过程、形制特征、观念意识甚至某些微妙难以言说的感觉状态的演变。而相应地,当"物"作为文学形象在文本中出现,它们也可以同人的活动一样,成为推动情节进展、搭建文本结构乃至生成小说核心视景的重要因素。诸多物质形象中所凝结的经济、政治、文化与情感内涵往往以描写的方式渐次展开,在这个意义上,对"物"的描写本身便具备着一定的生产性。物质形象在文本中的存在状态提供着进入茅盾描写诗学的一条通路。而具体到《霜叶红似二月花》,则为研究者所捕捉到的某种"繁盛"之美②或许在很大程度上来源于文本对各种物质形象的细致观照、铺陈描写。

如果说茅盾此前的某些小说在物质方面的确存在着"描写过剩"之弊,从而在一定程度上造成了细节的平面化与繁琐感,或停留在对社会及私人空间的拟真性再现,那么在《霜叶红似二月花》中,同样繁多的物质形象却在文本结构中呈现出相对丰富且清晰的层次。进而,经由多角度分析性描写所搭建的"物界"不仅主导着小说文本的审美效果,其内部更包含了丰厚的历史与文化信息。具体而言,《霜叶红似二月花》通过不同的"体物"形式展示了"物"的多重属性,它们各自具备着通向一时期之认知、感受方式与社会情境的相应线索。

这其中,与小说文本特质关系殊为密切的首先是审美式的体物方式。文本用大量笔墨描绘了以女性为主要经营者的室内空间物质形态,如园林布景、家具摆设、服饰妆容等。正是这些因素构成了历来为研究者所关注的家庭生活细节与事关女性、乡土与家族的"经验"形态,或是士绅的文化世界。

进而在《霜叶红似二月花》中,衣食住行的日用之物不仅关联着人的精神气质

① 茅盾:《大题小解之二》,《文化杂志》1941年第1卷第1期。
② 孙中田认为:"《霜叶》体现着布莱克的'繁盛即美'的特征。细密与翔实是它的文本审视重心。"进而"繁盛"之美也有可能成为1940年代中国小说的某一方面特征。见孙中田:《〈霜叶红似二月花〉与40年代小说》,《东北师大学报(哲学社会科学版)》1996年第5期。

与相处模式,更在一些时候隐伏着时代的讯息。文本对主要女性人物婉卿衣饰的细腻描摹便可从这一角度重新审视。婉卿在第一章的出场方式颇似《红楼梦》的凤姐儿,都是未见其人先闻其声,文本对其妆容的描写手法也与《红楼梦》等古典小说在主要人物亮相之时的外形描述颇为相似。在这样的笔墨下,读者很容易将婉卿定位为身着传统服饰的贵族少妇。然而结合"印度绸"等形容及随后婉卿与恂少奶奶宝珠在卧房中的私语,可知婉卿身上的大部分衣饰都是"外国货"。在一些方面,婉卿其实是颇为"洋派"的。在姑嫂闲谈中,婉卿对时兴化妆品的随口介绍更透露出她对自家店铺生意及时尚潮流的熟悉。经由婉卿之口,读者看到了这些时髦衣物作为"货"即商品的一面。

回到姑嫂对话的情节,婉卿与宝珠围绕鞋的一番品评也值得玩味。婉卿的足是缠而复放,为与鞋子的尺寸相配并显出相对正常的足形,需以叠成三角状的棉花填充,这样一种对于足的改造是民初许多女子的切身经历。宝珠羡慕婉卿的脚"一点看不出是缠过的",却认为瘦长而尖裹的足形才是真正好看,可见缠足之风虽已不盛行,许多人对足的审美取向却还有所保留。而更为熟悉上海衣着潮流的婉卿并不认同这样的看法。她表示这样"不上不下,半新不旧"的脚在上海已经买不到合适的鞋子①,可见在大都市中已然形成新的审美风尚,并潜移默化地影响着周边县城人们的心态与行为选择。一场旨在解放女性、解放身体的革命行动以流行趋势与审美好尚的方式介入了人们的日常生活,获得了审美的肯定,改变了消费市场的形态,也才真正发生了具有普遍性的影响。

无论宝珠还是视野更为宽阔的婉卿,对于日用之物的新旧迭代似乎都并未有自觉意识,她们的选择更多是趋时之举。而与"物"的审美维度并列,文本中还具备着另外一种"物"的存在形态与观照方式,这便是由朱行健所带来的"格物"之学,一种"科学化"的视野。

受晚清维新思潮影响,朱行健对"新事物"的追求比婉卿等人更为自觉而系统。他对"化学"兴趣浓厚,时常向年轻人讨教。即便是供人消遣的"玩意儿",朱先生也要弄明白其中的化学成分,还计划编一套新旧名对照,让那些和他一样"老而好弄"的人方便研究。在旧派地主赵守义一般人看来,他是与钱良材的父亲钱俊人一样的"新派",因此必至于赞成一切"新"事物。而事实上,朱行健对"新"的追捧多集中在"器物"一层,他的"新"与加入了革命党的钱俊人、与完全靠另一种生产方式和经济形态维生的王伯申之"新"都并不相同。在与绅缙少爷们的闲聊中,朱行健引出了老一代"新人"钱俊人的毕生疑惑:"从戊戌算来,也有二十年了,我们学人家的声光化电,多少还有点样子,惟独学到典章政法,却完全不成个气候,这是什么缘故呢,这是什么缘故呢?"②文本中无人能回应钱俊人的质问,但其实朱行健本人的言行已然在某种程度上给出了"答案"。从对"贫民习艺所"不以为然的态度与对善堂居然召开"董事会"的惊讶来看,朱行健并不熟悉现时所处"国民年代"的话语和形式规章,与对新事物的探究意趣相伴的是他对旧的典章制

---

① 茅盾:《霜叶红似二月花》,《茅盾全集》第六卷,人民文学出版社 1984 年版,第 45—46 页。

② 同上书,第 41 页。

度、伦理法则的维护。深究下去，可以发现朱行健在物质方面的维新姿态来源于晚清的"格致"之学。而以宋儒格致的概念对译西方的物理化学知识体系，其本身就存在一种认知体系的杂糅与错位。

朱行健的维新思想始终没能跳出"格致"所依凭的身份想象、文化脉络与制度体系，然而他的学问爱好毕竟为城镇空间带去了一种观照、认识"物"的新方式。在这个意义上，朱行健父子对话所引出的显微镜成为文本详加描写的一个关键物象。朱行健相信此物能够带给人们一个新的世界："许多看不见的东西就能看见了，看不清楚的，就会看清楚了。"①而显微镜这一观测工具所代表的正是一种深入事物内部结构进行观察与探索的体物方式，一种"科学主义"的思维路径。这样的观看装置不仅能使人们捕捉到微观领域的新事物与肉眼所见之物背后决定其存在形态及运转法则的"世界"，更会对人之认知、思考形式与世界观进行彻底的改写。在显微镜之下，一切都"清清楚楚"、条分缕析。然而，朱家父女三人围绕"显微镜"这一新鲜事物展开的交谈却暗示出这样一种认知模式的局限。在对女儿畅想用显微镜观察"苍蝇眼睛里的奥妙"时，朱小姐想到的却是朱竞新"那一双会勾摄人家的心灵的眼睛"。朱小姐询问父亲显微镜能否看清"一个人肚子里的心事""一个人的真心假心"②，答案自然是否定的，朱老先生本人就是一个例子。他幻想看清万事万物的奥秘，却无法看清士绅集团中王、赵两团体的斗争形势，以至于被双方利用，被义子哄骗。显然，仅仅依靠科学仪器并不能帮助个体把握哪怕是一个狭小空间内部的人际关系与社会结构，更无法掌握历史发展变动的趋势。而在向女儿解释显微镜的观看原理时，朱行健又搬出了"须弥世界"等佛教术语，这只会加深朱小姐对这类器物之使用范畴及方式的疑惑。最终，依靠显微镜进行的观察与研究法或许只能如分解花炮一样，搞清物质"是什么"，而失去了"致用"——通过对新事物的发现与认知真正更新人的思维方式、文化心理乃至情感结构，从而推动社会变革——的可能。

围绕显微镜展开的描写在表面上指向"器"与"道"、"声光化电"与"典章政法"的分离。而在更为深刻的层面，显微镜这一物象在小城中的存在状态昭示着"物"与"心"，也即客观与主观、真与善、认知与情理、"现实"与"意志"的重重分裂。科学至上的认知模式无法处理物质世界与精神世界的相互关联，以及"人"的社会性存在。正如朱行健有意拒斥显微镜的商品属性，也就忽略了这一新鲜事物的出现背后县城人际关系、文化面貌乃至整个社会结构的悄然转变。

朱行健的"显微镜"及其格物方式总是与所在空间中人的生活状态格格不入。而文本中也还存在着与县城及乡镇生产生活方式更为密切相关的物质形式，这便是穿梭于城乡之间、作为重要冲突线索与某种意义载体的"船"。

从整体上看，船或许是茅盾小说中一个十分重要的物质形象，它往往参与建构文本中的人物经验与社会景观，这与作品所依托的时空环境有关。晚清以来，基于本身的地理条件及口岸工商业的发展，以上海为中心的沪—苏—杭—带成为

---

① 茅盾：《霜叶红似二月花》，《茅盾全集》第六卷，第 148 页。

② 同上书，第 149 页。

内港轮船航运业最发达的地区,也产生了较多有一定规模的小轮企业①。它们往往被视为民族资本在各种势力间挣扎发展的典范。然而,轮船航运的发展始终与江南水乡原有的地理及社会形态构成冲突,特别对当地的农业生产与生活方式产生着摧毁性影响。这一社会状况构成了茅盾相关题材文学的整体背景。

《霜叶红似二月花》中,王伯申公司的轮船是引发王、赵、钱与乡民之间各种冲突的主要线索,它的存在鲜明昭示了近代工业生产对县城及乡镇社会空间形态的影响。在第二章,茶馆众人的交谈已然暗示出轮船对县城经济结构、权力关系、物质及精神世界的改变。张家经营店铺,其一应货物特别是时兴的"新货"都要依靠轮船从上海运输,在这种相互依赖关系之下,店铺掌柜之子宋少荣自然在王赵斗法中投向了王的集团。然而,江南小镇河道狭窄、石桥众多,本不具备轮船通航的理想条件,梁子安对"水涨船高"的一番新解与对轮船同"老古董小石桥"发生磕碰情形的描绘,已然为秋潦情节中轮船与乡民们的冲突乃至老驼福等人臆想出的整治轮船的办法埋下了伏笔。小说第十章开始正面描写轮船对农业生产及乡民生活带来的威胁。"尖利的汽笛"刺破了水面上原本"悠然自得的空气","黑色的轮船威严地占着河中心的航线轧隆轧隆地赶上来了",河水在这头"黑色的怪兽"的入侵下变得软弱无力,任由它掀起的巨浪一遍遍舔舐着两岸的稻田与村庄②。乡民们利用石桥对轮船的攻击只能中伤乌阿七等船工,机器本身的威严丝毫不减。以"第二自然"为主要对象的"风景"描写已然突显近代工业与经济形态的代表——轮船对地方社会的实际影响,而从岸边、甲板、石桥与远处等多个角度对轮船姿态及运动方式进行的铺陈描写,则寓示着"轮船"这一物质形象在一定程度上成为主导小说情节及人物关系模式的核心要素,也是县城大大小小变化的潜在推动力——从不同家族士绅权力关系的演变到报纸、电报、教堂、洋学堂等新生事物的出现,再到"陈毒蝎"学说的传播、新的文化因素及青年情感状态的生成,无不与"轮船"对小城的进击息息相关。经由它,县城得以与都市及更多广阔的世界发生关联。

轮船象征着势不可挡的历史动力与发展方向。而在连接城镇的小河道里,还存在着另一条"船",这便是与地方风物似乎更为适配的乌篷船。地主赵守义派徐士秀下乡讨租,二人就"坐船"问题的讨价还价正体现出赵守义的精明吝啬,也为徐、曹一班人凭借其身份对乡民们情绪的利用埋下伏笔。而与此同时,钱良材也乘着乌篷船回到了乡间,准备带领村民治理水患。第十章集中描写了钱良材在船上的经验与心态,其中对船夫划船动作、桨与橹的配合以及驱走疲倦的船夫歌谣的细致描绘处处呈现着作者对这一场景的亲切与熟习。比之轮船对河道的暴力侵扰,乌篷船与小河的关系显然更加亲昵和谐,坐在船中的钱良材也得到了为数不多的近距离观照河水及两岸情况的机会。在这只乌篷船上,"人"与"风景"暂时获得了一种亲近感,而当轮船经过时,险些被浪头掀翻的小船也让钱良材在一定程度上感受到了乡民们对这一"怪兽"的畏惧与恨意。对于平素居于深宅大院的

---

① 樊百川:《中国轮船航运业的兴起》,中国社会科学出版社2007年版,第318—319页。
② 茅盾:《霜叶红似二月花》,《茅盾全集》第六卷,第172—173、212—213页。

钱家少爷,这似乎是不可多得的体验。某种程度上,在乡间狭窄的河道里、在轮船所掀起的浪头上奋力前行的小船似乎也可以是钱良材这一形象的物质化身,并至少在审美与感性层面为"人"与"地方"的互动、为艰难处境中行动力与主体性的获得提供了另一种可能。然而,这样一种体物态度或许更多源于作者近乎非自觉的乡土记忆。它或许在隐喻意义上表征着一类知识者在历史潮流中的处境、位置、行为方式与精神状态①,也寄托了作者的某种微妙情感,却仍不会影响茅盾对两条船所代表的两种经济形态之发展方向的总体认知。

《霜叶红似二月花》对各类衣饰、仪器、交通工具的描写或许令人联想起西方现实主义小说对人物居处空间等物质细节的关注。而在发表于 1936 年的长文《叙述与描写——为讨论自然主义和形式主义而作》中,匈牙利左翼批评家卢卡契便对这类现象做出过反思与批判。在卢卡契看来,"事物的诗意"只有在其对"具有影响力的人物的重要情节里起着一种关键作用"时才可能浮现。其余时候,对物质的详细描写只会带来细节的独立与冗余感。"事物只有通过它们对于人的命运的关系,才能获得诗的生命",因而"真正的叙事诗人并不描写它们",只是"叙述"其在人的命运中所承担的任务②。对此,茅盾的看法则有所不同。正如对"第二自然"与文学创作关系的强调那般,茅盾始终看重物质世界、物的生产流通方式对社会面貌的决定性影响。在此前提下,以文学的方式对不同种类的物质形象进行多维探照与描写也便成为在文本中塑造全社会图景的重要环节。如在《霜叶红似二月花》中,审美式、科学式的体物方式便既呈现出物质的各方面属性,又揭示了新形态的物进入人们生活世界的多种路径。而最终,由"两条船"所引出的政治经济视野及描写方式的存在则透露出隐含作者的目光与现实观察背后的远景预见,使得对县城空间的描绘显影出历史发展的轨迹和动能。然而,唯物史观或马克思主义政治经济学的理论图谱也并不能覆盖文本物质世界的全貌。正如各类描写笔墨在文本中所占比例呈现的那样,在政治经济的结构性把握之外,审美式、科学式的体物方式仍占据一席之地。即便在对"两条船"——两种经济社会形态的勾勒中,相应描写亦为审美与感性经验预留了空间。

二

提及人物描写与环境描写,茅盾认为文学者应着意于刻画人物与环境在矛盾中的相互关系,而本位"依然不能不是人物"③。"人"仍是文学作品关注的焦点,这也就意味着文本中的物界及所有物质细节不会全然独立,而是始终存在于人的目

---

① 有研究者以"惊涛骇浪里的自救之舟"形容茅盾在革命与文学创作实践中的主体姿态,认为个中包含着他"对弱者的情感体验"及审美感受,这些体验也未尝不"蕴含有丰富的理性暗示"。见王晓明:《惊涛骇浪里的自救之舟——论茅盾的小说创作》,《二十世纪中国文学史论》第二卷,东方出版中心 1997 年版,第299—300 页。

② [匈牙利]卢卡契著,刘半九译:《叙述与描写——为讨论自然主义和形式主义而作》,《卢卡契文学论文集(一)》,中国社会科学出版社 1980 年版,第 65—66 页。

③ 茅盾:《创作的准备》,《茅盾全集》第二十一卷,人民文学出版社 1991 年版,第 28 页。

光及活动中,在与人的相互关系里生长出意义。而在"人物描写"方面,视点是茅盾尤为关注的要素。

尽管在社会分析性长篇小说中,茅盾惯常采取第三人称全知叙事统摄全局。但仔细观之则会发现,很多时候全知视角在叙事进程中并不占据支配性地位。相反,无论对于情节发展、情境建构或是某种主题的揭示,来自各情节链条上人物的限知视角往往都起到更为关键的作用,造成了一个个转折或勾连的节点,从而各个视点的并置也是打开文本内部视野、呈现现实之广度的重要方式。它们或作用于空间的拓展与时间的演进,或反复提供着观照同一人事的不同角度与实感。在《霜叶红似二月花》中,描写手法对人物心理状态及相互关系的渐次展开也以人物视点的广泛存在为前提。以所观照摄取的外部对象为基础,文本中的视点人物往往能迅速调动其情感、观念、记忆与想象,建构起属于自身的"视界"——一个主观世界。在很大程度上,这些视界也决定着文本世界的总体面貌。

如上所言,《霜叶红似二月花》科学主义式的体物态度基本由朱行健的言行呈现。在这位"背时乡绅"的视界中,存在着各种认知方式的杂糅。在两派绅缙斗法及新旧文化形态的消长较量过程里,这类人物也成为各方势力所要争取的对象,而其本身却总在各群体中表现出不适配感,难以找到真正的归属。穿梭于住宅、茶社与周边街巷中,朱行健的视点也呈现出游移状态。

而对物的审美观照则基本源自张家妯娌及张恂如的视界。以钱良材下乡治理秋潦为分界,小说前半部分有不少笔墨流连于民初江南士绅家庭的衣饰器物、庭园内景。以瑞姑太太、婉卿等女眷的来访为契机,张家住宅空间内部女子们的相互打量既包含着对时新潮流的探索,又带有自我欣赏、自我怜惜的意味。婉卿姑嫂在卧室以镜子为媒介的对视即是如此。而在女性们的世界/视界里,张恂如似乎总是"缺席的在场"。

作为小说中的一个主要视点人物,张恂如的视界以"惘然"为关键词。由他惘怅、怀疑、烦闷的眼光看去,周边人经营生意、治理水患、抱养子女、研究科学等种种忙碌和兴致似乎都带有几分可怜可悯又复可笑可悲的意味。"惘然"如此频繁地出现也构成了统摄文本叙事空间及所有故事情节的一种主导性视觉效果,为一个个原本喧闹繁忙的场景或热情涌动的精神状态罩上一层犹疑、隔膜的滤镜,突显了所观之事的"无意义"。与主要人物的功能有所不同,主导性视点人物或许并非构成核心冲突的力量,而是以其旁观的姿态,潜移默化地塑造了文本的整体氛围。

然而,此类描写手法并不意味着张恂如与隐含作者视界的重合。相反,正是经由对张恂如行为及心理活动近乎重复性的描写,文本逐渐揭示出其"惘然"之感的来源——对由回忆所搭建的私人世界的耽溺。在经过庭院内堆放店铺货物的楼房时,张恂如并不关心货物的具体情况,而是陷入了对"从前的自己"的回忆,来到私心爱慕的许静英家,他也并未对即将入学的许静英表现出的精神状态加以关注,而是沉浸在对既往情愫的记忆里,执着于用过去填充现在。无论是以文绉绉的成语命名卧室的家具,还是在独白中为往昔的恋情琐事增华,张恂如的视界始终充斥着修辞与情绪的相互缠绕。而文本对这一视界的描写也呈现出对审美式处世态度所可能塑造的封闭的"内部生活"的警醒。

除去对"过去"的修饰,审美视界还有可能催生出对"将来"的想象。即将进入洋学堂的许静英与王伯申之女王有容围绕入校行李的一番谈话便提供着这样的维度。王小姐以老学生的身份向许静英讲解新生注意事项,其要点不在功课学业,反而在于铺盖用具——被褥一应全需"白洋布",才是"又时髦,又大方","老古董"绸缎花布是要不得的,衣服不在华丽,要紧的是款式不能过时,发髻似乎也不是随便梳的。这些都是"琐碎的,然而又非常重要的事情","比章程还厉害些"。① 学校对衣着日用形制的统一实则是一种身体的规训,而审美在其中发挥着重要作用。是同伴的接受与嘲笑而非校规让女孩子们自觉"改造"着原有的着装习惯及生活方式,其背后也流露出对新的文明形态的向往。对美丑的重新定义比规章制度及宣传话语更为有效地实现了新文化、新群体对个体的收编,审美的意识形态属性在此得以浮现。

此外在小说内部,在审美的、科学的物象呈现方式之外,政治经济的综览性目光也不仅属于隐含作者,更分散在许多人物的视界中。在斗法及治水的情节线索里,王伯申、赵守义、钱良材几位绅缙都在不同程度上具备着对地方社会经济政治面貌的基本认知。在扳倒对方的筹谋中,无论距都市及近代工业文明较为接近的轮船公司经理王伯申,还是主要依靠地租为生并掌控着县城慈善、教化机构的旧式地主赵守义,实则都已或多或少地意识到新兴经济力量与省城政治权势更迭之间的相互联系,而它们也必将以各种曲折的方式作用于县城乃至乡村权力网络,这为双方提供着斗法的筹码,也是其最终以省里发来的电报达成和解的前提条件。

如果说老一辈士绅特别是赵守义一派地主的视野尚无法抵达省城以外的世界,那么留学归来的钱良材显然对社会经济状况拥有更为全面的认知。钱良材能够认清"小火轮"之进入县城乡镇生产生活空间的必然性,也认可机器本身的进步属性,并如其父一样将关注点投向近代经济物质文明背后的制度建设问题,这就使得他与隐含作者一致,对于乡民对小火轮的恐惧厌恨在同情之外持有某种反讽的眼光,反对他们破坏、阻碍轮船行进的治水办法与情绪发泄。然而,在还乡治理秋潦的过程中,钱良材面临的重重困境被作者详尽描写。他时常怀疑一己之判断并不能代表全局的利益。每每面临难题要做出决策,他总是在幻想中被许多"目光"包围——"他仿佛看见无数的焦黄的面孔,呆木而布满红丝的眼睛,直定定望住他……又仿佛看见那眉毛鼻子皱在一处的曹志诚的胖脸儿,眣着鬼蜮似的眼睛,好像是揶揄,又好像是威胁"②。钱良材无法摆脱这些视线,也就承受着它们各自所携带的声音、观念、情绪、行为方式等对自身举止构成的企盼、侵害或质疑,也正是它们敦促着他不断进行自我反思。与此同时,文本对老驼福这一游离在众人视线之外、颇喜偷听偷看自言自语的老农心理活动近乎意识流笔法的描写又在钱良材等知识青年之外构成了另一个相对自足的视界。在修筑堤坝的方案被提出

---

① 茅盾:《霜叶红似二月花》,《茅盾全集》第六卷,第 120 页。
② 同上书,第 193 页。

之前,老驼福根据偷听的只言片语编造了一套"堵桥"的办法说与众人,从大家的反应似乎可以看出他幻想中钱少爷的主张很能代表一部分村民的心愿与情绪,从而他的内心活动也就在某种程度上浓缩着整个乡民的视界。然而自始至终,老驼福的视界与钱良材彼此封闭,并无交集。经由这两类视界的局限性与隔阂感,文本揭示了新派青年、开明士绅钱良材治理秋潦行动受挫的深层缘由。

仅仅具备对于社会结构的政治经济学认知显然不足以应对秋潦时期乡民们的物质与情感需求。更进一步,钱良材的心理活动甚至表明他并不曾关心理解与他朝夕共处的家人。在表象的相敬如宾背后,他与亡妻"各人的心各有一个世界"。以搁置群体感、行动感与叙述性更为饱满的乡民修筑堤坝的劳动情节为代价,文本对钱良材心理状态的大篇幅描写揭示出这类新式绅缙/知识分子亟待应对的困境,即他们不仅需在乡土社会结构里,更需在由夫妻、亲子等人际模式所构成的五伦关系内部重审自身的位置及价值。非如此,则对"大志"的追求、那"给人以幸福"的理想愿景就无法落实到生活日用之中。在政治经济的知识框架之外,钱良材们的难题指向了伦理、情感等更具复杂性的维度,而这些或许也是以文学方式深入历史图景不可或缺的独特要素。

经由多视点分合对峙的描写方式,文本最终呈现出每一人物类型之视界的偏颇与限度,这也使得隐含作者在观照它们时带有了程度不一的反讽色彩。无论主要人物还是主导性视点人物,似乎都无法成为推动历史进程或精神世界革新的主导性力量。这样一种文学方式也在一定程度上为"全是霜叶"说提供了来自文本内部的确证[①]。

如上所言,茅盾对物质形象描写的看重与卢卡契围绕"叙述"与"描写"形成的文学手法等级观相左,而与之相关,"霜叶"型人物的塑造模式也与卢卡契以及提倡主观精神的胡风一派的小说人物观呈现出较大差异。在《论文学上人物底智能风貌》中,卢卡契提出小说叙述的关键在于对"中心人物"的设置,这一中心人物必须具备"对于自身生活的觉悟"以及提高、升华生活经验的能力,从而能够在"全部的内在生活斗争"中接近历史的本质,"在其与一般的事物的结合上去体验他底个人的命运"[②],这与胡风等人的"主观精神"理念存在相合之处。然而,茅盾《霜叶红似二月花》这类小说恰恰并不具备这种"最自觉"、最为深刻有力的人物形象。与卢卡契所呼唤的"强"主体相对,茅盾式描写往往塑造出一系列介入历史进程的弱主体。这类人物形象常处于惘然、幻灭、犹疑的精神状态中,难以突破其视域的局限,也就难以真正推动"历史的车轮"。然而,这样一种人物形象及其所主导的文

---

① 在 1958 年的《新版后记》中,茅盾指出《霜叶红似二月花》的一些主要人物,"如出身于地主阶级和小资产阶级的青年知识分子,最初(在一九二七年国民党叛变以前)都是很'左'的,宛然像是真正的革命党人,可是考验结果,他们或者消极了,或者投向反动阵营了。如果拿霜叶作比,这些假左派,虽然比真的红花还要红些,究竟是冒充的,'似'而已,非真也"(《茅盾全集》第六卷,第 250 页)。而在 1940 年代,也有读者在解释小说题目时指出小说中的主要人物"全是霜叶"。见王由、政之:《〈霜叶红似二月花〉第一部座谈纪录》,《自学》1944 年第 2 卷第 1 期。

② [匈牙利]卢卡契著,周行译:《论文学上人物底智能风貌》,《文艺杂志(桂林)》1944 年第 3 卷第 3 期。

本形态亦关联着茅盾自身的文学构想——在茅盾这里,小说有无卢卡契式的中心人物并非关键,更进一步,在"没有主人公"的作品中,"人物"与"人物"、与"环境""有机的相互关系"所构成的"动作的统一"正是支撑小说结构及意义脉络的主轴①。各阶层、各类型人物的"交结"与"迎拒"逐渐建构着一种总体性的社会图景,也成为整合"心""物"关系的有效方式。有别于卢卡契"智能的人"或是胡风之"感性活动的人",茅盾在小说中经由描写手法所塑造的或许是"经验的人",更是"关系的人"。进而,视界间的分离、空白与交结处既呈现出文学本身的洞察力,也为新生力量的萌发提供了空间。正如在《霜叶红似二月花》里,在表面平静的县城乃至家族空间内部,诸多视点视界的分歧隔阂已然呈现出"时代空气的摇动"②。在主线冲突之下,各种小冲突也时有爆发的可能。在对各视界"限度"的审慎体认中,在大小冲突发生发展进程的分头描写与汇总过程里,叙事也在寻找着不同视界/世界之接触与融合的契机。

三

如上所言,在《霜叶红似二月花》中,经由描写手法完成的文本物界与视界的搭建实则指向了"心"与"物"的关系问题。而这组关系结构不仅有可能成为解读茅盾小说作品的关键,更在以之为线索不断展开的对话中触及了茅盾文学文化实践的深层内核。具体而言,茅盾以文学形式对"心—物"关系的探索包含着作家对文学范式的思考,对革命形态、功能、实现路径的把握,乃至对社会生活的总体性理解。

就文学方式而言,《霜叶红似二月花》等小说作品的描写手法或许呈现出茅盾文学路径由"自然主义"向"新写实主义"的变化轨迹。

1920年代前期,中国文坛逐渐兴起了译介、探讨自然主义的文化思潮。而茅盾对这一风尚的形成不无助力——1921—1922年,时任《小说月报》主编的茅盾在杂志第12—13卷大量刊载了有关自然主义的介绍文章以及读者、编者们围绕相关话题的论辩通信,使得《小说月报》成为引介和探讨自然主义文学的一大阵地。在日本学者岛村抱月《文艺上的自然主义》等介绍文章中,自然主义的基本准则被定位为以文学方式对社会问题进行科学化探究,而其根本价值旨归是"求真"③。与浪漫主义倡导主观情感的抒发不同,自然主义是一种"彻底"的写实文学,要求仔细观察、客观呈现一时代之社会面貌。谢六逸在《西洋小说发达史》中以大篇幅介绍了自然主义文学在欧洲各国的发展近况,并将"自然派"小说指认为"人生的艺术"④,已然透露出其与新文学价值追求的内在关联。而在分享上述观点之外,作为文学杂志编辑与批评家,处于新文艺阵地开辟现场的茅盾对于"自然主义"一事也有自身较为独特的聚焦点,那便是作为"自然主义之技术"的描写。

---

① 茅盾:《创作的准备》,《茅盾全集》第二十一卷,第21页。
② 茅盾:《小说研究ABC》,《茅盾全集》第十九卷,人民文学出版社1991年版,第75页。
③ [日]岛村抱月著,晓风译:《文艺上的自然主义》,《小说月报》1922年第12卷第12号。
④ 谢六逸:《西洋小说发达史·自然主义时代》,《小说月报》1922年第13卷第5号。

在参与讨论之初茅盾即表明,对于这样一种世界性文艺思潮,自己更为关注的是其"艺术一方面",而非思想与题材①。所谓"艺术",便是"用科学方法整理、布局和描写"②。可见"描写"已被茅盾确认为自然主义的要义。创作于 1922 年的《自然主义与中国现代小说》则更加系统地探讨了在新文学初创期引入西方自然主义资源的必要性。在茅盾看来,现时代的中国白话小说远未能摆脱对"旧小说"文学手法的依赖,这便导致了作品在技法上存在的普遍缺陷:它们可以"叙述一件事的每个动作",却不能"分析而描写之",由此小说往往沦为"记账"式的平铺直叙。"须知文学作品重在描写,并非记述","真艺术家的本领即在能够从许多动作中拣出一个紧要的来描写一下"。所谓"描写"具体所指便是对人物、事物、动作的细致化、多角度呈现。描写的功夫决定着文学作品的艺术水准。进一步,新文学的社会功效在于"表现人生,疏通人与人间的情感,扩大人们的同情",描写所营造的真实感、"熟悉"感正是达成此种"同情"效果的关键因素。在描写这一维度上,新文学的艺术价值与社会价值得到了统一③。

随着社会形势的急剧变化,五卅、北伐、国民革命阵营的分裂及周边亲友伙伴们经验、身份的变化让作家逐渐体验到社会人生的"大矛盾",也深刻影响了其文学发展路径。不同于《小说月报》编辑、文学研究会成员沈雁冰,对于经历了革命进程的文学者茅盾而言,如何消除"旧小说"之影响、把新文学作品"写好"已然不再是他的关注重点。在这一阶段,茅盾所要探究的是文学、现实与历史的关系结构,具体到小说创作领域,则是如何发挥"描写能力",用"启发性的手法"记录"刚刚过去"的重要事件与场面④,并从中寻找、突显历史发展的动能。与此同时,新兴革命文学阵营对自然主义的反思与批判声音亦逐渐突显。尽管如此,茅盾对于此前确立的文学理念仍有所坚持。在他看来,正是自然主义的兴起使"无产阶级生活"开始成为"多数作者汲取题材的源泉",左拉的小说《劳动者》便被视作"无产阶级生活描写的'圣书'"⑤。在对文学、社会与革命三者关系的持续思考中,茅盾对源于自然主义的描写手法的坚持在更为深切的层面关乎其对于中国社会形态的体认。在探讨王鲁彦的小说创作时,茅盾将现代中国社会喻为一座"历史博物馆",千百年的思想与生活方式如同被施加了"缩时术"一般共时性地存在于某个空间环境中,而各个"文化代"混杂胶着的形态有待于"精密的科学方法"层层剥脱⑥。在这种情形下,左拉的分析式描写仍然被视为最妥帖的文学方式。

茅盾的此类论述隐含着其与太阳社、创造社文艺理念的对话,而在遭遇对方攻击批判之时,茅盾的回应与辩驳文字基本仍体现出对上述思路的坚执。面对群

---

① 冰:《我对于介绍西洋文学的意见》,《时事新报·学灯》1920 年 1 月 1 日。

② 沈雁冰:《对于系统的经济的介绍西洋文学底意见》,《时事新报·学灯》1920 年 2 月 4 日。

③ 沈雁冰:《自然主义与中国现代小说》,《小说月报》1922 年第 13 卷第 7 号。

④ [捷克]雅罗斯拉夫·普实克著,李燕乔等译:《普实克中国现代文学论文集》,湖南文艺出版社 1987 年版,第 138 页。

⑤ 沈雁冰:《论无产阶级艺术》,《文学周报》1925 年 5 月 2 日第 172 期。

⑥ 方璧:《王鲁彦论》,《小说月报》1928 年第 19 卷第 1 号。

体性社会变动,"分析—静聆—组织—磨练—描写"①仍是他设定的理想文学路径。相反,对于太阳社一度推重的"新写实主义",茅盾则将其归结为俄国内战时期由于纸张等物资缺乏而产生的特殊创作模式,其要点在于"简炼",是以省去了大量的环境描写和心理描写,然而这却未必契合中国革命文艺受众群体的表达与接受习惯②。

然而,在以自然主义描写法确立中国现代小说艺术与社会价值的同时,茅盾等新文学家也并非不曾意识到此种文学方法的局限。与《霜叶红似二月花》的"显微镜"构成微妙呼应,在茅盾等人看来,自然主义文学手法的一大弊端便是心与物的分离。茅盾曾在"自然主义"与"唯物主义科学万能主义"③之间画上等号并将此视为自然主义的症结。进而在1920年代前期,茅盾、胡愈之、谢六逸等人都将"新浪漫主义"视为对"自然主义"的反拨与超越,一种在经历了"绝对客观"之后向"主观"精神的回归。他们所定位的"新浪漫/新理想主义"多包涵象征主义、印象主义、未来主义等文学形式④。对"新浪漫主义"必将取代自然主义成为文学进化方向的设想根源于对心物合一的理想关系的期待。在作家们看来,心与物的分离只是过渡时期的"变态",而经历科学洗礼后的文学必将复归"灵"的维度,注重"人心内部的要求",从而形成一种"非物质的、主观的、以情感为主"的形态⑤。然而,"新浪漫"的文艺实践并未在中国左翼文坛内部充分展开。或许,1930年代渐趋成形的左翼文学理念并不着眼于文学对"心"或"物"某一维度的极尽展演,而是需要在二者相互作用的冲力中寻找变革的可能。

持续性的论争与对话以及对所处社会环境的进一步感知也促使茅盾逐渐调整着自身的文艺观念。在1930年出版的《西洋文学通论》中,茅盾将苏联模式的新写实主义作为文艺进化的最新方向,详细分析了高尔基等人作品所具备的"新精神"及作家的"预言者姿态",认为这种文学形式体现出对自然主义之"客观描写"的校正,并最为及时深切地传递着汹涌于"大群众"中的变革浪潮。而对于此前曾认为是自然主义之进化的"新浪漫主义"——象征主义、印象主义等文学形态,茅盾此时已将之视为自然主义的余绪,甚至是其"病态"一面的突显。在《通论》的结语部分,茅盾表达了对文学真实性的新认知:"文艺不是镜子,而是斧头;不应该只限于反映,而应该创造。"⑥除去自身对高尔基等人文学作品的关注外,茅

---

① 茅盾:《读〈倪焕之〉》,《文学周报》1929年第8卷第20号。
② 茅盾:《从牯岭到东京》,《小说月报》1928年第19卷第10号。茅盾这里所指的"新写实主义"——一种在俄国红白军内战期间兴起的短小的"电报体"文学与太阳社主要引介自日本的新写实主义文艺理念实则有所不同,茅盾在文章中也承认未曾读过《太阳》刊出的《到新写实主义的路》,所以"无从知道究属什么主张",也不知新写实主义文学有怎样的发展经过,在这篇文章里,茅盾对"新写实主义"的看法基本不出"报章体"范畴。
③ 茅盾:《为新文学研究者进一解》,《改造》1920年第3卷第1期,署名"雁冰"。
④ 谢六逸:《西洋小说发达史》,《小说月报》1922年第13卷第5号。东方杂志社编纂:《写实主义与浪漫主义》,商务印书馆1923年版,第1—3页。
⑤ 谢六逸:《西洋小说发达史》,《小说月报》1922年第13卷第5号。
⑥ 方璧:《西洋文学通论》(1930),《茅盾全集》第二十九卷,人民文学出版社2001年版,第400页。

盾此时对新写实主义之"集团"性、目的性与创造性的强调或许是接受了太阳社译介"新写实主义"理论资源的影响①。值得注意的是,茅盾将新写实主义小说的主要特征视为"大风格的描写",仍暗示着其与自然主义、"旧写实主义"在文学手法上的承继关系。此外,在茅盾这里,"斧子"的比喻不仅意在体现文学艺术之改造世界、建构远景的潜能,还格外强调着文学对这一"砍削过程"乃至种种"未完成品"的呈现。《霜叶红似二月花》对物质形象进行的不同形式的观照,以及对各视点人物内部世界/视界参差演变的注目,便都可从这一过程性的维度加以理解。

新写实主义的文学脉络巩固了文学与革命的内在关联。就文学的革命潜能而言,茅盾试图以文学的方式发现彼时社会语境中物质形态及其背后生产方式的总体变化趋势,以及在这一变动过程里某类人群的精神状态。进而,这二者的相互作用,包含着其中种种泥泞缠绕之处,也就构成了社会革命得以发生和运作的基石。

从物质的存在形式来看,尽管《霜叶红似二月花》在小说风格与笔法上似颇得《红楼梦》等旧小说之壸奥,但总体而言,这里的"物"之属性都是现代的。正如上述分析所言,从传统深闺到新式学校,其日用之物乃至人们对这些物品的观感都有城乡间的商品流通乃至庞大的世界市场作依托,这表明在故事讲述的年代,资本主义经济方式已然在中国县城、乡镇中逐渐渗透。而显微镜与轮船等物质形态更是现代工商业与科学技术的代表。在它们的环绕下,所有人物都自觉不自觉地迈向了求新的历程。

而在"心"的维度上,《霜叶红似二月花》的描写方式则或关系到茅盾对小资产阶级这一经济文化群体精神状态的持续关注。在与革命文学阵营发生分歧之时,茅盾的文学理念便与对小资产阶级读者群体的设想密不可分。所谓"最为一般小资产阶级所了解的中国旧有的民间文学,又大都是繁复缓慢的",造成这种美学风格的缘由便是这类文学包含大量"繁重细腻的描写"②,它们迎合并塑造了小资产阶级群体的欣赏趣味与文化心态。茅盾所提到的说书等民间文学形态中的描写与左拉式观察描写法有着不小的差异,然而在茅盾此一时期的论述框架内,这两种文学资源有融合之势,这也使得"描写"逐步被确认为不同时空中"小资产阶级文化"所共同具备的某种诗学特质。而在 1940 年代,茅盾的小说创作与文学言说仍体现出这一观点的延续。在围绕"民族形式""大众化"等时代核心议题展开的探讨中,茅盾特别提出了"小众"的概念,指出"在一个民族中,除'大众'外,还有次多数的'小众'和文化生活也不能没有关系"。在大众与小众的辩证间,茅盾对小

---

① 太阳社新写实主义文艺理念的主要来源之一是日本新写实派文学家藏原惟人等人的论述。勺水在《论新写实主义》中概括了此种文学形式的六大主要特征,即"集团的观点"、对转变环境的"意志"而非环境本身的描写、对"社会活力"的展现、富于"热情"、"根据事实"以及"有教训的目的"。见勺水:《论新写实主义》,《乐群》1929 年第 1 卷第 3 期。

② 茅盾:《从牯岭到东京》,《小说月报》1928 年第 19 卷第 10 号。

资产阶级"市民"群体的关注始终潜在制约着其文学观念与小说创作手法①。对"市民文学"的坚持包含着属于茅盾自身的历史判断与情感认同，在左翼文坛乃至战时国族文学的整体构想中都具备一定的特殊性。如上所述，西方自然主义与中国"旧小说"等文学资源中风格不同的描写手法在茅盾对市民维度的关注中获得统合，而即便是对于高尔基的接受，茅盾仍格外看重《奥古洛夫镇》等作品所呈现的"小市民画像"②的艺术与社会价值。如卢卡契等人一样，茅盾将"描写"范畴与"市民社会"的精神特质建构了内在联系。如此，只要茅盾持续性地尝试在革命语境下为小资产阶级市民群体开辟新的文化空间，那么"描写"的手法及由描写所塑造的文学图景、社会实感就不会被放弃。

更进一步，心物关系的辩证最终或许指向了茅盾对"生活"，以及对文学与生活关系的定位，这也呼应了时代文学者"深入生活"的诉求与努力。在《论所谓"生活的三度"》一文中，茅盾对于生活之"广度、深度、密度"的说法做出了一定引申。在他看来，"密度"这一概念的提出最为扼要，它的基本含义是"近人情"。要增加生活的密度，首先要确立一种处世态度——"事事认真，对生活中的一切都兴味盎然，抱有最大而无穷尽的热忱"。所谓密度者也，在己是事事认真有兴致，推及旁人，便是"体贴"，由此方能"贴近人民"③。对于"密度"的看重与思考也为茅盾提供了勾连自我与他人、日常与历史的一条通路，进而影响着茅盾小说的创作方式及文本面貌。或许，对物界、视界的细致描写正是茅盾在所处语境中寻找到的有密度地呈现人民生活世界及情感肌理，从而使文学深入生活的可行方式。

最终，重审经验与理念、日常与历史等结构性对位，或许以《霜叶红似二月花》为个案对茅盾"描写的诗学"的探索能够对这几组概念在文学场域中的关系做出更为细密的考量。首先在茅盾这里，对历史的多视点观照及对某一空间中生活细节的铺陈之用意或许并不在于"用不具事件性的日常生活来取代事件，营造出众声喧哗之景，搅乱正史的单音"④。相反，茅盾执着地在众声喧哗中辨明主调，在"日常"之中寻找着推动历史进程的节点性"事件"。在《霜叶红似二月花》等小说中，某种由多角关系组成的既稳定而又具流动性的社会结构、长时期视野下的历史发展趋势始终是日常人事网络、物质样貌、经验形态的基石。同时，"日常"中不仅存在着大大小小的冲突与变革的契机，更在若干截面上以其丰富层次昭示着历史发展的诸多活力、张力，潜在的可能性与方向感。而要在小说写作的过程里把握历史与日常的深层交互，需要社会科学的观念与方法，同样也需要文学的感觉能力与形式追求。在茅盾的理解中，"新写实主义"的精神内涵是一种全面认知、

---

① 茅盾：《论如何学习文学的民族形式——在延安各文艺小组会上演说》，《中国文化》1940 年第 1 卷第 5 期。

② 玄珠：《小市民画像（读书记）》，《笔谈》1941 年第 4 期。

③ 茅盾：《论所谓"生活的三度"》，《中原》1943 年第 1 卷第 2 期。

④ 王德威：《写实主义小说的虚构——茅盾、老舍、沈从文》，复旦大学出版社 2011 年版，第 52—53 页。需要指出的是，这是王德威对由茅盾编辑的报告文学集《中国的一日》所呈现历史样貌的观感，却也并非他所认定的茅盾以文学写史的最终效果。事实上王德威的判断是，即便如《中国的一日》这般看似松散开放多声部的历史纪录，其实背后仍有一种强大的历史观念在统摄。

理解基础上的改变。而在"大历史"扑面而来的时刻,在对新的社会形态的想象与塑造中,在与历史一同滚动、推动历史的车轮的深度参与感下,为习得于自然主义的描写技术注入新质不仅是可能的,而且几乎是必须的选择。

在这个意义上,茅盾对描写诗学的建构既呈现出现代中国文化及诗学形态之一面,亦丰富了世界左翼文学的图景,并为发掘此种细密书写形式的历史、文化、政治及美学内涵提供了新的维度。

1920 年代茅盾对法朗士的接受与阐释

聂明健　李雪莲①

内容摘要：20 世纪 20 年代茅盾对法朗士的评价犹豫不决，他对法朗士反对战争与支持战争的矛盾思想均有所关注，但最终将法朗士塑造为一个走出象牙塔、投身社会运动的社会主义斗士形象，以此作为中国青年走出迷茫、苦闷，信奉社会主义的经典模范。在此过程中，茅盾其实以"思想进化"的转变说遮蔽了法朗士一以贯之的怀疑主义思想的复杂性。值得注意的是，"怀疑主义者"法朗士的新浪漫主义文艺思想却在茅盾的作品中"潜滋暗长"。作为较早介绍法朗士的现代文人，茅盾对法朗士的阐释显然受到了当时中国社会现实的影响。

关键词：法朗士；茅盾；新浪漫主义；社会主义；《小说月报》

法国著名作家、文艺批评家法朗士（François-Anatole Thibault，1844—1924）曾被郑超麟、茅盾等人介绍为"非战主义者""社会主义者"，并受到鲁迅、周作人、陈西滢、沈从文等诸多现代文人的重视，其小说、散文随笔多注重心理刻画、富有怀疑主义思想，对中国现代文坛产生了深远的影响。关于法朗士在中国的译介与研究情况，钱林森的《法国作家与中国》与许钧、宋学智的《二十世纪法国文学在中国的译介与接受》都有专节涉及，是相关重要著作。前者较为详细地介绍了法朗士在 20 世纪中国的译介情况，并指出法朗士对新文学的借鉴意义②，后者以"法朗士与人道主义的新声"一节说明了法朗士在中国的形象塑造特点，着重指出以茅盾为代表的新文学作家对法朗士"爱好和平，反对战争"形象的塑造，而这一形象是依靠评论者对法朗士行为的评价与论断构筑起来的，读者直接对法朗士文学作品的阅读感受反而处于次要地位，这与当时的中国历史语境紧密相连③。具体研究方面，则有解志熙、陈彦的论文④提及法朗士的《红百合花》对沈从文后期"爱欲"创作思想的影响。总体而言，学界对法朗士在 20 世纪中国的译介与接受情况虽有一些梳理与探讨，但关于中国现代文人对法朗士的具体接受情况的研究尚不充

---

① 作者简介：聂明健，中山大学中国语言文学系（珠海）硕士研究生；李雪莲，中山大学中国语言文学系（珠海）副教授。

② 钱林森：《法国作家与中国》，福建教育出版社 1995 年版，第 506—512 页。

③ 许钧，宋学智：《二十世纪法国文学在中国的译介与接受》，译林出版社 2018 年版，第 135—149 页。

④ 解志熙：《爱欲抒写的"诗与真"——沈从文现代时期的文学行为叙论（下）》，《中国现代文学研究丛刊》2012 年第 12 期；陈彦：《试论 1940 年代沈从文的内向性书写——法朗士的影响兼及〈看虹录〉〈摘星录〉的版本流变》，《现代中文学刊》2014 年第 2 期。

分,尤其是茅盾这样一位现代大家,其思想发展过程中明显融入了诸多法朗士的影响,目前学界却关注不多。由此,本文将着重探讨茅盾对法朗士的具体接受与阐释情况,并分析其对法朗士的评价变化、接受态度中隐含的内在裂隙,以期推进"现代中国文坛的法朗士接受"这一问题的具体研究。

一、茅盾对法朗士的关注转向

茅盾最早介绍法朗士之时并未对其社会思想着墨过多,而是将关注的重心落在法朗士与"新浪漫派"的联系上。1920 年 2 月 4 日,茅盾在《时事新报·学灯》发表的《对于系统的经济的介绍西洋文学底意见》(以下称《意见》)中,谈及戏剧《哑妻》[1],称"法朗士是法国前辈小说家最有名者……主张社会主义甚烈。他在文学上最出色的,是有哲学的问题,诙谐的语法,深沉的理想"[2]。此处茅盾虽然提及了法朗士对"社会主义"的主张,但更多是介绍性质,并未具体说明,并且很快就对法朗士"新浪漫派"的文学艺术展开叙述并表达态度。茅盾不仅称赞了法朗士《红百合花》具有深刻的心理描写,还赞赏其历史小说考据独到精深、讽刺小说写法俏丽冷硬,并明确表示他最喜欢法朗士的短篇小说《朱迪亚的地方财政长官》,而《苔依丝》《天使的叛变》两部长篇则写得最佳。茅盾在文中做出的一个重要判断值得我们重视:即法朗士的写作合感情主义与写实主义为一体,乃"新浪漫派的前驱"。

"新浪漫派"延伸出的"新浪漫主义"在茅盾后来的概念中固然十分庞杂,具体解释也因时而变,他于 1920 年 1 月在《小说新潮栏宣言》中所作的介绍应适合作为参照,即"新浪漫派"乃对客观的反动,注重作家主观的呈现。法朗士早年间曾服膺于科学的自然观,加入到反浪漫主义的"高蹈派"阵营当中,但他很快就对科学带来的人性堕落感到失望,开始猛烈抨击左拉等人的自然主义文学观,开始注重在作品中展现主观印象,其《红百合花》《苔依丝》等著作朴实无华,却又能表现出人性中深刻细微的复杂心理,可以说他是后来法国印象派、达达主义等一系列文学新潮的承上启下者。法朗士从写实到新浪漫的转变,恰好符合茅盾对世界文学历史发展"客观变回主观"的看法。可以说,正是法朗士这一正处潮流"中间"的姿态留给茅盾丰富的阐释空间。

《意见》发表的 1920 年,也正是茅盾开始大力提倡注重主观气质的"新浪漫派"文学艺术的一年,此前茅盾在 1919 年 11 月 18 日致郭虞裳的信中也着重指出法朗士在世界文艺变迁时代中的重要地位,他认为翻译文艺"思想一方面虽然要紧,艺术一方面也要紧",译文也应关注文艺变迁的方面,方可见文学发展的源流趋势,这样便对中国新文艺有极大帮助,如此,"译法国小说,把他们巴黎派的健将 Anatole France 的东西漏去不译,似乎也不好"[3]。茅盾所介绍的以法朗士为代表的走在世界前沿的"新浪漫主义"文学,确实为中国文学界提供了一个似乎有些超

---

① 《哑妻》刊载于 1919 年 12 月《新潮》第 2 卷第 2 期,沈性仁译,这也是目前所见的中国现代文坛对法朗士文学作品的最早翻译。

② 沈雁冰:《对于系统的经济的介绍西洋文学底意见》,《时事新报·学灯》1920 年 2 月 4 日。

③ 沈雁冰:《致郭虞裳》,《时事新报·学灯》1919 年 11 月 18 日。

前的,向未来进化的"趋力"。虽然不到一年间,加入中国共产党的茅盾很快又指出重提写实主义对中国实际的紧迫性,但他也对法朗士频频回顾,1921年在为法朗士小说《红蛋》所写的编者附识里,茅盾再次表达了对法朗士文学成就的赞许,他认为法朗士难以归为传统的文学派别,并且引用爱尔兰裔日本作家小泉八云的评价,说法朗士的作品感觉灵敏生动,情绪温雅,称赞他艺术上"站在前线"的地位①。另外,在十余年后出版的《汉译西洋文学名著》中谈到法国的印象唯美主义时,茅盾也还是首推法朗士②。但必须指出的是,茅盾介绍法朗士的新浪漫主义显然有着为中国取法的现实意图,"为人生"的责任感、中国文人的"淑世情怀"也使得茅盾难以忽视作家的社会思想。《意见》中茅盾本就谈到了介绍译文的标准乃"切要""系统""合于我们的社会问题",他在文中还举了"女性独立"等问题为例。作品的社会思想表达以及与中国现实的关联程度,无疑是茅盾介绍法朗士的前提之一。而茅盾之所以提及法朗士,正是因为他要对《新潮》杂志刊载的讽刺现实的喜剧《哑妻》的作者进行补充说明。可见,哪怕茅盾只是轻轻提了一句"主张社会主义甚烈",这一隐伏的思想引线也在等待被点燃的那一刻,而这个时间并不需要等待太久。

　　1920年10月加入共产主义小组的茅盾在接手主编《小说月报》后,对法朗士的关注明显更加深入。此时的茅盾已经开始有意识地站在无产阶级的立场考察文学中的思想观念,而他对法朗士的介绍,也有"以社会政治观变异先导,牵引文学观诸因素组合序列的迁移和消长"③的情况。茅盾为《小说月报》的《海外文坛消息》栏目共撰写了206篇文章,其中有7篇文章直接或间接谈及法朗士,内容涉及法朗士作品的出版情况、评论研究、作家对比、文艺思想、社会思想等方面的动态,均有很强的时效性。在这些文章中,除1923年第14卷第1期里的《法国文坛杂讯》只是简单介绍了法朗士《幼年生活》的畅销情况,其他6篇文章均提到了法朗士的写作态度和社会思想。《德国女文学家中最有名的两个》(1921年第12卷第9期)、《意大利小说亚伯泰齐》(1924年第15卷第4期)分别将克尔丝(Isolde Kurz)和亚伯泰齐(Adolfo Albertazzi)的文风与法朗士作了比较,前一篇指出法朗士俏丽冷硬的笔力,后一篇则认为他具有"笑中含泪"的写作态度。《法国的Pacifism(反对侵略式的战争)文学》(1923年第14卷第11期)则将法朗士与罗曼·罗兰、巴比塞归于法国"非战文学"三巨头。《巴比塞的社会主义谭》(1921年第12卷第3期)也指出了法朗士与巴比塞声气相投。如果说以上5篇文章还属于间接谈论法朗士的范畴,那么《文学家与社会问题》(1921年第12卷第2期)和《去年(一九二一)诺贝尔文学奖金的得者》(1922年第13卷第2期)则是介绍、论述法朗士的专文,这两篇文章都称赞法朗士亲近社会主义,支持俄国革命,反对帝国主义战争,颂扬他成为战士和社会主义者。茅盾还表示他本想更加详细介绍法朗士的作风、

---

① ［法］法朗士著,六珈译:《红蛋》,《小说月报》1921年第12卷第8期。
② 茅盾:《王尔德的〈莎乐美〉》,《茅盾全集·第30卷》,黄山书社2014年版,第500页。
③ 王中忱:《论茅盾与新浪漫主义文学思潮》,《浙江学刊》1985年第4期。

思想,但因篇幅所限,只能留待将来另作文论述①。我们可以看到,这段时期茅盾确实对法朗士的社会思想有进一步的阐明,他对法朗士的阐释更具有"反战""支持社会主义"的现实关切。其实茅盾对新开辟的《海外文坛消息》专栏的主导思想说得很清楚,"一面想叫爱读文学的人们常常和海外文坛有点接触,一面也免得这本《小说月报》成了一本小说丛书,不和时间生关系"②。

茅盾对法朗士的介绍确实引领了《小说月报》对法朗士的集中关注,法朗士作品的翻译和相关评论研究接连在《小说月报》刊载。在小说散文方面,有《快乐的过新年》(1920 年第 11 卷第 12 期,六珈译)、《红蛋》(1921 年第 12 卷第 8 期,六珈译)、《穿白衣的人》(1922 年第 13 卷第 9 期,匀锐译)、《李俐特的女儿》(1925 年第 16 卷第 1 期,敬隐鱼译)、《布雨多阿》(1928 年第 19 卷第 4 期,马宗融译)。戏剧方面则有《哑妻》(1924 年《小说月报》号外《法国文学研究专号》,沈性仁重译)。另外,1925 年 4 月,作为《小说月报》丛刊(丛书)之一的《法朗士集》也由上海商务印书馆出版。在研究方面,1922 年 1 月,茅盾主编的《小说月报》第 13 卷第 1 期开辟"文学家研究栏"这一栏目,后陆续介绍了包括陀思妥耶夫斯基、泰戈尔、法朗士等人在内的外国作家,1922 年 5 月第 13 卷第 5 期介绍的即是法朗士,有《法朗士传》《布兰兑斯的法朗士论》《法朗士著作编目》三篇文章。其中,陈小航译述的《布兰兑斯的法朗士论》全面地回顾了法朗士的生平和思想发展的变化,又对其许多著名作品进行了介绍。勃兰兑斯肯定了法朗士的印象主义批评观及小说中的讽刺手法,并探究了法朗士在作品中表达的思想观念,赞美他发愿做"革命之子"的行为。

最为关键的文章要属茅盾在 1924 年法朗士逝世后所写的《法朗士逝矣!》,这篇文章最初发表于 1924 年 10 月 10 日第 15 卷第 10 期《小说月报》,几乎同时又以《法朗士逝了》为题刊载于同年 10 月 13 日第 143 期《文学周报》。茅盾素有专门介绍法朗士之愿,而该文正是其介绍法朗士篇幅最长的专文,且可以说是在法朗士去世后当时中国比较权威的"盖棺定论"。茅盾在此文中先是肯定了法朗士在文学上的地位,但此时其关注重心显然已不在法朗士的文学成就上:"如果我们专在文学上推崇法朗士,恐怕还是浅测了法朗士……依此四次思想上的变化,乃成就了法朗士一生伟大的文学作品。"③对于此时的茅盾来说,法朗士的思想与文学的主次关系是清晰可见的。这篇文章虽然谈及法朗士细腻、繁缛、优雅的旧派文章风格和反独断论、反传统、近似谈话体的新派文学批评方法,但全篇主要是在谈论作为一个"思想家"的法朗士,落脚点并不在其"文学性"上。茅盾指认出政治思想对文学的指导作用,揭示了法朗士思想变化发展的四次变化:第一阶段为优雅和善的诗人,以怜悯和较客观的冷讽化解人生矛盾;第二阶段法朗士则将这种冷讽深化为富有战斗力的攻击,指向宗教、偏见和迷信,同时更加偏爱艺术欣赏、官能享乐;第三阶段法朗士则受德雷福斯案的影响,由怀疑主义、无政府主义、自由思

---

① 茅盾:《去年(一九二一)诺贝尔文学奖金的得者》,《小说月报》1922 年第 13 卷第 2 期,署名"沈雁冰"。
② 茅盾:《春季创作坛漫评》,《小说月报》1921 年第 12 卷第 4 期,署名"郎损"。
③ 茅盾:《法朗士逝矣!》,《小说月报》1924 年第 15 卷第 10 期,署名"雁冰"。

想者转变为社会主义者,随后急进派的失败又使其陷入了虚无主义,茅盾由此评价法朗士"真的老了";在第四个阶段,法朗士又怀着对建立新欧洲的渴望,对苏俄的同情,加入了共产党。茅盾则称法朗士"老而愈勇",认为他的死是全人类的损失。茅盾的感情色彩相当明显,他将赞赏的重心放在了法朗士亲近社会主义,参与社会活动的阶段,并对此持赞许的态度。与此抱有相似观点的是文学研究会的王统照,他于 1924 年 10 月 25 日《晨报副刊·文学旬刊》上发表《法朗士之死》一文,虽然和茅盾一样提及了法朗士的文艺主张,但同时立刻说"关于这一层,现在不暇详说",并直接指认法朗士是"为人生"的作家①。法朗士"新浪漫派"的色彩,在文学研究会的同人眼中,似乎并不值得专门提倡了。

从茅盾、陈小航、王统照等人的文章中,我们可以看到他们以社会思想和传记批评相结合的方法去研究法朗士的作品,这一点可能是受到了勃兰兑斯的影响。当我们以《法朗士逝矣!》来比对茅盾对法朗士的早期评价,其实已经可见茅盾微妙的变化。《法朗士逝矣!》与当时社会的联系极为明显,并对法朗士过去表现出来的虚无一面有所谴责,谈及法朗士的《天使的叛变》,茅盾直言那个阶段的法朗士为"虚无主义",乃垂垂老矣。须知就在 1920 年,茅盾在《意见》里还说《天使的叛变》是他认为的最佳著作。这种介绍、评价前后的相互抵牾并非一处,我们不能忽略早期茅盾对法朗士文艺方面的深刻关注与体会,也要正视茅盾前后评价法朗士的细微不同,以及其中所隐含的认识变化。因此,我们有必要更多地从茅盾对法朗士的阐释、评价乃至其个人写作实践入手,结合历史语境与其他时代同人的评价,细致考察茅盾对法朗士的复杂接受。

二、"非战主义者"还是"社会主义者"?

无论是茅盾将法朗士与罗曼·罗兰、巴比塞共称为"非战文学"派②,视为反对帝国主义侵略的老前辈,还是他与郑振铎在《现代世界文学者略传》中将法朗士放在介绍的第一位,赞扬他主持真理,不畏强权③,可能都会让我们以为此时茅盾对法朗士社会思想的关注与当时中国兴起的"法朗士热"的译介倾向别无二致。譬如当时介绍法朗士反帝反战思想的重镇《东方杂志》就大量转载翻译了法朗士反战的政论文,如《佛朗西的非战争主义》《法朗士第二次大战的警告》《反对殖民政策的帝国主义》等,而陈小航的《法朗士传》更是通过立传的方式塑造出了一位和平主义者的形象。当时中国最早译介法朗士的译者们,重视的也正是法朗士这些针对时局的评论。早在 1919 年 10 月,《新教育》杂志第 2 卷第 2 期就登载了《法兰士论最近教育法》,引述法朗士的反战话语。这些文章的内容大都是法朗士晚年对欧洲帝国主义的批评及对战争的谴责,这在列强挑起山东问题、欲瓜分中国的现实背景下显得尤为可贵,也因此得到了时人相当的重视。但此时茅盾认识的法朗士与上述文章中所赞美的"反战者"形象有着根本的不同。对茅盾而言,法朗士

---

① 王统照:《法朗士之死》,《晨报·文学旬刊》1924 年第 51 期。

② 茅盾:《法国的 Pacifism(反对侵略式的战争)文学》,《小说月报》1923 年第 14 卷第 11 期,署名"沈雁冰"。

③ 沈雁冰、郑振铎:《现代世界文学者略传》,《小说月报》1924 年第 15 卷第 1 期。

更多的是一个无产阶级的"社会主义者",而非普世泛爱的"非战主义者"。

茅盾对法朗士的认识是相当深入的,就在舆论纷纷称赞法朗士的反战立场时,他敏锐地发现了法朗士作为一个"非战主义者"不和谐的一面①。1924 年 8 月,茅盾在《小说月报》第 15 卷第 8 期发表了《欧洲大战与文学:为欧战十年纪念而作》,此文是茅盾开始全面系统地以无产阶级政治思想评价西方文学的重要作品,谈及欧战时期民族主义与国家主义的情绪高涨时,他严词批判了法朗士支持欧战的有关言论,认为他中了爱国主义的狂热:"在《伊壁鸠鲁的花园》里曾说'反讽与怜悯是人生的两大安慰;反讽时的微笑使人生可爱,而怜悯时的热泪使人生神圣'的法朗士,曾经自己站在云端而热心冷眼来观察世事的法朗士,现在也从云端下来,混在这恶浊的人世,抛弃了'反讽',也不取'怜悯',却来失态地高声斥骂。"②须知此时离茅盾称赞法朗士反抗强权的《现代世界文学者略传》发表才不过半年。茅盾发表在 1924 年 8 月 4 日《时事新报·文学》上的另一篇文章《欧战十年纪念》,对法朗士等知识分子的激愤之情更是溢于言表:"各民族的智识阶级,平日像'煞有介事'的鼓吹和平,主持正义,尊重人道,到此时也完全露出本来来。"③茅盾在这两篇文章中谴责了包括法朗士、惠特曼、萧伯纳在内一众文豪们为欧洲战争寻求合法性所说出的冠冕堂皇之辞,以及众帝国打着救济文明、建立新社会旗号的战争主张。

也就是说,茅盾警觉地看到了法朗士曾经的"战争倾向",而这是当时几乎所有介绍法朗士者都未能注意到甚至是有意忽视的一点,要等到二十年后,这些法朗士的战争言论才被叶灵凤、鲍文蔚提起④。可见,茅盾对法朗士思想的认识确实是有别于当时的主流认知的。而单纯的和平主义也并非茅盾批判法朗士的根本立场,如果我们能理解上述茅盾发表的两篇文章之核心意义,则能够发现茅盾此时批判法朗士的真实意图。《欧洲大战与文学》详细地区分了欧战时文学家们支持战争的三种态度:中了爱国主义狂热的(法朗士、巴兰),打着拥护正义旗号的(吉百龄、威尔斯),为了社会主义运动的(辛克拉)。持前两种态度的文学家都逃不过茅盾的谴责,但茅盾对持第三种态度的文学家的评价则相当暧昧,他着重提出为了社会主义而支持战争的文学家是看到了此次大战的"真原因",是"别有用意的"。而在《欧战十年纪念》中,他对反战的罗曼·罗兰也提出了质疑,认为这些努力究竟没有什么效果,如今帝国主义进攻的形势反而比大战前更为紧迫,于是

---

① 法朗士的反战立场确实并非"一以贯之",1914 年德国轰炸兰斯大教堂后,法朗士开始发表一系列文章支持法国参与反德战争。详参 AnatoleFrance,*The Path of Glory*,NewYork,Palala Press,2016;Carter Jefferson. *Anatole France:the politics of skepticism*,New Brunswick,Rutgers University Press. 1965.

② 茅盾:《欧洲大战与文学:为欧战十年纪念而作》,《小说月报》1924 年第 15 卷第 8 期,署名"沈雁冰"。

③ 茅盾:《欧战十年纪念》,《时事新报·文学》1924 年第 133 期,署名"雁冰"。

④ 1944 年 4 月 16 日,久居香港沦陷区的叶灵凤曾在《华侨日报·文艺周刊》发表过一篇《法朗士诞生百年纪念》,他注意到了法朗士并非一个简单的非战主义者:"他……又拥护为正义与民族光荣而战的战争,主张必须获得光荣的和平,始可结束战争。"并引用法朗士的言论:"我们只有以大炮来说话"。如若不然,轻易地提到和平,"那简直是一种犯罪"。

更进一步地,他发出了"唯有无产阶级联合起来为自己而战"的宣言,表明他支持无产阶级革命战争的态度,也正因此,他对持爱国主义的法朗士加以谴责,对巴比塞的《在火线下》表达赞扬,并称"不要忘记了你的真正仇敌"。

我们可以看到,茅盾更多的是出于阶级、而非民族国家的立场去认识法朗士的言论,这一态度明显与郑超麟等人在《东方杂志》上对法朗士之和平主义的鼓吹不同。也就是说,茅盾将法朗士放在了无产阶级革命的评价标准之内,其评价的关键不在于作家对战争的态度,而在于相关战争的性质。一个作家支持的是什么战争,反对的是什么战争才决定了他应当怎样被评断。而茅盾此时是将欧战时期的法朗士放在无产阶级革命的对立面的,即认为原来亲近社会主义的法朗士此时支持的是帝国主义战争,因此某种程度上否认了法朗士的非战主义。这一基本观点,与他1924年8月在共产党刊物《向导》上所发表的《世界战争第十周年》《民众屠杀之十周年》两篇政论译文所表达的立场相似:因欧战时期第二共产国际对无产阶级进行了背叛,无产阶级对过往同一阵营的"盟友"必须给予辨别和清除。茅盾的类似理解固然相当程度上是从他编译的外来文章衍生而来,未必展现出他对具体作家的真实态度,但理清茅盾无产阶级的立场,我们方能理解和把握他之后对法朗士更加复杂的阐释。

《欧洲大战与文学》发表短短两个月后,法朗士去世,茅盾发表《法朗士逝矣!》。而就在该文中,他对法朗士战争言论的评价又发生了近乎一百八十度的大转弯,将法朗士的战争宣言突然与社会主义运动联系在了一起:"一九一四年欧战的炮声又惊醒了七十老翁法朗士血液中潜伏着的少年精神,他以七十的高龄,要求从军。他这种举动,只是他的苏醒的少年精神要活动的表现,未必就是受了爱国主义的麻醉,既不得从戎,法朗士乃奋其健笔,作了许多文章……他是希望这次大战会产生一个新欧洲。"①所谓希望产生的新欧洲,正是茅盾理想中的经过无产阶级革命后的欧洲,一个经过大战后,"四海之内皆兄弟"的无产阶级队伍认清了真正的敌人,联合起来一致对内,推翻本国帝国主义的欧洲。茅盾此时有意识地对自己两个月前的谴责态度进行了修正,将法朗士对先前欧战的支持战争意见巧妙地与其之后支持俄国社会主义革命的态度相承接,强化了法朗士精神中潜伏着的红色血脉。

茅盾对法朗士欧战言论的态度何以在两月之内发生如此巨大的改变?这似乎是一个很令人费解的问题,但他迥异的评价其实有着一致的价值立场,即始终与支持无产阶级革命的主张紧密相连,两者主张为一,只是程度不同,有激进与保守,注重理论还是实际的区别。比对《欧战十年纪念》与《法朗士逝矣!》,乃至茅盾1924年8月至10月间发表的一系列政论文章,如《移军入苏》《真战欤假战欤》《少年国际运动》,可以发现茅盾所要表达的根本论点与此时国内氛围、中国共产党的方针政策的调整以及自身的政治主张有着很紧密的联系:此时打倒军阀,支持革命战争的呼声高涨,这种氛围的直接体现则是国共合作后对北伐战争的准备。就

---

① 茅盾:《法朗士逝矣!》,《小说月报》1924年第15卷第10期,署名"雁冰"。

在该年 9 月,孙中山召开筹备北伐会议,提出北伐设想,发表《北伐宣言》,所谓"此战之目的不仅在推倒军阀,尤在推倒军阀所赖以生存之帝国主义"①。在国共合作的背景下,茅盾 1924 年 8 月对法朗士的批判显然是超前的,甚至是不合时宜的,而茅盾在该年 10 月的评价,则可以被理解为两大阶级合作共赢局势下的产物。可以说,曾与无产阶级保持亲密关系的法朗士的去世,恰好给了茅盾在当时紧张的社会氛围中塑造一位经典的,具有社会号召力的无产阶级革命作家的可能,特别法朗士又是一位知名度极高的诺贝尔文学奖获得者!于茅盾而言,阐释法朗士既然是一种方法而非目的,那么无论是为了无产阶级激进革命还是为了"最低纲领"的统战,在根本立场未变的情况下,进行弹性的阐释是可以被理解的,于是,所谓的历史污点也应当被提纯净化或暂时搁置,爱国主义的"斥骂"转身一变为"奋其健笔",谴责的基调也就骤然变为了赞扬的声口。

转过头来再看《法朗士逝矣!》,茅盾牢牢抓住了"社会参与"和"社会主义者"这两个重点来认识法朗士。一方面,对于那些战争言论,茅盾移花接木给予提纯,另一方面,对于法朗士虚无主义的阶段,茅盾也通过"思想进化""转变"等词给予抛弃,以此阐释法朗士思想的进步性和支持社会主义的"纯粹性",最终以阶级论将法朗士的战士形象定于一尊,从而剔除了法朗士复杂的怀疑主义思想,契合了当时共产党人的统战需要。值得一提的是,其实茅盾很早就将阐释法朗士向社会主义转变作为鼓励当时中国青年人走出普遍苦闷、迷茫的方法。在 1922 年 5 月 4 日交通大学上海学校的五四演讲上,茅盾直称法朗士为共产主义者,并着重提醒青年们注意他的转变,即从一个欲站在社会之外,对社会抱着怀疑和不满的怀疑论者突变成一个信仰社会主义的人②。在茅盾看来,这种突变的根本原因是人们心中固有的一种对解决烦恼与苦闷的需求,当反动与享乐都对社会苦闷的现实无济于事,那么人们必须抱有主义与信仰。在这篇演说中,"转变"前的法朗士无疑象征着烦闷、找不着出路的中国青年人,释放苦闷、焦躁、彷徨等情绪的终极方法则被指向信仰社会主义,而"转变"后的法朗士则是茅盾理想中未来新人的模样。正是在这种基于中国青年苦闷的现实语境的阐述中,茅盾为青年人提供了一个榜样——法朗士,亦是一个可以被中国借鉴的镜子与模范,一个被指引的方向。另外,在这篇演说中,茅盾还承认过去自己曾混在思想变动的漩涡里,感到一种很深的烦闷之情,并认为是马克思的社会主义信仰使自己的烦闷烟消云散了,他随后正是举了法朗士的例子印证自己的蜕变。

但不管是战争言论的相反评价,还是由"虚无"突变为社会主义,茅盾这些阐释背后的论据并不坚实,可以说感性、猜测的成分居多。作为历史的后见者,我们应当看到,法朗士在一战时期支持战争的立场与俄国无产阶级革命之间并无直接联系,法朗士当时对待欧战和俄国革命的双面态度充分暴露出他自身立场的举棋不定。例如,在 1917 年 10 月的一封信中,他就对法国政府未能充分利用德国一再

---

① 孙中山:《中国国民党北伐宣言》,《孙中山全集·第 11 卷》,中华书局 1986 年版,第 76 页。
② 茅盾演讲,高尔松、高尔柏笔记:《五四运动与青年们底思想》,《民国日报·觉悟》第 5 卷第 11 期,署名"沈雁冰"。

提出的和平建议表示了遗憾,"这种拒绝将会给世界带来巨大的灾难和巨大的贫困"①。如果以公开写作来支持战争的法朗士是支持社会主义的,那同时期在私人通信中反对战争的他,我们又该作何理解呢?法朗士在欧战结束后与社会主义运动的关系也并非像茅盾此时所介绍的那般紧密。固然,法朗士在十月革命后确实重燃了社会主义革命的希望,1917年他发表《致阿根廷人的信》,直言不讳地支持俄国革命,此时他还任俄罗斯人民之友协会主席,并在1921年加入法国新成立的共产党。但也必须看到,他最终却因理念不合与社会主义"分道扬镳"。1922年,在法朗士加入法国共产党一年后,共产国际就宣布在党内清除他这样"凭兴趣入党"的知识分子,认为他所谓人道主义的思考妨碍了党明确笔直的政治路线。在当年法朗士与高尔基的来往信件中,他们亦曾论及苏联社会主义运动的暴力和不健康的一面②,法朗士于是不再给当时的共产党写文章,最终脱离共产党,当时的一些报刊还曾将高尔基和法朗士视为反对苏维埃政权的敌人。正如罗曼·罗兰所言:"昨天的阿纳托尔·法朗士与俄国革命分道扬镳……正像法国革命的大屠杀最终使华兹华斯、科尔里奇和席勒之类的人脱离了它一样。"③可以说,此时茅盾所描述的法朗士,是经过选择过滤后进一步提纯了的法朗士。

茅盾忽略了法朗士最后退出共产党的事实,这是受限于当时的信息材料还是批评者主观的态度,我们不得而知④,但茅盾改变了之前对法朗士的评价则是明确的,我们参照当时法国人在法朗士去世后对其褒贬不一的评价来看,也能够证明茅盾对法朗士社会主义者形象阐释的具体指向:大多数人称他为真正的艺术家,文字洁净轻快是他的优长⑤,也有达达主义者称他为落后的"死尸""古董"⑥。政治上的评价也同样复杂,不仅有人斥责法朗士的社会主义立场,在法国社会主义阵营内部,也有人对他表示了不满,认为他光说漂亮话,对政党没有诚心诚意⑦。诸多评论各有不同立场,但表现出的正是法朗士其人的复杂性,他的文章大多讽刺现实,针砭时弊,反抗战争,但我们同样也不能忽视他质疑"真理",对快乐、美、虚无的亲近。无论是法朗士的文学思想还是政治思想,都很难被规制到某一特定的主义和流派之中,他的作品也常常带有梦的气质,因为"怀疑"是他的根本信念,他对生命中最后投身的社会主义也表达了这种态度,直到最后脱离党派。

① Carter Jefferson, *Anatole France：the politics of skepticism*. New Brunswick, Rutgers University Press. 1965, p196.

② 韦建国:《高尔基1921年出国和1928年回国原因探究》,《广西右江民族师专学报》1998年第4期。

③ 罗大冈:《认识罗曼·罗兰》,中国社会科学出版社1998年版,第114页。

④ 结合1924年法朗士逝世当年中国其他文人所写的介绍性文章来看,从予、曾仲鸣、诵虞等人和茅盾一样都没有注意到法朗士在生命的最后时期选择了与共产党保持距离。只有后来1926年《小说月报》第17卷第1期李金发的《法朗士之始末》认为法朗士的社会主义全是美学式的,文中谈到法氏获得诺贝尔奖金后,日益衰老,住在旧宅,与知识分子界交流极少。李金发还提及了一个传言,即法氏获诺贝尔文学奖后,共产党人希望他分出一部分奖金以资助劳动同志,这一提议遭到了法氏的拒绝。

⑤ 王联会:《法朗士身后之毁誉》,《中法大学月刊》1932年第1卷第4期。

⑥ 徐知免:《论阿纳托尔·法朗士》,《当代外国文学》1982年第3期。

⑦ 徐霞村:《巴比塞替法朗士辩护》,《小说月报》1927年第18卷第8期。

但不管怎么说,在茅盾的阐释中,一个悲悯的、有着普遍人道关怀和怀疑主义思想的法朗士暂时消失了,法朗士需要被认定为一个走出象牙塔的战士,一个革命的同路人。这种提纯化评价蕴含着一种为中国青年"作镜"的强烈渴望,也涌动着中国语境下迫切的合作革命要求。法朗士的社会主义思想,是因应中国现实需要而被构建出来的,而不是作为法朗士其人独特的精神品质出现的。因而,我们也能够从中进一步理解,茅盾对法朗士的思想接受的变化,从最开始的相对模糊的"普遍性""泛爱性"逐渐提纯为更加符合现实要求的、更富有功利性的"战斗性",并随后与民族性相调和。从中我们也能够窥见茅盾的社会主义观念逐渐成熟的历程,在文艺为什么人服务这一问题上,茅盾的回答开始从原本相对模糊的"人道主义""全人类性""民众",逐步转移到了"无产阶级"。从选择性接受到深度提纯,这种阐释的演变还可以在中国现代文坛对法国罗曼·罗兰、巴比塞等人的接受历程中找到。

作为一种"话语资源"的法朗士,在风云变幻的现代中国自然会受到不同的阐释和批评。茅盾之后,法朗士后来又在新月派的阐释中大放异彩,成为闲话事件的导火索之一。而当时间进入 20 世纪 30 年代,随着国民革命的事实上的失败,文学革命逐步转向革命文学,文学艺术越来越需要承担起救国救民的社会责任,人们对模范人物的要求也愈加严苛,此时的法朗士就逐渐被扬弃甚至是被批判了,我们可以在胡风、赵少侯等人的评论中看到这一倾向[1],他们批判法朗士的种子其实也早在茅盾对法朗士欧战言论的观察及虚无思想的指认中就已经埋下。但现在的问题是,茅盾对法朗士的阐释是否真的能够说服自己?不止如此,那个新浪漫主义的法朗士,富含怀疑主义思想的法朗士,是否在茅盾心中荡然无存了呢?

三、茅盾对法朗士文艺观念及怀疑主义思想的潜在接受

批评法朗士中期的怀疑主义,赞扬他后期的社会主义思想当然是茅盾之法朗士评价的重要内容,是他的偏向所在,但茅盾对法朗士文艺观念的接受乃至对法朗士怀疑主义的暧昧亲近也应该得到关注。

1920 年,茅盾正是将法朗士作为法国新浪漫主义的前驱向中国读者介绍的,须知茅盾所谓的"新浪漫主义"内容十分庞杂,它包括理想主义、象征主义、未来主义、印象主义、表现主义、颓废主义、唯美主义等等,概括来说,它们有一个共同特点,即重视作者主观情感、思想在作品中的重要作用。法朗士之所以被茅盾归置于其中,原因之一是茅盾关注到了其作品中主观情绪的流露及所坚持的印象主义批评观念,这具体体现在法朗士的"自叙传"的批评方法上。1922 年 5 月,茅盾在《"文艺批评"管见一》中谈到了法朗士的美学观:"法朗士把美学上的争论比作永

---

[1] 赵少侯认为法朗士推崇人道主义、亲近社会主义,不过是娴熟于在不妥协的情况下与所有人达成一致,实则还是怀疑主义的表现。胡风则在评论法朗士作品《企鹅岛》时指出法朗士对社会矛盾的分析并没有达成一个正确的科学的结论,对人类未来依然抱有悲观的心态。详参赵少侯:*Anatole France défiguré*,《山东大学文史丛刊》1934 年第 1 期;胡风:《人类前史底谑画——企鹅岛》,《文学(上海 1933)》1936 年第 6 卷第 3 期。

无止息的笛师的争论,我觉得,文学批评论也有点相似……批评一篇作品,不过是一个心地率直的读者喊出他从某作品所得的印象而已。"①茅盾进一步认为,正是在于标准的不统一,文学批评才会进步发展。很明显,此处他是赞同法朗士这种重视印象、重视主观的批评观念的。同年9月,在一次与郭沫若等创造社同人的论争文《"半斤"VS"八两"》中,茅盾也说他十分赞成法朗士灵魂探险的文学批评方法②,并在这一年10月发表的《"文艺批评"杂说》具体讲述了法朗士的文艺批评观③。茅盾还曾在1925年编写过一本《文艺小词典》,里面也注意到了法朗士的印象主义批评④。

　　事情的复杂性就在这里,几乎就在同时,茅盾亦在大力介绍法国自然主义、俄国写实主义文学。这类文学明显更加重视作品所表达的时代精神和社会批判力度,而与"新浪漫派"背道而驰。茅盾在《自然主义与中国现代小说》(1922年)中谈道:"我们应该学自然派作家,把科学上发见的原理应用到小说里,并该研究社会问题,男女问题,进化论种种学说。"⑤可见,茅盾一面介绍自然主义,重视文学与社会之联系,追求客观标准,一面又认同"新浪漫派"的主张,重视心灵之感受、主观印象。这两种不同的态度可以说隐含着一种内在的张力,它们在作家的心灵中持久对抗且对话交流。若细心考量,茅盾表面的犹疑不定其实自有缘由,我们可以在这一时期中看到他试图解决这两种相互抵触的主张之努力,他给自己文艺主张的徘徊不定找到了一个根基:一切都要从中国现实出发。概言之,他以为自然主义的思想虽过于客观,缺乏主观见解,容易使得读者失望痛苦,而新浪漫主义固然在"理论上圆满",但这些毕竟均为理论问题,与"我们讨论的实际问题不生联系。我们的实际问题是怎样补救我们的弱点,自然主义能应这要求,就可以提倡自然主义"⑥。此时茅盾对法朗士新浪漫主义固然是重视的,因为它是文学"进化"的前沿,但这种重视更多是理论上的,而自然主义则更能切入当下,能够很快地作为一种技术而被运用。可以看到,在20世纪20年代初期,茅盾其实对西方文学不同的文学思潮有着他独特的理解方式,即将理论与技术两个层面划分开来,从而以解决中国实际问题、关乎社会现实的态度来"兼收并蓄"。

　　作为"新浪漫派先驱"的法朗士本就十分反对自然主义的文学主张,茅盾不可能不知道新浪漫主义是对自然主义的反动,秉持着兼收并蓄的理念,茅盾于是将关注点放到了二者之间的联系上,取长补短,并希望中国文学吸取外国文学发展历史上的经验教训,从而裨补中国新生萌芽之文艺,也就是说,他是有选择性地将法朗士、巴比塞、罗曼·罗兰为代表的新浪漫主义文艺思想,和左拉为代表的自然

---

① 茅盾:《"文学批评"管见一》,《小说月报》1922年第13卷第8期,署名"郎损"。
② 茅盾:《"半斤"VS"八两"》,《时事新报·文学旬刊》1922年第48期,署名"损"。
③ 茅盾:《"文艺批评"杂说》,《时事新报·文学旬刊》1922年第51期,署名"佩韦"。
④ 茅盾:《茅盾全集·第31卷》,黄山书社2014年版,第391页,该文未曾正式发表过,据作者手稿编入《全集》。
⑤ 沈雁冰:《自然主义与中国现代小说》,《小说月报》1922年第13卷第7期。
⑥ 同上注。

主义的文艺思想与中国现实语境进行了调和。在那时的茅盾看来,新浪漫主义文学归根结底也是出自"人生",它与自然主义处于一个文学进化链条序列之中,无论是主客观都必须统一于现实之中。这是茅盾对法朗士接受的一个根本出发点,也正是基于这个立场,茅盾对法朗士的阐释才会显得愈来愈富于现实关怀。

茅盾的这种理解自有其道理,但这种被现实主义化了的"新浪漫主义",毕竟与法朗士的新浪漫主义的主张产生了偏差。这种偏差往往见于茅盾对法朗士文艺观念前后抵牾的阐释之中。1922 年 8 月,茅盾在松江的一次暑期演讲中提倡,"大文学家的作品,那怕受时代环境的影响,总有他的人格融化在里头。法国法朗士说,'文学作品,严格地说,都是作家的自传'就是这个意思了"①。法朗士的这句话出自他文艺批评集《文学生活》一书的序言,法朗士认为,不管是文学创作者还是批评家,他们的写作活动都属于一种创作,创作虽受环境影响,但均具有个体不可磨灭的独立特质,主观性不仅是不可避免,更是理所应当。而茅盾的这篇演讲稿从人种、环境、时代、人格四个因素阐释文学与人生的关系,他对法朗士之言的引用也正是置入作家的"人格"一项中,表达的是作家的独特人格对文学作品具有重要作用,可见茅盾此时对这句话的理解大致是不错的。但同年 11 月,茅盾在《文学家的环境》中有另外的表述,"法朗士说,几乎每本杰作是作家的自传,文学家的环境和他的著作极有关系,这句话,差不多成为'天经地义'了"②。这里却将阐释重点放到了文学与环境的关系之上,他以法朗士的自叙传论解释了为何近年国内创作"单调""偏偏一律"——"真正的原因还是作者的环境相仿佛",这与先前提及作者本身"人格"的重要性已有所不同了。可见,对于同一句话,茅盾前后运用、阐释的侧重点是不同的。

情况更为复杂的是,对于法朗士"新浪漫派"的文艺思想,抑或是法朗士深刻的怀疑哲思,茅盾不可能没有感触,对于新浪漫主义,1920 年 9 月他甚至明确地说,"能引我们到真确人生观的文学该是新浪漫的文学,不是自然主义的文学,所以今后的新文学运动该是新浪漫主义的文学"③。如果不是真的有所感触,素来谨慎的茅盾不可能如此断言。茅盾 1921 年主编《小说月报》时,最早译介提倡的也并不是自然主义、写实主义,而是当时西方最前卫的新浪漫主义,那个"新浪漫派"的法朗士其实一直暗藏在茅盾心中。当我们将目光投向茅盾早期的抒情散文《一个青年的信札》(1925 年)时,就会发现茅盾更加耐人寻味的态度。这篇散文借涵虚的来信描述了那些不问政治、躲进自己所构建的文学殿堂里的青年,他们诅骂人生黑暗无望,自身又过分敏感和轻率,否定那个被政治化的法朗士:"咳!你怎么说了那许多政治的话呢!政治!什么政治!政治算得什么呢!政治是俗不过的东西!……你又说上一大篇什么法朗士死了的话。我诚恳的劝你,不要再管什么法朗,什么马克了。……这个法朗士准是一个傻子,不懂得什么叫文艺的!"④茅

---

① 茅盾:《文学与人生》,《茅盾全集·第 18 卷》,黄山书社 2014 年版,第 309 页,署名"沈雁冰"。

② 茅盾:《文学家的环境》,《时事新报·文学旬刊》1922 年第 51 期,署名"佩韦"。

③ 茅盾:《为新文学研究者进一解》,《改造(上海 1919)》1920 年第 3 卷第 1 期,署名"雁冰"。

④ 茅盾:《一个青年的信札》,《文学周报》1925 年第 165 期,署名"玄珠"。

盾明显是借青年涵虚之口表达出一种过于理想化的浪漫文艺追求,即渴求一种自然的,心灵与世界相契合的文艺。虽然青年涵虚的这种追求因过于幼稚最后被现实击倒,以失败告终。但茅盾也清晰地意识到文中的"你"对法朗士的政治化塑造,如果说他讽刺了涵虚这样的文学青年不懂政治,其实亦是在讽刺涵虚"法朗士不懂文艺"这一看法。并且,当茅盾以涵虚的口吻诉说那种天真的文艺理想时,他的言语灵敏生动,富有浓厚的抒情色彩,态度也显得比较暧昧。我们当然不能说此时的他更亲近涵虚的虚无与彷徨,但我们也能够辨识出涵虚这一追求浪漫文艺的文学青年形象可能带有茅盾早期所自述的"转变"前的影子,甚至有一种自我否定却又恋恋不舍的味道。

国共合作失败后,茅盾1928年出版的小说三部曲《幻灭》《动摇》《追求》也暗含着一种隐秘心绪。1928年1月,32岁的茅盾在《小说月报》第19卷第1—3期连载发表中篇小说《动摇》,8月由商务印书馆出版单行本。《动摇》中的肉欲、感官的描写露骨而刺眼,文本之中颓废、沮丧之情悄然流淌。小说篇首引用的诗歌"嘲讽与怜悯都是好的顾问,前者的微笑使生命温馨,后者的热泪使生命圣洁"[①],正是出自法朗士充满怀疑主义思想的社会评论集《伊壁鸠鲁的花园》。此诗表现的是讽刺、嘲弄一切理想、信念的思想,法朗士在《伊壁鸠鲁的花园》中认为一切皆梦皆幻,人们只能够在梦中追寻生命的美与幸福。结合茅盾此时郁闷、幻灭、彷徨的心灵困境来看,《动摇》以此诗作为开篇不得不说有自我排遣、自我安慰之意。如此看来,茅盾不正成了那个被自己所批判的"站在人世之外"看着人间,含笑带泪地讽刺一切的,具有怀疑主义的早期法朗士吗?

茅盾此时创作的首部短篇小说《创造》与法朗士《哑妻》的相似也值得我们重视。茅盾是最早对《哑妻》写评介文章的人,应当看到《创造》在相当程度上借鉴了《哑妻》"事与愿违"的真义。君实想要雕琢的爱人娴娴,与《哑妻》中被丈夫认为需要医治的哑妻形成了对照关系。那个开口说话的妻子再不能被丈夫管控,也跳脱出了丈夫所幻想的成为贤内助的理想状态,最终丈夫落得成为聋子而疯癫的下场,这一结局正如同《创造》中君实"改造"娴娴后,自己反而变得迷茫失落一般。娴娴的一句"你剥落了我的乐天达观思想,你引起了我的政治热,我成了现在的我了,但是你倒自己又看出不对来了",将茅盾在怀疑主义与唯物论之间的动摇暴露得淋漓尽致,显露出茅盾对阶级革命自嘲与疑惑的心态。据茅盾写作于1928年的《从牯岭到东京》及后来的自述,他承认此时对革命理想是抱有悲观、怀疑的倾向的[②],这一小说的创作,也许包含着茅盾对法朗士《哑妻》的故事主题的模仿,及对法朗士以法国大革命为题材写作的《天使的叛变》所表现的"怀疑一切"之虚无思想的应和。

综上可见,茅盾早期的散文、小说创作都萦绕着法朗士若有若无的影子,使我们能够窥见彼时茅盾心灵深处的怀疑心态。但必须承认的是,从日本归来后的茅盾,对他当时的这种心态是持否定态度的。仅就法朗士那句小诗来说,我们亦可

---

① 茅盾:《动摇》,《茅盾全集·第1卷》,黄山书社2014年版,第113页。

② 茅盾:《茅盾选集》,开明书店1952年版,第7—8页。

以看见茅盾前后大相径庭的态度。1934年,茅盾的《冰心论》发表在《文学》第3卷第2期,这篇文章的行文结构与茅盾先前的《法朗士逝矣!》极为相似,他将冰心的创作划分为三部曲进行论说,正是在这篇文章中,茅盾继续引用了法朗士的那首花园小诗,并且直接否认了法朗士表达的超然态度,认为他终于不能超然,七十余岁终于还是主张上战场参战,并且认为其嘲讽的笑、带泪的笑不过是冷漠与逃避。[①] 在这里,茅盾对法朗士的虚无、怀疑是持批判态度的,并借此比照了冰心的创作。在茅盾看来,前期的冰心带有神秘主义、虚无与爱的观念与前期的法朗士有一定的相似之处,而这也是值得批评的地方,但第三部曲中,冰心已经滚着"新生的松子"积极面对生活了。这种"逃避—面对现实"的转变之说,简直就是十年前茅盾的法朗士阐释之再度演绎。

四、结语

虽然茅盾对法朗士的关注重心从最开始的"新浪漫派"文艺慢慢转向了社会主义思想,但他始终没有忽视法朗士的文艺思想,而且敏锐地发现了法朗士在法国文学界的承上启下的独特地位。茅盾很早就注意借鉴学习法朗士新浪漫主义的文艺理念,并赞许法朗士的印象主义批评观。随着时间和社会环境的变化,他愈发重视法朗士社会思想中积极的一面。进而他塑造了法朗士走出象牙塔,投身社会运动的社会主义斗士的形象,以此作为中国青年走出迷茫、苦闷,信奉社会主义的经典模范。某种程度上,他以"思想进化"的转变说遮蔽了法朗士内在思想的一致性和复杂性,并将法朗士的思想在中国现实语境中进行了改造。在文学艺术上,他阐释的法朗士的印象主义批评观已然与原义有所偏差,法朗士个体的、主观的印象批评实际上已经转化为茅盾自己的重视社会背景、客观标准的批评。他立足于为"人生"立场,有选择性地将法朗士为代表的新浪漫主义文艺思想和左拉为代表的自然主义的文艺思想与中国现实语境进行了调和,这也导致了茅盾在阐释法朗士言论时的前后不一致。但实际上,以法朗士为代表的"新浪漫主义"的怀疑、虚无等思想确实影响到了茅盾的个人写作,他对那个被自己过分政治化的法朗士流露出一种纠结的态度,他的早期作品如《一个青年的信札》《动摇》《创造》中也往往有类似法朗士怀疑、伤感、浪漫的气质若隐若现。正如陈思和所言,"茅盾在骨子里还是一个带有颓废色彩的浪漫主义的作家"[②],而法朗士的多重面相其实也同样映照在了茅盾本人身上。

---

① 茅盾:《冰心论》,《文学(上海1933)》1934年第3卷第2期。

② 陈思和:《中国现当代文学名篇十五讲》,北京大学出版社2003年版,第322页。

国民革命与茅盾早期小说中的"恋爱"描写

殷鹏飞①

内容摘要：茅盾早期小说中的"恋爱"与后五四时代兴起的"主义"话语密切相关，"恋爱"并非像先前研究者所指出的那样直接与"五四"时期的"启蒙"话语相关联，而是与国民革命兴起之后的"政党"等集体话语相联系。在茅盾早期的小说中，人物的"恋爱"伴随着革命形势的起落而浮沉，"恋爱"描写的背后隐含着 1920 年代国民革命当中独特的文化政治逻辑。

关键词：国民革命；茅盾；小说；恋爱

一、"恋爱"与 1920 年代政治文化

"五四"及新文化运动后，各种"主义"的思潮催生了个人的觉醒。在此期间很多小说的叙述中，"个"的独立是以与"群"切割作为前提的，似乎不与"群"进行决裂，"个"的价值便无从体现。然而"个"所召唤的力量毕竟有限，难以打破他们想象中的那个黑暗的旧社会。与此同时，将个人解放出来的"主义"也始终未能有效地与当时社会的组织、情感、价值、经验等相连接，来回应社会在时代转型中所遇到的各种问题。于是，被"主义"解放出来的"个"难免陷入"烦闷"。而 1920 年代"主义"与政党结合的模式恰给了这些被"主义"运动到社会上的苦闷的青年们提供了庇护所，也为中国社会问题的总体性解决提供了实践的主体力量，吕芳上将学生运动由自发组织到政党介入产生的变化概括为"从学生运动到运动学生"②。不论是改组后的中国国民党还是新成立的中国共产党，其形态和组织模式都打上了深刻的列宁式政党的烙印，新型政党强烈的"排他性"使得 1920 年代以降的中国政治呈现出与民初国会中的政党政治完全不同的政治文化。也正是政党之间"党同伐异"的特征，使得各个政党、政派会根据本党的立场建构各自的"文化政治"。茅盾的《子夜》显然就是这种特定政治文化下的产物，茅盾在回忆《子夜》的创作动因时毫不讳言他创作的政治动机，以及鲜明的中共政治立场：

> 我写这部小说，就是想用形象的表现来回答托派和资产阶级学者：中国没有走向资本主义发展的道路，中国在帝国主义、封建势力和官僚买办阶级的压迫下，

---

① 作者简介：殷鹏飞，清华大学中文系博士研究生。
② 吕芳上：《从学生运动到运动学生（民国八年至十八年）》，"中央研究院"近代史研究所 1994 年版，第 30 页。

是更加半封建半殖民地化了。中国的民族资产阶级中虽有些如法国资产阶级性格的人,但是一九三五年半殖民地半封建的中国不同于十八世纪的法国,中国民族资产阶级的前途是非常暗淡的。它们软弱而且动摇。当时,它们的出路只有两条:投降帝国主义,走向买办化,或者与封建势力妥协。①

1931 年,茅盾在构思《子夜》之际应冯雪峰之邀所作的《中国的苏维埃革命与普罗文学之建设》一文中,非常清晰地显露出无产阶级的政治立场,并且最初所用的笔名"逃墨馆主"也是"表示我是倾向于赤化的"②。而在 1930 年前后,"无产阶级的立场"问题几乎成为左翼内部各方展开论争必须讨论的问题,也是左翼文化政治在建构过程之中必须涉及的核心问题。在很多左翼批评家看来作家立场问题的重要性远远高于艺术的表现形式:"无产阶级文学是为完成他主体阶级的历史的使命,不是以关照的——表现的态度,而是以无产阶级的阶级意识,产生出来的一种斗争的文学。"③

那么,茅盾早期小说是否也存在着明晰的政党和阶级意识呢?茅盾早期小说的"恋爱"情节往往集中叙述"新女性"向革命女性转变的脉络,在此情节暗合了"由五四到五卅"由思想革命到阶级革命的历史进程,折射了 1920 年代的政治文化的侧影;另一方面,早已有研究者指出茅盾早期小说中的"恋爱"带有某种象征意味④,但是"恋爱"象征性究竟指向何者却语焉不详,没有具体地展开论述。而一旦将"恋爱"放置于 1920 年代特定的政党和政派的竞合关系当中进行观察,置于茅盾自身所亲历的国民革命的历史进程中,"恋爱"就会立刻显示出其特定的政治指向和意涵。

随着 1924 年 1 月国民党"一大"进行改组,在苏俄的支持下国共以"党内合作"的形式发动了全国性的国民革命,开始了统一全国的进程。国民革命"打倒列强除军阀"的主体力量是受"五四"和新文化运动影响而起的知识青年,"到广州去""到汉口去"⑤在一时之间成为风尚。沈雁冰也亲身参与到这一改变 20 世纪中国道路的革命历程中,1926 年 2 月 5 日国民党中常会汪精卫提议由毛泽东继续代理宣传部长,三天后 2 月 8 日国民党中常会第三次会议上,毛泽东就提请"沈雁冰为秘书"⑥。2 月 26 日,毛泽东赴湖南考察农民运动,国民党第五次中常会通过决议"部务由沈雁冰代理"⑦。在赴广州之前,沈雁冰在中共党内主要负责妇女问题的宣传,而他在商务印书馆主编《小说月报》《妇女杂志》时,对于"女子问题"就给予了较大的关注,而在武汉的中央政治学校,沈雁冰也深度参与了妇女解放的宣传

---

① 茅盾:《〈子夜〉写作的前前后后——回忆录(十三)》,《新文学史料》,1981 年第 4 期,第 1 页。

② 同上书,第 13 页。

③ 李初梨:《怎样地建设革命文学》,《文化批判》1928 年第 2 期。

④ 王功亮、丁帆:《论茅盾小说创作的象征色彩》,《茅盾研究》(第二辑)1984 年 12 月。

⑤ 代英:《告投考黄埔军校的青年》,《中国青年(上海 1923)》第 6 卷第 20—21 期。

⑥ 中共中央党史研究室:《毛泽东年谱》(上卷),中央文献出版社 2002 年版,第 130 页。

⑦ 中国国民党党史馆藏:《中国国民党第五次中常会会议记录》讨论事项第七条,转引自李敖:《国民党员毛泽东》,台北:李敖出版社 2014 年版,第 289 页。

工作,带领中央政治学校武汉分校的女学员在武汉的大街小巷开展宣传工作。可以说,在成为作家茅盾之前的沈雁冰,不仅仅在上海亲历了从"五四"到"五卅"的历史巨变,同时也参与了妇女问题在 1920 年代中后期发生的转化,即女性个人的解放问题与更大历史议题衔接,从而使得女子问题不再局限于家庭内,而是与国家、阶级话语勾连在一起,起到了更大的动员作用。同时,随着"北伐"的进行,青年们难以抑制旺盛的情欲,"要恋爱"成了流行病[1],"恋爱与革命问题"在当时国共合办的报刊上被热烈地讨论着。此时,青年们对"恋爱"问题的讨论已经不再限定在新文化运动之初的家庭范畴之内的"个性解放",而是延伸到与时局相关的"革命"问题上。

因此,茅盾早期小说中存在着大量的对"恋爱"的描写,与 1920 年代中国社会的政治文化紧密相连,原先以启蒙话语相接的"恋爱"话语在国民革命的进程中逐步转换为一种集体话语,而小说中"恋爱"的发生与瓦解必伴随着国民革命中"新政治"的起落。

二、"革命之再起"与"恋爱"的产生

茅盾早期小说"恋爱"情节中一个突出的特点就是"恋爱"往往出现在"革命"的起承转合之处。随着"革命"的不断进行,恋爱的进程也随之不断推进。实际上,在 1926—1927 年间,"恋爱与革命的问题"随着国民革命的推进不断地出现在当时的《广州民国日报》《汉口民国日报》上,"恋爱与革命"之间存在的冲突被青年们热烈地讨论着。茅盾的《蚀》、陈启修《酱色的心》等涉及国民革命的小说都基本涉及了这一时期的"革命加恋爱"的风潮[2]。在半个世纪后自己回忆录的写作中,茅盾对于当时武汉的"恋爱"风潮记忆犹新,"大革命时代的武汉,除了热烈紧张的革命工作,也还有很浓的浪漫气息"[3]。在此势必要问这样一个问题:为什么"革命"与"恋爱"会被并置,这与 1920 年代的政治氛围是否存在着某种关联呢?

在茅盾早期小说中人物的"恋爱"往往始于男性"主义"的教化和启蒙,在《幻灭》中是"主义"的力量帮助章静从"烦闷"当中渐渐走了出来,国民革命军节节胜利的消息成为"她和黄医生的每日功课,比医院里照例的每日测验体温,有精神得多!一星期以后,静女士已经剥落了悲观主义的外壳,化为一个黄医生式的爱国主义者了"[4]。在章静参加国民革命以后,作为"主义"化身的强连长对于章静自然有了莫大的吸引力,尤其是强连长在战场上的体验对于章静更是一种新奇的经验,所以"这一个结合,在静女士方面是主动的,自觉的"[5]。同样,在《虹》当中,梅行素面对"主义"化身的梁刚夫所感到的是原有知识水平的无力感:"现在浮上她意识的,只是一些断烂的名词:光明的生活,愉快的人生,旧礼教,打倒偶像,反抗,

① 茅盾:《蚀》,《茅盾全集》(1),人民文学出版社 1984 年版,第 71 页。
② 熊权:《论"革命加恋爱"概念的历史建构》,《中国现代文学研究丛刊》2008 年第 5 期。
③ 茅盾:《一九二七年大革命》,《茅盾研究资料》(上),中国社会科学出版社 1981 年版,第 368 页。
④ 茅盾:《蚀》,《茅盾全集》(1),人民文学出版社 1984 年版,第 54 页。
⑤ 同上书,第 87 页。

走出家庭到社会去！然而这些名词,在目前的场合显然毫无用处。"①正是由于这种"主义"的吸引力,梅行素"虽然并不十分理解梁刚夫的议论,梅女士却下意识地遵奉"②。由此可见,"恋爱"在茅盾早期小说中并不单纯是一种情欲的表达和显现,同时也是一种带有教化色彩的"启蒙"。

当然这种"启蒙"显然已经不同于"五四"式的"家庭革命""书斋革命",而更偏重于思想的实践性和对社会运动的参与,这也与"五四"启蒙本身的困境息息相关。所以,小说中的女性在恋爱之前往往也都有一个"五四"启蒙失败的"烦闷"的历史前景,如《幻灭》中的章静"在中学时代,领导同学反对顽固的校长"③,《动摇》当中的梅丽也曾有过"青春的情热",面对狂飙突进的世界,"真真迷失在那里头了"④;《虹》当中的梅行素更是直接了当地否定了"五四"带给自己的"启蒙":"那当教员的男子大概也就高谈着新思想,人生观,男女问题,将烦闷的一杯酒送给青年……却并不管青年们怎样解决烦闷的问题"⑤。"五四"的狂飙突进,使青年们开始意识到"问题"所在,却始终未能提供"问题"的解决,茅盾在回忆录中曾说"五四"提醒青年思考"人生"是什么⑥,但并未给出"人生"应该如何的具体答案。因此,"烦闷"成为了那一代青年的主要情绪,这成为他们寻求"主义"式全盘解决在情感上的契机。也正是在各种"主义"的启蒙中,青年对于"主义"的追寻,往往化约成对"主义者"的爱恋;反之,也会因为对某种"主义"的排斥而产生对"主义者"的憎恶。1920年代曾有人如此评价"主义者"之间攻讦的文章:"他们互相庶拾一些主义者个人言行来咒骂,来攻击主义的本身。"⑦正是在这样的氛围下,"主义者"之间的恋爱变得轻而易举。所以,当时就有人提出革命者之间的恋爱是协同努力的,"恋爱"与"革命"并行不悖、相辅相成:"恋爱是两性的感情,思想和信仰所结合。革命青年所恋爱者,若非革命青年,必然'同床异梦'。精神感受痛苦,结果诚然会减少革命性。反之若同为革命青年,其感悟,思想,信仰完全相同,革命性必然格外兴奋,表现一种协同努力的精神。"⑧因此,在茅盾早期小说中的"恋爱"往往因之对"主义"而产生对"主义者"的爱慕,也正是在共同的"主义"之下,革命同志之间的"恋爱"也就水到渠成了。

除此以外,茅盾的"恋爱"描写同时也折射了"五四"后一系列社会运动乃至"大革命"轰轰烈烈的表面背后的危机和虚浮。《幻灭》当中章静发现周围的同学"渐渐地丢开了闹风潮的正目的,却和'社会上'那些仗义声援的漂亮人儿去交际——恋爱"⑨。在参加武汉国民政府的工作时,静女士发现周围同事"近乎疯狂

① 茅盾:《虹》,《茅盾全集》(2),人民文学出版社1984年版,第226页。
② 同上书,第239页。
③ 茅盾:《蚀》,《茅盾全集》(1),人民文学出版社1984年版,第57页。
④ 同上书,第165页。
⑤ 茅盾:《虹》,《茅盾全集》(2),人民文学出版社1984年版,第67页。
⑥ 茅盾:《我走过的道路》(上册),人民文学出版社1997年版,第404页。
⑦ 霆声:《主义与主义者——论是非二》,《洪水》1925年第一卷第二期。
⑧ 徐谷冰:《革命青年的恋爱问题》,《广州民国日报》《新时代》副刊1926年第11期。
⑨ 茅盾:《蚀》,《茅盾全集》(1),人民文学出版社1984年版,第8页。

的见了单身女人就要恋爱"，"'要恋爱'成了流行病，人们疯狂地寻觅肉的享乐，新奇的性欲的刺激"①。尽管静女士对这些虚浮始终保持戒备，但是她自己的"恋爱"何尝不是这虚浮气氛的另外一种显示。静女士虽不是像其他追求强连长的女性一样爱他的"斜皮带和皮绑腿"，但是她与强连长的恋爱所追求的并非她原本要求自己的对于"主义"的深刻理解和切实的工作，而是一种"主义"带给她的新鲜感。同样的，在《虹》当中梅行素对于梁刚夫所信奉的"斗争的社会意义"始终不能理解，但是却对"主义者"梁刚夫有着强烈的好感，并最终由于这份爱恋参加了梁刚夫组织的街头运动。在小说中不难看到茅盾对于这种情况的复杂态度，一方面在小说的超叙述层对这种虚浮的"恋爱"以及革命工作不无讽刺乃至批判；而另一方面，却又不断使用"恋爱"产生的引力推动"革命"继续向前，推动着情节的继续发展。实际上，这种因"主义"及人，因人而信奉"主义"，不细究"主义"的态度也是新文化运动及之后相当多的社会运动之所以能够"运动"起来的非常重要的因素。可以说国民革命之所以能够产生一系列全国反响"运动"，靠的未必是"主义"论述内容的严密，而是"五四"一代青年特有的敢想敢做的"运动"性格。亲历那段历史的中国青年党创始人李璜在回忆录中曾如此评价他们那一代青年人的特点："那时候的我们，特点是求得一知半解，便敢于说，敢于写，敢于干，勇往直前，誓不反顾；因之乃能在社会、政治各方面生出新潮的推动力量。"②仅就中央军事政治学校武汉分校当时的情况而言，相当多的女学员"都是受过相当教育的小姐"，也正是这种"运动"的性格使得她们"从香闺走到战场上"③。不难推测，她们在"恋爱"时也会不同于传统女性，而显得格外大胆。所以，"要恋爱"在当时政治气氛高度紧张的武汉形成一时风潮也是在情理之中的事情。这种"性格"也与当时整体的政治气氛息息相关，茅盾将武汉称之为"革命的大熔炉"④，有亲历者形容当时的武汉仿佛"世界革命的博物馆"，所以即便是宣传部长顾孟余反对中央政治学校武汉分校招收女学员，但是"潮流如此，已经没有了力量"⑤。正是"运动"的氛围塑造了女革命者们所特有的"硬冲前去"的"气骨"⑥。所以，在茅盾笔下即便娴静如静女士也充满一种敢想敢做敢爱的性格，而不似"五四"时期思想大于行动的青年群像。当然，也正是"运动"的性格，造就了"恋爱"的流行。

由此，不难发现，茅盾早期小说中的"恋爱"书写与国民革命中间的政治气氛息息相关。正是"主义"时代的来临，国民革命的再起，使得"五四"一代青年被"运动"到社会上，这就为他们的"恋爱"提供了契机。同时，也是在"主义"的旗帜下，"主义者"之间的共同革命情感推动着"恋爱"产生。当然，"恋爱"之所以形成风潮风靡一时，这自然与那一代或主动或被动地"运动"到社会上的青年自身的特质大

---

① 茅盾：《蚀》，《茅盾全集》（1），人民文学出版社 1984 年版，第 70—71 页。
② 李璜：《学钝室回忆录（增订本）》（上卷），明报月刊社 1979 年版，第 31 页。
③ 朱其华：《一九二七年底回忆》，新新出版社 1933 年版，第 90—91 页。
④ 茅盾：《一九二七年大革命》，《茅盾研究资料集》（上），中国社会科学出版社 1981 年版，第 369 页。
⑤ 朱其华：《一九二七年底回忆》，新新出版社 1933 年版，第 89—90 页。
⑥ 林语堂：《冰莹从军日记序》，《从军日记》，春潮书店 1929 年版，第 11 页。

有关联。茅盾的"恋爱"书写所折射的是一代青年的精神状态和风貌。

三、国民革命的落潮与"恋爱"的失落

茅盾早期小说中的"恋爱"往往没有好收场,《幻灭》中强连长最终因为南昌的战事离开了静,独留静待在庐山怅惘;《动摇》中方罗兰与孙舞阳的暧昧只能在国共分裂、土豪劣绅造反的仓皇之中草草了事;《追求》中仲昭和陆女士订婚之际,陆女士却横遭车祸;《创造》中被君实"创造"的娴娴最终抛下了君实,一人前去……这种结局的设置与1927年国共分裂之后的一系列社会事件和社会氛围息息相关。

首先,茅盾早期小说中"恋爱"的失落,是对1927年"清党""分共"以后整个"恋爱"风潮的落潮的写实。在既往的研究中都倾向于认为是方罗兰的妥协、动摇导致事态的一步步恶化,实际上,如果引入1920年代国共合作的视野会发现小说中"恋爱"的失落背后,隐含着一条国共党争的脉络。《动摇》当中土豪劣绅捣毁妇女协会,并相当残忍地杀害妇女协会的干部,上级党部却坐视不管。在国民革命当中,妇女解放实际上也经历了由"妇女运动"到"运动妇女"的过程,政党政治自始至终和妇女的解放运动缠绕在一起。曾主持中共宣传工作的杨贤江认为:"中国革命的女学生和劳动妇女的联合参加国民革命,便是中国妇女运动走上了正轨。"[1]也和国民革命中几乎所有组织一样,国共之间的嫌隙也同样存在于妇女运动之中。"北伐"中后期中国国民党妇女部与中国共产党妇女协会之间的矛盾一度到了水火不容的地步。1926年下半年,在广东的女权运动大同盟与妇女协会连表面的合作都难以维持。中共第三次中央扩大执行委员会提出的妇女运动决议案中,明确提出:"现时妇女群众也因阶级分化的影响发生了派别,尤其是在广东。因此在妇女运动中各种派别的妇女之联合战线问题,成了很重要的问题。"[2]而在当时的武汉国民政府中,中共几乎实际控制了所有基层组织。因此,在土豪劣绅造反奸杀女革命干部时,国共行将分手的背景之下,由国民党右派把持的军队对此视而不见也是相当自然的事情。

同样,1927年前后国民革命落潮还鲜明地作用在"恋爱"的对象——"新女性"身体和形貌的改变上。在当时,女性的样貌本身就带有某种性别政治或者身体政治的意味。《动摇》中方罗兰对于孙舞阳的爱恋源于身体的诱惑,纤细的腰、丰满圆润的乳房:

> 方罗兰看见孙舞阳的胸部就像放松弹簧似的鼓凸了出来,把衬衣的对襟纽扣的间距都涨成一个个的小圆孔,隐约可见白缎子似的肌肤。她的豪放不羁,机警而又妩媚,她的永远乐观,旺盛的生命力,和方太太一比而更显著。方罗兰禁不住

---

① 杨贤江:《中国的妇女运动》,《新女性》1927年第二卷第一号。
② 广东省档案馆、广东妇女运动历史资料编纂委员会工作室编:《广东妇女运动史料(1924—1927)》1983年版,第336页。

有些心跳了。①

　　与孙舞阳性格迥异却同样是"新女性"的章静,令强连长迷恋的还是她的"乳壕",强连长"常常将头面埋在那里,不肯起来"②。丰满的乳房代表的不仅仅是性的吸引力,同时也带有鲜明的文化政治色彩。在北伐期间,妇女协会一直将"放足""放乳"这类对于身体的解放当作妇女解放运动的重要一环在各中心城市推动。因此,孙舞阳们丰满的胸部不仅仅是女性吸引力的来源,同时也是"新政治"之于女性身体的象征。而迷恋于新女性丰满乳房的也必是强连长这样与"新政治"息息相关的男性形象。而与"新政治"对立的守旧势力,他们对女性的审美则偏于一种传统社会"病态"美,如《动摇》中胡国光喜欢的是"搽着雪白的铅粉,嘴唇涂得猩红,依旧乜着眼,扭着腰,十分风骚"的金凤姐,陆慕游所钟意的则是"一身孝服半遮半露"的寡妇钱素贞。可见,对女性审美取向的迥异折射的是不同政治团体之间不同的文化趣味。而一旦"新政治"面临危机,"新女性"将自己身体特征收敛起来。逃亡中的孙舞阳"穿着一件银灰色洋布的单旗袍,胸前平板板的,像是束了胸"③;面对暴动的流氓,妇女协会张小姐不慌张的原因只是自己"没有剪头发"④。有研究者一再强调茅盾等左翼作家这一时期的小说中女性的个体认同和主体精神最终超越了她们被政治所限定的边界⑤,而在一个高度政治化的社会当中这种对作品中女性主体性的过分张扬的解读,无疑是欠缺历史视野的。所以,当我们将女性的主体性置于国民革命落潮前后的历史语境当中进行考察,就会发现这种被无限拔高的"女性自觉"背后的政治性和意识形态色彩。

　　在当时的武汉,中共领导的妇女运动轰轰烈烈地进行了对于女性身体的解放,虽然"放乳""放足"运动的展开出发点良好,但是妇女协会对女性身体的每个细节的管束,最终引发了社会的反感。他们宣称:"革命不只是除去这些戕贼身体自然发育的病态美,而且还要消融男女间不同的服饰和不同的发展。"⑥武汉妇运人员在街头强制性剪短妇女头发,限期放足⑦等行为引发社会的不安,以至于最后武汉国民党中央出面禁止这种过激的"解放"行为⑧。而茅盾《动摇》中所描述荒腔走板南乡的"公妻大会"也确实发生在当时的武汉农村,国民党左派的陈公博曾痛陈当时在农村开展的妇女运动的过失:"突然去到农村宣传结婚离婚自由,令农民怀疑'公妻运动'还是小事,令农民怀疑本党整个的政策而不信任本党,致使国民

① 茅盾:《蚀》,《茅盾全集》(1),人民文学出版社 1984 年版,第 249 页。

② 同上书,第 93 页。

③ 同上书,第 248 页。

④ 同上书,第 251 页。

⑤ 刘剑梅:《革命与情爱——二十世纪中国小说史中的女性身体与主题重述》,上海三联书店 2009 年版,第 73 页。

⑥ 飞黔:《缠足、束胸和串耳》,《革命妇女》1927 年第八期。

⑦ 《武汉放足委员会会议通过〈放足条例〉》,《汉口民国日报》1927 年 4 月 20 日。

⑧ 《国民党中央妇女部公告》,《汉口民国日报》1927 年 6 月 3 日。

革命失去力量这是一件重大过失。"①尽管,茅盾在小说中将农村妇女运动过激造成反弹的责任推给了土豪劣绅,但并不意味着茅盾不清楚两种身体审美的意识形态背后隐藏的文化政治互相对抗的逻辑。所以在妇运被镇压后,茅盾插叙了一段方罗兰的心理活动:

> 你们逼得人家走投无路,不得不下死劲来反抗你们,你忘记了困兽犹斗么?你们把土豪劣绅四个字造成了无数新的敌人;你们赶走了旧式的土豪,却代以新式插革命旗的地痞;你们要自由,结果仍得了专制。②

正是在 1924 年"革命之再起"后新旧、左右高度对抗的政治文化之下,女性身体的特征才有可能被政治所征用。也是在这种高度对抗的政治氛围之下,女性身体也必然成为了政治对抗的牺牲品。因此,伴随国民革命而起的恋爱,也就必然会随着国民革命的落潮而走向失落和覆灭。

其次,茅盾早期小说中"恋爱"的最终失落与国共分裂、"新政治"瓦解之后整体社会情绪和对社会未来趋势的判断息息相关。尽管蒋介石为首的南京国民政府宣称国民革命依然在进行,"北伐"不会受"清党"的影响继续进行。但是,由于国共分裂后一系列血腥政治事件的发生,巨大的社会创伤却很难在短时间内弥合,这就使得青年们原本高涨的政治参与的热情迅速地冷却下来。时人曾描述当时青年的情感状态:"开起口来总是一个'唉'字,动起笔来总是'呜呼'二个字。"③在 1927 年至 1928 年间,上海报纸上常常有青年投江自杀的报道,以至于有小报记者戏称当年参与国民革命的"黄埔同志"成了"黄浦同志"④。在《从牯岭到东京》中,尽管茅盾一再为自己《蚀》三部曲的创作辩护声称:"中间并没有我自己的思想,那是客观的描写",但是,在此文最后却又不经意地显露了创作时自己的情感基调:"我很抱歉,我竟做了这样颓唐的小说,我是越说越不成话了。但是请恕我,我实在排遣不开。"⑤在《蚀》的创作时期,与在上海蜗居中的茅盾有过接触的郑超麟回忆:"他认为现行的路线是没有出路的。这是我第一次从同志口中听到公然反对中央所行政策的言论。……他对于莫斯科这个盲动主义路线的反对比我明朗的多。"⑥可见,茅盾《从牯岭到东京》所提到:"我实在是自始就不赞成一年来许多人所呼号呐喊的'出路'。这出路之差不多成为'绝路',现在不是已经证明得很明白?""我不能积极指引一些什么——姑且说是出路罢!"⑦两句话看似闲笔,实则意有所指,具体论述将在下节展开论述。但有一点是不言自明的,茅盾小说

---

① 陈公博:《妇女运动的错误》,《现代妇女评论》,世界书局 1930 年版,第 6 页。
② 茅盾:《蚀》,《茅盾全集》(1),人民文学出版社 1984 年版,第 248 页。
③ 张振之:《目前中国社会的病态》,民智书局 1929 年版,第 83 页。
④ 转引自李志毓:《论新知识青年与国民革命》,《史林》2016 年第 6 期。
⑤ 茅盾:《从牯岭到东京》,《茅盾全集》(19),人民文学出版社 1991 年版,第 180 页。
⑥ 郑超麟:《怀旧集》,东方出版社 1995 年版,第 178—179 页。
⑦ 茅盾:《从牯岭到东京》,《茅盾全集》(19),人民文学出版社 1991 年版,第 181 页。

"恋爱"情节的走向与当时整个时代的情绪是相连接的,没有出路、毫无希望的情绪折射在小说的结局上。所以即便是在《蚀》三部曲完成的三年之后,茅盾在为《蚀》初版本所写的序言中似乎表示他也才刚刚从苦闷中解脱出来:"生命之火尚在我胸中燃烧,青春之力尚在我血管中奔流,我眼尚能谛视,我脑尚能消纳,尚能思维,该还有报答厚爱的读者诸君及此世界万千的人生战士的机会。"①"尚在""尚能"虽可理解为已经振作起来,但何尝不是茅盾在"苦闷"当中的一种强打精神?因此,茅盾早期小说"恋爱"的走向也内化于1920年代中后期整个政治文化的趋向之中,武汉国共联合政府的瓦解以及中共亦步亦趋于共产国际的做法,使得茅盾不仅仅对于当时的政治现实感到失望,而且对于中共的前途也毫无信心。因此,这一结局的设置对于茅盾而言,一方面是政治文化作用于情绪、心理的结果,同时也是茅盾因国内外政治局势所作的理性的判断:"我不能使我的小说中人有一条出路,就因为我既不愿意昧着良心说自己以为不然的话,而又不是大天才能够发现一条自信得过的出路来指引给大家。"②由是,"恋爱"的失落也暗含着国民革命的落潮。

四、结语

不难看出茅盾早期小说中的"恋爱"情节的叙述和叙述模式一方面是对当时政治情形的"客观描述",从事件到情绪无不反映了当时的时代氛围;另一方面,又折射了1920年代或者说是在"短二十世纪"所特有的政治文化现象,即不同党派的文化政治之间的对立和倾轧不仅仅体现在政党之间的权力之争,同时也反映于社会各个阶层的文化想象,即便是否"放乳""剪发"等都可能隐含着一套政治的逻辑和线索。正是在这样的政治逻辑之下,伴随着国民革命而起的"恋爱",也随着国民革命的落潮而走向失落。

---

① 茅盾:《蚀》,《茅盾全集》(1),人民文学出版社1984年版,第423页。
② 茅盾:《从牯岭到东京》,《茅盾全集》(19),人民文学出版社1991年版,第181页。

茅盾与 20 世纪 30 年代"大众语"运动

马举雪①

内容摘要:茅盾就"大众语"建设相关问题发表的言论,始终建基于其在"五四"白话文运动中就已显露出的多元的语言建设理念之上,希望"大众语"在击退文言复古逆流的同时,改善 20 世纪 30 年代过度欧化的白话文。茅盾对"大众语"运动的参与及推动,与其担任《文学》月刊主编时期的办刊实践息息相关。以《文学》月刊为视点,结合茅盾二三十年代发表的其他相关言论,便可发现茅盾最为关心的是"大众语"的创生及运用问题。在他看来,"大众语"运动最终应该是一场文化革新运动,以语言变革为突破点,进而实现思想变革,乃至社会变革。

关键词:茅盾;"大众语";《文学》月刊

"大众语"运动是一场发生于 20 世纪 30 年代的语言变革运动,首先提出"大众语"口号的是陈子展、陈望道等人,在他们的设想中,这一新语言既能够击退文言复古逆流,又能够对 30 年代过度欧化的白话文有所纠偏。"大众语"运动由 30 年代的"文白之争"始,论争初期及中期阶段,论者借助各大报刊,如《申报》"自由谈"栏目,《中华日报》副刊《动向》,《社会月报》《太白》以及《文学》月刊等展开热烈讨论。若以时间为坐标,1934 年 6 月到 9 月是"大众语"讨论较为混乱的时期,同年10 月到 11 月讨论渐渐平息②。笔者以为,整个论战的核心议题可梳理为以下两个:其一是对"大众语"形式与内容的探讨,其二是"大众语"该"用什么话"。围绕后者展开的讨论是此次语言运动中最为关键的部分,尤其是其中涉及方言土语的讨论既关乎文学语言的建设,也引申出民族与阶级、乡村与城市等重要议题。

茅盾在回忆录中,将"大众语"运动明确归为"文艺大众化的第三次讨论"。在他看来,1930 年春,在左翼文人内部,由《大众文艺》杂志引发的关于"为什么文艺要大众化"等问题的讨论是关于"文艺大众化"的第一次讨论;1932 年以宋阳(瞿秋白)与止敬(茅盾)关于语言与形式问题的论争为中心形成了"文艺大众化"的第二

---

① 作者简介:马举雪,华东师范大学中国语言文学系硕士研究生。

② 关于"大众语"论战的分期问题,不同的学者也曾给出自己的判断。在学界已有的关于"大众语"运动始末的梳理中,较为普遍的看法是,1934 年 6 月至 7 月为论争的酝酿期,7 月至 9 月为混战期,而 10 月左右即渐渐平息。马友平在博士论文《1934 年的大众语问题讨论研究》中指出,"大众语"口号于 1934 年 6 月 18日提出,同年的 7 月至 8 月是论争的混乱期,11 月后论争渐渐平息。温洁在硕士论文《三十年代的"大众语运动"研究——以〈社会月报〉为例》中则倾向于将 1934 年 6 月至 8 月视为论争的准备期,同年 8 月至10 月为混战期。

次讨论；1934 年 7 月的"大众语"论争则是关于"文艺大众化"的第三次讨论①。茅盾参与"大众语"运动，秉持的是多元开放的语言建设理念，既不排斥文言，也不完全否定欧化，这与其在"五四"白话文运动中显露出的语言建设理念是一脉相承的。在他看来，建设"大众语"的第一步是"清洗与充实白话文"。"大众语"运动的最终目标，也不仅止于一场语言变革运动，而是欲借其实现思想革新，而至社会革新。茅盾关于"大众语"建设的言论，大多发表于《文学》月刊——30 年代盛极一时的纯文艺期刊，这一先后由茅盾、傅东华等人担任主编的杂志，见证了茅盾对"大众语"运动的参与及推动。

一、茅盾多元开放的语言建设理念

在主编《小说月报》时，茅盾就尤为关注语言相关问题，后作为《文学》月刊的隐形主编，在"文学论坛"栏目中，茅盾积极撰文参与相关问题的讨论。兼具作家、翻译家与编辑等多重身份，茅盾对语言问题有着准确把握，这得益于他在作家及翻译家的双重身份中积累的文学实践经验，这些具体实践培养了其对文学语言的敏锐感知；另外也因其始终持有承"文学研究会"之"拒绝游戏的消遣的文学观"②而来的严肃治文态度，语言在茅盾这里绝不只是形式问题，而是与意识形态合二而一的。在 1921 年论及"新文学研究者的责任与努力"时，茅盾就曾指出，"现时的新文学运动都不免带着强烈的民族色彩"③。同时，他也清楚地看到，"我们现在的新文学运动也带着一个国语文学运动的性质"④。由简略叙述西洋各国国语成立的历史而总结出经验，茅盾认为国内的国语运动刚刚开始，亟需文学来促成其发展。茅盾的看法与胡适实为相似，二者都以文学语言的革新为语言变革的突破口，希望以此带动文化的革新。新文学运动的最终胜利自然不能止于文学语言的转变，但须要取得迫近的成功——实现"文学的国语"这一初期目标，方才有机会继续深入。将语言作为文学革命的突破口，茅盾早期对语言问题的关注以"文白之争"为中心，而对新文化运动的拥护，也自然会使其以积极推广白话文为己任。不同于全盘否定文言的激进论调，茅盾认为文言也好，白话也罢，若要以所谓"美"作为评判标准，这标准里须有一条，即"排去因袭而自有创造"⑤，所谓"因袭"即带有封建思想残余的影响。茅盾始终认为，应该警惕的是语言背后负载着的思想与观念，而在白话未成熟时期，文言的帮忙仅是起到过渡作用。在与胡适就白话文学史的问题进行商讨时，这一立场更为明显，"胡适以为'中国数千年来活的文学就是白话文学。是故中国的文学史只是一部白话文学史'。然治文学史

---

① 茅盾：《我所走过的道路》，人民文学出版社 1981 年版，第 597—563 页。
② 茅盾：《关于"文学研究会"》，引自《茅盾全集第十九卷——中国文论二集》，黄山书社 2014 年版，第 466 页。
③ 茅盾：《新文学研究者的责任与努力》，引自《茅盾全集第十八卷——中国文论一集》，黄山书社 2014 年版，第 72 页。
④ 同上注。
⑤ 茅盾：《杂感——美不美》，《茅盾全集第十八卷——中国文论一集》，黄山书社 2014 年版，第 467 页。

者不当以形式(白话与否)为主,而当以文学之社会的意义为主,如果某时期的文学确是代表着某一阶级的利益,替某一阶级说话,则虽非为白话,其时代的作用就很大"①。在茅盾看来,胡适对文学形式改变的过度强调,使其忽视了语言的内容,以及语言承载着的建设功能与意义。诚然,茅盾就"语言的形式与内容究竟是何种关系"而展开的思考与论述,在很大程度上也因执迷于所谓封建与新进、阶级与解放等的对立关系而陷入窠臼,过多地将外物附着在语言之上,使其容易忽视语言自身的发展规律。但须承认,茅盾对胡适以"整理国故"的名义,为"白话文运动"寻求合理依据的行为作出了必要警示。新事物在发展初期必然是羸弱的,但若因此为其溯源,则很容易消弭新事物的独立旨趣,甚至会导致其自我阉割。当茅盾过多地将语言与思想观念、意识形态相捆绑时,其激越的态度时常有使文学语言走向单一的危险,他大声疾呼要警惕一切具有"复古"倾向的文字,文言与古书一度被他彻底遗弃②。

茅盾对"文言"与"白话"的思考,主要是从语言承载着的意识形态建设功能来考虑的,而其针对"语体文"建设提出的建议,则更多是从文学语言建设层面来考虑的。在文学创作的语境中来思考及探讨语言问题,语言内部的各个要素便会被凸显出来。关于"语体文欧化"问题,茅盾、郑正铎与傅东华三人曾以《小说月报》为据点撰文讨论。茅盾认为,"欧化的文法是否较本国旧有的文法好些,如果确是好些,便当用尽力量去传播"③。当傅东华以"欧化实际是一种模仿"④提出质疑,茅盾更进一步明确自己所谓"欧化",是指"文法的欧化"⑤。茅盾将自己提倡的文法上的欧化与艺术上的欧化相区别,针对的是其时文学翻译中普遍存在的"直译"现象。若将西洋文法逐一直译,会给未接触过西洋文学的读者造成阅读上的障碍,这不仅远离他们译介西洋文学的初衷,也会导致现代汉语文法的僵硬与停滞,更无法带动文学创作水准的提升。兼具作家与翻译家双重身份,茅盾自然明了语言的过度欧化,很容易将文学带入奇谲幽深的境地,进而会与一般读者产生间隙。"要使语体文不欧化,似乎只可取一个大方针,即是:凡不能上口的句子,不应写在纸上。本来我们的话语,近年来也逐渐变化,我们的口语也已经向着复杂,长的路上走了。"⑥茅盾对"语体文欧化"持有的认同态度,最终仍落脚于如何提升文学语言的表现力。在茅盾这里,将"欧化"作为语体文发展的过渡手段,发现了语言口语化的重要性,其实际在积极探索着使文学语言更加完善的种种可能。

茅盾在语言问题上显露出来的游移与矛盾态度,正是现代汉语,尤其是文学语言曲折发展的一个局部映射。语言的"工具论"与"本体论"之间本就不存在泾

---

① 茅盾:《"白话"与"文学史"——评胡适之白话文学史》,《茅盾全集第十九卷——中国文论二集》,黄山书社 2014 年版,第 350 页。

② 茅盾:《文学界的反动运动》,《茅盾全集第十八卷——中国文论一集》,黄山书社 2014 年版,第 488 页。

③ 茅盾:《语体文欧化之我观》,《茅盾全集第十八卷——中国文论一集》,黄山书社 2014 年版,第 123 页。

④ 傅东华:《语体文欧化》,《文学周报》1921 年第一辑第七期,署名"傅冻花"。

⑤ 茅盾:《"语体文欧化"答冻花君》,《民国日报》1921 年第七卷第十期,署名"沈雁冰"。

⑥ 茅盾:《看了〈真善美〉创刊号以后》,《茅盾全集第十九卷——中国文论二集》,黄山书社 2014 年版,第 147 页。

渭分明的界线，在文学领域内，二者的关联更为具体同时也更为复杂。当语言过多地承载了文化、政治等功能性的建设需要，应用于文学创作中时，本该具有的自由与活力便会受到程度不一的压抑与宰制；而当语言挣脱一切外部附着的功能，参与到文学创作中，又恐会面临着因极度自由而失之于滥的危险。"新的巨量的语言材料和可能的表现法，无法得到有效的凝聚，无法形成具有整体生命气韵的新的语言共同体。"①如何平衡语言的"同一"与"差异"，在茅盾这里既有理论的关注，又更为具体地与文学翻译及创作实践相联结。

总的说来，茅盾对语言建设持有的理念确是开放多元的，这种理念也延续到了"大众语"运动中。

二、茅盾 20 世纪 30 年代的文学实践与"大众语"运动的发轫

"大众语"运动的兴起，有其特定的历史背景及深刻的历史原因，30 年代社会各界复古思潮的暗涌、白话文的自身危机，以及"大众"这一概念的流行与传播都是不可忽略的因素。茅盾 30 年代的文学实践恰好都围绕上述几个方面展开，为我们探索"大众语"运动的历史必然性提供了积极参照。

"大众语"运动生发于 30 年代"文白之争"中，"五四"白话文运动后，社会各界提倡文言复兴的声音此起彼伏，汪懋祖等人倡议中小学生读经的行为可视为一次集中爆发。与十年前伴随新文化运动而起的"文白之战"相比，30 年代的"文白之争"有着不一样的成因，也担负着不同的使命。十年前，关于文言与白话的种种争议更多是应激而起，而十年后的"文白之争"需要应对的是内部文化转型、知识分子文化身份认同的转变，以及民族认同的形塑问题。从使命来说，前者更多是以摧枯拉朽之势斩断新旧思想之间的粘连，而后者需要处理的，则是这强势隔断未能解决，或者说正是在这激越隔断的震荡中造成的某些危机，如新旧文化的绵延与交缠、各种语言形态的错综交织。由此，30 年代的"文白之争"并不是"五四"时期"文白之争"的简单延续，而是一次从文化内部深入的变革。要想对 30 年代"文白之争"进行更为具体且深入的探究，决不可轻易略过鲁迅与施蛰存那场纷纷扬扬的"庄选之争"。鲁迅与施蛰存就青年人是否应该多阅读古籍、积累古辞而展开的论战，表面是对白话、文言的争论，实际关怀的是新文学中新旧资源的平衡问题。在鲁迅之后，茅盾与施蛰存再次展开论战。

茅盾与施蛰存关于"青年人是否有必要从《庄子》与《文选》等古书中汲取创作养分"的论争，已不是之前鲁迅与施蛰存"庄选之争"的简单延伸。茅盾将"文学遗产"与施蛰存提倡学习古辞的行为相联系，导致这场论争直接关联于汪懋祖等人提倡中小学生读经的行为，而后者是"大众语"论争的直接导火索。在"文学遗产"与"读经问题"背后，是其时文艺界，乃至整个社会暗涌着的复古思潮。当鲁迅与施蛰存的论争俨然渐渐平息之际，《文学》月刊第三卷第二期中茅盾使用笔名"蕙"发表了《对于所谓"文言复兴运动"的估价》一文。文章将施蛰存一年前的"庄选之

---

① 郜元宝：《汉语别史——现代中国的语言体验》，山东教育出版社 2010 年版，第 54 页。

争"再次置于风口浪尖。茅盾对所谓"文言复兴运动"的估价,实际上主要针对的是汪懋祖等人发起的"中小学文言运动"。在这篇文章中,他态度鲜明地反对文言的"复兴",并指出汪懋祖等人的动机很容易勘破,而真正需要警惕的是,"有些并不反对白话的人有意无意地在帮文言(封建思想)的忙"①。在茅盾所谓"有意无意的帮忙"中,首先被提及的便是施蛰存提倡青年人读《庄子》与《文选》这一行为。茅盾指出,施蛰存的提倡借着"文学遗产"的名目,在无形中助长了"复古"的倾向。将施蛰存的行为与"文学遗产"相关联,并认为与汪懋祖等人提倡"中小学文言运动"相比,其"反动"得更为隐秘,也更加值得警惕。茅盾的说法透露出,1934 年前后新文学的推进实是遇到重重阻力。汪懋祖等人对文言的提倡,成为其后"大众语"口号被提出的直接导火索,在倡行文言的诸多举动背后,实则积蓄着由来已久的新旧思想之争,"大众语"运动的历史必然性也就此凸显出来。

此外,茅盾就 30 年代翻译文学中的语言问题发表的言论,从侧面显露出 30 年代白话文自身出现的危机,这正是陈子展等人提出"大众语"口号的另一直接原因。将茅盾以笔名"味茗"发表的两篇评论文章进行对比,可以一窥翻译问题与文学语言之间的关联。茅盾的两篇文章同时刊发于《文学》月刊第二卷第三期,对于郭沫若翻译的《战争与和平》,茅盾多持批判态度,而对于伍光建翻译的《侠隐记》,茅盾则大加赞赏,由此形成了一个有趣的对照。在评论郭沫若翻译的《战争与和平》时,根据"是否忠实于原文"这一翻译原则,茅盾列举了郭译文本中几处明显不尽如人意的翻译,并逐一与原文语境相对照,来阐明自己理想中的译文该是什么样子。例如,当郭氏将"tease"一词译为"介意",茅盾以为不够直截了当,而应将"别要介意我"直接译为"不要取笑我",甚至可用上海方言"你不要钝人"来代替②。在对郭氏的指摘中,茅盾以为最不可接受的,是"郭氏的译文中太多了'美丽'的文言字眼"③。茅盾声明,自己并未坚决反对译文中采用文言,但应该根据材料慎重选择而不是滥用。他还特意提到郭氏译文中"莲步"和"酥胸"等字眼,不仅不会使读者感到所谓"文言之美",反而让人觉得俗气和累赘。在茅盾看来,郭氏对文言辞藻的偏好恰恰使译文失掉了托尔斯泰原作语言平易明快的特点,并使人物形象变了味,这其实也是一种对原文的不忠实。与对郭氏译文的不满形成对照,茅盾对伍光建在《侠隐记》译本中采用偏向归化的译法大加赞赏。茅盾以为,"伍译是有他的'法则'的,就是:一、删削了一些不很碍及全文故事结构的小小子句。二、把复合句拉直"④。在他看来,伍氏不采用较长的复合句,是出于读者很难看懂太过欧化的句法的考虑,也恰是因此,伍氏译文显得明快与简洁,且与口语相近。这正是茅盾在早期"语体文欧化"论争中就曾提出的,"口语化"是语体文更加完善的重要途径。欧化与口语化并不完全对立,欧化使汉语语法进于精密,而口语化使汉语组织、结构更为简洁有力。指斥郭氏译文中文言字眼过多,肯定伍氏不欧化

---

① 茅盾:《对于所谓"文言复兴运动"的估价》,《文学》月刊 1934 年第三卷第二期,署名"蕙"。
② 茅盾:《郭译〈战争与和平〉》,《文学》月刊 1934 年第二卷第三期,署名"味茗"。
③ 同上注。
④ 茅盾:《伍译的〈侠隐记〉和〈浮华世界〉》,《文学》月刊 1934 年第二卷第三期,署名"味茗"。

的明快风格,茅盾的此番言论从翻译这一维度显示出其时白话文的弊端。提倡欧化是出于语法精密的考虑,但此时的翻译文学中常常出现过度欧化的现象,译者使用多个定语或状语修饰一个中心语,使得句子又长又难以理解。除过度欧化外,部分译文还存在滥用文言、文白夹杂的问题。

最后,"大众"这一概念在30年代得到广泛关注,也是"大众语"运动兴起的重要背景。在《智识独占主义》一文中,茅盾指出,"智识"的获取有赖于个人外部条件与天赋的配合,就其时的状况来看,"智识"被少数人垄断,而这少数人的独断真实造就了启蒙大众的障碍。"我们需要刻苦的学习,在实际的社会生活里学习,向现实的大众学习,各方面的分工学习。我们应当真正的教育大众:在斗争的过程之中,自己队伍里的先进分子对于自己同志的智识上的帮助,这是大众的自我教育。"①在茅盾这里,"我们"一词潜含着对自己启蒙者身份的确认,实际也划分出了自己与大众分属的不同阵营,背后折射出的,正是"文艺大众化"及随后"大众语"论争中难以趋避的一个问题,即知识分子与大众之间究竟是何种关系。在态度激越的左翼文人那里,大众化运动应该由大众自己主导。但正如鲁迅所言,"倘若此刻就要全部大众化,只是空谈"②。鲁迅看到,其时的群众实际还只拥有经验,尚未能够凭借自身去生成新的知识,需要被引导。同时鲁迅还指出,若要真正实现大规模的"文艺大众化","就必须政治之力的帮助"③,这是对文艺与政治二者关系的深刻洞察。茅盾对"大众"的态度与鲁迅很是相似,二人对"大众"的关怀中,有着源自现实的考量。在他们看来,基数庞大的市民群体也是真实存在且应该被真切体认到的"大众","大众"的真正意涵,不能因为阶级意识而被窄化。当部分左联成员匆忙地就各种原则高谈阔论,茅盾警惕地看到左翼文学阵营内部存在着创作形式化,搞封闭主义的极端左倾倾向④。对"大众"有区分,但不轻易忽略或舍弃市民大众,对于阶级大众也时刻保持审慎体认而不是天真的幻想,这便是茅盾对"大众"这一概念的判断与立场。不急功近利地抛鄙过去与阻断现实,不简单趋附于为革命呐喊的热情而忽视文艺的本质,以政治为基的关怀与源于实际的理性设计在茅盾这里达到了一定程度的平衡。30年代知识分子们对"大众"这一概念,以及相关议题的讨论,虽说在很大程度上仍停留在理论建设层面,但在这关注背后,是"大众"概念的越发清晰。

"大众语"口号的提出并非偶然,在茅盾30年代的文学实践中,"大众语"运动

---

① 茅盾:《智识独占主义》,《申报月刊》1933年第10号。

② 鲁迅:《文艺的大众化》,收录于文振庭编《文艺大众化问题讨论资料》,上海文艺出版社1987年版,第17页。

③ 同上注。

④ 茅盾对这一问题的表述,最为突出且集中地展露于《从牯岭到东京》一文。在文章中,茅盾指出其时很多标榜"无产阶级文学"的作品实际是"标语口号文学",其往往趋附于为革命呐喊的热情,而失却了文艺的本质。另外,茅盾还指出,在其时的整个文艺环境中,"小资产阶级"是不能被轻易划定进而舍弃的一个群体,而应当争取与吸纳。

茅盾:《从牯岭到东京》,收录于《茅盾全集第十九卷——中国文论二集》,黄山书社2014年版,第200—220页。

的历史必然性有着程度不一的彰显。

三、提倡与反思并举:茅盾对"大众语"的积极推动

1934 年 5 月,汪懋祖在《时代公论》发表《禁习文言与强令读经》一文,倡议社会各界恢复文言的使用,并提出中小学生都应读经。汪懋祖此举意在借文言复兴之名,行复古之实,立即引发热议。茅盾指出,汪懋祖的行为是"吉诃德先生式"的,很容易识破,但还得感谢其将"文白之争"引渡到新的阶段。在茅盾看来,文言和白话不单单是用谁不用谁的问题,更重要的是不同的语言形式承载着的不同文化体系及思想内涵,而其时正处于破旧立新的关键时刻,"从种种不同的角度上倾向于'复古'或'逃避现实'的论调,应该给他严格的批评"①。与新文化运动中的"文白之争"相比,30 年代"文白之争"在对文言复兴作出有效抵御的同时,引出了一个重要的口号——"大众语",这是一项新的历史使命。"倡导'大众语'的意义是双重的。通过这一场论争,既抵御了'文言'的复兴,也推动了'白话'的改进。"②

茅盾一直尤为警惕新文化转型过程中的封建意识残余,正是基于这一点,其曾对文言显露出言辞激越的拒斥,旧思想可能对新事物产生的不利影响,在他看来应该被坚定地阻断。由此,当胡适欲从历代文学中"编撰"一部白话文学的历史,为白话文的通行寻求合法依据时,茅盾提出了批判。茅盾以为,胡适太过关注"白话"这一形式,而忽略了文学语言承载着的思想与意识。在"大众语"运动中,茅盾首先关注的也是"大众语"是否有遗产这一问题。在茅盾这里,需要被绝对摒弃的不是"遗产",而是欲借继承"遗产"之名,而行"复古"之实的态度。

在《大众语文学的"遗产"》一文中,郑振铎将方言文学视为"大众语文学",甚至以追溯"大众语文学"的遗产为名,悉数列举古典名著。茅盾并不认同郑的说法,认为其消弭了"大众语"及"大众语文学"的独立性。茅盾指出,"遗产"常常与传统相联,"每当一种新的运动逐渐得着势力的时候,在旧传统的拥护者方面,往往利用着'自古有之'一句口头禅,希图取消那运动的'新'的资格,因而削弱它的势力。这是站在自己利益的立场上的保守派的防御战术之一"③。仍是以胡适的白话文运动为殷鉴,茅盾深谙,为新事物寻求历史的根据意味着一定程度的自我阉割,是新事物自身发展虚弱的一种表征。由此,茅盾声明所谓"大众语文学"的历史或说"遗产",是没有的,郑振铎列举的《海上花列传》《圣经》方言译本等在他看来统统不是"大众语文学"。借《文学》月刊"文学论坛"栏目引出"大众语的'遗产'(历史)"议题,茅盾一方面是为使作家们认识到"大众语文学"确是全新的东西,另一方面是为揭穿那些为"大众语文学"作史之人的真实意图。

关注"遗产",并不是要将"大众语"与其他语言完全隔绝开。当黎锦熙指出,《诗经》《楚辞》以及"乐府诗"等主要以民众口头语创作的作品,都曾是"大众语文学",茅盾立即反驳,"大众语"有语底和语面之分,将"语"分为语面和语底,对应着

---

① 茅盾:《对于所谓"文言复兴运动"的估价》,《文学》月刊 1934 年第三卷第二期,署名"惕"。
② 高天如:《中国现代语言计划的理论和实践》,复旦大学出版社 1993 年版,第 140 页。
③ 茅盾:《大众语文学有历史吗?》,《文学》月刊 1934 年第三卷第五期。

语言的形式与内容，虽然历代文学中有符合"大众语"语面要求的作品存在，但细究起来，这些作品在"大众语"语底方面都没有达到理想状态。"大众语文学运动决不止是解决'工具'问题。然而我们却偏要称这文学为'大众语文学'，不止称'大众文学'，这是因为我们深信这种文学的意识和用语两个成分整个不能分离，而且到发展的最后阶段终要用真正的大众语写作之故。"①出于同样的理由，茅盾提出不要"阉割了的大众语"，其所谓"阉割了的大众语"实际就是指不同任何新事物接触的"大众语"，这样的"大众语"恐怕汪懋祖等人也会赞成。茅盾始终认为，白话及已成为口头语的文言都可以成为"大众语"的语料，而一味地拒斥白话或文言，看似是保卫了新语言的纯粹性，实则掐断了新语言发展的所有可能，"极端排斥新的口头语以及新的形式，他们表面上把大众语视为神圣，实际上是把它关在黑房子里不使它跟新的接触而得进步"②。为"大众语文学"作史，或是过度抬高"大众语"以完全避免其与其他语言接触，都不利于"大众语"的实际建设。茅盾一再强调"大众语文学"没有"遗产"，实际是为斩断新、旧思想之间可能存有的粘连，以保证"大众语"这一新生事物的纯粹。区别于将"大众语"与文言、白话强制割裂开的冒进言论，茅盾注意到语言的发展有其自身规律，语言的创生需要土壤，需要与实际接触。关注"遗产"问题，实际是为"大众语"的发展铲平可能存在的阻碍，也是对"大众语"能否真正创生的种种考虑。

另外，在茅盾对"大众语"的建言中，"大众语文学"也是不可轻易略过的议题。语言与文学之间具有密切关联，本应当是不证自明的议题，但晚清以来，语言变革运动往往因承担着开启民智、建立民族共同语等更为迫切的现代性议题而首先着眼于理论建设，文学语言的完善便成为等而次之的问题。正如学者南帆在论及胡适在白话文运动中提出的"国语的文学，文学的国语"口号时指出，"他的兴趣与其说是文学，不如说是文学对于汉语所具有的意义"③。这样的判断是事实，当汪懋祖以教科书中的白话文作品质量不佳为由而提倡复兴文言，胡适虽反对汪的复古倾向，却也不得不承认其时的白话文文学确实远不够成熟④。在吴稚晖看来，白话文运动的失败之一，便是将语言变革与文学语言建设结合得过于紧密。吴稚晖更为看重的是民族共同语的建设，而文学的介入，既在很大程度上拔高了语言建设的标准，也窄化了"国文"。由此，在"大众语"运动中，吴稚晖后期虽不再对"大众语"这一口号有所非难，但仍建议将"大众语"的建设与"大众语文学"的建设区隔开。但在茅盾、陈望道等人看来，正是在与文学的互动中，一种新的语言才能得到发展与完善。作为文学的重要质素，语言在文学创作中会因句法组织、言辞表现力与延展性等需求而更进于精进。在抨击汪懋祖复兴文言时，茅盾就指出，"大众语文学的建立问题不是纸上谈兵可以解决的，应该从实践中求解决，而实践的步

---

① 茅盾：《大众语文学有历史吗？》，《文学》月刊 1934 年第三卷第五期。
② 茅盾：《不要阉割的大众语》，《申报·自由谈》1934 年 8 月 24 日，署名"仲元"。
③ 南帆：《文学的维度》，中国人民大学出版社 2009 年版，第 12 页。
④ 胡适：《所谓〈中小学文言运动〉》，收录于文振庭编《文艺大众化问题讨论资料》，上海文艺出版社 1987 年版，第 198 页。

骤也不能离开实际情形太远,方言文学和废汉字的主张在目前是'太高'的要求"①。茅盾在白话文运动中,也曾极度警惕封建残余思想而倡议禁用一切文言,但每当回归作家或文学评论者的身份,在对文学语言的甄别与评判中,他的语言观便会自然趋向多元。欧化的句法与语汇、已被广泛使用而业已成为口头语的文言,以及方言土语中有助于文学语言表现力提升的语汇,在茅盾看来都是可以采用的。茅盾以为,"大众语"建设的首要任务是对白话文进行清洗与充实,在清洗与充实的工作中,各种语言都被需要。茅盾对"方言文学"与"大众语文学"有着严格区分,在他看来,"大众语文学"是一种全新的文学,而绝不只是纯粹以方言写就的文学。在对前者的要求和期待中,文学作品的艺术性是需要首先考虑的,而在后者,往往过度注重语言的形式而忽视文学性。"大众语"论战期间,出现过几篇自诩为"大众语文学试验品"的文学作品,但并没有得到广泛认可。这些所谓的"试验品",实际仅以某地方言写就,囿于方言语汇的陈列与堆砌,既无艺术性,也无法在各地民众中广泛普及。其实,无论是"大众语文学",还是方言文学,一旦想要以方言土语入文,创作者首先应当考虑的,是文学的自足性。换言之,方言土语在被视为文学创作要素而不是工具时,其包蕴着的气韵及神采才能得到充分释放,文学作品的地域色彩及内在精神才得以展现,茅盾正是看到了这一点。

在积极推行"大众语"的同时,茅盾也清醒地意识到了这一语言运动具有的弊端,首要的便是"大众语"创生的土壤及实际运用问题。在一片喧嚣而热烈的向大众靠拢的呼吁中,茅盾看到的不仅是民众身上的活力与潜能,更看到了他们的局限。其时,大众意识中的封建色彩并未完全消除,而语言作为意识最直接的表达,也难免沾染着封建落后的残余,这正是真正的"大众语"强烈反对的。既然源自民众的大部分语言还未达到"大众语"的标准,那么所谓语文合一还只是设想,是停留于语言书写层面的一种想象。探察到"大众语"创生的实际情况,进而欲为其创造一个可以缓冲的空间,茅盾依据"大众语"运动中建设领域的不同,对"大众语"运动进行"切分":在思想运动一面,是应当反对封建意识的;在文学用语一面,首先是清洗与充实白话文的工作;而在语言建设一面,终极目标是成为全国通用的语言;最后,在解放大众的层面,需要拉丁化新文字的配合。"大众语运动自始就是一个多方面的广泛的文化运动"②,茅盾为"大众语"运动规划阶段性目标,是出于语言发展规律的考量,是对其时社会、民众状况等外部施行条件的综合体察。实际上,茅盾的观点,与陈子展、陈望道等人对"大众语"的最初设想是一致的。作为语言学家,陈望道深谙语言发展有其自身规律,他当然看到了"大众语"的建成难以一蹴而就。正如他自己所说,"我们当然希望大众语便是一种又普通、又活现、又正确的语言。但是这样三全的语言似乎现在实际还没有。遇到不能三全的时候,只有看着实际需要应该侧重哪一个条件就侧重哪一个条件,我们没有法子抽象地解决"③。陈子展提出"大众语"口号的最初立场,是以"大众语"弥补白话文

---

① 茅盾:《对于所谓"文言复兴运动"的估价》,《文学》月刊 1934 年第三卷第二期,署名"蕙"。
② 茅盾:《大众语运动的多面性》,《文学》月刊 1934 年第三卷第四期,署名"江"。
③ 陈望道:《大众语论》,《文学》月刊 1934 年第三卷第二期。

的不足,并不是要打倒白话。

茅盾在推行"大众语"的过程中,始终秉持的是开放多元的语言建设理念,以及理性客观的审慎态度,这为我们重新归置"大众语"运动提供了积极参照。同时,也是深入探寻茅盾文学语言观的一个途径。

四、积极推动文学通俗化与大众化:茅盾与"大众语"运动的余波

从"大众语"口号正式提出,到论者以各大报刊为据展开热烈探讨,再到渐渐偃旗息鼓,"大众语"运动持续时间仅半年左右(1934 年 6 月至 12 月),与白话文运动、国语运动相比,这场语言运动确是来去匆匆。在其之后,既没有一种系统的"大众语"可供民众日常使用,也没有形成一套现代汉语的书面语。这一方面是由于"大众语"运动的兴起在很大程度上与特定的历史语境相关,与其他语言运动相比,其触发机制中缺乏更深层次的诱因,也就缺乏更深层次的社会及文化变革基础。另一方面,"大众语"运动的建设目标中本就有着偏离语言发展规律的部分,再加上推进过程中常常被阶级、政治立场等外部因素影响。在很大程度上,"大众语"从提出之初,便有着难以实现的宿命。但正如茅盾在回顾 1934 年文坛所发生的各类大小文学论争时指出,"尽管短见的人以为什么结果也没有,然而事实上却是厚壅肥料,开花结果在不远;尽管幼稚的人以为是琐屑,是回避,然而事实上却是从抽象的理论到了具体的实践"①。在"大众语"运动的热潮渐渐退却之后,茅盾借助《文学》月刊努力推进文学创作通俗化、大众化,这些实践程度不一地展现了"大众语"运动产生的切实影响。

首先,茅盾借由儿童文学的通俗化创作原则,呼吁 30 年代后期所有文学创作应当尽量通俗。在评价当时颇有名气的几本儿童杂志时,茅盾指出,"我们觉得《童年月刊》文字上最成问题的,是那些'半文半白''不文不白'的句子"②,而对《儿童杂志》及《儿童科学杂志》的良好评价中,其首先留意到的,是文字上的"明白如话"。在茅盾的期待中,浅白易懂是儿童文学创作的首要原则,而儿童时期的独特认知与思维旨趣要求儿童文学应当有趣,这表现在形式上,即语言的活泼明丽。茅盾一贯具有的务实立场使其清楚地意识到,在这最终目标无法实现时,首先应当关注的,是儿童文学语言上的通俗化。在《文学》月刊 30 年代中期发表的文章中,茅盾等人更是直接将儿童文学的创作通俗化要求,扩大为对其时文学创作整体上都应趋向通俗的呼吁。首先是鲁迅以笔名"庚"发表《人生识字胡涂始》一文,文章由反对中小学生重学古文始,指出"倘要明白,我以为第一是在作者先把似识非识的字放弃,从活人的嘴上,采取有生命的词汇,搬到纸上来;也就是学学孩子,只说些自己的确能懂的话"③。至此,"懂"这一标准,已由起初对儿童文学语言提出的要求,成为一切文学创作的重要原则。在《文学》月刊的一篇社论中,茅盾指出,儿童文学的创作者们首先应当思考的,是如何让儿童看得懂,"其实这个问题

---

① 茅盾:《一年的回顾》,《文学》月刊 1934 年第三卷第六期。
② 茅盾:《几本儿童杂志》,《文学》月刊 1935 年第四卷第三期。
③ 鲁迅:《人生识字胡涂始》,《文学》月刊 1935 年第四卷第五期。

不但儿童文学的作者应该注意,一般文学的作者都应该注意;又不但文学的作者应该注意,是凡要把文章做出来给别人读的人们都应该注意"①。写作者在语言须"多用活字,少用死字",所谓活字,便是指活跃于民众口头的语言,其不囿于白话,也不专指方言,而这也正是茅盾对"大众语"的要求和期待。将儿童文学的通俗化创作原则,上升为对文学创作整体上趋向通俗的倡议,茅盾以为,"我们目前的读众大部分还是知识上的'儿童',以为把文坛竭力向前推动固然应该,但是硬要把我们的大多数读众远远抛撒在背后,也未必不算是忍心害理"②。实际上,这也是绝大多数左翼文人积极倡行文学通俗化的重要原因。但与那些态度激越的左翼文人又有很大不同的是,茅盾在提倡文学通俗化时,仍然坚守文学的独立性与艺术性,对文学语言的多元化有着一以贯之的坚持。考虑到文学的通俗化不应该仅仅停留于形式,茅盾还联系到了"大众语"论争的不足。茅盾指出,"大众语"论争中,论者们更多关注的只是形式上的问题,由于过分关注"听、说、读、写"等语言形式问题,却忽略了"懂"这一标准。文章当然要在语言上趋向通俗,但更为重要的是表现形式,以及艺术手法等内容上的通俗。这一提法在 40 年代的文学创作中得到了更加充分的讨论与实践。茅盾借由儿童文学的通俗化创作原则,呼吁其时文学创作整体上应当尽量趋向通俗,在特殊的历史语境之中,这一呼吁在儿童文学领域并未被真正践行。但随后以《语文》月刊为中心的通俗化运动,却在很大程度上承继了茅盾的这一思想。《语文》的创刊理念围绕"通俗"一词展开,不满足于理论上的探讨,杂志同人极力使通俗化在文学创作中得到真正践行。在这场以文学创作通俗化为主的讨论中,焦风甚至主张重提"大众语"运动。茅盾大体赞成,但仍强调方言文学并不就是"大众语文学",作家们不能因趋就通俗而忽略作品的文学性③。在《语文》月刊编辑群体设计的问题中,语言的通俗化已涉及语法等具体问题。由于时局的剧烈震荡,《语文》月刊出至第二卷第二期便停刊了,导致杂志同人尚未有机会践行关于通俗化创作的种种理论。但文学创作应当通俗化的理念无疑借此得到了进一步延伸,影响范围也不断扩大。在随后的文学史中,佐政治之力,通俗化这一创作理念或可称为标准,更是一度在主流文学创作中占有绝对权威。

除倡导文学创作应当尽量通俗外,茅盾在《文学》月刊中也特别关注文学创作的大众化问题,杂志"诗选"栏目最能凸显茅盾关于文学大众化的思考。在"大众语"运动前,《文学》月刊"诗选"栏目多选刊王统照、朱湘、刘廷芳、臧克家等诗人的作品,这些诗歌在语言上基本倾向于有所蕴藉,故而没有呈现出充分的口语化特征。以王统照发表于杂志第二卷第四期的诗歌《期待》为例,"期待,一朵在想象中欲放的花蕾/成熟时,会变成溃烂的一个苦果/期待,一双藏于暗雾下娇丽的翅膀/暗雾散了,才知垂敛着中过箭伤。"④在整首诗中,"挈空的惆怅""夜中彳亍"等文学

---

① 茅盾:《能不能再写的好懂些》,《文学》月刊 1935 年第四卷第四期。
② 茅盾:《一点小声明》,《文学》月刊 1935 年第五卷第一期。
③ 茅盾:《通俗化及其他》,《语文》月刊 1937 年第一卷第二期。
④ 王统照:《期待》,《文学》月刊 1934 年第二卷第四期。

蕴藉颇深的词语，从"大众语"应该"听得懂、看得明白"的标准上来看，必然不符合"大众语诗歌"形式上的要求。在"大众语"运动之后，《文学》月刊选刊的诗歌从语言上便有明显的变化，即语言更加接近口语，浅白平易成为诗歌语言的主要特征。以杂志第五卷第五期选刊的两首诗歌为代表，很易发现诗歌语言形式上的这种变化。首先是葛葆桢《咆哮的黄河》一诗，以"咆哮的黄河"为头，他写到，"咆哮的黄河/愤激的出了昆仑/跳跃的出了龙门/汹涌的作九千里的狂奔/是天上来的吧/爬山越岭来的吧/冲风破浪来的吧/到泰山去吗/到青岛去吗/到太平洋去吗"[①]，而许幸之的《扬子江》，也同样如此。二者都以极其口语化的语言进行创作。在《文学》月刊 1937 年发行的"新诗专号"中，此种转变更是突出。

茅盾在"大众语"建设中秉持的，向来是多元的语言建设理念，即不排斥文言及欧化词语，首要的工作是对白话文的"清洗"和"充实"。在"清洗"与"充实"的工作中，凡是有助于提升语言表现力的语言成分，都应采纳。那么为何在其主编的杂志诗选"栏目"中对诗歌的甄选，在语言形式上会呈现出如此变化？归根结底，还是因为，"大众语"的热烈探讨引发了学人对于"言文一致"的极端期待。这既是"大众语"论争中最为主流的观点，也同时暗合了特定历史语境对文学语言无限趋近口语化的要求。在对"言文一致"的极端期待中，无限接近口语的主张对现代汉语的发展产生了巨大影响，在 40 年代乃至其后，由于官方力量的主导，其更是一度成为文学语言的首要标准。在 1937 年《文学》月刊发行的"新诗专号"中，屈轶也肯定了"大众语"运动在诗歌大众化进程中产生的积极作用。屈轶以为，"因文字大众化之提倡与实行，一般作者，更得到了文学青年以外的小商人，商员，以及工人分子等的读者群众，而新文学的几部门，就树立了未来的发展基础"[②]。"大众语"运动对口语化的提倡，加快了文字在民间的流传，进而为文学的广泛流传奠定了基础，但其时的诗歌并没有真正大众化，无论是形式还是内容都有待完善。除语言上的转变，诗歌大众化另一明显的表现，则是诗人创作意识、诗歌题材的变化，这与诗歌创作者身份认同、文化认同的转变具有密切关联。"大众语"运动的深远影响之一，正是促成了知识分子的文化心理转型。《文学》月刊在"大众语"运动之后发行的"新诗专号"，选刊的几乎都是以农村生活为题材的诗歌，马玲梆的《边塞集》、王亚平的《饥饿》、陈湖的《贫民区》，以及丹麦的《村中夜话》《荒村》等等，都与民众，尤其是农民有着更为直接的关联。借由《文学》月刊"诗选"栏目在"大众语"运动后呈现出的转变，我们可以窥探到"大众语"运动在文学大众化进程中发挥的切实作用，也能够体察到作为杂志主编的茅盾借由新诗大众化来推动文学创作大众化的意图及努力。

在茅盾的倡行下，兼顾于语言形式与内容的"大众语"，斡旋于阶级意识与艺术表现力之间，既将现代汉语变革推及民众，也推动了文艺创作通俗化与大众化标准及方向的进一步确立。

---

① 葛葆桢：《咆哮的黄河》，《文学》月刊 1935 年第五卷第五期。
② 屈轶：《新诗的踪迹及其出路》，《文学》月刊 1937 年第八卷第一期。

五、结语

"大众语"倡行者中,茅盾是较为特殊的一位。承"五四"白话文运动而来的多元开放的语言建设理念,使茅盾在参与"大众语"运动时,能够尽量考虑到语言自身的发展规律、新语言创生及运用的实际环境。将"大众语"运动视为一场具有多个面向的文化革新运动,茅盾在为"大众语"划分发展阶段的同时,实际也已经看到了这一新语言形式的局限及推行阻力。另外,作家、翻译家与报刊主编等多重身份,培养了茅盾对文学语言的敏锐感知。虽然无论是在白话文运动还是"大众语"运动中,茅盾都有激烈拒斥文言的时刻,但回归到文学创作与文学批评中,他更多考量的是文学语言的表现力及延展性,其对文学通俗化、大众化的提倡与践行,虽有受左翼立场驱使的部分,很大程度上仍在坚守文学的自足性与独立性。

围绕茅盾三四十年代的文学实践展开论述,我们能够探察到"大众语"口号提出的某些历史必然性,能够意识到"大众语"运动并非只是当时的知识分子口诛笔伐之下引发的一派乱象,其在现代文学语言变革中实际有着承上启下的重要位置。另外,茅盾以《文学》月刊为媒介,积极推动文学创作通俗化与大众化的努力与实践,对 40 年代文艺创作转型产生了深远影响。

专栏 "语体文欧化
与中国现当代文学"

"小写"的方言实践与地方性主体
——重思茅盾方言文学论述与当代文学沪语实践

贾海涛①

内容摘要:本论旨在从长时段视角出发,结合当代上海文学中"文学沪语"的实践成果,重新对象化分析茅盾方言文学论述中作为"小写"之方言实践的思考,试图从中捕捉文学沪语及其混杂性乃至地方性主体之契机,洞见其中的理论预见性与时代局限性。茅盾作为中国现代知识分子,其对于现代文学及其语言实践的构想,本身就是在一种未来性视野中达成的。而对于已经站在未来的我们来说,反观历史理念与当下实践中的耦合与错位,借此在一种长时段视角下重新关切现代文学之书写语言构想,是有其意义的。进而我们可以梳理,作为方言写作之一种的文学沪语的实践路径,在承担综合构想的现代文学逐渐瓦解的当下,是如何生成适应于"小写"方言实践的地方性主体的。

关键词:方言文学;茅盾;文学沪语;地方性主体

基建于现代性逻辑的现代文学②,承担了从国民国家建构、思想启蒙,到教育普及、个性解放等广阔社会领域的历史任务,其发挥上述政治—社会性功能的前提在于,通过消解语言之地方性差异,而将逐步形成的均质语言作为自身的书写工具,进而借由文学这种媒介,形塑从阅读的共同体到诸种观念的共同体。在此进程中,方言如何编入中国语文现代化以及现代文学之书写语言,也就是说,作为文学汉语之方言如何可能的问题,始终伴随着中国知识分子所关切的"国语的文学""文艺大众化""民间形式"等核心论域。但方言长期以来被视为是原始性、自生性、日常性,甚至是落后性③的语言产物,只有嫁接在针对贵族文学的平民文学立场、针对语言欧化与精英化问题的大众化立场之上,方言及其书写语言,作为"大众的语言/声音"才找到了相应的历史合法性定位。茅盾在不同时期的方言文学论述也没有逾越出上述框架,这些论述散见于 30 年代回应瞿秋白的大众文艺论争、40 年代初的民族形式讨论,以及 40 年代末的华南方言文学运动,留下了诸

---

① 作者简介:贾海涛,日本一桥大学言语社会研究科博士研究生。
② 本文使用的"现代文学"概念并非作为文学史分期的现代文学(1917~1949 年),而是基于坂井洋史在《忏悔与越界——中国现代文学史研究》(复旦大学出版社 2011 年版)提出的以现代论为中心的现代文学(史)概念。下文论述的"大写的方言"即属于现代文学机制下的产物。
③ 如茅盾在《论大众语》(《茅盾全集(中国文论五集)》,黄山书社 2014 年版,第 481 页)中指出,大众口语的最大问题是其落后性,这种落后性需要经过创作者的提选、锤炼,才能进入文学语言。

如《问题中的大众文艺》(1932 年)、《论大众语》(1943 年)、《杂谈方言文学》(1948 年)、《再谈方言文学》(1948 年)等数篇兼具理论预见性与实践性的重要文章。

既有的诸多先行研究,通过整理论争的报章史料,结合当时的文艺政策与历史背景,针对茅盾及其参与的方言文学论争的各方观点,已经做了充分梳理,并取得了基本共识。用笔者的关键词概括起来,茅盾的方言文学论述有"政治—历史性"与"文学实践性"两个维度,而既有的研究偏重于前者[①]:(1)政治—历史性在于,其论述是从抗战到内战的国家战时体制中,左翼政治意识形态话语影响下生成的,也是与彼时的文艺政策相互配合,开掘文学的地方性与新的表达主体,以期实现特殊时期的大众动员与文艺大众化任务。而随着新中国成立,原本历史语境的急剧转变,方言文学论述渐次陷入与民族共同语互斥的尴尬境地。(2)同时,方言文学论述也切实为文学实践开辟了理论基础,对于汉语"结构性的言文分离"[②]的特性来说,方言进入书写语言的门槛并不低,如何确定或引入方言字,如何调试语体和文体,如何在突显方言地方色彩的同时兼顾其易认性、易读性以适配文艺普及任务,如何利用方言文学更好地表达大众的声音等问题的讨论,已经进入相当具体的文学实践性层面,当然该层面的问题均可视为是在(1)的历史维度下而展开的。

本论旨在既有的研究共识基础上,从跨时段的历时维度,结合当代上海文学中"文学沪语"[③]的实践成果,将茅盾彼时的方言文学论述重新对象化思考,解析其

---

① 诚然,将"方言文学"讨论的定位偏向于政治—历史维度也是相当自然的。因为,在茅盾的论述中,方言文学的问题必须在"大众化"的命题下来处理,华南方言文学论争也可以转译为"华南文艺工作者如何实践大众化"的问题(参见茅盾:《再谈"方言文学"》,《茅盾全集(中国文论大集)》,黄山书社 2014 年版,第459—462 页)。关于"方言文学论争"的先行研究,可参见刘进才:《从"文学的国语"到方言创作——四十年代方言文学运动的合理性及其限度》,《文学评论》2006 年第 4 期;王丹、王确:《论 20 世纪 40 年代华南方言文学运动的有限合理性》,《学术研究》2012 年第 9 期;侯桂新:《战后香港方言文学运动考论》,《山西大同大学学报(社会科学版)》2014 年第 3 期;康凌:《方言如何成为问题?——方言文学讨论中的地方、国家与阶级(1950~1961)》,《现代中文学刊》2015 年第 2 期,或见《有声的左翼:诗朗诵与革命文艺的身体技术》上海文艺出版社 2020 年版;张望:《论〈大众文艺丛刊〉对方言文学的推进策略》,《现代中国文化与文学》2020 年第 2 期。

② 商伟将汉语中存在的书写汉字与口头语之间的分离称为"结构性的言文分离",也就是说,这是汉语语言文字本身的性质带来的"言文分离"。无论就写作还是诵读而言,在汉语书写系统中,并不存在对地方性口语的书写(参照商伟:《言文分离与现代民族国家——"白话文"的历史误会及其意义》,《读书》2016 年第 11、12 期)。

③ 文学沪语,是笔者试图提出的概念。其指的是文学作品中使用的、作为文学语言的沪语,可视为文贵良提出的"文学汉语"之下位概念(参考文贵良:《文学汉语:想象与实践》,《华文文学》2005 年第 5 期)。笔者在此基础上构建"文学沪语"概念是想强调:(1)不同方言间并非平等均质的地位。沪语这种南方方言在进入文学语言时,它具有区别于其他方言,尤其是与普通话接近的北方方言的异质性;(2)文学沪语并不直接等同于日常交流中,为了意义传达所使用的、作为口头语言的方言,而是考量了正字法、汉字的表意性、贴合普通话表记方式的一种文学语言。并且,还糅杂了流通于上海的其他方言,以示其混杂性。因此,文学沪语是一种折中概念,它既不完全是普通话,也不完全是沪语方言,而是在不断累积的文体实验、文本修改与文学实践中,经过两者甚至是多者交融互通的文学语言。可以说,文学沪语是囊括在文学汉语框架下的一种地方性问题。

论述中的理论预见性与时代局限性,继而梳理作为方言写作之一种的文学沪语的实践路径。笔者以为,这样一种长时段关照之所以可能,是因为茅盾作为中国现代知识分子,其对于现代文学及其语言实践的构想,本身就是在一种未来性视野中达成的,即一种关乎现代国民国家、语言文字生态、文学生产体制、民众智识水平等方面的综合构想。无论是糅杂各地方言的跨地域"大众语"、"普通话"论说,还是以特定地域方言为对象的"地方性大众化"论说,都是立足特定历史环境、并朝向未来文学语言实践的生成性话语。而对于已经站在未来的我们来说,反观历史理念与当下实践中的耦合与错位,借此在一种长时段视角下重新关切现代文学之书写语言构想,是在何种话语交织、协调或撕裂中逐渐生成的,这即是本论展开的意义所在。但需要事前指出的是,由于茅盾各时期的思想与论述有诸多变化(尤其是 1949 年前后),笔者无意、实际上也无法提炼出某种高度凝练的"方言文学观",而是聚焦于茅盾具体的观点或示例细节,恰恰是这些散落于篇章间的琐碎,是上述政治—历史性研究非常容易忽略的。

一、"小写"的方言实践

在现代文学的语言实践中,"方言文学"一词在不同时期或不同知识人的语用里,存在相当程度的暧昧性。"方言文学"及其相关的"方言文腔""方言 + 某种文类(如方言小说)"等说法,是五四以降至 50 年代初期频繁使用的概念①,而如今无论是学术研究抑或作品定位,直接使用"方言文学"称之已属稀见。但由于方言文学概念之于文学汉语的含混性,即汉语"结构性的言文分离"之特性所致,汉语在书写语言层面上存在难以明确区隔共通语与方言的困难(其中原因也包括北方方言与共通语 = 普通话之间的亲缘性),因而也并不存在所谓纯粹的作为文学语言的方言。那么,如何规定方言文学以及框定某部作品为方言文学,这本身就成为难以界定的问题。因此,笔者在此使用的方言文学概念,乃承袭以茅盾为首的现代知识分子论述的历史概念,而非一内涵、外延均明确的文体概念。

尤其是在被茅盾认为是"讨论之广泛、热烈和深入"②超过以往的华南方言文学论争中(1947—1948 年),对于"方言文学何为"之定义争夺达到了顶峰。论者在以文艺普及为目标的框架下,就采用以白话文为基底、兼采各地提炼过的方言词汇的"浅近白话文",还是采用全盘使用某地方言写作的"纯粹的方言文学"展开热论。而 1952 年在《文艺报》上由邢公畹、周立波等人再度掀起的方言文学论争,正反双方虽对方言文学的存废提出了鲜明立场。但在笔者看来,双方只是对"方言文学"概念理解与表述上的差异,实质上都已赞同"采纳各地方言融入正在形成的民族共同语"③作为文学语言。这种观点与 1948 年论争中的"浅近白话文"如出一辙,都是以某种正在形成的、跨地域的共通语为最终构想,各地方言在这个形成过

---

① 关于五四时期"方言文学"概念的内涵流变,可参考拙文:「方言文学における『叙言分離体』——五四期の文学言語の変容に関する議論を中心に」,『中国:社会と文化』2022 年第 37 号。
② 茅盾:《杂谈"方言文学"》,《茅盾全集(中国文论六集)》,黄山书社 2014 年版,第 445 页。
③ 邢公畹:《文艺家是民族共同语的促进者》,《文艺报》1951 年第三卷第十二期,第 24 页。

程中充当语料。事实上,如何描述这种建构中的共通语,它是否还属于方言文学的范畴,实际上是难以回答的问题。

为了论述之便,笔者依据普遍性(=跨地方性)/地方性的区分,将此种融合各地方言语料、具有跨地方性构想之文学语言理念称为"大写的方言文学/实践"(下文略称为"大写"),它在演进过程中不仅征用各地方言,同时也要求语言在复杂的交互场景中(如瞿秋白所说的、五方杂处的都市)互相磨合、通融,以求接近理想状态的共通语/普通话①,因而"大写"概念本身是自我解构性的,"大写"的成形本身就意味着差异的瓦解。而与之相对的,是以特定地域的方言为文学语言基底的"小写的方言文学/实践"(下文略称为"小写")。两者间的光谱构成了文学汉语的复杂样态,在彼时的大部分知识人的论述里,正在形成的"大写"需要"小写"来充当语料的储备库,而"小写"则需要承诺这种通达"大写"的建构性,才能获得言说的合法性。

茅盾在总结华南方言文学论争时,并未陷入上述"浅近白话文"与"纯粹的方言文学"之间的概念纠缠中,而是另辟蹊径,巧妙将(小写的)"方言文学"接续在"白话文学"的脉络中了。他明确提出了两个层面:其一,方言就是特定地方的白话,因此特定地方的"白话文学就是方言文学"②,主张"我手写我口"的实质就是各地民众说各地的"方言=白话",强调某种去地方性的"国语"背后是粗暴的大一统思想。其二,五四以来获得文学语言地位的白话是北方方言,而北方方言之外的南方方言创作都会归入"方言文学",这种将白话(文学)与方言(文学)对立起来的想法是不对的。

结合这两点来看,茅盾的观念无疑更倾向于"小写"(但这种倾向依然是历史性的、而非理念性的,茅盾这代知识人是无法完全舍弃现代文学框架下"大写"的构想的,第二节详述)。他敏锐洞察到方言间的不平等状态,以北方方言为基底的文学语言被视为是白话文学,只有南方方言却还在争论是否要提倡方言文学。实际上南方方言对于该地方的人来说就是他们的白话,提倡方言文学,也就是在提倡白话文学,这样就顺理成章地将方言文学接续到了白话文学的轨道上了。由此,彼时的茅盾从"地方性大众化"立场出发,强调各地方言文学具有自身的特殊性,并且试图消解北方话主导的白话、国语与其他方言之间的等级秩序。郜元宝将这种方言间的等级秩序概括为一种"双层结构":

口头中国语 1:从"国语"到"普通话",上升、融入"共通语"的方言口语(主要是北方方言)。

---

① 实际上,从文学创作论的角度来说,作家是难以意图性地创作融合各地方言特色的"大写的方言文学"的,因为"大写"的逻辑在于将方言作为语料,却忽视了方言同时还是作者的第一语音。作者的母语只能是"小写"意义上的地方性语言,而不可能是某种设想、规划、形成中的"大写"。就算到了当下,普通话经过多年的语言变迁和语料滋养,已经成为当初知识分子构想的、吸收了各地方言的"大写",我们依然可以看到这种"大写"的相对贫乏,无法满足文学语言的丰富性要求。

② 茅盾:《再谈"方言文学"》,《茅盾全集(中国文论六集)》,黄山书社 2014 年版,第 459 页。

口头中国语 2：滞留本位、未能被"共通语"接纳的方言土语（主要是南方方言）。①

质言之，对于南方方言区的作家来说，五四以降主张的白话文学，依然是与自身口语经验相分离的"大写"（＝基于北方方言的白话文、民族共通语）。若我们试着把当代文学沪语的创作实践，植入这种方言间的等级秩序，便不难发现上海作家需要基本放弃自身的方言背景、语言经验，以跨地方性的白话文为基底来构想文学语言。当批评家们从上海文学零星点缀的方言词中发现了久违的地方色彩时，却没有意识到，这些语汇仍然是生长在均质语言的土壤中的，是"大写"中被他者化与狭隘化的"小写"。例如夏商的《东岸纪事》在普通话与文学沪语间多次修改，最终叙述语言的方言色彩悉数抹平，而将方言词的点缀装进了人物对话的引号范围内。这些方言词更像是语汇间的同义替换/读改，例如将"喜欢"改成了"欢喜"，将"谁"改成了"啥人"等等。王小鹰的《长街行》②、王承志的《同和里》等被认为是文学沪语的创作，均属此列。但正是这些基建于文体等级秩序、双层结构的方言书写，相较于之前"上海作家的特点竟是语言上仿佛全无特点"③的时期，也依然可说是文学沪语实践中莫大的前进了，因为至少在人物的声口层面，如茅盾所期待的那样，失语的南方终于重新说出了自己的"白话"。茅盾在民族形式讨论时期，对声口层面的混搭创制已有褒奖，他说："所谓吴语区域，大众口语大抵有声无字，即使能掇采入文，于一般读者亦扞格难通。（中略）所以作者使他的人物都用了夹有地方语的普通话（不是北方话）。"④这样的处理方式不失为方言在大众化进程中的折中手段，而更长远的策略则是新文字的推广，"因为惟有使用新文字，方能使有声无字的方言写在纸上"⑤。这其实是文学沪语表记问题解决的终极之道，然而现实却是，自《海上花列传》将"勿、要"二字合体，创制了"覅"字后，方言字并未产出更多，再加上当下电子化输入的编码问题，短期内已无可能实现。

通过以上分析，我们可以看到，茅盾设想的方言字规划虽为良策，却在之后的汉语发展中难以践行。而在人物对话中置入"夹有地方语的普通话"的混搭文体，已在文学沪语中大量实践。然而，这些框限在人物会话中的方言词、同时也是基于均质语言同义读改而来的方言词，作为文学沪语的实践，终究难以达到令人满意的境地。叙述语言与会话语言的双层结构、文体分离，似乎时刻都在提醒着读者"小写"依然被压抑在更大范围的均质语言中。这种压抑的文体形式，正是作为现代文学和汉语欧化标志的西式标点符号之冒号与引号。"西方标点符号让书面

---

① 郜元宝：《汉语别史》，复旦大学出版社 2018 年版，第 246 页。
② 王小鹰的《长街行》在文体差异上尤为典型，虽然宣传定位上强调其方言写作的部分，但它的叙述语言可以说是相当雅致、繁复的欧化文体。
③ 郜元宝：《汉语别史》，复旦大学出版社 2018 年版，第 235 页。
④ 茅盾：《关于〈新水浒〉》，《茅盾全集（中国文论五集）》，黄山书社 2014 年版，第 128 页。
⑤ 同上书，第 128 页。

的五四白话变成'有声'的语言,变成'鲜活'的语言"①,但与此同时,标点符号也在分隔文本、排布它们的秩序,并规定这种"有声"与"鲜活"应该用何种语言来书写、来呈现。

而如何从语汇层面的混搭或读改中超脱出来,也就是说,如何超脱出均质语言的包围,从而实现更为平等的文体调和,目光需要转向方言的语法结构。在此,我想注目于茅盾的《论大众语》一文。这篇发表于 1943 年 8 月的文章,其目前受到的关注远不及方言文学论争旋涡中的《杂谈方言文学》与《再谈"方言文学"》。但《论大众语》一文对如何吸收方言资源、实践方言写作以通达文学语言的大众化,提出了相当具体的操作方案,这在知识分子间,偏重理念争辩的方言文学论述中并不多见。例如,下面这段引文的方案,笔者认为具有相当的前瞻性:

> 在语法方面,我也有同样的感想。同一个意思,倘用"没有血色"的普通话来讲,当然没有"京腔"那么够味,然而倘用方言,我相信一定也和"京腔"一样风韵十足。这关键就在语法和腔调。方言中间有些语法能够传达某一种情趣的,都有被注意的价值,都有成为大众语的新鲜血液的资格;例如上海一带有一种特殊的语法"香烟呼呼,茶吃吃","呼"(即吸)与"吃"都放在名词之下而且是双文,这就不是普通的吸烟饮茶的意义而表示一种怡然自得,优哉游哉的"写意"情调。②

这段引文的开始用"没有血色",来形容当时某种正在形成的、缺乏与大众生活紧密接触的均质语言,即普通话。这种修辞很容易让人联想到五四以降,胡适、钱玄同等人关于语言价值序列中"活—死""鲜活—僵直"等身体/生理性之比喻,而方言素来就是这组序列中占据前者位置的语料。那么,给这种均质语言注入"血色"的方案,就是引入方言的语法结构。在各时期的方言文学论述中,纠结于方言正字、古僻字、有音无字等方言词汇表记问题者不在少数③,而言及语法结构时,则多用"氛围""气息"之类的修辞说法含混过去,缺乏实例分析。但茅盾这里对语法结构的指涉与示例相当精准,即:上海话中"名词+谓词"的句式,可以制造特别的音响效果,同时,也可以在基本语意之外营造"怡然自得的情调"。在语言学上,这种语法结构属于宾语前置的主题句,主题先行,再接谓词或其叠用,自然能使语言的节奏延宕出一种优哉游哉的格调。

在这里,茅盾将方言的语法结构导向了文体效果的分析,无疑是独到的。语言学家沈家煊在分析金宇澄《繁花》的文学语言时,就列举了诸多特殊句式,其中

---

① 文贵良:《文学汉语实践与中国现代文学的发生》,《学术月刊》2021 年第 12 期,第 142 页。

② 茅盾:《论大众语》,《茅盾全集(中国文论五集)》,黄山书社 2014 年版,第 484—485 页。

③ 例如,在 40 年代末的华南方言文学运动中,荃麟、冯乃超所写的文章《方言问题论争总结》(《正报》,1948 年第 2 卷第 19、20 期第 33—34 页)中就指出,"凡是可以听的一定是可以看的,可以看的,也一定可以听。但是能听的却比能看的更广,正因为如此,所以方言文学便更重要",继而强调记录方言的字要注意易读性,避免使用怪癖字。显然,这里对方言文学的实践方案是聚焦于"字"的层面,同时这也是和当时识字率不高,需要普及识字工作是直接关联的。

就包括茅盾言及的这种宾语前置句①,例如"小股票炒炒""米不淘,菜不烧,碗筷不摆",不一而足。茅盾进一步指出,语法的采用要"是有目的意义的运用,我们采取某一特殊语法时不但要加以改造而且要与语法溶合使成一效能更高的新语法"②,构筑这种新语法的目的则是破除欧化文法所规定的模板,像是冗长的修饰语、以抽象名词为主题词、严密的接续词与文法结构等,这些欧化文法在语文现代化中带来了论理的准确性与逻辑性,但之于文学汉语来说,欧化文法浇铸的规定性使其逐渐僵直③。只是,在当时的文学实践中,到底能从各地方言或民间形式里,提炼出多少鲜活的语法结构,其效果尚不明朗。而在许多当代作家看来,汉语口语中灵活的流水句就是一种切实可行的方案,所谓流水句,即"一个小句接一个小句,不用什么连接成分,形式上就是简单的'并置'(juxtaposition)"④。这里以《繁花》中一段为例:

　　a. 沪生说(1),拆平天主堂(2),等于是"红灯照"(3),义和团造反(4),我拍手拥护(5)。(金宇澄《繁花》,第3章)

　　这句引文是《繁花》中最普遍、也最具特色的无引号直接引语,五个小句前后并置,句法结构间没有连词,相当灵活。句首以"拆平天主堂"(2)为主题,"等于"一词富有上海话特色,意为"相当于是",引出后面两节同位结构的小句(3)和(4),最后接主谓结构(5)。而小句(2)—(4)组合在一起成为(5)的宾语,这种并置方式,正如茅盾所示例的,是上海话中颇具特色的宾语前置、或称主题先行的语法结构。沈家煊指出,汉语腔不需要接续词的标记,靠"意合"(即小句间的隐性关系)来构成并置,这样一来,就没有任何的欧化文腔、翻译腔⑤。又如《繁花》中数千个"不响",自成一流水短句,该词实际上已经是一个经过普通话化的沪语词,其严格的沪语正字写法应为"勿响/勿响",但这种简化读改丝毫没有影响其方言韵味,其原因在于"不响"的反复出现,其实是(1)模拟方言会话场面的语言节奏,(2)用这种节奏填充文本中的叙述空白,冲破引号带来的文体区隔。因而,"不响"就不仅是单纯语汇层面的读改,而是在语言的整体节奏上模写方言腔调、去除欧化文腔。

　　《繁花》全篇几乎都是由这种以文学沪语为基底⑥,磨平了叙述语言与会话语

---

① 沈家煊:《〈繁花〉语言札记》,二十一世纪出版社集团2017年版,第15页。

② 茅盾:《论大众语》,《茅盾全集(中国文论五集)》,黄山书社2014年版,第486页。

③ 相较于后来语言学中偏重语言结构的分析,以瞿秋白为代表的知识分子,更多从阶级论述的角度抨击欧化文体远离大众的问题。

④ 沈家煊,前揭书,第37页。关于"流水句"的分析,详细可以参考吕叔湘《汉语语法分析问题》(商务印书馆1979年版),以及日本学者桥本阳介的专著『中国語における「流水文」の研究』(東方書店2020年版)。

⑤ 沈家煊,前揭书,第37—39页。

⑥ 郜元宝认为《繁花》追求的"只是语言中所蕴含的上海文化的气息,而不是上海话写作本身。可以将《繁花》的语言视为作者用普通话书面语对上海话的系统性'翻译'"(《汉语别史》,第243页)。笔者以为,这种说法不无其道理,但所谓上海文化的气息在很大程度上,恰恰是由作品中方言或古典白话的语法结构、语言节奏所带来的,这本身就是文学沪语(作为书面语的上海话)的一部分。

言间文体区隔的流水短句,意合连缀而成,其基调是一种"小写"的方言实践。这种语法结构、语言节奏的渗透,就已经超越了方言—普通话语汇间的单纯同义替换/读改。可以说,在《繁花》这样完成度颇高的文学沪语创制上,我们才真正看到了茅盾所期冀的,将地方性的语法结构普遍化,熔铸在文学汉语中的实践成果。但这种创制,依托的是地方性主体对语言混杂性的容纳,而这种容纳的生成前提或许是茅盾等现代知识分子所无法预见的,这将是下节论述的要点。

二、语言混杂:地方性主体之生成

在茅盾的方言文学论述中,始终潜藏着对某种人为统一性的警惕,以及对语言混杂性的承认。再结合上文分析的《再谈"方言文学"》,他站在"小写"=地方性方言文学的立场上,重申"我手写我口""白话文学就是方言文学",我们是否可以从中析出一种作为地方性主体之语言实践的可能性? 而当代文学沪语实践又是如何生成、重塑这种地方性主体的? 要回答这个问题,首先,让我们回到茅盾回应瞿秋白的文章《问题中的大众文艺》中去。分析此文与他们之间论争的论文已有不少①,笔者在此无意重复,仅就茅盾分析当时上海语言生态之混杂性的部分稍作提炼。

针对瞿秋白提出的"五方杂处的大都市里现代化的工厂内工人们所使用的'普通话'"②,茅盾经过社会学式的调查,提出了截然不同的看法,他认为当时上海工人阶级的口中,至少流行着三种"普通话",其一是以上海土白为基本,而夹杂着普通化了的粤语、江北话、山东话等;其二是以江北话为基本,而夹杂着山东话和上海话;其三是"北方音"而上海腔的一种话。而这些方音融合的趋势并非瞿秋白所说的"普通话",而是转变为词汇、语音不断丰富的上海土白③。

上述这种分类,茅盾说得非常缠绕,但我们能从这种缠绕中窥见彼时语言混杂之程度。概言之,上海不仅没有形成具有统一性的普通话,甚至连上海话自身也受到各种方音土语的影响,成为语言混杂的大熔炉。如果我们把这种上海的语言实态,接续在茅盾对方言文学的认知上,那么基于上海话的方言文学=文学沪语本身,或许就不具备纯然的统一性、本质性,而同样会是一种混杂的文学语言、混杂的文学沪语。并且,这种语言混杂性要如何落实到文学语言中,实际上是相当困难的。郜元宝在分析《围城》的语言策略时就指出,钱锺书"更多是将人物真实的话语(通常是他们的方言土语)'翻译'成民族共通语即当时在知识阶层比较通行的'国语',同时用统一全局的叙述者的'国语'告诉读者,人物实际使用何种

---

① [日]鈴木将久:『上海モダニズム』,中国文庫 2012 年版,第 67—98 页。
② 瞿秋白:《普洛大众文艺的现实问题》与《大众文艺的问题》,《文艺大众化问题讨论资料》,上海文艺出版社 1987 年版,第 37—41 页,与第 56—59 页,分别署名史铁儿、宋阳。瞿秋白所使用的普通话是"容纳许多地方的土话,消磨各种土话的偏僻性质"的现代中国话,如果用笔者本论中的概念来界定的话,这种"普通话"属于一种容纳各种地方性的"大写的方言"。
③ 茅盾:《问题中的大众文艺》,《茅盾全集(中国文论二集)》,黄山书社 2014 年版,第 370—375 页。

方言土语"①。也就是说,本应说着南腔北调、具有不同方言背景的人物,到了《围城》的人物语言中被悉数"翻译"成了国语,最终有关方言的信息仅是叙述语言中的提示。

期待创作者在文学语言中模拟不同层次的混杂语音,并落实到人物语言中,本就极具挑战。而当代文学沪语实践中,通过人物对话前的叙述者"引导语"(如××说)来分享方言信息,这是非常有意思的文体现象。以下,试引几例(下画波浪线处为引导语,下画粗线处为方言词＝笔者):

b.这天,蔡老师又点名点到我的名字,我用苏北话说"还活着呢,还没得死翘翘呢。"大家又大笑起来。(王承志《同和里》,第18章)

c.一开口,是带广东腔的苏北话:"有事好商量,先放开我老公。"(王承志《同和里》,第12章)

d.柳道海用上海普通话道:"要么今朝我们还住东头小房子去,我的床先让你儿子睡。"(夏商《东岸纪事》,第34章)

e.理发店王师傅讲苏北话说,乖乖隆的咚,小毛中状元了,讨了两个老婆。小毛讲苏北话说,嚼蛆。(金宇澄《繁花》,第17章)

f.两个穿空军制服的中年男女,笑眯眯过来,讲上海口音的北方话说,小毛,生日快乐,学习进步。(金宇澄《繁花》,第3章)

从上述这些引文中,能够非常直观感受到引导语的纠缠,不同语音、语言的堆叠并置,几乎就是茅盾对上海语言生态所做分类的翻版。而所谓引导语的增殖,就是叙述者不断添加作为修饰成分的口音信息,赋予读者从书面语言中想象这种混杂口音的空间。但与《围城》不同的是,上海作家更进一步,并没有在会话语言中将方言全部"翻译"为国语,而是尽可能地显露出某些方言特征,如b中的句末疑问词、e中两个苏北方言的典型用语(当然像c、f两例,是无法从会话语言中直接提炼方言特征的)。因此,文学沪语实践并不避讳上海话以及上海语言生态的混杂性,叙述者反而通过增殖、并置引导语来突显其差异,甚至像f将普通话对象化为了与其他方言平等的"北方话",这不仅是上海的地方文化特色,更是地方性主体的显现。由此观之,作为"小写"的文学沪语并不具有排除其他方言的中心性,即排他性的地方中心主义,也并非是为了形成某种"大写"的均质语言。毋宁说这种并置起来的语言混杂性,是由一种更为平准化的地方性主体所生成的。正如第一节所分析的,茅盾反复强调的地方性大众化之"小写"论述,已与当下的主体生成发生了思想交汇,但依然存在着鲜明的内在分野。

笔者在此提出的"地方性主体"并非实指意义上,凌驾于创作行为的主体,而是指立基于地方性立场操控叙述行为的叙述主体/叙述者。地方性主体之生成意味着文学语言的实践将以地方及其混杂性(也可视为一种地方间性/方言间性)为

---

① 郜元宝:《汉语别史》,复旦大学出版社2018年版,第273页。

中心而展开,上述引导语由叙述者不厌其烦地呈露出来,正是这种主体显在化的表象。其表象之二,则是可被统称为"评论叙事文体"①的叙述干预策略。在这种由地方性主体引导的叙述策略之下,茅盾那代知识分子反复思考的方言易认性/易读性问题(如,是否要添加注释、如何将方言读改为常用词等),在很大程度上得到了疏解。南帆在评论王安忆的《长恨歌》时,清晰地勾勒出其小说的散文化来自分析性、评论性的文体构型(笔者选取的引文 g 也正是这种文体的典型,而类似的评论叙事文体在其他上海作家那里也很常见,例如引文 h 与 i):

> 这些散文式的抒情和分析之中,人们不时可以遇到这种类型的句式:"……是……的意思。"这种句式是城市图像意义解读的某种诱导,甚至是某种强制的锁定。某种程度上可以说,这种句式暗示了文学对于城市的陌生。历史与美学之间常常存在着巨大的差距。(中略)这个意义上,王安忆使用"……是……的意思"这样的句式更像是一种经验的命名。成功的经验命名将相对的城市图像全面进入文学的语汇系统,甚至成为富有诗意的固定图像。这是文学对于城市的正式接纳——这样的接纳仪式甚至是从叙述的一个句式开始的。②

> g. 上海的夜晚是以晚会为生命的,就是上海人叫作"派推"的东西。(王安忆《长恨歌》,第 9 章)
> h. 涓子这种性格,上海人叫"拎得清",就是比较明事理的意思。(夏商《东岸纪事》,第 10 章)
> i. 上海人提到爱,比较拗口。一般用"欢喜"代替,读英文 A 可以,口头讲,就是欢喜,喜欢。(金宇澄《繁花》,第 1 章)

南帆从城市文学的角度,将评论叙事文体解读为文学对城市的陌生、文学需要将城市纳入自身的语汇系统。那么,如果我们把这里的城市,即一种以全球化都市为基准的普遍性,置换为上海的地方性,是否会更为妥帖呢? 以《长恨歌》开头恣意的散文化书写为典型标志,90 年代以降的上海文学是否也在努力召唤这种地方性,从而寻找一种适合叙述自身的地方性主体呢? 我想答案是肯定的。上述这些引文的评论叙事,从表层来看,是叙述者中断叙述,借用评论干预来注释方言语汇、讲解地方文化的手段,从深层来看,叙述者在向外部的他者共享地方语汇系统的同时,也是站在地方性立场上做自我解析、自我呈现。无论是文学沪语的共享

---

① 这个概念借用的是,许子东在《重读二十世纪中国小说》(香港:商务印书馆 2021 年版,第 491—492 页)中分析王安忆《长恨歌》时的用语,他概括"评论叙事文体"有三个特点:第一,主要不是通过人物对话动作叙事,也不详细描写人物外貌或心理,而是叙事者直接评论人物的状态;第二,"评论叙事文体"特别强调人物处境的矛盾;第三,"评论叙事文体"会从抽象到具象,一再重复、排比、循环……笔者认为,这一概念可以从王安忆那里,推及至其他上海作家,作为地方性主体生成的表现来提出。
② 南帆:《城市的肖像——读王安忆的〈长恨歌〉》,见张新颖、金理编:《王安忆研究资料(下)》,天津人民出版社 2009 年版,第 490 页。

还是地方知识谱系的表达,对于踏足市场经济、陷入人文精神危机,从而标志着现代文学意识形态开始崩坏的 90 年代来说,都是相当陌生的。对于地方性主体的文体表象分析还可以做得更为详细,但本论姑且在此收束,而聚拢到一个更为理念性的问题:也就是说,当叙述者趋向于地方性主体的位置,而开始构筑文学沪语的表达系统,这可能意味着什么? 这是否意味着茅盾当初设想的作为白话文学之"小写"的方言实践,终于站在了文学史的前台?

最后,让我们重新回到茅盾的方言文学论述这一起点,来看其中的差异。在上文中,笔者分析了,茅盾是方言文学论争中偏向地方性立场的一方,他巧妙将"小写的方言文学"嫁接在"白话文学"的脉络中,以争取尤其以南方方言为代表的"小写"的合法性,并且从强调语言生态之混杂性起始,这种观念立场是有连贯性的。然而纵使如此,我们依然不能就此认定,这样的论述可以完全上升为一种文学理念而具有超越历史的持存性,因为它的背后依然潜藏着现代文学框架下"大写"的构想,只是这种构想或近或远、或隐或显、或缓进或激进。过去知识分子的语言论述,普遍认为要逐步"吸收"方言语料、"融合"地方性差异,这种论述始终还是长时段的、渐进色彩的构想。但是茅盾可能未曾预见到,华南方言文学论争仅数年之后,全国规范性语言之普通话就已全面推行,文学语言也顺势被架上了"典范"的高度,这也意味着,不以语言典范为目标的文学语言将失去可能。作为一种均质性与人工性的民族共通语架构,普通话与地方性大众化、阶级性的大众语乃至"小写"的方言实践有着天然的紧张关系,这种紧张关系并没有被早前那些渐进式、阶段式构想所充分意识到。

如引言部分所述,茅盾作为中国现代知识分子,其对于现代文学及其语言实践的构想,本身就是在一种未来性视野中达成的,即一种关乎现代国民国家、语言文字生态、文学生产体制、民众智识水平等方面的综合构想。笔者的再解读是从文学语言实践性出发,最终也无法回避这种综合构想的原理层面。因为,若要完全舍弃知识分子试图借由现代文学统领广阔社会领域的综合性,我们是无法看清为何方言文学始终只是核心论域的边缘,它在文学史上时常陷入尴尬的境地。正像茅盾说的"在这样神圣的任务(指大众化的任务,笔者注)之前,方言不方言不过是一个技术问题罢了。原则上的争论应当是没有的"①。这种不经意间将方言问题边缘化为技术问题的论调,在以大众这一"想象的阅读—观念共同体"②为对象的现代文学中是颇为典型的,当"已经成形的"规范性语言升格为大众需要学习、将要掌握的"共同声音"之时,也便是作为技术问题的方言不再具有历史合法性之际。

① 茅盾:《再谈"方言文学"》,《茅盾全集(中国文论六集)》,黄山书社 2014 年版,第 461 页。
② 借用康凌对"大众化"的解读:"《讲话》所暗示的是文艺工作者(知识分子)通过'学习的群众语言'而转换阶级立场的潜在可能,对于当时的知识分子来说,这一转换正是他们所自觉追求的"〔康凌:《方言如何成为问题? ——方言文学讨论中的地方、国家与阶级(1950—1961)》,见《有声的左翼:诗朗诵与革命文艺的身体技术》上海文艺出版社 2020 年版,第 184—185 页〕,大众化也意味着在作为创作主体的知识分子与被表象主体的群众之间,建立稳定同一性的努力。

　　而笔者在茅盾的方言文学论述中捕捉到的文学沪语及其混杂性乃至地方性主体之契机,恰恰就是在这种历史窗口期中昙花一现的。这种契机的真正到来,要等到承担共同体综合构想的现代文学,不再背负广域的社会道德课题的时刻。借用柄谷行人的观点来说"国民国家的同一性已经完全扎根。为此,曾经必不可少的文学,现在已经没有必要想象性地创制这种同一性了"①。而此种现代文学同一性功能的丧失,从"大写"之方言到"小写"之方言,为地方性主体之生成留下了充满可能性的空白,随之而来,对欧化文腔的消解、对标点符号的审慎、对语言混杂性的迷恋以及对内面的重新封装/遮蔽②,似乎都预示着在原理性层面上,文学汉语/沪语之实践将踏上更为多元混杂的道路。

---

① ［日］柄谷行人:『近代文学の終り—柄谷行人の現在』,インスクリプト2005 年版,第 49 页。
② 关于这点,需要较大篇幅,笔者将另文论述。概言之,如果说柄谷行人将"内面之发现"视为现代文学起源的观点,同样适配于中国文学发展进程的话,那么五四以降流行的日记体、书信体可被认为是这种将自我内面对象化的典型文体。而到了近来的文学沪语实践中,内面的直接袒露变得非常少见,地方性主体的评论叙事文体,将内面重新封装/遮蔽起来,这是一个非常值得探讨的现象。

从欧化文言到欧化国语

——以周作人的小说翻译为中心的考察

唐诗诗①

内容摘要:周作人在翻译伊始便坚持逐字逐句的"直译",笔下常常出现词序、句序欧化的文言书面语,打破了文言语法常规,形成一种语意表达及组织形式皆欧化的文言文,这种文学语言实践直接影响了其对国语及国语文学标准的看法。以《古诗今译》(1918)为开端的白话文翻译,其语言也呈现一种与胡适的译作相异的色彩,创造出了与官话白话/国语的组织形式不同的欧化白话/国语。从文言到白话的线性翻译实践脉络可以释因"欧化国语"的生成。

关键词:周作人;古文翻译;《域外小说集》;欧化国语

自中古至近古,汉语在句法上的发展便是句子成分的复杂化,定语变得愈加复杂,复句也复杂了。句子成分及句间关系日益复杂的现象在晚清至五四发展最为迅猛,这种变化源于汉语的"欧化"。据笔者考察,"直译"是催生欧化句法的直接途径,这一"语法建构"最初是从文言内部开始的。本文将以周作人的翻译实践为例,对其晚清文言文至新文学翻译文本语言构造进行分析以建构出欧化国语从源头到生成的发展脉络图景。不论对"国语"还是"国语文学",周作人均持一种开放包容的态度,将民间文学、外国文学以及文言文的资源吸纳其中,以期创造出精密优美的国语及具备现代文体的国语文学。这种文学观及语言观与周作人的翻译实践有关,早有论者对此做过总结:"周作人日后新体白话的创制,既不是源自旧有的章回小说,也非简单地渊源于梁启超'新文体',更不是倡导'开民智'的报刊用于下层启蒙的口语白话;而是肇始于翻译实践对欧西文脉的吸纳和对古文体制的变形。"②从文言翻译开始,周作人笔下的书面语便呈现出欧化的倾向,直接影响了其对国语及国语文学标准的看法。

宋声泉指出,周作人文言翻译的起点《侠女奴》(1904),"并非以往认定的'改译'或'豪杰译',而是逐段逐句甚至亦步亦趋的逐词译,具有基本的直译特征"③。而《域外小说集》(第一、二册 1909,增订本 1921)同样采用了"直译"或"硬译"的策略,鲁迅便在《略例》中专门提出了"任情删易,即为不诚。故宁拂戾时人,逐徙具

① 作者简介:唐诗诗,上海社会科学院文学研究所助理研究员。
② 宋声泉:《〈侠女奴〉与周作人新体白话经验的生成》,《中国现代文学研究丛刊》2016 年第 5 期。
③ 同上注。

足耳"①的观点。做白话文翻译时周作人也持"直译"理念,1920 年他在《点滴》的译者《序言》中回忆了自己 1918 年做第一篇白话文翻译的心态:"一,不反原本;因为已经译成中国语。如果还要同原文一样好,除非请谛阿克利多斯(Theokritos)学了中国语,自己来作。二,不像汉文,——'有声调好读的文章,因为原是外国著作。如果同汉文一般样式,那就是随意乱改的胡涂文。算不了真翻译。'"②"一九一八年答某君的通信里,也有一节,——'我以为此后译本,……应该竭力保存原作的风气习惯语言条理;最好是逐字译,不得已也应逐句译,宁可中不像中,西不像西,不必改头换面。'"③这种"不反原本""逐字译""逐句译"的翻译态度明示了其翻译白话小说时所用的策略也是直译。

总之,从文言小说译作到白话小说译作,周作人均采用"直译"手法创造出了一种"信而不顺"、佶屈聱牙的译文。这种译文使句子成分及句与句之间的关联发生了质变,从而改变了汉语书面语的内在组织结构。早期周作人的文言翻译如《域外小说集》(增订本 1921)便出现了欧化句式。以《古诗今译》(1918)为开端的白话文翻译,包括集结出版的《点滴》(1920)、《现代小说译丛·第一集》(1922)等,其语言均呈现出一种与胡适的译作语言相异的色彩,创造出了与官话白话/国语的组织形式不同的欧化白话/国语。

一、晚清时期的欧化文言——以《域外小说集》为例

众所周知,周作人早期译作的语言是文言。胡适称这种文言与梁启超的"新文体"、章士钊等人的政论文、严复的译文、林纾的译文同属一脉,是晚清应对时代变革发展出的文从字顺的"应用的古文""大解放的古文"。直到 1918 年在《新青年》第 4 卷第 2 号发表《古诗今译》,周作人才算开启了白话文写作的文学实践。与林纾的"改译"不同,周作人坚持逐字逐句的"直译",笔下常常出现词序、句序欧化的文言书面语,这就打破了文言的语法常规,形成一种语意表达及组织形式皆欧化的文言文。笔者将以《域外小说集》为中心,对这一欧化文言的语言形态进行具体剖析。

《域外小说集》第一册于 1909 年 3 月出版,收小说 7 篇,第二册于 1909 年 7 月出版,收小说 9 篇,是周氏兄弟于 1908 年至 1909 年间翻译的。除了迦尔洵的《四日》及安特来夫的《谩》《默》由鲁迅自德文转译出,其余皆为周作人从英文翻译或转译的。之后,1909 年至 1917 年,周作人又用文言翻译了 21 篇"小说",自称"归国之后,偶然也还替乡僻的日报,以及不流行的杂志上,译些小品"④。1921 年上海群艺书社出版增订本时将以上 37 篇译文全部收入。因过于超前的文艺思想及

---

① 鲁迅:《〈域外小说集〉略例》,见李今主编,罗文军编注:《汉译文学序跋集》(第 1 卷,1894—1910),上海人民出版社 2017 年版,第 422 页。

② 周作人:《旧序》,见周作人译:《空大鼓》,开明书店 1928 年版,第 vi 页。其中《点滴》中的《序言》,《空大鼓》中称《旧序》。

③ 同上书,第 vi—vii 页。

④ 周作人:《序》,见鲁迅、周作人译:《域外小说集》,新星出版社 2006 年版,第 2 页。

晦涩古奥的译文语言,第一、二册出版半年后,东京售卖处"计第一册卖去了二十一本,第二册是二十本,以后可再也没有人买了"①。上海的销售情况同样惨淡,以至于周作人无奈感叹道:"我们这过去的梦幻似的无用的劳力,在中国也就完全消灭了。"②第一、二册的冷遇或许使周作人调整了日后译作的语言标准,从上古汉语转向了松动的、解放的文言书面语,如此欧化句式、欧化句法便被"直译"进了汉语书面语之中。

周作人所译的34篇"小说",除了5篇译自须华勃的拟曲,10篇译自梭罗古勃的寓言之外,第一、二册有13篇译作:《安乐王子》《默》《月夜》《一文钱》《邂逅》《戚施》《塞外》《乐人扬珂》《天使》《灯台守》《不辰》《摩诃末翁》《先驱》;增订本新收的则有6篇:《未生者之爱》《酋长》《老泰诺思》《秘密之爱》《同命》《皇帝之新衣》。因所译时间不同,第一、二册13篇小说与增订本6篇小说的语言结构、古奥程度差别极大。

第一册第七篇《安乐王子》的语言模仿了上古时期的汉语。在第二人称词的选择上,周作人一般采用了上古书面语常用的尔、汝(女)、若等词,其中"女/汝、若"的频率最高。如:

(1) 若胡弗效安乐王子者③
(2) 是良可笑 女绝无姿且亲属众也④
(3) 女不能言 且吾俱彼佻巧 恒与风酬对也⑤
(4) 燕子 燕子 若不能更住一宵乎⑥
(5) 燕子 燕子 若第如吾命而行耳⑦

其句子多为4—7字短句,形容词、副词、动词等多为单音节词,句子成分的修饰与被修饰关系简单,这是符合上古汉语的习惯的。摘取文中某一段落为例:

王子又曰 远去此地 有一委巷 中见敝庐 窗户方启 吾见妇人据案而坐 颜色憔悴 手赤且甲错 多为针伤 盖缝妇也 方为宫中女官作锦袍 刺爱华(中国玉蕊华也)于上 以备大宴时之用 屋角塌上 幼儿方卧 病苦消渴 求橘食之 顾母无有 惟饮以川水 故儿啼泣 燕子燕子 若能为我将剑上琼瑶 往赠之乎 吾足着坛上 不能移也 燕曰 第有人待我于埃及 吾友方翱翔尼罗川上 与扶渠共语耳 未几 当归宿古帝垄中 帝则亦在 棺椁皆施

---

① 周作人:《序》,见鲁迅、周作人译:《域外小说集》,新星出版社2006年版,第2页。

② 同上注。

③ [英]淮尔特著,周作人译:《安乐王子》,见鲁迅、周作人译:《域外小说集》,中央编译出版社2014年版,第93页。

④ 同上书,第94页。

⑤ 同上注。

⑥ 同上书,第98页。

⑦ 同上书,第99页。

丹膆　身缠黄绢　熏以异香　颈间悬玉　色作惨绿　而帝手乃如枯叶也　王子曰　燕子　燕子　若能留此一宵　为吾作使者乎　儿渴甚而母尤悲也　燕曰吾殊不爱小儿　去岁夏日　尝游水次　遇二顽童　为磨工子　恒以石投我　顾未尝一中　燕皆善飞　石胡能及　矧吾家本以疾飞名世者　然儿之为此　则终不敬也　顾王子色甚悲　燕之为动　遂曰　此间寒甚　第吾当留此一宵　为君使者　王子曰　吾敬谢燕子①

从词法上看,段落中多单音节的形容词:"有一委巷""中见敝庐""手赤且甲错""身缠黄绢,熏以异香""而帝手乃如枯叶也""遇二顽童";单音节的副词则有:"远去此地""窗户方启""儿渴甚而母尤悲也""吾殊不爱小儿""恒以石投我""矧吾家本以疾飞名世者""吾敬谢燕子";动词方面除了"翱翔"一词,皆为单音词,如"远去此地""吾见妇人据案而坐""尝游水次",等等,不胜枚举。

从句法上看,句与句之间以"意合"的短句为主,复句多为联合复句,偏正复句内部则缺少作联接的关联词,多是意合而成。如:

(1) 表示并列关系的联合复句:……身缠黄绢　熏以异香　颈间悬玉　色作惨绿　而帝手乃如枯叶也②。

(2) 表示因果关系的偏正复句:手赤且甲错　多为针伤//盖缝妇也③

　　　　　　　　　燕子　燕子　若能留此一宵　为吾作使者乎//儿渴甚而母尤悲也④

(3) 表示转折关系的偏正复句:恒以石投我//顾未尝一中⑤

　　　　　　　　　此间寒甚//第吾当留此一宵　为君使者⑥

因上古文言句法成分及修饰与被修饰关系简单,这样的语言特点难以容纳复杂多变的欧化句式,所以其所谓"直译",并非句子结构的"对译"而是意义的"对译"。所以,以《安乐王子》为代表的《域外小说集》第一、二册译作所用语言是上古时期的书面语文言,即便使用"直译"策略,也很难将欧化的语法引入文中。而增订本 6 篇小说(《未生者之爱》《酋长》《老泰诺思》《秘密之爱》《同命》《皇帝之新衣》)的语言则完全不同了,周作人放弃了古奥的上古汉语转而代以解放的古文,用参差变化的句式应对原文"叠床架屋"的句法结构,从而改变了书面语的内部组织形式,创造出了逻辑严密、句法欧化的文言。

比较而言,句式的参差变化表现在以下几个方面:首先是句子主要成分的结构变复杂了,如谓语可以由连续多个形容词、动词组成,定语、状语部分也不仅仅

----

① 〔英〕淮尔特著,周作人译:《安乐王子》,见鲁迅、周作人译:《域外小说集》,中央编译出版社 2014 年版,第 96—97 页。

② 同上书,第 96 页。

③ 同上注。

④ 同上书,第 97 页。

⑤ 同上注。

⑥ 同上注。

是简单的形容词、副词,而代以长的从句、词组。质言之,句子内部修饰与被修饰的关系变复杂了。另外复句结构也变复杂了,出现了句子嵌句子的用法,用来表示句间关系的关联词也增多了。即使句间层次不是"叠床架屋"式的,句子与句子之间也在意义表达上生成了逻辑严密的连结。总之,无论复句还是简单句,句子的逻辑关系更明晰了。此外,译文中出现了"新名词",这些新名词镶嵌在欧化的文言句式中,无论音节还是意义皆是异质的形式。具体分析如下:

(一)句子基本成分的复杂化,其中定语、状语复杂化可视作文言欧化的主要标志:

(1)定语成分复杂化:

然土人居之而亡者,日耳曼得之而利。① (《酋长》)
居民又就昔日缢黑蛇遗民之处,建慈善院……② (《酋长》)
十五年前墟却跛多之羚羊镇之公民,今仍闻警而缩。③ (《酋长》)
……步履极安详,目光坚定,唯曾历重忧而始终忍受者,始有之也。④ (《未生者之爱》)
……烟卷麦酒鼠骚之气,充塞左右……⑤ (《未生者之爱》)
女仍闭目,盖不敢视世人所不当视之物,惟仿佛觉儿之眼光……⑥ (《未生者之爱》)

(2)状语成分复杂化:

镇自草创以来,至于今日,始有马戏至……⑦ (《酋长》)
至第七年,在死人林中,获黑蛇部落子遗十二人……⑧ (《酋长》)
当丽那滕跃马上时,各欲争先,至于阑畔,俾得快睹者,……⑨ (《酋长》)
余服而视脉,更不复动,已与半生忧患相从俱逝矣。⑩ (《同命》)

---

① [波兰]显克微支著,周作人译:《酋长》,见鲁迅、周作人译:《域外小说集》,新星出版社 2006 年版,第 145 页。
② 同上注。
③ 同上书,第 148 页。
④ [俄]梭罗古勃著,周作人译:《未生者之爱》,见鲁迅、周作人译:《域外小说集》,新星出版社 2006 年版,第 82 页。
⑤ 同上注。
⑥ 同上书,第 92 页。
⑦ [波兰]显克微支著,周作人译:《酋长》,见鲁迅、周作人译:《域外小说集》,新星出版社 2006 年版,第 144 页。
⑧ 同上书,第 145 页。
⑨ 同上书,第 148 页。
⑩ [希腊]蔼夫达利阿谛斯著,周作人译:《同命》,见鲁迅、周作人译:《域外小说集》,新星出版社 2006 年版,第 164 页。

（3）主语成分复杂化：

女遂念及当时短促之光阴，爱恋与自忘，情欲与自弃，悉于此中一现而去。① （《未生者之爱》）

蔚蓝天空，淼满大空，盛夏白羽，渐沥洒地，似皆所以娱女，使之欢欣。② （《未生者之爱》）

（4）谓语成分复杂化：

其之一生，似永永失意，更无幸福之日也。③ （《未生者之爱》）

吾罪当永与吾俱，将永永不能去。④ （《未生者之爱》）

人皆勤敏质直，殊有秩序，且甚肥。⑤ （《酋长》）

（5）宾语成分复杂化：

女盖不信爱恋之侣，乃有弃捐，呜唼之吻，而作谎语也。⑥ （《未生者之爱》）

汝当见其己与挚爱之妻，相傍长眠，二人至死不相离也。⑦ （《同命》）

（二）除了定语、状语及主谓宾成分开始由长句、短语等充当，也出现了插入语以及双破折号之间的独立语等欧化语言现象：

则闻其姊之声，涕泣痛苦，正如所期，答曰……⑧（《未生者之爱》）

闻别娶后数日，复步林间，——是地也，以往昔温存之记念，于女心至为亲爱，——乃初觉胎儿之运动。⑨ （《未生者之爱》）

逮诸事就绪，——当时情状，女之所极不愿念及者也，——复返其家，弱且病，

---

① ［俄］梭罗古勃著，周作人译：《未生者之爱》，见鲁迅、周作人译：《域外小说集》，新星出版社 2006 年版，第 83 页。

② 同上书，第 84 页。

③ 同上书，第 83 页。

④ 同上书，第 87 页。

⑤ ［波兰］显克微支著，周作人译：《酋长》，见鲁迅、周作人译：《域外小说集》，新星出版社 2006 年版，第 145 页。

⑥ ［俄］梭罗古勃著，周作人译：《未生者之爱》，见鲁迅、周作人译：《域外小说集》，新星出版社 2006 年版，第 84 页。

⑦ ［希腊］蔼夫达利阿谛斯著，周作人译：《同命》，见鲁迅、周作人译：《域外小说集》，新星出版社 2006 年版，第 165 页。

⑧ ［俄］梭罗古勃著，周作人译：《未生者之爱》，见鲁迅、周作人译：《域外小说集》，新星出版社 2006 年版，第 82 页。

⑨ 同上书，第 85 页。

体羸而色苍,顾尚以勇之力,强自支持,以隐其苦痛与恐怖。① (《未生者之爱》)

女稔知其貌,——其未生之儿之貌,——其貌可爱,亦复可怖,盖合其人之风姿,与己身之风姿,杂而为一。② (《未生者之爱》)

(三)句间关系的逻辑化。复句间出现了句子嵌句子的"叠床架屋"结构,关联词增多了,句子的连结更严密了:

帝闻之憟然,知所言诚,/唯念行列方进,不可以止,/则挺身径行,/而侍中执空裾以从之。③ (《皇帝之新衣》)(第一个表转折关系的复句+第二个表递进关系的复句+第三个表并列关系的复句)

此后之事,女时时忆及之,/唯女实不欲忆及,/且每自竭其力,以忘过去而塞回想。④ (《未生者之爱》)(第一个表转折关系的复句+第二个表递进关系的复句)

女时或伸手,欲抚儿柔软金黄之卷发,/或执其手,曳之近前,/而儿辄避去,女手唯遇空气,/然仍闻其笑声,如在左近,正匿椅后。⑤ (《未生者之爱》)(第一个表并列关系的复句+第二个表转折关系的复句+第三个表转折关系的复句)

念此不禁心痛,/唯仍不能自解疑问,/又自诘曰:"吾胡为尚尔生存,然又奚须必死?"⑥(《未生者之爱》)(第一个表转折关系的复句+第二个表递进关系的复句)
……

(四)"新名词"始散见于古文中,这些多音节词或为欧美语的意译词,如街车、蜜月、慈善院,或为自日语引入的外来词,如文明、权利、政府等。容纳了新名词的古文于音节、意义上皆不再持守古典韵味,走向了近代的"解放"和"欧化":

未几,那及什陀已登街车,作二十分钟之旅行矣。⑦ (《未生者之爱》)
……时在前周,今已赴尼斯度蜜月矣。⑧ (《未生者之爱》)
龙舌街有学校三所,其一为高等学校。⑨ (《酋长》)

---

① [俄]梭罗古勃著,周作人译:《未生者之爱》,见鲁迅、周作人译:《域外小说集》,新星出版社2006年版,第85页。

② 同上书,第86页。

③ [丹麦]安兑尔然著,周作人译:《皇帝之新衣》,见鲁迅、周作人译:《域外小说集》,新星出版社2006年版,第25页。

④ [俄]梭罗古勃著,周作人译:《未生者之爱》,见鲁迅、周作人译:《域外小说集》,新星出版社2006年版,第85页。

⑤ 同上书,第86页。

⑥ 同上书,第87页。

⑦ 同上书,第83页。

⑧ 同上书,第85页。

⑨ [波兰]显克微支著,周作人译:《酋长》,见鲁迅、周作人译:《域外小说集》,新星出版社2006年版,第145页。

······建慈善院,每礼拜日,牧师登坛说法······①(《酋长》)

······勿觊觎他人产业,及此他文明人诸道德②(《酋长》)

······其目曰:"论各国民之权利"③(《酋长》)

······居人之富者,建议建立大学,政府亦与以协助④(《酋长》)

······水银柑橘牟麦之业,多获利益⑤(《酋长》)

居民昼则从事于市肆工场,或公司中,······⑥(《酋长》)

马疾驰,吐息如汽机······⑦(《酋长》)

场内光明如昼日,虽无煤气灯,而代以大灯台一具,燃石油灯五十。⑧(《酋长》)

当然除了句子成分的复杂化、句间关系的逻辑化以及陈列于行列中的新名词,这 6 篇小说中也有未欧化的文字,多为关系松散、直线式的意合短句,与复杂化、逻辑化的欧化文言形成了对照:

既而那及什陀已抵姊家,舍级而登,以至第四层楼上。石级狭而峻,女又疾趋,殆如奔窜,至呼吸为塞,遂止户外,稍稍休憩,以氄衣之手,攀阑干坌息而立。户上覆毡,更敷油布,布上缀黑布条,纵横作十字,半为装饰,半亦为持久计也。有一条布,半已撕去,折而下垂,油布破孔中,乃露灰色之毡。⑨

总之,虽然"直译"策略可以移植欧化的句法和词汇,从而改变文言的句间关系、句子形态,但它并非一蹴而就的。最初周作人翻译的十余篇小说所用语言是上古汉语,上古汉语句式单调、成分简单、词汇稀薄,难以伸缩变化地融合欧美语的语法结构。后周作人用解放的古文作翻译,笔下才渐渐出现了逻辑严密的欧化文言,"叠床架屋"式的句间关系逐渐取代了"左右流水"的直线连结。但即使欧化的文言也并非全篇皆欧化文字,汉语的本来面貌与欧化面貌并置于古文中,有时甚至出现杂糅的病句,如"今吾侪当先为此可怜人,易嫁时衣衣之"⑩,便是"屈折

---

① [波兰]显克微支著,周作人译:《酋长》、见鲁迅、周作人译:《域外小说集》,新星出版社 2006 年版,第 145 页。

② 同上注。

③ 同上注。

④ 同上注。

⑤ 同上注。

⑥ 同上注。

⑦ 同上书,第 147 页。

⑧ 同上注。

⑨ [俄]梭罗古勃著,周作人译:《未生者之爱》,见鲁迅、周作人译:《域外小说集》,新星出版社 2006 年版,第 89 页。

⑩ [希腊]蔼夫达利阿谛斯著,周作人译:《同命》,见鲁迅、周作人译:《域外小说集》,新星出版社 2006 年版,第 165 页。

语"与"孤立语"相龃龉的情状。如此种种遂构成过渡时期新文学、国语特有的混杂多变的样式。

可以说，周作人的"国语理想"是从打破古文的体式、句式、词汇开始的，从文言书面语内部的改造开始的，从欧化文言开始的，无怪乎他有最宽泛的国语观和国语文学观，这与胡适以死文字/活文字作文言/白话的二元对立观截然不同。总之，周作人早期的欧化文言实践为国语的发展蓄积了力量，自此走向了欧化的新文学、欧化的国语创造之路。

二、五四时期的欧化国语——以《点滴》《现代小说译丛·第一集》为例

以 1918 年《古诗今译》为起点的白话文翻译，开启了周作人的新文学实践。1920 年 8 月，北京大学出版的《点滴》收录了周作人译于 1918 年至 1920 年的短篇小说 21 篇。周作人在《序言》中专门强调了译作的"直译文体"，称其与"人道主义的精神"一起，是"两件特别的地方"①。继《点滴》之后，1922 年《现代小说译丛·第一集》由上海商务印书馆出版了，收录的 30 篇小说中，除了周建人的 3 篇译作，鲁迅的 9 篇译作，其余 18 篇是周作人于 1920 年至 1921 年翻译的。《点滴》和《现代小说译丛·第一集》呈现了 1918 年至 1922 年间周作人译作的语言风貌。同样是直译方式生成的书面语，周作人的白话文一经诞生便走向了欧化。

从文言的欧化开始，汉语书面语就开始变得伸缩有度，成分愈加复杂，与之相较，新文学语言的欧化表现如句子基本成分的复杂化、插入语的使用等自不待言。从句法的角度看，周作人的新文学译作语言主要有两个特色：句子的"似断非断"与句间关系的逻辑化，从而塑造出了"文学的国语"的欧化形态，并呈现出表情达意的复杂化效果。

（一）句子的"似断非断"

正如申小龙所总结的，文言的组织上有"结构气韵之法"和"结构句读之法"②。周作人用白话对"叠床架屋"的复句进行转化时，其欧化表现不是句子成分彼此勾连，绵延不绝，反而是常常以动词为中心形成句读，依气息停顿，一句话分作几个似断非断的短句。这种以句读而非意义的完结为单位的停顿是文言习惯在白话中的遗留。初生的欧化国语与越来越长的欧化文言在形态上是相异的，文言、外国语、口语资源彼此排斥又彼此融和，形成了欧化国语复杂又矛盾的特质。如：

> 雾气很浓厚，巴尔干凌乱的群山，几乎浑成一团，分别不得。这宛然是许多云，从天上降到地下过夜似的。雾里面远远地显出一道红光，这说不定是土耳其露营的火，或是一个孤独的村庄的火灾。可萨克人用锐利的眼光向那边望，然而没有效；在这样深秘的黑暗中间，有什么东西，绝对的不能看出。③
>
> "阿，倘能看见所爱的人，真不知道如何快乐，便是一刻也好。但在息普加

---

① 周作人：《旧序》，见周作人译：《空大鼓》，开明书店 1928 年版，第 v 页。
② 参考申小龙：《中国句型文化》，东北师范大学出版社 1988 年版，第 1 页。
③ ［俄］但兼珂著，周作人译：《摩诃末的家族》，见周作人译：《空大鼓》，开明书店 1928 年版，第 19 页。

(shipka)峡道过基督圣诞日,又在这里过新年,可真不是好玩意呵。在我们家里,圣诞树正点上火了,小孩子们在树的周围跑。你的夫人和孩子,一定同我的在一处,他们更谈着我们的事。或者他们因为我们没有信,也正着急哩。恰是我们能够写信——我们却只是向前直奔,同狂人一样,只落得跌破我们的头。但是你的手怎么了?"①

天色全黑了,地平线都已隐藏不见了。只有处处黑暗里穿出几点光明,是村的窗户,还点着灯。忽然在街上,现出火把的移动的红光;在这火光圈中,现出一个有胡须的红色面庞。有时在这光中,有一个马头,竖着两只耳朵,也可以望见。②

他的眼睛在直竖的灰色的眉毛底下,露出阴郁的表情,蓬松的胡须也是灰色,不住的牵动着,两脚用破布裹扎,外套也破了,肩上有一个血迹。③

周作人曾在《域外小说集》增订本序言中提到佶屈聱牙的译文"委实不配再译",却有许多篇"也还值得译成白话,教他尤其通行"④,《酋长》便是唯一一篇经古文转译的白话小说。《酋长》先是刊登在《新青年》上,后收录在《点滴》中。与其他译作相比,经古文转译的《酋长》,似断非断的句子虽然减少许多,却依然存在:

他们的思想,忽被马房里的一阵呼哨隔断,他们热心仰望的那酋长,也在围场上面了。众中切切的私语道,"是他了!是他了!"——随后又是沉默。烟火还是烧着,嘶嘶的叫。众人都眼睁睁望着酋长,看他到祖父坟上来演技。这印第安人,却也值得人看。他高傲有如帝王,披着一件白貂裘,——是他酋长的章服,——他的身材又高大,又狞猛,穿了这衣,宛然是一只半驯的美洲虎。他的脸,仿佛紫铜铸成,头如老雕,脸上发出一种寒光,生得一双真正印第安眼睛,冷淡,隐藏不测。⑤

(二) 句间关系的逻辑化

不论从句意还是句法看,直译都将逻辑化的句间关系移植到新文学语言中,塑造了汉语书面语的欧化形态,这与欧化文言是一脉相承的。此外,新文学语言中表示句间关系的关联词也增多了。如:

首先开枪的是土耳其人,俄国人只是回枪罢了。两边都不能彼此看见,/但他们放枪,/因为恐怕在这浓雾中,敌人也许近前,不愁被人发见。在这样时候,人便自然而然的放枪;这是一种交互的警告,仿佛说,"你知道,我没有睡呢;你要小心!"⑥(第一个表转折关系的复句 + 第二个表因果关系的复句)

---

① 〔俄〕但兼珂著,周作人译:《摩诃末的家族》,见周作人译:《空大鼓》,开明书店 1928 年版,第 21 页。

② 同上注。

③ 同上书,第 25 页。

④ 周作人:《序》,见鲁迅、周作人译:《域外小说集》,新星出版社 2006 年版,第 2 页。

⑤ 〔波兰〕显克微支著,周作人译:《酋长》,见周作人译:《空大鼓》,开明书店 1928 年版,第 169 页。

⑥ 〔俄〕但兼珂著,周作人译:《摩诃末的家族》,见周作人译:《空大鼓》,开明书店 1928 年版,第 19—20 页。

你们问我,为什么逃走?/因为我忍不住心里所受的苦痛了。我在逃走之前,哭了一夜;我知道我拼了性命,冒这危险。/但在这时候,或活或死岂不都是一样么?倘若我成功了,我能够获得孩子们;/倘不成功,——那么,我应得死了。这都是吉斯美忒(土耳其语云运命)呵?死却不能吓我,自从开战以来,我每日都冒着死,已经习惯了,便不至于发抖。/但使我悲苦的,是知道我的家族被弃了,不幸,将饿死了,——知道他们很与我相近,我却又不能飞去救他们,……"①(第一个表因果关系的复句 + 第二个表转折关系的复句 + 第三个表选择关系的复句 + 第四个表因果关系的复句)

便是他后来合了眼,他的呼吸变了更平匀了,暗夜已将伊的柔和的神力布满了室中的时候,/他的思想还在同一方向上动作,没有更改。他梦见孩子们;/但并非那俘虏的不幸的小子们,却是他自己的孩子——有母亲的全心的爱护守着他们,住在他家族所在的小俄罗斯乡镇周围平原的深密的寂静的中间,不必怕遇着危险。②(第一个包含时间状语从句的复句 + 第二个表转折关系的复句)

以前不久,凡是在扎格拉比或波尼克拉的农民,只要他有一点田地的,/便都看着克伦先生像是没有人一样;现在人们对他都要脱下帽来了。一个琴师,而且又在这样的一个大教区里的——这可不是一捆稻草了!克伦久已想谋到这位置;/但是老末尔尼支奇活着的时候,这是一定想不到的。那老人的手指硬了,他奏得很坏;/但牧师无论如何不肯赶他出去,/因为他已经跟了他有二十年了。③(第一个包含定语从句的复句 + 第二个表示转折关系的复句 + 第三个表示转折关系的复句 + 第四个表示因果关系的复句)

(三)表情达意的复杂化

胡适采用"俗语的国语"翻译小说,与文体的移植一并发生的是表情达意的新文学国语的创造。持"语言本体论"的傅斯年主张移植西洋语法、词法、章法、词枝等创造欧化的国语和国语文学,用精密深邃的语言传达精密深邃的思想。周作人的白话译文恰好践行了这一理念,实现了傅斯年所谓的"逻辑的白话文""哲学的白话文""美术的白话文"三方面的白话理想。且以周作人所译梭罗古勃的《微笑》为例进行分析。

小时候的格里沙在一场生日会上被周遭人嘲笑作"丑小鸭",主人家的婴儿对格里沙耳朵产生好奇,又抓又放闹得格里沙更加窘迫。译文中两个转折词"但是"/"但"层次分明、逻辑清晰地描写出被围观的格里沙难过又强忍的心情:

别一个小孩子,见了这情景,便告诉了别的小孩子,说那小乔及克是在那里闹那长久坐在长凳上的安静小孩了。小孩便围绕了乔及克和格里沙喧笑。格里沙

---

① [俄]但兼珂著,周作人译:《摩诃末的家族》,见周作人译:《空大鼓》,开明书店1928年版,第19—20页。

② 同上书,第38页。

③ [波兰]显克微支著,周作人译:《波尼克拉的琴师》,见周作人等译:《现代小说译丛·第一集》,新星出版社2006年版,第116页。

勉强装出他并不在意,并不苦痛,而且也欢喜这玩耍的样子。但是渐渐的觉得笑不出来了,而且很想要哭了。但他知道他是不应该哭的,哭是失体统的,所以他尽力的熬着。①

再如,年长的格里沙穷困潦倒,他向舍密诺夫求助却遭拒绝,悲苦无助却又佯装轻松的矛盾心情在叠加的定语"率真的快活的"以及"毫不在意,实在毫不计较的"强调中显现出了:

这便使他觉得悲苦,但你终不能止住他的率真的快活的微笑,仿佛他要表示出毫不为意,实在毫不计较的情形。这微笑却很使舍密诺夫不快。②

关于国语的形态问题,彼时言人人殊。1921 年,在《小说月报》发起的"语体文欧化"讨论伊始,周作人便把"艺术"作了国语发展的标准。他在信中写道:

关于国语欧化的问题,我以为只要以实际上必要与否为断,一切理论都是空话。反对者自己应该先去试验一回,将欧化的国语所写的一节创作或译文,用不欧化的国语去改作,如改的更好了,便是可以反对的证据。否则可以不必空谈。但是即使他证明了欧化国语的缺点,倘若仍旧有人要用,也只能听之,因为天下万事没有统一的办法,在艺术的共和国里,尤应允许各人自由的发展,所以我以为这个讨论,只是各表意见,不能多数取决。③

回到国语塑造的历史现场,周作人笔下的欧化国语无论语法还是句子形态都与国语运动主张的民众语言截然不同,继而致使国语提倡者对书面语言前途困境的反思。有人从"文学为民众"的立场出发反对国语的欧化:"……如果文学是民众的,他的效用是慰藉,是扩大人类喜悦和同情,对于中等阶级的人,——在黑暗悲愁中的人——应当如何的慰藉? 如何的表同情? 但是他们看不懂欧化的语体文……"④对俗语白话之外的欧化白话提出了质疑。茅盾也称此是"新式白话文"⑤。与此同时,梁绳祎写道:"……现今一部分倡欧化的人,他作翻译,也不检点;也不斟酌,一字一字的勉强写出。一句和一句,像连又不像连;像断又不像断,假是不念原文,看去也就似懂不懂。"⑥反对者提到的看法恰恰指向了周作人使用直译策略创造的欧化句子,即"似断非断"与"逻辑化"的趋向。似断非断的句子及

---

① [俄]梭罗古勃著,周作人译:《微笑》,见周作人等译:《现代小说译丛·第一集》,新星出版社 2006 年版,第 30 页。
② 同上书,第 55 页。
③ 周作人:《通信:语体文欧化讨论》,《小说月报》1921 年第 12 卷第 9 号。
④ 梁绳祎:《通信:语体文欧化问题》,《小说月报》1922 年第 13 卷第 1 号。
⑤ 茅盾:《通信:语体文欧化问题》,《小说月报》1922 年第 13 卷第 1 号。
⑥ 梁绳祎:《通信:语体文欧化问题》,《小说月报》1922 年第 13 卷第 1 号。

逻辑严密的表达成为下层普通民众理解欧化白话的阻碍,此种"文学的国语"显然与国家层面的语言一体化行动相悖,与国语运动对"国语"的普及思路相悖。实践中的国语书面语拔高了国语运动中的国语标准,造成"语体文欧化"实践的主要困境。

结语

究"欧化国语"之成因,作为文学革命的发起人,胡适视国语与白话为一物,周作人却始终在书面语层面考虑"国语文学"和"国语"的创造问题,1922 年周作人在《国语改造的意见》中把"国语"与"文章的形式"联系起来,主张"于叙事以外,还需要抒情与说理的文字"[①]。1926 年周作人在《国语文学谈》中将"国语文学"视作"文章语",称"国语文学就是华语所写的一切文章"[②]。这就使国语标准随文体的移植、书面语的创造变得愈加丰富多元。周作人在翻译中尝试用解放的古文翻译域外小说,将欧化的句法移植到了汉语书面语中,此种早期经验导向了日后欧化国语的创造,1918 年通过白话译作《古诗今译》加入新文学创造的阵营后便习惯于锻造一种欧化形态的国语。总之,与胡适从二元到一元的语言观不同,周作人的国语考量是在诸多因素的缠绕中发生的,并未将"白话"与"国语"直接等同,这或许是其有意识地用欧化方式改造白话语法,创造欧化语体文及欧化国语的原因。而早期小说翻译实践所尝试的"欧化文言"将欧化语法引入汉语书面语中,可视作日后"欧化国语"的发生起点,也是其白话语言生成路径的独特之所在。

---

① 周作人:《国语改造的意见》,《东方杂志》1922 年第 19 卷第 17 期。
② 周作人:《国语文学谈》,《京报副刊》1926 年第 394 期。

声音现代性和机器现代性

——论顾均正科幻小说《无空气国》

钱江涵①

内容摘要:《无空气国》是顾均正创作于 1920 年代的科幻小说,作者大胆想象了一个没有空气的国家,借"无空气"这一设定将"说话"的生理功能去自然化,突出了"空气"及"机器"的媒介性和物质性,堪称一次妙想天开的"消音"文学想象。小说中物理方式的改变不仅重新定义了人们说话的方式、功能和效用,还形塑了新的通信技术、符号系统及社会关系。本文将顾均正的文学想象置入以留声机为代表的声音机械复制的现代化进程中,将小说创造"光语"的语言构想置入 1920 年代以来中国语言改革的技术化实践脉络里,指出小说如何站在民族主义的立场从"说话"角度操演对"五卅"事件的国民性批判话语,并着力阐发文学想象、政治隐喻和声音及机器现代性之间的复杂关系。

关键词:无空气国;顾均正;声音现代性;民气;民力

长期以来,科幻小说家顾均正以《和平的梦》(1939)、《伦敦奇疫》(1939)、《性变》(1940)和《在北极底下》(1940)等四篇科幻小说名世。2012 年,学者任冬梅在数据库中搜索民国小说时,无意间发现了署名为"均正"的科幻小说《无空气国》。任冬梅通过比对同时期《学生杂志》上署名为"均正"的顾氏科普文章,基本推断《无空气国》乃是顾均正的作品②。2014 年,日本学者上原香发现《在北极底下》、《和平的梦》和《伦敦奇疫》等三篇小说均有其海外原本,顾均正从《惊奇故事》(*Amazing Stories*)等美国科幻杂志上将上述作品"移植"到中文,并根据自己的科幻小说观进行了改写和补充③。2021 年,《黑暗森林》《球状闪电》的译者 Joel Martinsen(周华)公布了自己的考据结果,发现了顾均正《性变》的英文母本。这些发现无疑极大地冲击了学界对顾均正科幻创作的旧有评价。

《无空气国》原载于《学生杂志》第 13 卷第 1 期(1926 年 1 月 10 日)《浪语》栏目上。在顾均正的诸多科幻名作皆被"证伪"的背景下,这一原汁原味的顾氏早期作品对学者准确描述顾均正科幻创作的面貌,客观评价其创作成就具有极为重要

---

① 作者简介:钱江涵,无锡工艺职业技术学院助理研究员。
② 任冬梅:《发现顾均正第五篇科幻小说!》,新浪博客,http://blog. sina. com. cn/s/blog_648759a701018igx. html,检索日期 2012 年 10 月 18 日。
③ 上原香:《论顾均正对美国科幻的吸收融合:以〈在北极底下〉为例》,"中国科幻文学再出发学术工作坊"论文,2014 年 5 月。

的史料价值。学者李广益认为《无空气国》"展现了顾氏科幻的新面貌"①。

一、"无声"的"无空气国":声音现代性的别样面貌

1925 年 12 月 4 日夜②,时任《学生杂志》编辑的科幻小说家顾均正创造了一个无空气的神秘国度。主人公 C 君偶然迷失在一个"奇怪的"地方,树枝不动,小鸟"不飞逃,也不吱吱地乱叫","我"用力呼喊,"却一点声音也没有"。这个忽然哑嘴的悬念最终在"谈话馆"里被揭开,本地人向"我"解释:"这里是叫做无空气国,……所以一切东西都没有声音,我们寻常不能谈话,要谈话时,须要走到一种空气室里去……"③所谓"谈话馆"乃是一处"戏园子似的房子",布置得如同"旅舍"。在封闭的房间内,人们用机器打出空气,以此创造谈话的条件。

一个没有空气的国度如何想象?顾均正在小说中大量征用了与空气物理性质密切相关的科学知识,如声音的传播原理(声学)、风的成因(空气动力学)、燃烧原理(化学)、降水(气象学)等④。倘若以现代科学的真理性为尺度,顾均正的构想绝不严谨周密,包含诸多和现代科学知识相龃龉的幻想。比如"无空气"的设定彻底颠覆了空气与维持生物体生命之间的根本关联,小说并未解释在不能进行有氧呼吸和光合作用的情况下,生物体如何维生。又比如小说提到无空气国人需要穿薄长衣防辐射,可见作者对太阳辐射有基本认识,但其对无空气情况下太阳辐射强度的理解则极度脱离现实物理规律……《无空气国》的"发现者"任冬梅指出,《无空气国》的设定类似埃德温·艾勃特(Edwin A. Abbott)笔下的《平面国》(Flatland)——二者都以某种物理规则的改变(缺失)为前提,依据科学的逻辑假想全新的社会生活情况。她认为小说在科学知识方面的不严密体现了顾均正科幻创作的"稚嫩"与"不成熟"⑤。

虽说科幻小说的创作、传播与接受都与科技知识密切相关,民国时期科幻小说的发展皆不同程度地倚赖自然科学技术的支撑,但追求科学细节或准确性的硬核科幻本身并非不言自明的唯一的评价尺度。晚清民国的科幻小说家借助自然科学的原理和发现,在科幻作品中制造和发明出大量用于改善生活和富国强兵的"利器"及技术,其背后充溢着对于西方现代科学声光化电的趋奉和对"科学主义"精神的崇尚。倘若对"何为科幻"本身的审美建构及话语生成不加以必要反思,草率地以现代科学知识为标尺回溯性地指责民国科幻的常识不足,一方面将陷入以进化论为生物学基础的现代性话语的盲区,另一方面亦无法充分释放近代中国科幻小说的独特性与创造力。

---

① 李广益:《史料学视野中的中国科幻研究》,《清华大学学报(哲学社会科学版)》2015 年第 4 期。

② 这是小说的落款日期。小说本以"均正"为笔名发表在 1926 年第 13 卷第 1 期的《学生杂志》(1 月 10 日)《浪语》栏目上。此外,1946 年 10 月 27 日第 18 期的《益世主日报》刊载了同名作品《无空气国》,署名"C 君"(小说的主人公),并删去了"均正"版的小引部分,本文所引《无空气国》均为 1926 年版。

③ 均正:《无空气国》,《学生杂志》1926 年第 13 卷第 1 期。

④ 同上注。

⑤ 任冬梅:《发现顾均正第五篇科幻小说!》,新浪博客,http://blog. sina. com. cn/s/blog_648759a701018igx. html,检索日期 2012 年 10 月 18 日。

根据现代物理学的知识,声音是振动产生的声波通过介质(空气或固体、液体)传播并能被人或动物的听觉器官所感知的波动现象。顾均正从诸多物理规则中将"声音的传播原理"作为最核心的科学基础,紧紧抓住空气作为"介质"的物质性和功能性,以消除"空气"的方式,暴露出了人体"发声器官"与"听觉器官"对媒介的依赖性。

"无空气"的设定使得人们习以为常的"说话"的生理机能被去自然化了,在无空气国中,唯有以机器制造的空气为媒介,唯有在人体器官和周围环境的有机交互中,"说话"才得以实现。对主人公来说,进入无空气国如同"哑了嘴","哑"不再是对封闭身体的本质化的残疾定义,"哑"变作一种开放式的流动状态,恰恰在身体的不足和不完善中,媒介凸显出了自身的物质性和技术性。

自爱迪生发明留声机以来,围绕"声音"的技术捕捉和文学想象始终浸透了对"声音现代性"的发明和建构。留声机扩展了人们记录、控制声音的能力,但留声机的发明创造本发端于残疾①,这也意味着技术并非人体的驯服的延伸,它甚而从根本上限定了人的存在方式以及对自身存在的体验和意识。通过储存、记录、复制声音,留声机塑造的现代声音景观体现为一种时空聚合技术,基特勒认为,留声机和电影放印机存储的是时间,即声学领域的音频和光学领域中单个影像连续运动的混合体②。如果说声音记录技术的崛起意味着"书写"不再垄断人们记录信息流的渠道,"看"让位于"听",那么《无空气国》恰恰呈现了这一声音的现代化进程的变体。

同为与"声音"相关的科技产品,留声机与《无空气国》中的"机器"(或可称为"打空气机")形成了有趣的对照。其一,留声机的发明创造发端于残疾并意在延伸、补偿身体的局限性,顾均正"无空气"的设定,竟构成一次妙想天开的创造"聋哑"的文学越轨。通过抽离作为声音传播介质的空气,人们"哑了嘴",唯有以"谈话馆"中的机器为中介,"说话"的生理功能才得以"恢复"。其二,留声机技术扩展了人们记录、储存、复制声音的能力,象征着对"声音"的普遍追求和占有欲望,"无空气国"则拒绝融入这一声音的机械复制的现代性进程中,转而推崇对"声音"的节制乃至压抑。

有意味的是,"消音"并不意味着和"留声"的根本决裂,恰恰相反,顾均正以机器所代表的工业文明为媒介来展开对"声音"的崭新的文学想象和政治隐喻。无空气国中的"机器"虽然与留声机的技术原理不同,但二者同样赤裸地展现了技术对人之存在体验的渗透性的改造力,借由无空气国人对中国的批评,"经由媒介的说话"呈现出比"自然说话"更大的优越性。因此,无空气国"消音"的文学实践并非对"留声"技术及其所代表的工业现代性的直接抵抗或反拨,相反,它呈现为"留声"技术的镜像。基特勒创造性地将留声机对应于拉康划分的"真实界"(The Real),留声机不带任何意图及倾向性地忠实记录所有声音和说话方式,将词语的意指功能及其物质性从不可见和不可写的噪声中分离出来。真实界"所形成的残

---

① [德]弗里德里希·基特勒著,邢春丽译:《留声机 电影 打字机》,复旦大学出版社 2017 年版,第 23 页。
② 同上书,第 4 页。

留物是想象界的镜子和象征界的网格都无法捕捉到的:生理的意外和身体的随机紊乱"①。正是留声技术撼动了科学与自然、媒介与信息、人体与机器之间的固有界限,从本质上说,小说中"消音"的声音想象仍根植于对声音作为信息流的现代性想象之中,并最终依托现代机器与科技才得以实现。

在"我"的"本地向导"眼中,无空气国是一个字面意义上"鸡犬不相闻"的"理想境",然而小说并未采用理想国式的乌托邦叙事,而是创造出反讽的空间。除"谈话馆"外,无空气国是一个"寂静无声"的世界,"谈话馆"可以视为无空气国内部的"异托邦"(Heteropias),异托邦本是福柯晚年提出的一个概念。王德威教授曾借用这个概念分析中国的科幻小说。据王德威的研究,异托邦指的是在现实社会各种机制的规划下,或者是在现实社会成员的思想和想象的触动之下,所形成的一种想象性空间。它和乌托邦(Utopia)的区别在于,乌托邦是一个理想的、遥远的、虚构的空间,而异托邦却可能有社会实践的、此时此地的、人我交互的可能②。同时,异托邦本身并没有明确的价值取向,它是对人们习以为常的生活或生命的空间、结构以及韵律的质询。在此意义上,"谈话馆"可视为顾均正介入一个自为的异托邦的努力,通过对机器、空气的物质性和媒介性的揭示,小说重新定义了"说话"与人的身体的关系,"谈话馆"作为无空气国的异托邦,令内与外,边缘与中央,正常与反常等边界不断地被质疑、被跨越。

与此同时,物理方式的改变深刻地形塑了人们的心理变化和社会关系,任冬梅称小说"联系社会实际,针砭时事,真正做到了科学、文学与社会现实的结合……是一篇很有中国特色的科幻小说"③。顾均正精心设置了"无空气国"和"中国"的镜像关系,借无空气国人之口从"说话"的角度操演国民性批判话语,将科幻想象楔入五卅运动中关于"民气"及"民力"的讨论语境里。

二、国民性批判:"说话"和"民气"相似机制

人们的生存世界若没有空气,其物理规律和生存状况必将发生天翻地覆的变化,笔者认为顾均正在细节方面的"粗疏"恰可视为一种"聚焦"——声音的传播原理成为最核心的科学基础,以机器为媒介的"说话"正是小说的核心设定。作者真正关心的并不是"无空气国"这一幻想国度本身的真实性和可能性,而意在以无空气国为镜像,展开对中国人的国民性批判。本章试图把顾均正独特的"说话"观置入五卅前后对"民气"及"民力"的讨论语境中,探讨《无空气国》如何以文学想象激活政治隐喻,展开对五卅事件及中国人的现实批判。

无空气国人推崇不说话的种种好处:其一,"祸从口出,说话实在是一件极危险的事",人心不同,哪怕好意的话也会使听的人产生意见。其二,"谈话是一个人发泄感情的机会,一个人心里受了冤屈,等到说出了之后,就什么都忘了。现在我

---

① [德]弗里德里希·基特勒著,邢春丽译:《留声机 电影 打字机》,复旦大学出版社 2017 年版,第 16 页。
② 王德威:《乌托邦、恶托邦、异托邦——从鲁迅到刘慈欣(之一)》,《文艺报》2011 年 6 月 3 日,第 7 版。
③ 任冬梅:《发现顾均正第五篇科幻小说!》,新浪博客,http://blog.sina.com.cn/s/blog_648759a701018igx.html,检索日期 2012 年 10 月 18 日。

们不能开口,心里的冤屈就不能申诉出来,将冤屈永远地压在心里,便使我们不得不力图自振,以为最后之奋斗"①。中国的五卅惨案被视为说话有害的例证,无空气国人尖锐讥刺道:"贵国人的嘴要算是最厉害了,即如那次五卅惨案,个个人大喊其打倒帝国主义,经济绝交,喊得何等起劲,然而单靠一张嘴来喊喊,到底有些什么用呢,等到喊出了心里的气愤,早就什么事都完了。实在你们的生活态度,好比旧戏台上做戏……总之:夸口而不知耻,实在是贵国人的一种大毛病!"②

有趣的是,小说里无空气国人对五卅惨案的批评话语和五卅事件中关于民气、民力的现实讨论极为切近。"说话"和"民气"具有类似的性质和作用机制。1905 年,梁启超《论民气》较早地系统论述了何为民气,民气与民力、民智、民德的关系以及民气的应用公例。梁启超对"民气"的定义是:"一国中大多数人,对于国家之尊荣及公众之权利,为严重之保障,常凛然有介胄不可犯之色,若是者谓之民气。民气者,国家所以自存之一要素也。"③民气绝不是一个孤立的积极要素,它只有在与民力、民智、民德"相待"的关系中才能发挥作用。梁启超认为"民气必与民力相待。无民力之民气,则必无结果。……气实力之补助品耳"④。梁启超从"民气"和"民力"的关系出发重新阐释日本和韩国的近代史,强调"力之未逮,其必非用气之时也","韩人误以其最可贵重之蓄力的时日,而滥费之以为最无谓之竞气的举动。韩人之气,日泄而日瘪;日人之力,日积而日张,而最后之优胜劣败,遂永定矣。吾故曰:民气必待民力而后可用"⑤。针对民力不足时的民气宣泄,梁启超称:"彼之视我,直剧场中一科白耳!"⑥顾均正小说中的无空气国人不正是用相同的论调批评中国吗?——"实在你们的生活态度,好比旧戏台上做戏……"。⑦

对无空气国人来说,"不能开口,心里的冤屈就不能申诉出来,将冤屈永远地压在心里,便使我们不得不力图自振,以为最后之奋斗"。与此相对,中国"个个人大喊其打倒帝国主义,经济绝交,喊得何等起劲,然而单靠一张嘴来喊喊,到底有些什么用呢,等到喊出了心里的气愤,早就什么事都完了"⑧。在无空气国人看来,人的情感和力量会以身体(口、心)为媒介实行转化,在"冤屈""惨案"等现实力量的打击下,"口"是一种耗散式的宣泄途径,"等到说出了之后,就什么都忘了""等到喊出了心里的气愤,早就什么事都完了"⑨。这种呼喊,不仅无用,甚而有害,它用耗散造成了主体内部的空虚和无力状态。与之相对,"心"代表着内向化的凝聚力,将"冤屈""愤怒""耻"等情感存储积淀在身体中,方能激励主体"力图自振"并改变现实。梁启超在研究民气之为物及其应用的公例中说,"其物屡用之,则易衰

---

① 均正:《无空气国》,《学生杂志》1926 年第 13 卷第 1 期。

② 同上注。

③ 梁启超:《论民气》(新民说二十五),《新民丛报》1905 年第 3 卷第 24 期。

④ 同上注。

⑤ 同上注。

⑥ 同上注。

⑦ 均正:《无空气国》,《学生杂志》1926 年第 13 卷第 1 期。

⑧ 同上注。

⑨ 同上注。

而竭;蓄之愈久,则其膨胀力愈大,故宜偶用而不宜常用"①。由此可见,无空气国人所称喊出"冤屈"的"说话"和梁启超所谓的"民气"分享着同样的性质和作用机制——"用易衰、蓄则强"。

"气"是中国哲学的基本概念之一。在清末到"五四"时代思想革新,融入新知的基础上,"气"的概念伴随着哲学性课题的终结,不断朝着物质观的方向转化②。近代"气"的概念则与政治革命思想息息相关,如康有为在《上清帝第一书》中主张打破旧的政治体制中君主与臣民之间的壁垒,"定分以靖臣下之心,采言以通天下之气"③。谭嗣同呼吁"官民上下,通为一气,相维相系,协心会谋,则内患其可以泯矣,人人之全体其可以安矣"④。康、谭等人将国家视为一个整体机制,国之弊病在于"气"的阻塞,"通气"所形成的气的环流及有机循环能使国家机器和政治机体的内部机能有效发挥作用。在与"气"相关的近代政治语汇如"通气""元气""民气"等中,"民气"一词逐渐占据主导。"民气"的具体内涵有其自身的概念变迁史⑤,作为近代政治语汇的"民气"概念,既保留了引申自生命哲学的自然面向,更深受西风东渐的影响。笔者将简析 20 世纪初的三篇同名文章《论中国民气之可用》[分别为先忧子(麦孟华)《清议报》1900;崇有(高梦旦)《东方杂志》1904;(佚名)《东方杂志》1905],考察"民气"概念演变为民族主义话语的脉络,并重点关注"民气"与"民力"关系的变化。

先忧子(麦孟华)持绝对的民气决胜论,他称"印度之见墟于英人,土耳其之受制于列强,其地非不广也,其民非不众也,其文化武备亦非尽腐窳也,然而民气靡蒇,柔懦无骨,见国之衰弱而不以为愤,受人之凌虐而不以为辱,任政治之芜败而不以为己责。靦然苟生,覥焉偷息"⑥。与之相对,在援引美国独立战争、日本"倾幕运动"和菲律宾反殖民运动等事例时,作者明确指出这些国家尽管"力"有不足,但凭借"坚忍不屈""劲悍不挠"的民气,最终能维护国家主权,实现民族独立。

崇有(高梦旦)持改造民气观,他认为中国文化培养出的是"弱不胜衣,衣不正履"的"奄奄无气者",但广大不通文教的乡僻愚民倒据有"轻生好义"的民气,只是由于"人民无国家思想",所以"勇于私斗,怯于公仇"。他主张革新政体,普及教育,以"国家思想"改造褊狭的民气,使"乡僻愚民、会匪盐枭、海盗标客"等"本为地

---

① 梁启超:《论民气》(新民说二十五),《新民丛报》1905 年第 3 卷第 24 期。

② [日]小野泽精一、[日]福永光司、[日]山井涌编,李庆译:《气的思想——中国自然观与人的观念的发展》,上海人民出版社 2007 年版,第 3 页。

③ 康有为:《上清帝第一书》,见康有为撰,姜义华、张荣华编校:《康有为全集》(第一集),中国人民大学出版社 2007 年版,第 180 页。

④ 谭嗣同:《论全体学——第八次讲义》,《谭嗣同集》,岳麓书社 2012 年版,第 444 页。

⑤ 据韩钧的研究,先秦至汉代文献中的"民气"主要有三重含义:一是指百姓生命健康的征兆,主要见于《黄帝内经》等医家典籍;二是作"士气"的同义语,常见于兵家的著述中;三是指百姓的精神面貌或是民心,多见于《管子》《韩非子》等法家典籍。韩钧:《清末时期梁启超"民气"论研究》,《郑州大学学报(哲学社会科学版)》2016 年第 1 期。

⑥ 先忧子:《论中国民气之可用》,《清议报全编》1900 年第二集卷六。

方大害者,皆可利用以捍御外侮"①。

1905 年,《东方杂志》还刊载了一篇《论中国民气之可用》,文章着重强调"民族主义"的重要性,作者认为"此民族主义非有所强迫而后能成,则亦非一经摧折而即可使销灭。盖此主义之原质,其胚胎也以公义,其滋长也以热血,而又鼓之以方新之气,持之以万众之力。譬如一机器焉,机关悉备,火门方启,于此而欲塞其汽管,使不能行。吾恐外界阻碍之力必不胜其内界膨胀之力。异一时而速,力且倍之矣"②。文章把"民族主义"视为机器,将"方新之气"具象化为"蒸汽"的物质形态,此"气"而且能转化为"内界膨胀之力"。

这三篇同名文章的作者都在应对民族危机,塑造国家意识的层面上强调民气的重要性,鼓励培养具有国家意识的民气。三人的论述各有侧重,展开了对民气与民力关系的不同想象。

先忧子不仅将民气与民力一分为二,还确立了民气的绝对优先性。他以近乎极端的对比——有"力"无"气"的印度、土耳其沦为殖民地,"力"乏"气"盛的美国、日本、菲律宾等自立于世界民族之林——在推崇民气的同时贬低了民力的重要性。崇有则区分民气的不同性质,试图以"国家思想"改造民气进而实现保种强国的目的。有论者指出,崇有的论述表现了立宪派知识分子的言说焦虑,"一方面痛感民气的衰弱不振,不足以胜任保种自强的时代要求,希望能加以振作;但另一方面,他们又始终对'民气'的振作怀有深深的戒惧"③。佚名作者别出心裁地把"民族主义"视为机器,将抽象的"方新之气"具象化为"蒸汽"的物质形态。由此,民气和民力的关系被类比于蒸汽机的能量转换原理,"民气"可以促动"膨胀之力",并带动国家机器的高速运转。在佚名作者的论述中,民气具有动能的性质,民力则与现代化工业文明的标志——机器——紧密关联。

在《无空气国》中,"说话"与"机器"的关系恰可类比为"民气"和"民力"的关系。《无空气国》并非要彻底消除声音,而是反对"无谓的口舌",警惕"发泄感情"导致的对耻辱的遗忘和力量的散失。小说中的"机器"既是资本主义工业现代性的重要表征,也是近代中国所追求的"民力"的实体象征物。

顾均正在其评五卅事件的时文《从五卅案所得的教训和青年学生的责任》中罗列了"军事宣战""外交交涉""经济绝交"等手段,反复强调并深化"然而我们中国不能够这么办"的窘境,呼吁"中国目前所最不容缓的工作,便是提倡物质文明——研究科学,振兴实业"④。对"言"的反对(焦虑)与对"力"的召唤形成鲜明对比,顾均正称"现今中国大多数的青年,都好尚空言;只会摇旗呐喊,不会冲锋陷阵"。"我们今后的青年运动,将要换一个目标了。我们不要只在讲演游行这一方面努力,我们他方面还须研究科学……走进实验室,点上火酒灯,拭玻璃管,倒药

① 崇有:《论中国民气之可用》,《东方杂志》1904 年第 1 期。
② 佚名:《论中国民气之可用》,《东方杂志》1905 年第 9 期。
③ 周新顺:《"民气""民智""民德":重返晚清国民性问题讨论的话语现场——以〈东方杂志〉为考察中心》,《东岳论丛》2017 年第 11 期。
④ 均正:《从五卅案所得的教训和青年学生的责任》,《学生杂志》1925 年第 12 卷第 8 期。

品,切切实实地研究十年科学再说。"①

由此可见,民气和民力的等级次序发生了微妙的颠倒,从先忧子的民气决胜论一变而为民力决胜论。如果说梁启超的早期论述曾试图构建民气、民力、民智、民德等政治概念彼此关联的政治有机体,五卅的相关论述则强调民气和民力的对立。鲁迅在《忽然想到(十)》中谈到《顺天时报》的一篇社论,"大意说,一国当衰弊之际,总有两种意见不同的人。一是民气论者,侧重国民气概,一是民力论者,专重国民的实力。前者多则国家终亦渐弱,后者多则将强"②(此社论指 1923 年 4月 4 日《爱国的两说和爱国的两派》)。在认可《顺天时报》民气论者和民力论者的区分之后,鲁迅进一步表态,"中国历来就独多民气论者,到现在还如此……在不得已而空手鼓舞民气时,尤必须同时设法增长国民的实力,还要永远这样的干下去"③。

通过梳理"民气"观的历史变迁可以发现,早期的民气观,尤其是先忧子(麦孟华)的《论中国民气之可用》,与五卅时期的论述形成了鲜明对照。在先忧子看来,"民气"是"文明"的要素,民气问题是在伦理、文化和文明想象的延长线上展开的,先忧子(麦孟华)以民气的"发舒"与"压抑"对应于"文明之国"和"野蛮之国"的二元对立。佚名作者在文章开篇以近乎赞美的姿态称颂西欧殖民主义:"欧洲自十六世纪以来,文明潮流,递推递嬗,日见进步,至于今日,而演化成此美丽庞大之现象。谋拓地,谋殖民,谋输母财以实行其民族帝国主义者,实自其民族主义之发达始。"④可以说早期"民气"观深深内嵌于西方文明论的话语建构之中。文明关系和霸权结构的一种文明史叙事模式,即帝国主义国家采用等级化和差异化的叙述逻辑,制定出文明、半开化、野蛮的文明等级,将遵循进化法则和进步史观的西方文明视为普世价值。不仅如此,在五卅的语境中,民气的伦理价值不断受到压抑,民气的意义被窄化为"民气—民力"的转化率和现实功用。这一被资本主义工业理性主宰的价值取向体现出社会达尔文主义和殖民话语已内化为中国知识分子的思维逻辑。

值得进一步追问的是:不能转化为民力的民气是否就毫无意义?"说话"除了工具性功能之外,是否应当保留与情感的有机关联?顾均正的《无空气国》恰恰从极为巧妙的角度将"说话"观和"民气"观重新问题化,激发人们深入思考建构某一时期特定观念的话语生成过程和知识来源。

三、创造"光语":超越声音中心主义

五卅语境中关于民气和民力关系的论述以及"无空气国"以机器来改造说话的实践凸显了现代中国知识分子对"力——现代工业文明"的认同与追求。与此同时,一个全新的以"光语"取代"声语"的语言想象浮出于中国现代国语运动的

---

① 均正:《从五卅案所得的教训和青年学生的责任》,《学生杂志》1925 年第 12 卷第 8 期。
② 鲁迅:《忽然想到(十)》,见《鲁迅全集》第 3 卷,人民文学出版社 2005 年版,第 96 页。
③ 同上注。
④ 佚名:《论中国民气之可用》,《东方杂志》1905 年第 9 期。

地表。

自晚清以来,中国知识分子跳出长期封闭自足的母语世界后,"突然间找到了充满威势与希望的西方语言作为衡量一切的阿基米德点。他们由此反过身来,用胡适之津津乐道的'比较的方法'第一次从整体上打量如今已经成为客体对象的母语,而无情的打量逐渐演为对母语的激烈攻击与否定"①。中国知识分子一方面以"衍形—衍声"的语言进化论为理论基础,将中国积弱的根源归因于汉字,一方面积极从声音及文字两方面主导中国语文改革运动,前者的道路是解决汉字的难读,其方案包括晚清切音字运动、注音字母运动等;后者的道路为解决汉字的难写,钱玄同、吴稚晖、胡适、鲁迅、瞿秋白等中国知识分子,虽然在政治立场上有分歧,但都达成了"废弃汉字"的共识,并分别提出改用世界语、国语罗马字、拉丁化中国字等不同的方案。近代中国知识分子对国语——包括口头语和书面语——的追求,从一开始就受到了德里达所探讨的"声音中心主义"的影响,一种技术化了的书写观念不仅将书写化约为语言的补充物,并要求其对语音的科学表现进行完善。

在针对汉语(汉字读音)的改革方案中,改革者用切音字母、记音符号、注音字母等工具改造汉字的发音,汉字本非无声,但中国现代知识分子拒斥古典文学传统的声读系统,试图以"注音字母"等为工具,令汉字发出贴近人们口头语的声音,进而塑造大多数人能够彼此沟通的民族共通语。与此同时,在针对汉文(汉字字形)的改革方案中,拉丁化新文字的倡导者们主张彻底废弃汉字,创造贴近于"汉语"的、表音的、字母化的汉文书写形式。诚如陈平原所总结的,"有声的中国"的议题,从"声音"的角度探讨文言白话之利弊,思考现代民族国家的命运,而谈论"民族"与"声音"之间的关系,既有象征的成分,也包含五四新文化人的共同立场:轻文辞而重言语②。

1897 年,晚清学者王炳耀在华南出版《拼音字谱》,据倪海曙的研究,这是清末出版物上第一次用"拼音"一词,以前都称"合音""合声"或"切音"。王炳耀不满汉字"文纲之密,字学之繁,实为致弱之基"③,他认为"拼音成字,书出口之音,运之入人心;不由耳而由目,使目见者即明;犹以口宣言,使耳闻者即达。声入心通,别无难义也"④。"声入心通"实现了眼学与耳学位置的颠倒,一套基于"出口音"的书写系统取代了经典文本的声读系统,令声音成为普及文字、贴近民心的最佳渠道。1905 年《大公报》上的一篇文章谈及演说,进一步深化"声音"与民心、民气之间的关系,"如今对于开通风气有力量的,就是演说。因为演说一道,对着众人发明真理,听的入在耳朵里,印在脑子上,可以永久不忘。日子长了,可以把人的心思见

---

① 郜元宝:《现代汉语:工具论与本体论的交战——关于中国现代知识分子语言观念的思考》,《当代作家评论》2002 年第 2 期。
② 陈平原:《有声的中国——"演说"与近现代中国文章变革》,《文学评论》2007 年第 3 期。
③ 王炳耀:《拼音字谱》,文字改革出版社 1956 年版,第 8 页。
④ 同上书,第 13 页。

解变化过来"①。不仅如此,1913 年的"读音统一会"上,为拟构民族共同语的框架,与会者们围绕"审定国音"的具体方案爆发了激烈的讨论和争执,以吴稚晖与王照之间关于"京音"的分歧为例,吴稚晖自觉地将声音与民气相关联,称"如敛收其音,止于上声,不能退归于入声,或刚断有余,而木强不足矣,如音气常偏于清扬,或慷爽有余,而沉雄不足矣。是皆失民气刚柔之调和,决不能全无影响者也"②。吴稚晖还主张将 36 个字母中 13 个浊音加入新字母,理由是"浊音字母雄壮,为中国之元气。德国浊音字多,故德国强盛;吾国不强,因官话不用浊音之故"③。

在某种程度上,"无空气国"可以与"无声音国"彼此转译(参照小说开头外来者 C 君对"无空气国"的初步认知:C 君甚至没有意识到此地没有空气,而是尖锐凸显无声的环境和自身的聋哑)。这篇小说因此成为中国语言改革运动的有趣参照,在近代知识分子对"有声的中国"的普遍追求下,"无声音国"无疑展开了对"声音""语言"和"国家"关系的新想象。如何理解"光语"取代"声语"这一语言想象和对民气的国民性批判以及塑造现代民族国家共同体之间的关系?换言之,如何在"无空气""无声音"的物质性、技术性与"国""群"的政治性之间建构有机关联?要回答以上问题,理当从技术化的角度重新检视中国语言改革运动的动力和方向。

小说中这样描述"光语":"在我们的世界上,声音为使人警觉的一种要具,但是真空气里不能传声,所以他们都用一种强烈的光线来替代的,它的名字,叫做警光,发警光的器具叫做警灯,它的光度比我们所用的电筒要亮十倍。一个人有了意见要向人表示时,就把警光向对手方面放射,引起他的注意,然后利用警光的隐灭,可以作极简单的语言,这种语言,他们称为光语,正像我们童子军中所用的旗语一样。"④

主人公将无空气国人所谓的"光语"类比为自身常识世界中熟悉的"旗语",并突出其"警"的功能,有意无意地点破了光语的军事通讯属性。刘禾在《帝国的话语政治》中提出应当认真面对"语言、战争、国家法甚至符号学理论之间的关系,并开始追问这一切是怎样与主权国家和帝国的各种发明创造相互纠结在一起的"⑤。刘禾选取国际摩斯电报码作为分析的切入点,并提到摩斯电报码的主要竞争对手——梅耶系统中的"空中信号技术"。这两大通信技术都可以为理解"无空气国"中的"光语"提供启示。

据刘禾的研究,梅耶系统的的发明与梅耶本人和聋哑人打交道的经历有关,梅耶通过观察北美印第安人进行远程信息传递的方式发明出一套军事符号系统。

---

① 佚名:《敬告宣讲所主讲的诸公》,《大公报》1905 年 8 月 17 日。
② 吴稚晖:《读音统一会进行程序》,《吴稚晖全集卷 4》,九州出版社 2013 年版,第 112 页。
③ 王照:《书摘录官话字母原旨各篇后》,《小航文存(卷一)》,《近代中国史料丛刊》第 27 辑(265),台北文海出版社 1968 年版,第 117、118 页。
④ 均正:《无空气国》,《学生杂志》1926 年第 13 卷第 1 期。
⑤ 刘禾著,杨立华等译:《帝国的话语政治:从近代中西冲突看现代世界秩序的形成》,生活·读书·新知三联书店 2009 年版,第 4 页。

这一信号系统"用事先编排好的符码来指代单个的字母,并依此挥动符码旗或者晃动灯光"①。关于国际摩斯电报码(Morse code)如何参与建构"汉字之难"的问题,托马斯·S. 穆拉尼在其专著《中国汉字印刷》中进行了深入研究。他首先指出:"无论某个特定的'汉字难题'在我们的回顾中看似多么地自然或不可避免,所有的'汉字难题'事实上都是历史性的建构和变数。"②以电报符码的发展为例,汉语需要进行"双重中介"(double mediation):第一层中介在中文字符和阿拉伯数字中间,第二层中介在阿拉伯数字与电报传输信号的长短脉冲之间。作为对照,字母语言如英语、法语、德语、俄语等只需要一层中介——即可以由字母或音节直接转化为"点一线"机器符码。这就意味着汉语为了进入电报符码,将使汉字遭受双重的控制,既和其他语言一样受控于"点一线"协议,又先在地受制于拉丁字母③。电报是西方工业文明的产物,和铁路一样,其并非一种透明的公共通信技术,它参与构建了汉字难题,并为衍声文字优于衍形文字的语言进化论增添了筹码。倘若考察中国电报建设和中文打字机的发展史,可以发现汉语在追求技术化、现代化的过程中长期笼罩于西方字母普遍主义和声音中心主义的庞大阴影之下。

晚清学者王炳耀曾具体研究改革中文四码电报的问题,并定出第一份拼音电码方案。他在《电字说》中谈到"不第可节国家之财用,且可正中国之方言,以归画一,岂不美哉"④,不仅如此,他的《军字说》中设置了旗语和灯语方案作为军事通讯的手段,"军旅之事,未之学也;行军之字,亦未之闻也。惟以理推我国之字,作形示意,其难与电报字等。用此新字,昼则以旗,夜则以灯,遥示字母,对者见形,一人报字,一人挥写,远达军情"⑤。在王炳耀的方案中,光与墨相类,乃是书写"字"的材料,"字"才是信息的承载单位。和梅耶系统中的符码一样,旗语和光语以视觉传讯的方式克服特定技术条件下声音所受的物理限制,实现更远距、更迅捷、更具密符性的信息传递。

《无空气国》中的"警光"保留了"警"的军事通讯背景,但"光语"虽然"像我们童子军中所用的旗语一样",实质却很不同。旗语仅是"我们"世界中应用于军事等特殊环境下的辅助性通信手段,而无空气国中的光语乃是视觉形式占主导地位的日常语言,"谈话馆"中的"说话"反而变作特殊状态下的口语遗存。如果说"无空气国/无声音国"对声音的放逐与置换无形中逸出了将汉语技术化、现代化的轨道设计,是否能将这一科幻想象视为对声音中心主义霸权的无意识反抗形式?小说颇富转折意味的结尾或许启示了答案,"我"走在路上,"忽然后面有一道极强的

---

① 刘禾著,杨立华等译:《帝国的话语政治:从近代中西冲突看现代世界秩序的形成》,生活·读书·新知三联书店 2009 年版,第 6 页。

② "no matter how natural or inevitable a particular 'Chinese puzzle' might seem to us in retrospect, all 'Chines puzzles' are in fact historically constructed and variable", Thomas S. Mullaney, *The Chinese Typewriter: A History*, The MIT Press, Cambridge, Massachusetts, London, England, Page 77.

③ 同上书,第 112 页。

④ 王炳耀:《拼音字谱》,文字改革出版社 1956 年版,第 24 页。

⑤ 同上书,第 25 页。

光亮,我这时还不知道是什么警告,回头一看,只见一部汽车已无声无息地撞到我身上来了,我猛然吓了一跳,等到我仔细辨察时,却发现自己的身体直挺挺地躺在床上"。这场突如其来的车祸将"我"送出了梦境,推拒到神秘的"无空气国"之外。

从顾均正对无空气国所作的粗线条勾勒中看,无空气国具有较高的科技发展水平和现代化程度,受惠于电学的进步,无空气国人的警灯比"我们"所用的电筒要亮十倍。且无空气国人以居高临下的态度辛辣讽刺五卅惨案里中国国力的孱弱和中国人"夸口而不知耻"的国民性。"我"对于无空气国人的尖锐批评欣然接受,显示出对无空气国人"说话观"的认同。机器——无论是"谈话馆"里的空气机还是发警光的警灯——乃是发达的工业文明的象征物,"我"对无空气国人的认同因此也具有了认同于现代工业文明的象征意味。然而"我"的认同遭遇了致命的失败,"我"因为读不懂无空气国的光语,被一辆汽车撞出了这一国度,梦醒正是死亡的隐喻。有意思的是,康有为在《大同书》中论述天灾之苦时,在"水旱饥荒""地震山崩"等一系列自然灾难中突兀地插入"汽车碰撞之苦",康有为称"缩天地于一掌,视万里如咫尺,过都越国,不盈旦夕;长龙蜿蜒,山川飘瞥,造新世界之灵捷第一物者,莫如汽车哉!然其挟火电之力,飙驰电驶,一往无前,交道相忤,少不及防,即有相碰之患,全车立碎,人物皆飞,头臂交加,血肉狼藉。……无不以汽车为行役而托命焉。而灾变非常,出于不意,有人事非常之巧,亦即有人事非常之险,相乘相因,畴不能免。虽异日飞船创起,亦难免飘堕之苦,而今兹之患,则汽车多危焉,咄咄有戒心哉!"[1]康有为极其敏锐地在赞叹现代工业文明的同时深深警惕于技术的暴力,他的预言至今具有启示意义。

结语:

作为顾均正创作于 1920 年代的唯一一篇科幻小说,《无空气国》呈现了顾氏科幻想象奇绝、针砭时事的独特风貌。本文认为顾均正对"无空气国/无声音国"的构想可以置入丰富的层次中,倘若将"消音"的文学想象置于以留声机技术为代表的声音机械复制的现代性进程中,将"说话观"("说话"VS以机器为媒介的说话")置入"民气观"("民气"VS"民力")的国民性批判视野中,将光语对声语的取代置入中国语文改革运动的历史脉络中,那么将会发现诸多表面偏离的轨迹:"消音"逆转了声音的复制欲望,以对声音的节制呈现出声音现代性的另一面貌;"光语"无视将汉语技术化的单向追求,激进地超越了声音中心主义;与此同时,机器作为"民力"的实体象征物不断压缩"民气"的伦理价值,呈现出了机器现代性的暴力侧面。

---

① 康有为:《大同书》,上海古籍出版社 2014 年版,第 21 页。

方言写作与时代"异声":浅议《山乡巨变》中的语言

熊静娴①

内容摘要:周立波的《山乡巨变》出版于 1950 年代,正值全国普通话运动和汉语规范化运动如火如荼地开展之际。这部作品看似与时代潮流相悖,实际上是周立波在自觉认同普通话所承载的权威性和同一性的前提下,对方言在新时代应该如何在文本中存在这一问题所作出的探索。具体到《山乡巨变》的实践中,就是区分对话语言和叙事语言,压缩方言的比重;将方言转化为书面语时,忽略方言语音的特殊性,而从词义上寻求与普通话接轨的可能。另一方面,周立波将方言中灵动活泼的词汇和句法纳入了文本,在有限的发挥空间里,依然使小说呈现出浓郁的乡土气息和地方特色。本文将《山乡巨变》的创作纳入方言与国语/普通话缠绕发展的历史脉络中考察,运用史料与文本互相结合论证的方法,试图对《山乡巨变》背后的创作逻辑和周立波运用方言写作的策略进行解读。

关键字:周立波;《山乡巨变》;方言文学;普通话

《山乡巨变》是周立波于 1958—1960 年发表的长篇小说。1956 年,周立波返回家乡益阳,"采取一个普通农民的姿态,扎扎实实和群众一道劳动,同吃、同住,当小学生,毫无架子,虚心、诚恳地向群众学习"②。在这期间,他酝酿并创作了以益阳清溪村为背景原型的《山乡巨变》,描绘了清溪乡在农村人民公社化运动浪潮下的图景。这是继《暴风骤雨》之后,周立波再次运用方言进行创作的成果,而且运用的是他的家乡益阳的方言。《山乡巨变》在《人民文学》连载后,王西彦第一时间撰文评价:"在《山乡巨变》里,立波同志在方言土语的运用上,是相当成功的。尤其像我这样的读者,虽然不是湖南人,却在湖南农村里生活过,工作过,听得懂湖南话,读起来就感到很亲切。有些段落,我一面轻声诵读,一面点头微笑,觉得立波同志写得实在好,有味道。"③1960 年《山乡巨变》续篇发表时,茅盾曾如此评价:"从《暴风骤雨》到《山乡巨变》,周立波的创作沿着两条线交错发展,一条是民族形式,一条是个人风格;确切地说,他在追求民族形式的时候逐步地确立起他的个人风格。"④"民族形式"在《山乡巨变》中的最重要的体现,就是清新活泼、地方特色鲜明的方言土语,而"个人风格"则可以看作是周立波在运用方言写作时的

① 作者简介:熊静娴,华东师范大学中国语言文学系博士研究生。
② 李华盛、胡光凡编:《周立波研究资料》,湖南人民出版社 1983 年版,第 133 页。
③ 王西彦:《读〈山乡巨变〉》,《人民文学》1958 年第 7 期。
④ 茅盾:《反映社会主义跃进的时代,推动社会主义时代的跃进!》,人民文学出版社 1960 年版,第 36 页。

技巧。

一、汉语规范化运动与普通话写作的兴起

自从 1949 年 6 月第一次"文代会"后，文艺界关于如何剥离方言、文言和欧化语的影响，确立新的民族共同语言的讨论不断涌现。这些讨论，实际上是伴随着对 1940 年代"方言运动"的批判展开的。

1940 年代，随着"方言文学"口号的提出，"方言"和"国语"之间的关系问题又被重新审视。上海、广东、香港等南方方言地区先后掀起了"方言剧""方言文学"的理论论争和创作热潮。吕叔湘在《文言和白话》一文中提出"国语"的涵义：作为"中国语"，是区别于"外国语"而言；而作为"标准语"，是区别于其他方言而言①。将"国语"和"方言"明确地置于对立面。茅盾在《杂谈"方言文学"》和《再谈"方言文学"》两篇文章中直截了当地指出，"五四"运动创造的"新白话"并不能算作真正意义上的"国语"，而是北方地区的"方言文学"②；并尖锐地批评道："一方面主张'吾手写吾口'，另一方面却叫吴语区域及福建广东的人们去写北方之口。"③茅盾的这一观点的矛头指向的是以北方方言为单一语音来源的"国语"书写系统，并揭示出，在"言文一致"大旗的统摄下，广大南方地区的方言却并没有占据一席之地。贺桂梅认为，茅盾批判了"五四"白话文运动的地域局限性，并且强调必须依照"语言中心主义"的逻辑，建立以多种方言为语音系统的"白话"④。语音中心主义(Phonocentrism)认为，文字附属于口语，口语优于文字。这种观点曾备受德里达的批判。他认为，文字有其自身价值，并非口语的附属，语音中心主义只是西方哲学中逻格斯中心主义(logocentrism)的一种体现⑤。日本学者柄谷行人在《日本现代文学的起源》中提醒读者注意"语音中心主义"的政治性：正是由于特定的"语音"具有合法性，统一的书写语言才得以建立，这也正是民族主义的同一性的重要基石⑥。由此看来，茅盾对"五四"白话文的批判，恰恰引出了一直被有意或无意遮蔽的"语音"或者"方音"的问题。究竟哪一种方言可以成为统一的民族书面语言的语音基础？如果更进一步追问，我们需不需要一种统一的民族书面语言？如果"方言"需要被抬举，那么"国语"的意义将会在一定程度上被消解。质疑了国语的合法性，就意味着质疑统一民族国家的同一性根基。在百废待兴，亟待建立统一现代民族国家的新中国，"方言运动"遭到批判是可以预见的。1940 年代后期，关于"方言文学"的论争销声匿迹，随之而来的是 1950 年代新中国开展的"普通话"运动。

---

① 吕叔湘：《文言和白话》，《吕叔湘文集第 4 卷》，商务印书馆 1992 年版，第 84 页。
② 茅盾：《杂谈"方言文学"》，《群众》1948 年第 2 卷第 3 期。
③ 茅盾：《再谈"方言文学"》，《大众文艺丛刊》1948 年第 1 期。
④ 贺桂梅：《政治・生活・形式：周立波与〈山乡巨变〉》，《文艺争鸣》2017 年第 2 期。
⑤ 顾明栋：《走出语音中心主义——对汉民族文字性质的哲学思考》，《复旦学报(社会科学版)》2015 年第 3 期。
⑥ ［日］柄谷行人著，赵京华译：《日本现代文学的起源》，三联书店 2003 年版，第 194—212 页。

　　1955 年 10 月,全国文字改革会议与现代汉语规范问题学术会议接连召开。这两次全国大型学术会议针对汉字规范、现代汉语规范,作出了重要的前瞻性的长远规划。现代汉语规范问题学术会议的报告中指出,之所以现阶段需要提出汉语规范化的问题,是因为"在我们祖国经济建设和文化建设的现阶段,这个问题有突出的重要性"①。同时,《现代汉语规范问题学术会议决议》明确规定,普通话"以北方话为基础方言,以北京语音为标准音"②。在陈望道所作的会议总结上,汉语规范化的必要性被进一步细化,以批判方言的方式提出:"汉语方言的分歧严重地妨碍了人们在政治生活中,经济关系中,生产活动中,文化生活中交际作用与相互了解,影响教育工作的效果,不能充分发挥电影、广播等现代化宣教工具作用。"因而,"汉语规范化是当前紧急的任务"。同时,陈望道还进一步阐释了以北京语音为标准音的正确性:"因为汉语方言之间最大的差别是在语音上,所以规范化的民族共同语要求语音上的一致。汉民族共同语既以北方话为基础,北方话的代表方言是北京话。北京几百年来是政治文化的中心,'官话'的语音一直是以北京语音为标准的,现在北京又是新中国的首都,所以决定用北京语音做标准音是正确的。"③在这样的语境中,以北京方言为语音基础的"普通话"和除此之外其他地区的方言被纳入二元对立的模型中,"方言"存在的意义被彻底否定,成为"严重地妨碍"思想文化统一的因素,因而需要被剔除。实际上,陈望道和 1940 年代"方言运动"时期的茅盾都清楚地认识到,"方言"和"国语"/"普通话"之争实际上是"语音"之争,但两人所持的观点截然相反。在 1950 年代,新的民族国家、政治、经济制度和生产方式已经建立,在语言、思想亟待统一的关键时刻,需要一种统一的、用于交流思想、共同工作的工具——即作为统一的、普及的民族共同语的普通话。作为现代民族国家同一性的基石,"普通话"的权威性和推行普通话的必要性已不容置喙。可以说,正是对方言的批判,引出了现代中国的普通话运动和汉语规范化运动。

　　1955 年 10 月 26 日,《人民日报》的社论指出:"语言的规范必须寄托在有形的东西上。这首先是一切作品,特别重要的是文学作品,因为语言的规范主要是通过作品传播开来的。作家们和翻译工作者们重视或不重视语言的规范,影响所及是难以估计的,我们不能不对他们提出特别严格的要求。"④1956 年 2 月 6 日,国务院正式公布《国务院关于推广普通话的指示》(下文简称《指示》),明确了普通话是"以北京语音为标准音、以北方话为基础方言、以典范的现代白话文著作为语法规范",并要求社会各单位教学和运用普通话。值得注意的是,《指示》的第五条特别

---

① 罗常培、吕叔湘:《现代汉语规范问题》,《现代汉语规范问题学术会议文件汇编》,科学出版社 1956 年版,第 4 页。

② 现代汉语规范问题学术会议秘书处编:《现代汉语规范问题学术会议决议》,《现代汉语规范问题学术会议文件汇编》,科学出版社 1956 年版,第 216 页。

③ 陈望道:《现代汉语规范问题学术会议总结》,《现代汉语规范问题学术会议文件汇编》,科学出版社 1956 年版,第 218—219 页。

④ 《为促进汉字改革、推广普通话、实现汉语规范化而努力》,《人民日报》1955 年 10 月 26 日。

针对文艺界提出了要求:"全国各报社、通讯社、杂志社和出版社的编辑人员,应该学习普通话和语法修辞尝试,加强对稿件的文字编辑工作。文化部应该监督中央一级的和地方各级的出版机关指定专人负责,建立制度,训练干部,定出计划,分别在两年到五年内基本上消减出版物上用词和造句方面的不应有的混乱现象。"①从上述材料中可以清晰地看出,"普通话"的定义已经从语音、词汇、语法三个层面被确定,成为全民族的通用语言,并被自上而下地推行。而对于文学创作者来说,新的政策既已制定,"语言的规范"成为一个不可回避的问题。在接下来的创作实践中,作家们需要遵照新的语言政策,在写作中反复练习以达到纯熟运用普通话的程度;更重要的是,那些不符合"规范"的表达需要被摒弃,或至少是被严格约束。这既是新的时代趋势,也是进一步在实践中推行普通话的必然要求。

在1950年代汉语规范化运动带来的普通话写作浪潮中,坚持方言书写的周立波以及他用湘方言写就的《山乡巨变》无疑是一个"异类"。颜同林认为,在1950年代知名作家队伍中,周立波算是一个被新政权认可的主流作家,但他的《山乡巨变》却成为时代大势下"合理疏离普通话写作"的代表性作品。笔者认为,对普通话的"合理疏离"这一概念不妨换成对方言的"合理亲近"更为准确,这也是解读周立波在《山乡巨变》中运用方言写作的理论立意和具体策略的关键所在。早在1951年,周立波就在《文艺报》上发表过一篇名为《谈方言问题》的文章,该篇文章是为了回应邢公畹和刘作骢在1950年针对方言的批评而作。文章一开篇,周立波就作出了这样的论断:"就我所知,过去和现在,都没有人正式提出'方言文学'的口号,也没有人把这口号'作为对反动统治阶级斗争的策略之一'而提出。"②从这句话可以读出三层意思:首先,周立波表明了自己在方言和普通话之间所持的立场。第一个"没有"否认了"方言文学"这一口号的存在,即否认"方言文学"是作为与"普通话文学"平等并立的"文学"而存在的。"方言"并不能构成独立的"文学",而是从属于"普通话";一切有关方言的讨论也都以"普通话"毋庸置疑的合法性作为前提。其次,第二个"没有"消解了方言的政治意味,阻断了有可能引发的政治性联想,避免了对"统一语"所象征的民族同一性的挑战,从而将对方言的讨论范围框定在文学内部。最后,在开篇即断言否定"方言文学",事实上正是对"方言"本身的保全。那么,要如何在语言大一统的语境中为方言谋求存在的空间呢?在1940年代,茅盾提出的"语音"问题使方言和国语隐晦地形成对立之势,而周立波则选择以文字的统一性作为连接二者的桥梁:"我们的文字是统一的。写在纸上的汉文是全国一致的方块字。……在创作上,使用任何地方的方言土话,我们都得有所删除,有所增益,换句话说:都得要经过洗练。就是对待比较完美的北京的方言,也要这样。"③在这里,周立波实际上回避了茅盾所提出的语音问题,而是强调不管是"方言"还是"普通话",在书写文字方面是一致的。如此一来,方言在

---

① 现代汉语规范问题学术会议秘书处编:《国务院关于推广普通话的指示》,《现代汉语规范问题学术会议文件汇编》,科学出版社1956年版,第249页。

② 周立波:《谈方言问题》,《现代汉语参考资料》,上海教育出版社1980年版,第146页。

③ 同上书,第148页。

语音方面的特殊性被淡化，方言和普通话之间的基于语音的特性被掩盖，在书写文字方面的共性则被彰显；"何种方言能够成为共同语"这个命题的意义被取消，转而变成对"方言如何在书写上转化成普通话"这一问题的思考。他没有去追溯"普通话"被构建的历史，也没有去探讨"普通话"与其他地区方言之间的关系，因为在这篇文章的逻辑中，"普通话"作为"共同语"有着无需论证的合法性，而方言则是对这一共同语的丰富与点缀，并不与普通话享有平等的地位。在明确了方言和普通话各自的地位后，周立波在"学什么"和"怎么学"方面也提出了见解："但就是难懂的南方话，我们也应当汲取它丰富的字汇，精妙的语句，来改进我们的语言。"这句话在 1955 年的现代汉语规范问题学术会议的报告中可以找到类似的表达。在罗常培和吕叔湘所作的《现代汉语规范问题》报告中提出："我们认为规范化只是把语言里没有用处的东西淘汰掉，一切有差别的语言形式，不论是在词汇方面的还是在语法方面，不论是在基本意义方面还是在修辞色彩方面，都必须保存下来。"①比较这两段话可以发现，实际上它们都圈定了方言中的哪些元素可以被纳入普通话写作的范围。周立波文中所言"字汇"和"语句"，在《现代汉语规范问题》中被细化为"词汇""语法""意义"和"修辞"。这些都是方言的外在形式，与其所代表的政治性内核无涉。这就意味着，在与政治解绑、脱离了语音中心主义后，方言的"形式"是可以被纳入规范化的语言中的。至于"怎么学"的问题，周立波认为："用方言土话，一定要想方设法使读者能懂。有些表现法，普通话里有，而且也生动，在叙事里就不必采用土话。有些字眼，普通话和方言里都是有的，只是字同音不同，那就应该使用普通话里的字眼。"②这段话很清楚地表明，在方言入文时，最要紧的是"使读者能懂"，这也就意味着方言在形式上应该无限接近于广大读者都能读懂的共同语。相应地，写作者应该尽量探索"方言普通化"的方法，而非保留方言的原汁原味，从而凸显共性，弱化差异性。最后，周立波提出结论："采用方言，不但不会和'民族的统一的语言'相冲突，而且可以使它语汇丰富，语法改进，使它更适宜于表现人民的实际的生活。"③这句话实际上与开篇的两个否定形成了照应，正面为方言回应了最为致命的批判。在认可普通话权威性的前提下，在消除了方言的语音性和政治性之后，方言之于普通话不再是挑战性的存在，而是普通话内部灵活多样、丰富活泛的表述工具。同时，这句话也强调了自己的立场，那就是在周立波创作中出现的方言，是以不与"民族的统一的语言"相冲突为前提的。在这样的逻辑下，周立波完成了对方言写作合理化的辩驳，同时也为他在《山乡巨变》中的方言写作实践找到了合理的理论依据。

二、《山乡巨变》中的方言转化策略

在推行汉语规范化和普通话写作的大背景下，周立波坚持用湖南方言去书写

---

① 罗常培、吕叔湘：《现代汉语规范问题》，《现代汉语规范问题学术会议文件汇编》，科学出版社 1956 年版，第 14 页。

② 周立波：《谈方言问题》，《现代汉语参考资料》，上海教育出版社 1980 年版，第 148 页。

③ 同上书，第 147 页。

《山乡巨变》，其将要面临的批判与责难是可以想见的。在《谈方言问题》一文中，周立波在理论层面为方言进入文学书写完成了辩护——通过否定"方言文学"的口号，剥离了"方言"的政治色彩，也斩断了其与"普通话"分庭抗礼的可能。在这一逻辑框架中，普通话的合法性无需论证，"方言"则变成"普通话"内部的语素，作为普通话的点缀，从而合理地进入写作中。理论路线既已铺垫好，接下来就是在具体的文本书写中进行实践。正是周立波在《山乡巨变》中采用的独特的策略，让这部小说在普通话写作浪潮中成为"异声"的存在，也奠定了周立波方言创作的个人风格。在此，笔者试结合自己作为益阳方言母语者的一些理解，对《山乡巨变》中的语言策略进行一些浅显的分析。

要考察《山乡巨变》中的方言问题，首先需要注意的是普通话和方言在文中各自所处的位置。《山乡巨变》并非通篇使用方言书写，其方言的使用主要在人物对话中，而叙述语言则并没有太多方言的痕迹。文贵良教授将晚清方言（吴语）文学的代表作《海上花列传》中用苏州土白写就的人物对话称为"人物苏白"，将叙事所用的书面白话称作"叙事京语"，人物苏白与叙事京语在文本中形成共存之势①，并指出韩邦庆曾有意全篇用苏州方言写作。然而漱石生却认为并指出这样能够使书写更为方便，也能使非吴语区的读者能够顺利地阅读。在《山乡巨变》中，人物对话与叙事语言也呈现出这样的特征，即作为对话语言的湘方言（益阳方言）和作为叙事语言的普通话并存的局面。这样的处理方式，可能与《海上花列传》中对"吴语"与"京语"的处理有着相同的考虑。韩邦庆曾想要全篇用苏州方言来写《海上花列传》，从而与用京语写就的《红楼梦》相对峙，而漱石生则认为，"余则以其书中皆操吴语。恐阅者不甚了了为虑。且吴语中有音无字之字甚多。下笔时殊费研考。""吴语中有音无字"的现象实际上是因为书面语言是以京语/普通话为语音系统的，方言中某些字的发音因为无法在京语/普通话中找到对应表达，所以无法转述成书面语言②。湘语和吴语都是长江以南地区的古老方言，在语音上和以北方方言为基础的普通话有很大的差异。所以在用方言写作时，无论是韩邦庆使用的吴语还是周立波使用的湘语，都面临着很多方言字词无法转化成书面语的问题。另一方面，方言乃非母语者所不能完全掌握的语言，若通篇用方言写作《山乡巨变》这样篇幅可观的长篇小说，对于写作者和阅读者来说，都是不小的挑战和障碍。因此，在《山乡巨变》中，方言只在"必要"时出现在人物的对话中，除此之外基本使用普通话。其表现之一就是小说中关于景色的描写。《山乡巨变》的故事发生在农村，小说随处可见关于乡村景色的描写，所用的语言不是带有泥土气息的方言，而是规整的欧化标准语。试看《山乡巨变》中的两段写景的文字：

节令是冬天，资江水落了。平静的河水清得发绿，清得可爱。一只横河划子装满了乘客，艄公左手挽桨，右手用篙子在水肚里一点，把船撑开，掉转船身，往对

① 文贵良：《文学苏白的'地域神味'——论韩邦庆〈海上花列传〉的汉语诗学》，《华中师范大学学报（人文社会科学版）》2022年第1期。
② 漱石生：《退醒庐笔记（八一）·海上花列传》，《大世界》1925年5月2日。

岸荡去。船头冲着河里的细浪,发出清脆的、激荡的声响,跟柔和的、节奏均匀的桨声相应和。无数木排和竹筏拥塞在江心,水流缓慢,排筏也好像没有动一样。南岸和北岸湾着千百艘木船,桅杆好像密密麻麻的、落了叶子的树林。水深船少的地方,几艘轻捷的渔船正在撒网。鸬鹚船在水上不停地划动,渔人用篙子把鸬鹚赶到水里去,停了一会,又敲着船舷,叫它们上来,缴纳嘴壳衔的俘获物:小鱼和大鱼。①

虽说是冬天,普山普岭,还是满眼的青翠。一连开一两个月的白洁的茶子花,好像点缀在青松翠竹间的闪烁的细瘦的残雪。林里和山边,到处散发着落花、青草、朽叶和泥土的混合的、潮湿的气味。②

在这两段文字中,非常显著的现象是"的"字结构的频繁使用。如"清脆的、激荡的声响""柔和的、节奏均匀的桨声""密密麻麻的、落了叶子的树林""混合的、潮湿的气味"还有"一连开一两个月的白洁的茶子花""青松翠竹间的闪烁的细瘦的残雪"这类多重定语的名词组结构的大量运用。此外,文中还使用了如"拥塞""缴纳""俘获物""青翠""残雪"这类书面化的词汇,而不见方言的痕迹。无论从语法还是词汇上来看,这两段文字都清新而整饬,符合普通话写作的标准。

另一方面,由于《山乡巨变》是一部宣传农村合作社,展现农民在集体化过程中的精神面貌的主旋律作品,所以在行文中不可避免地会用到具有特殊时代色彩的专有名词。试举例说明:

从那以后,邓秀梅一直工作了七年。土改时期,她加入了新民主主义青年团,不久,又参加了中国共产党。在党的培养之下,又凭着自己的钻研,她的政治水平不弱于一般县委,语文知识也有初中程度了。她能记笔记,做总结,打汇报,写情书。随着年龄的增长,经验的积累,邓秀梅变得一年比一年老练了。她做过长期的妇女工作,如今是青年团县委副书记。这回搞合作化运动,组织上把她放下来,叫她单独负责一乡的工作。县委知道她的工作作风是舍得干,不信邪,肯吃苦耐劳,能独当一面,只是由于算术不高明,她的汇报里的数目字、百分比,有时不见得十分精确。③

在这段话中,"土改""新民主主义青年团""中国共产党""妇女工作""青年团县委副书记""合作化运动""组织""汇报"等,都是伴随着革命的进程而传入中国的外来词语,在四五十年代的语境中已经成为标准汉语不可剥离的一部分。这些词语在诞生之初,其字音的确定性和同一性就已经具备了。它们因为具有和普通话相同的诞生背景和生成意义而被自然而然地纳入书面规范语中。从词义上来看,这些词带有强烈的时代和政治色彩,是与根植于传统文化语境中的方言不能

---

① 周立波:《山乡巨变(上)》,作家出版社 1958 年版,第 1 页。
② 同上书,第 14 页。
③ 同上书,第 5 页。

兼容的。这些词以原貌进入文本中，使小说在词汇方面更加符合规范化的要求，同时也增加了普通话在文中的比重。此外，上文已经提及，1950 年代，现代汉语规范化的指示从国家政策层面被确立，进而要求文艺工作者对这一指示进行自觉实践，这给方言写作者带来了政治立场和艺术手法上的双重压力。将方言的使用局限于人物的对话，将方言的使用者设定为清溪村的农民——即"他人"，而出自作者的全知视角的叙述则采用普通话，一定程度上摆脱了从作者本人出发对普通话写作实践进行自觉抵触的嫌疑。

在方言进入文本时，还有一个需要解决的问题，那就是方言的书面化。尤其是对于南方方言来说，由于其语音和声调往往比以北方方言为基础的普通话要多一些，所以导致许多方言中的发音在转换成书面语时，很难找到对应的字词。针对这一问题，周立波曾如是说："使用方言土语时，为了使读者能懂，我采用了三种办法：一是节约使用过于冷僻的字眼；二是必须估计读者不懂的字眼时，就加注解；三是反复运用，使得读者一回生，二回熟，见面几次，就理解了。"[①]若与同是方言作品的《海上花列传》作为对照，则可以看出二者之间在用字择词方面的显著区别。试截取两部作品中的对话场景分别进行分析。

罗子富送客回来。说道。李漱芳搭俚。倒要好得野哚。陶云甫道。人家相好。要好点也多熬晼。就勿曾见歇俚哚个要好。说勿出描勿出哚。随便到陆里。教娘姨跟好仔。一淘去末。原一淘来。倘忙一日勿看见仔。要娘姨相帮哚。四面八方去寻得来。寻勿着仔吵熬哉。我有日子到俚搭去。有心要看看俚哚。陆里晓得俚哚两家头。对面坐好仔。呆望来哚。也勿说啥一句闲话。问俚哚阿是来里发痴。俚哚自家也说勿出晼。汤啸庵道。想来也是俚哚缘分。云甫道。啥缘分嗄。我说是冤牵。耐看玉甫近日来神气。常有点呆緻緻。拔来俚哚圈牢仔。一步也走勿开个哉。有辰光我教玉甫去看戏。漱芳说。戏场里锣鼓闹得势。覅去哉。我教玉甫去坐马车。漱芳说。马车跑起来颠得势。覅去哉。最好笑有一转拍小照去。说是眼睛光也拔俚哚拍仔去哉。难末日朝天亮快。勿曾起来。就搭俚詀眼睛说詀仔半个月。坎坎好。大家听说。重又大笑。[②]

在这段话中，不难看出许多字词并非汉语常用字，如"哚""晼""哉""覅""嗄""呆緻緻"等。这些词大部分是吴语中特殊的语气助词，在诉诸笔头时，作者一方面要在书面语言中寻找一个发音相近的词来替，另一方面又要保留其口字偏旁以显示其作为语气助词的性质，如此一来挑选出来的字词便显得较为冷僻，甚至需要自己进行"创造"。如"覅"一字，实际是由"勿要"二字压缩而成，表达禁止或否定的意思，是韩邦庆自创的字："阅者须知覅字，本无此字，乃合二字作一音读

① 周立波：《关于〈山乡巨变〉答读者问》，《人民文学》1958 年第 7 期。

② 《古本集成小说》委员会编，花也怜侬著：《海上花列传（下）》（1894 年石印初刊本影印），上海古籍出版社 1994 年版，第 641 页。

也。"①由此可见,在《海上花列传》中,韩邦庆在为方言表达挑选书面字词时,所持的首要原则是字音的相近,至于所选的字的字义,似乎并没有被纳入考量的范畴,这也是《海上花列传》中冷僻字较多,非吴语区读者阅读困难的原因之一。同时,这些方言转化而来的字词也加强了文本的陌生感和异质性。

而反观《山乡巨变》,周立波并没有生造一些词语,而是在意译的基础上,在普通话中挑选合适的词。在《山乡巨变》上卷的第一章"入乡"中,亭面胡遇到进村的干部邓秀梅,对其诉说自己家庭情况:

"记得头一回,刚交红运,我的脚烂了,大崽又得个伤寒,一病不起。两场病,一场空,收的谷子用得精打光,人丢了,钱橱也罄空,家里又回复到老样子了,衣无领,裤无裆,三餐光只喝米汤。二回,搭帮一位本家借了我一笔本钱,叫我挑点零米卖,一日三,三日九,总多多少少,赚得一点。婆婆一年喂起两栏猪,也落得几个。几年过去,聚少成多,滴水成河,手里又有几块花边了,不料我婆婆一连病了三个月,花边都长了翅膀,栏里的猪也走人家了……"②

"我婆婆要算,我说:'你有算八字的钱,何不给我打酒吃?'她一定要算,要孩子把瞎子叫来,恭恭敬敬,请他坐在堂屋里,把我的生庚八字报给他。瞎子推算了一阵,就睁开眼白,对我婆婆说:'恭喜老太爷,好命,真是难得的好命。'把我婆婆喜仰了,连忙起身,又是装烟,又是筛茶,问他到底怎样的好法。瞎子抽了一壶烟,端起茶碗说:'老太爷这命大得不是的,这个屋装你不下了,你会去住高楼大瓦屋,你们大少爷还要带兵,当军长。'我插嘴说:'我大崽死了,得伤寒死的。他到阎王老子那里当军长去了。'瞎子听说,手颤起好高,端着的茶,泼一身一地。走江湖的,心里活泛,嘴巴又快,又热闹,他说:'老太爷,老太太,你们放心,给你打个包票,瓦屋住定了,将来住不到,你来找我。'他自己连茅屋都没得住的,东飘西荡,你到哪里去找他?"③

这段对话中出现的字基本都是常用汉字,并没有《海上花列传》中大量使用生僻象声字和自创字的现象。在处理方言—书面语言的转变问题时,周立波采用的策略并非像韩邦庆那样,优先从书面语中寻找与方言字词的语音相近的字,而是把准确传达方言字词的本意这一原则放在首位。如引文中"搭帮一位本家借了我一笔本钱"中的"搭帮"一词,若严格按照"音同"的优先法则,应该写作"搭板"更接近益阳方言中这个词的发音,然而结合上下文理解,这里所表达的是本家"帮衬"的意思,所以用"搭帮"更能使非湘方言区的读者理解句子的含义。又如"把我婆婆喜仰了"中的"仰"字,在益阳方言中读作"ni-ǎn",与仰(yǎng)的读音并不相近,然而在词义上,"喜 ni-ǎn 了"在方言中是用来形容一个人喜不自胜的神态,而"仰"字在描述人的神态动作时常带有夸张的含义,如"前仰后合",用"仰"来作为方言

---

① 韩邦庆:《海上花列传·例言》,《海上花列传》,汪原放标点,亚东图书馆 1928 年版,第 1 页。
② 周立波:《山乡巨变(上)》,作家出版社 1958 年版,第 8—9 页。
③ 同上书,第 9—10 页。

的书面替代语,恰如其分地还原了方言的本意。像这样的例子在《山乡巨变》中不胜枚举,如谢庆元在向刘雨生抱怨自己的老婆桂满姑娘时说:"左邻右舍,哪一个齿她?"①这里的"齿",在益阳方言中是"理""搭理"的意思,用方言读作"cǐ",如果写作"此",则更符合方言的发音。但结合语境来看,"哪一个齿她?"是个反问句,表达的是左邻右舍都不屑、不搭理桂满姑娘的意思。"齿"不仅与说话、对话有关,还可以使读者联想到"不齿",把村民不愿与桂满姑娘交流和交往的状态刻画了出来。选择"齿"这个字,使得这个方言词汇的含义超越了方言,得以进入到一个广泛的阅读者都能理解的意义层面里去。谢庆元在疑惑为何放跑"秋丝瓜"时问道:"好容易逮住,何解又放了?"②这句话中的"何解",按照益阳方言应该读作"何改",然而周立波将"改"读作"解",更能体现其作为一个疑问词,所表达的"如何解答"之意。从上述例子可以窥见,在处理方言词汇到书面语言的转化问题时,周立波并非以字音相近作为最主要的依据,而是以能够准确表达出方言词义为前提去寻找方言的书面表达。正如在《谈方言问题》中所说的那样,"有些字眼,普通话和方言里都是有的,只是字同音不同,那就应该使用普通话里的字眼"③。这种意译而非音译的转化方式,可以称为周立波在《山乡巨变》中的"方言普通化"策略。《海上花列传》方言写作策略背后的逻辑,据漱石生语,"乃韩则以曹雪芹撰石头记皆操京语相比例"④,即用苏州方言与《红楼梦》所用之京语对峙。因此,文本中要尽量保持苏州方言的原本风味,凸显其与京语的差异性。而周立波在《山乡巨变》中采用的"方言普通化"的逻辑则与之相反:方言写作的用意并非挑战普通话写作的时代主流,与普通话分庭抗礼;而是在普通话的语境下,吸取方言中丰富的词汇、灵动活泼的表达,将方言作为一种完善和扩充普通话的工具。因此,周立波写作实践的落脚点并非在"强调方言",而在于探索如何更好地建设普通话。

有学者认为,《山乡巨变》虽然在形式上采用了益阳地区的方言土语,但这些方言土语都是经过普通话"翻译",组织这些词汇的语法和句法,也都是普通话式的⑤。诚然,《山乡巨变》中的方言书写因为取消了"语音"的独特存在,很大程度上减少了字里行间那种方言带来的异质感受,但读来依然能够感受到方言的"风味",这种"风味"源自于益阳方言的独特表达。首先,在词汇上,最直观的感受是一些和普通话不一样的称呼。如称妻子为"婆婆""堂客";称排行最末的小辈为"满",如"桂满姑娘""满女";称年长的妇女为"姆妈",称女婿为"郎"等,这些都是湘方言中特有的。此外,文中出现的许多人物外号也透露出益阳方言特有的俏皮:盛佑亭被叫做"亭面胡",是因为他行事糊涂,外强中干,没有威严;"菊咬筋"为人顽固且不好相处,所以人送外号"咬筋";符贱庚因为头脑空空,凡事任凭别人摆布,所以被叫做"竹脑壳";清溪乡农会主席李月辉因为脾气太好,被村人调侃说不

---

① 周立波:《山乡巨变(下)》,作家出版社 1963 年版,第 174 页。
② 周立波:《山乡巨变(上)》,作家出版社 1958 年版,第 213 页。
③ 周立波:《谈方言问题》,《现代汉语参考资料》,上海教育出版社 1980 年版,第 148 页。
④ 漱石生:《退醒庐笔记(八一)·海上花列传》,《大世界》1925 年 5 月 2 日。
⑤ 贺桂梅:《政治·生活·形式:周立波与〈山乡巨变〉》,《文艺争鸣》2017 年第 2 期。

像个男人，所以人送外号"婆婆子"。这些外号生动形象，符合人物性格，多带有调侃之意，能让读者迅速在脑海中构建出相关的人物形象。在词法和句法上，《山乡巨变》中频繁使用一些固定词组和俗语，它们结构固定，音律齐整，读来朗朗上口，用来形容人或事，既灵动又深刻。如用"蛮攀五经"形容单干户"菊咬筋"不讲道理、胡搅蛮缠；用"云天雾地"写亭面胡为人处事脑筋不太灵光，糊里糊涂；用"油煎火辣"形容李主席堂客的泼辣性格；用"遮爬舞势"形容谢庆元堂客张牙舞爪、咋咋呼呼的样子。在环境描写上，用"墨漆大黑"形容天色或某处很黑；用"黑雾天光"指代天刚蒙蒙亮时的样子；用"寂寂封音"形容寂静无声的环境。从小说中的村民们的对话中，同样可以看到许多地道的益阳当地俗语。在偶遇正要进村的女干部邓秀梅时，亭面胡如是向她诉说自己在旧社会经历的苦难："退财折星数，搭帮菩萨，人倒是好了。"①在邓秀梅询问互助组情况时，亭面胡用"叫化子照火，只往自己怀里扒"②这句俗语生动地概括了农业互助组时期部分农民的自私心态。在家庭会议上，陈先晋用"人多乱，龙多旱"③这句话，表达对入社的担忧。陈大春用"一套配一套，歪锅配扁灶"④表示对张桂贞和符癞子这两个"落后分子"结合的不屑。尽管这些方言土语在语音上的特性已经不复存在，但周立波依然保留了其特有的词汇和句法，从而赋予了文本浓浓的乡土气息和地方特色。

三、时代浪潮中的"异声"

梳理"五四"以来方言写作的脉络，可以发现，其背后隐藏的逻辑一直是作为统一语的国语/普通话与方言之间的缠绕和对抗。"五四"时期，白话文运动的倡导者们注意到了传统白话小说中方言的存在，并且试图将其改造以纳入"理想的国语"中⑤。尽管新文学的先驱们看到了方言对于建立"国语"的重要性，但不得不面临的一个现实问题是，中国幅员辽阔，方言众多，各地的方言差异很大。如果真的按照"言文一致"的标准，话怎么说就怎么写，那么将出现的是各地多种方言书面语并立的局面，而统一的、新的民族国家书面语的形成则无从谈起。因此，在"言文一致"的口号被提出之际，实际上就已经暗含了对某一种方言的选择，以及对除此之外的其他方言的排斥。考察"五四"时期的文学理论和实践也同样可以看出，面对亟待建立的统一的白话书面语的呼唤，许多新文学的实践者们并没有选择方言作为开挖的资源，而是选择了欧化这条路径。在"五四"的国语欧化浪潮中，方言以及其代表的民间文化资源被冷落。虽然有若干学人对方言口语（主要是吴语地区的方言）进入新诗进行过相关研究，但毕竟并非主流。"五四"以来，欧化的语法和舶来的词汇，都让"新白话"显现出与传统白话迥异的面貌；方言也难以像融入传统白话中一样，自然地融入欧化的现代白话语境中。1940年代，在"方

---

① 周立波：《山乡巨变（上）》，作家出版社1958年版，第9页。

② 同上书，第11页。

③ 同上书，第156页。

④ 同上书，第263页。

⑤ 周作人：《理想的国语》，《国语周刊》1925年第13期。

言运动"的口号下,方言与"国语"的对立关系变得更加尖锐,方言得以短暂地走向台前;但很快又在 1950 年代建设和推广统一的民族共同语的迫切需求下隐退于幕后。

洪子诚先生以 1949 年为界,把 1950—1970 年代概括为当代文学的"一体化"时期,而现代汉语规范运动无疑是"一体化"过程中重要的一环。在考察 1950 年代的文学创作现象时,普通话写作的浪潮是无法回避的时代背景。然而在"一体化"的过程中,却依然有作为异类的独特存在,周立波的《山乡巨变》便是这样的个案。在《山乡巨变》面世后,无论是普通读者还是文学批评家,在对这部作品的主题、内容和大众化倾向给予高度赞誉的同时,也对采取大量方言入文的语言形式提出了批判和质疑。诚然,《山乡巨变》在客观上可以看作普通话写作浪潮中的"异声",但周立波在这部作品中的方言写作实践却并不能视为一种自觉的"叛逆"。在理论层面,周立波以普通话的权威性为前提,消解了方言可能与普通话相对峙的政治性,于是方言不再具有与普通话分庭抗礼的可能,从而成为一种用来扩充和丰富普通话的资源和工具。在《山乡巨变》的具体文本实践中,周立波区分了叙述语言和口语对白,将方言的空间压缩进人物对白中,而对于叙述语言,则保留了普通话的书写,这种处理既有方便写作和阅读的考虑,同时也透露出大力推广普通话写作的时代烙印。在行文中,周立波使用了大量经过反复提炼、推敲的方言土语,尤其在处理方言到书面语言的转化时,以符合词义为首要原则,力图使方言向普通话靠拢。同时,又因为文中使用了大量益阳方言中特有的字词、语法和句法,使得作品依然保持了本土化的特色。可以说,在普通话与方言之争胜负已定之际,周立波交出了《山乡巨变》这样一份答卷,展示了自己对"作家应该如何处理普通话与方言之间的关系"这一问题的理解,同时也完成了在普通话写作的时代大势下,对"方言应该如何在文本中安身立命"这一问题的探索。

民初教育中的语体文欧化实践

胡　笛①

内容摘要:语体文的欧化是一个发展变动的过程,在"五四"以后进入一个急剧变化时期。其内容包含着新式标点、词汇、句法、语法、修辞等诸多方面。以教育的视域来看白话语体文的欧化现象,从具体微观的课堂课本入手,可以更加直观地展示语言文字的传播过程,以及学生们的接受使用过程,还原出一个丰富生动的历史现场。

关键词:新式标点;茅盾译文;新著国语文法;教育实践

现代语言学之父索绪尔曾说:"事实上,绝对不变是不存在的;语言的任何部分都会发生变化。每个时期都相应地有或大或小的演化。这种演化在速度上和强度上可能有所不同,但是无损于原则本身。语言的长河川流不息,是缓流还是急流,那是次要的考虑。"②

清末民初尤其是"五四"运动开始后,汉语进入了一个急剧变化的时期。为了开启民智,许多语言学家、文学家、教育家纷纷提出对中国语言文字改革的方案,具体而言,国语运动在各种实践中确立了注音字母,并在北京官话的基础上逐渐确立了统一的语音系统,晚清白话文运动也提升了白话文的地位,而之后的文学革命更是确立了白话文作为"国语"书面语的身份。在言文一致的共同目标下,国语运动和文学革命"双潮合一",白话文取代文言文成为"国语"的书面语,人们迫切希望统一"国语"在语音、语法、词汇等各个层面的标准,文学家们更试图通过文学的途径来建设国语。为了让"国语的文学,文学的国语"真正得到推行,在各界的联合推动下教育部 1920 年改"国文"科为"国语"科,白话新文学、注音字母、新式标点符号等都在教育领域得到实践。这其中,新式标点符号、白话翻译文章、新名词等不少内容都受到西方语言体系的影响。

人们为了理想的民族国家共同语"国语"提出了各种各样的建设方案,胡适试图为白话文学寻求历史传统写出了《国语文学史》,黎锦熙试图为白话文确立语法标准写出了《新著国语文法》。钱玄同曾对国语的建设表示需要广开来源,"国语的杂采古语和今语,普通话和方言,中国话和外国话而成,正是极好的现象,极适宜的办法"③。茅盾、郑振铎等人也曾在《小说月报》上专门登过一期语体文欧化的

---

① 作者简介:胡笛,上海市作家协会研究室作家。

② [瑞士]索绪尔著,高名凯译:《普通语言学教程》,商务印书馆 1980 年版,第 194 页。

③ 钱玄同:《新文体》,《新青年》1919 年第 6 卷第 1 期。

专题讨论。有学者认为"自从'五四'倡导白话文以来,汉语所受欧美语言的影响太多了。现代汉语,尤其普通话书面语,是已被西方语言、西方标点符号渗透和改造了许多的语言"①。

本文聚焦于民初教育视域下白话语体文的欧化实践,从标点符号、语法、词汇、句式等多个维度做一个初步的探索。

一、新式标点符号在教育领域的实践

中国古代没有标点符号的使用,主要是句读的使用。从清朝开始陆续有人记载西方标点符号的使用,晚清的报章杂志开始主动使用一些西方标点符号,但传统句读也同时使用。"五四"时期任鸿隽主编的《科学》杂志为表述公式和方程问题,采用横排和新式标点,开风气之先。《新青年》等杂志也开始讨论提倡新式标点符号,并且提出统一标点符号的使用,规定了杂志使用的标点符号种类。之后,国语筹备委员会提出《请颁行新式标点符号议案(修正案)》,新式标点符号要想真正全民推行,教育领域势在必行。1920 年 2 月,北洋政府教育部发布第 53 号训令《通令采用新式标点符号文》。

黎锦熙在 1924 版的《新著国语文法》为这段历程留下了极具历史色彩的个人回忆,记载了当时所用的一些标点符号。

这几年以来国内国外的中国学者很有些人提倡采用一副新式标点符号。鼓吹最早的是科学杂志。科学虽是横行的,也曾讨论直行的点的用法。后来新青年、新潮、每周评论、北京政法学报等直行的杂志也尽量采用新式的标点。国立北京大学所出版的大学丛书、大学月刊,及模范文选、学术文录等书也多用标点。上海的东方杂志也有全用标点的文章。这几年的实地试验,引起了许多讨论。现在国内明白事理的人,对于符号的形式虽然还有几点异同的意见,但是对于标点符号的重要用处,大概都没有怀疑的了。

因此我们想请教育部把这几种标点符号颁行全国,使全国的学校用符号帮助教授;使全国的报馆渐渐采用符号,以便读者;使全国的印刷所和书店早日造就出一班能排印符号的工人,渐渐的把一切书籍都用符号排印,以省读书人的脑力,以谋教育的普及。这是我们的希望。②

波浪线表示书名号,直线表示私名如地名人名等,与我们现在使用的书名号大不相同,但是逗号、句号、分号等基本一致。正是胡适、蔡元培、黎锦熙、钱玄同等诸多国语运动和文学革命的先驱们推动了国语的建设和实行。

教育领域里面到底是如何具体推行新式标点符号的呢,不妨以几套教材来略述一二。《新体国语教科书》作为第一套系统的小学白话课本,1919 年 8 月出版,

---

① 史有为:《现代汉语语法:展望新世纪的研究(下)》,《汉语学习》2001 年第 1 期。

② 黎锦熙:《新著国语文法》,商务印书馆 1924 年版,第 392—393 页。(保留原文标点符号,但引用时改原文繁体为简体)。

发行量极大。商务印书馆在教育部改"国文"科为"国语"科的通告之前就出版这套教材,堪称出版界得风气之先。教材封底还有教育部的审定批词:

> (第一次批)是书专为国民学校练习国语而设,用意可嘉。第一册支配注音字母完全纳入并加练习,各课具见苦心,惟事属创始,究竟是否适宜许俟各地方试验之后方可确有把握,应准暂时审定作为国民学校练习国语试用之书,仰该馆征求各处对于是书之意见随时参酌修改。(第二次批)此书前交国语统一筹备会查之,后兹据该会呈,称此书为国语教科书首先出版之作,椎轮大辂,实开国语教科书之先声……①

从教材编写体例来看也极具代表性,第一册首先将生字单独列出并用注音字母注音,几篇课文之后就有专门的一课是国音练习。识字和读音是低年级国语课本的主要教学内容。前五课的内容分别是:"一　二";"人　个　一个人";"手　的　人的手";"我　你　有　也有　你有手　我也有手";"书　本　是　这　这本书是我的"。第一册基本侧重于识字和短句的训练,均为日常生活常用字和常用对话,同时插图的出现更加直观地呈现课文内容。第二册开始使用新式标点符号,课文多为对话的形式,对话基本接近儿童日常口语,如第二册第六课:"你到那里去? 到舅舅家去;他呢? 他到学校里去。"关于人称和指示代词都有强化训练,大篇幅的对话形式也训练了儿童口头表达能力,这些都达到了最基础的言文一致的效果。从第三册开始可以看出编者有意识地将相同主题的课文编排在一起,如第三册前面六课的内容都与读书的主题有关联,第二组是玩具的主题,第三组是动物,第四组是植物,大体都形成了一个单元结构,每单元均附有专门的练习。如第五册第一组有关国语的课文《统一国音》《国音字典》《查字典的法子》,练习则为:"我们赶快来练习国音罢;否则国语是仍旧说不好的。查字典的法子,必须懂得;否则字音是说不准的。"

再看一下 1923 年新学制课程标准制定以后的教材《新学制国语教科书》,在其编纂例言当中选取几条重要信息,其中第八条就有对于新式标点符号的明确说明。

> 一、本书依照全国教育联合会学程起草委员会所定的新课程刚要编纂。全部八册,是供给初级小学儿童做国语读本用的。
> 二、本书取材注重儿童文学,兼采语言材料,以与文字教学联络调剂。
> ……
> 八、本书第一册排列清楚,不加标点,以免初学儿童不明白文字和标点的区别,引起写字时的错误。第二册以下,一律采用新式标点。②

---

① 庄适等编,庄俞等校订:《新体国语教科书》(1—8 册),商务印书馆 1919 年版,第 1 册封底。

② 吴研因等编,朱经农等校订:《新学制国语教科书》(1—8 册),商务印书馆 1923 年版,第 1 册第 1 页。(依照全国教育联合会所定的国语课程纲要编辑,大学院审定,小学初级用。)

再来看看中学教科书,1920 年出版的《白话文范》是教育部改"国文"科为"国语"科之后的首部中学国语教科书,与首部小学国语教科书一样都来自商务印书馆,并且采用了新式标点。这部书是南开大学教员洪北平、何仲英选辑的。商务印书馆为其所作的广告语为:"提倡白话文以来,中等学校苦于无适当的教材,这部书精选古今名人的白话文,分订四本,并且有参考书同时出版,内容很切现代思潮,国民修养,就是语法篇法都很妥适,可做模范,要算唯一的白话文教本了。"①其编辑大意如下:

我编辑这一本书是供研究白话文的人做范本用的,所以名为《白话文范》。所选的文合于中等学校的程度,中等学校教授白话文,可以用做教本。关于研究白话文的方法和别的问题,我另编了一本参考书。现在选白话文取材很不容易,如有不妥的地方还望同志多多指教。

字句符号:

一、结点。表一句的结束。

二、逗点,表一顿或一读。

三、分点;表含有几个小读得长读。

四、冒点:表冒下文,或总结上文。

五、问号? 表疑问。

六、叹号! 表感叹,或惊讶。

七、引号『』「」表引用的话的起结。

      表特别提出的名词与语句。

八、括号()表夹注的字句。

九、节号……表删节省略。

十、断号——表总结上文几小段。

      表忽转一个意思。

      表夹注的字句。

十一、直线＿＿加在字的左边,表一切私名。

十二、曲线﹏﹏加在字的左边,表书名与篇名。②

事实上,民初的教材大多采用审定制,民间出版社编写,教育部审定通过后允许发行,因此国语教材版本众多,根据《民国时期总书目(1911—1949)·中小学教材》统计仅 1920 年至 1927 年就有 60 种小学语文教材和 14 种初中语文教材。但发行量大的教材多半都是紧跟着教育部政令要求的,由此新式标点符号得到了极大的推广。

黎锦熙曾痛斥没有标点的三害为:平常人不能断句,书报无用,教育不能普及;意义不能明白表示,容易使人误解;不能教授文法。那么新式标点符号到底有什么样的作用呢,文贵良在其《新式标点符号与"五四"白话》中也提出了三点好

---

① 洪北平等编:《白话文范》,商务印书馆 1920 年版,第三册封底广告。

② 同上书,第 1 页。(原文便是有的标明符号,有的没有标符号。)

处:"让书面语的'五四'白话变成'有声'的语言,变成'鲜活的'语言,在语气上趋近言文一致";"可以让'五四'白话变得'深沉',把作者本意引向深入,从而改变口头白话的浅白";"使'五四'白话的语句字结构变得'丰满繁复',变得复杂而繁多"①。

二、课本中的茅盾译文

在民初的课本选文当中,白话译文是非常重要的一种类型。尤其是注重儿童文学为本位的小学教育阶段,中国缺少现代意识的儿童文学作品,不得不大量翻译重写外国童话作品。"五四"时期翻译了大量外国童话作品,周作人将刘半农改译的安徒生童话《洋迷小影》(1914年译)重译为《皇帝的新衣》,夏丏尊将包天笑改译的《馨儿就学记》重译为《爱的教育》,林纾译的《海外轩渠录》也被重译为《格列佛游记》与《大人国和小人国》。外国儿童文学的大量输入对于建设儿童文学起到了重要作用。

除了童话的翻译,新文学运动兴起了一阵译介外国文学作品风潮,据统计1919年到1927年间被译介进入中国的外国文学作品总共有437种②。茅盾作为文学家和翻译家,不少创作和翻译的作品都被选入了教育领域。本文仅以1923年商务印书馆出版的《新学制国语教科书》为例,就其中茅盾的翻译作品来探究语体文欧化的具体实践。在此之前,我们先了解一下茅盾和郑振铎在《小说月报》上关于语体文欧化的观点③。

语体文欧化之我观(一)
雁冰

现在努力创作语体文学的观念,一是改良中国几千年来习惯上沿用的文法。现在了然于前者之必要的人,已经很多;对于后者怀疑的人,却仍旧不少。所以有人自己做语体文,抄译西洋人学说,而对于中国语体文的欧化,却无条件的反对了。反对的便是:欧化的语体文非一般人所能懂。不错!这诚然是一个最大的理由;但可不一定是最合理的理由。我们应当先问欧化的文法是否较本国旧有的文法好些,如果确是好些,便当用尽力量去传播,不能因为一般人暂时的不懂而便弃却。所以对于采用西洋文法的语体文我是赞成的;不过也主张要不离一般人能懂的程度太远。因为这是过渡时代试验时代不得已的办法。

语体文欧化之我观(二)
振铎

中国的旧文体太陈旧而成滥调了。有许多很好的思想与情绪都为旧文体的成式所拘,不能尽量的精微的达出。不惟文言文如此,就是语体文也是如此。所

---

① 文贵良:《新式标点符号与"五四"白话》,《华中师范大学学报(人文社会科学版)》2015年第3期。

② 李玉梅:《五四时期英美文学的译介及影响》,《青年文学家》2009年第19期。

③ 茅盾:《语体文欧化之我观》,《小说月报》1921年第12卷第6期,署名"雁冰"。

以为求文学的艺术的精进起见,我极赞成语体文的欧化。在各国文学史的变动期中,这种例是极多的。不过语体文的欧化却有一个程度,就是:"他虽不像中国人向来所写的语体文,却也非中国人所看不懂的。"

茅盾和郑振铎都是赞成欧化但同时认为需要掌握一个尺度,然而尺度的把握是很难衡量的。也有许多学者反思"五四"时期的过度欧化给汉语造成了许多负面影响。朱自清对于汉语欧化有一个比较长时间的关注,"第一次记得是在民国七年,《小说月报》的编者沈雁冰先生提出'欧化'问题,请读者讨论。参加的似乎不少。结论大约是'欧化不妨,欧化过度却不好'。这个'度',就是上文说的'合式';这是不能用数量规定的,只好用'受过中等教育的人所公认的'一个宽泛的标准"①。(此处朱自清应该记忆有误,《小说月报》在1921年革新之后,茅盾第一次关于欧化问题的讨论时间是1921年)"近来年大家渐渐觉悟,反对欧化,议论纷纷。所谓欧化,最重要的连串的形容词副词,被动句法,还有复牒形容词(日本句谓'如何如何的我'归入此种)等。"②王力在《中国现代语法》中认为欧化语法的主要内容是:复音词的制造、主语和系词的增加、句子的延长、可能式被动式记号的欧化、连词成分的欧化、新式替代法和新称数法、新省略法新倒装法新语法及其他。

借鉴上述种种观点,本文大致从标点、词汇、句式、语法等来分析茅盾翻译文章的欧化特点。教材版本为1923年新学制课程标准制定后,商务印书馆出版的《新学制国语教科书》(六册)初级中学使用,第一、二册由吴研因、范祥善、周予同编辑,第三至六册由顾颉刚、叶圣陶编辑,六册均由胡适、王岫庐和朱经农校订。选文为《复仇》(法国巴比塞原著),《他来了么》(保加利亚跋佐夫原著),《罗本舅舅》(瑞典拉琦洛孚原著),《巨敌》(俄国高尔该著)③。

(一)标点符号的使用,以破折号为例

他看着太阳光在街心跳舞,孩子们飞跑而且旋陀螺,一会儿——一会儿他闭上眼睛,就睡着了。(《罗本舅舅》)

「他——他——」可怜的女孩子不知道怎样回答。(《他来了么》)

一部人类生活史就是这红人和黑人——真理的战士和诈欺的恶魔——间的战争史;牠(这战争)包办了人世的一切苦乐,一切佳境,一切惨遇,——牠真是世界最可爱最丰富的一篇传说。(《巨敌》)

犯罪么? 不是——无心罢了! 只有一个是犯罪——是我自己罢!(《复仇》)

这些破折号分别代表着语意的递进、语音的延长、解释说明等各种含义。《巨敌》一例还出现了括号,为了解释说明。以我们现在的语法规范来看,第三例似乎

---

① 朱自清:《朱自清全集》第八卷,江苏教育出版社1999年版,第293页。
② 同上书,第351页。
③ 《新学制国语教科书》(六册)初级中学用,商务印书馆1923年版。(原文均为竖排有个别繁体字,本文均已简化为横排简体字,但保留原文的标点符号,比如引号等特别的用法。)

有的破折号使用过于频繁或不当,但对于这些复杂意义的长句,标点符号的使用确实可以起到充分的解释和语意停顿作用。

(二) 人称代词

但是伊的心里常常留起一角来给罗本静静地住着。(《罗本舅舅》)

她把梦里见的事都告诉他。(《他来了么》)

我的思想便可怕地战栗地落到那个杀死伊的凶手身上——那个——那个大狮子。(《复仇》)

那东西嘘出一声微弱而悲哀的叫声,我知道这是内部受了剧痛所发的声音,他微吼一声,身体便沉下。(《复仇》)

牠(这战争)包办了人世的一切苦乐,一切佳境,一切惨遇,——牠真是世界最可爱最丰富的一篇传说。(《巨敌》)

关于人称代词,现代汉语中她、他、它分别对应英语的 she、he、it 三性,"五四"时期还是一个探索阶段,她、他、牠对应 she、he、it 得到充分的使用,但还存在不少混用的情况,比如第一例、第二例和第三例当中伊和她混用,第四例和第五例当中,他和牠混用。还有许多复数的人称代词,他们、孩子们、百姓们,在今天看来很正常,实际上都受到了英语人称代词词性、复数形式等观念的影响。

(三) "的""地"

红人的实力即在他对于自由的理智的光荣的生活之热爱。(《巨敌》)

最快活的却是听得他哥哥预先允许教他吹哨方法的拉度尔旭。(《他来了么》)

我的思想便可怕地战栗地落到那个杀死伊的凶手身上——那个——那个大狮子。(《复仇》)

结构助词"的"的过度使用是欧化备受诟病的特点,以上三例都可以看出"的地不休"的欧化痕迹。第一例中还出现了"之",或许作者也觉得"的"使用过于频繁,最后用"之"来取代。其中茅盾对于"的"与"地"已经明显区分开来,没有混用的情况,副词、形容词或者状语修饰动词用"地"。

(四) 句式

许多花球儿急掷到这些走过的兵士们手里,伴着泪珠和半鸣咽的几声珍重。(《他来了么》)

伊相信,决定的而且充分的。(《罗本舅舅》)

「妈妈,这就是哥哥呵!」一个八岁大的男孩子也喊了,他站在女郎旁边,伸手指着那些兵。(《他来了么》)

那一天,就是八十年前的那一天,正是一个美丽的春天。(《罗本舅舅》)

马戏场的更衣室中,一堆可怜的光辉的装饰物品中间——那是些夸口的招牌和布景用得废物——躺着那个弄狮子的小女人,冷而静。(《复仇》)

第一、二例状语后置,这种倒装是典型的欧化句式,打破汉语语法习惯,形成陌生化的效果。第三例当中直接引语的说话人出现在对话后面,古代汉语说话人通常在前,并且会有"说""道"等词引出之后的对话。第四例当中长长的定语修饰中心语。第五例当中插入语位置灵活,可居句中句尾,达到注释或补充的效果,而传统插入语一般都是插在句前。

(五)翻译名词

他们聚在这里,又是来送凡忒伦的兵开到所非(保加利亚的京城),去抵御塞尔维亚人。(《他来了么》)

翻译文学中有很多地名人名和宗教名词,不同译文可能会有不同的翻译版本,这些专有名词逐渐统一也是一个值得探究的过程,此外,我们也看到当时特殊地名和人名都有专门的标点符号表示。在这个例句当中,"京城"一词会让我们有一种新奇感,因为现在我们不会用"京城"而是用"首都"来翻译,然而在当时的语境下是很自然的。反而,这些欧化的句式,比如说话人在对话之后出现,我们习以为常,但在当时确是令人震惊的欧化现象。刘半农当年反对欧化就举此例。

我现在只举一个简单的例:
子曰:"学而时习之,不亦说乎?"
这太老式了,不好!
"学而时习之",子曰,"不亦说乎?"
这好!
"学而时习之,不亦说乎?"子曰。
这更好!为什么?欧化了。但"子曰"终没有能欧化到"曰子"!

通过分析上述教材中的茅盾译文,也展示了一个真实生动的语体文欧化的教育传播过程。茅盾作为文学家和翻译家,翻译的过程也影响他自己的文学创作。我们以他的小说《子夜》为例。"向西望,叫人猛一惊的,是高高地装在一所洋房顶上且异常庞大的霓虹电管广告,射出火一样的赤光和燐似的绿焰:Light,Heat,Power!"除了直接的英文外,句式语法都有明显欧化的色彩。翻译的过程影响了作家的语言思维,在他们创作的作品里留下随处可见的痕迹,这些欧化的文学作品反过来又影响了读者的语言习惯。

三、语法之学,建于黎翁

旧式语文教育强调的是直觉感悟,蔡元培也曾批判旧式教育"教者之所授,学者之所诵,模范文若干已耳。而此等模范文,又大率偏于文学之性质,不必悉合乎理论者。于是学者不知其所以然,而泛泛然模仿之,教者亦不言其所以然,而泛泛然评改之"①,所以才有了教师只可意会不可言传的推脱之词。旧式教育并非普及全民,而受教育的群体中又只有部分能很好地理解并能运用文言。国语教育应用了语法分析之后发生了很大的改变,语言学家王力说:"五四以后,汉语的句子结构,在严密性这一点上起了很大的变化。……古代汉语不是没有逻辑性,只是有些地方的逻辑关系可以意会不可言传,现在要求在语句的结构上严格地表现语言的逻辑性,所谓句子结构的严密化,一方面是上面所说的要求每一个句子成分各得其所,另一方面还要求语言简练,涵义精密细致,无懈可击。"②正是通过语法的规范训练,"因为思维和语言的同构性,五四以后的作家在思维和审美上也大都采取一种新的态度。就是一种分析的、描述的、散文式的态度,代替了旧文学那种诗性的,重意会、重暗示、重象征的态度"③。

马建忠的《马氏文通》通过借鉴西方语言的"词本位"语法体系来分析古汉语语法,孙中山曾对《马氏文通》作出如下评价"然审其为用,不过证明中国古人之文章,无不暗合于文法,……虽足为通文者之参考印证,而不能为初学者之津梁也"④。比较客观地指出了这部书的局限性,同时提出他对于切实可用的语法著作的期待,"所望吾国好学深思之士,广搜各国最近文法之书,择取精义,为一中国文法,以演明今日通用之言语"⑤,虽然他并未明确提出是对白话文的语法研究,但是也说出了新的语法研究要"演明今日通用之言语"。

第一部研究现代汉语语法的著作,当属黎锦熙的《新著国语文法》。

> 国语文法和古文法,那一样该先研究呢? 简截说,若不是把国语文法弄清楚,便糊里糊涂地去研究古文法,即令通了,也算"不通"! 何以故? 通古语而不通今语,等于通外国语而不通本国语故。(古文中的选体、骈文和唐宋八家桐城一派的散文等,并不算是某一时代的古语,只可成为文家合制而公用的一种"理想的语言",从来没有到过活人的口头的。就这素不上口一点说来,我们学习地,和学习外国语有什么分别? 性质也是一样:和本国语不共空间,就叫外国语;和现代语不共时间,就叫古体文。)
>
> 国语文法和古文法,研究的目的有何不同? ——研究国语文学是"能"的问题:能作,能写,能说;作得不错,写得清楚,说得对。研究古文法只是"知"的问题:看得懂,读得下去;懂得好处,读下去有趣味。⑥

黎锦熙的《新著国语文法》参考了 A. 里德与布雷纳德·凯洛格的《高等英文

---

① 蔡元培:《〈中学国文科教授之商榷〉序》,蔡元培著,高平叔编:《蔡元培教育文选》,人民教育出版社 1980 年版,第 47 页。

② 见于民国教育部《教育部公报》第一卷第一期,1929 年 1 月 7 日教育部下发指令 380 号,"令国语统一筹备呈一件,为开办国音字母讲习所情形及简章请予备案"。

③ 张卫中:《汉语与汉语文学》,文化艺术出版社 2006 年版,第 8 页。

④ 孙中山:《建国方略(一九一七年——一九一九年)》,《孙中山选集》上卷,人民出版社 1956 年,第 128 页。

⑤ 同上注。

⑥ 黎锦熙:《新著国语文法》,商务印书馆 1924 年版,第 395—396 页。

法》的"句本位"观点首次分析研究了现代汉语语法,并选用了大量的白话文为例证,先分析宏观的句子再划分具体的词类。"《新著国语文法》所谓句本位,实际上是一种科学体系上的教学法名称——就是说,讲词类要在句子中讲,这词类才能获得生命,才不是静止的标准。"①由句本位的语法再到段落篇章的层次分析,就是实际的语法教学过程。此外,他最早引入了西方图释法来进行句本位的语法分析,图释法能直观形象地反映出语言的结构层次和语序逻辑。

此书无论研究对象还是研究方法都深刻影响了汉语语法的研究史,二十世纪三十年代,夏丏尊和叶圣陶的《国文百八课》三册的"文法要点"就体现了句本位的语法体系。《新著国语文法》除了在国内再版多次,还出现了日译本,到 1956 年教育部的《暂定汉语教学语法系统》仍然以"句本位"为重要理论基础。郭绍虞高度赞誉了这两部语法首创之书:"文法之学,肇自《文通》。语法之学,建于黎翁。擘画开创,并世所宗"。② 现代语言学家对于《新著国语文法》也作出了比较客观的评价,黎锦熙参照英语句式定汉语句子成分,会造成词序颠倒或省略,有时还会打乱层次关系,"即所用理论和方法与所研究的对象不相适应,方枘圆凿,以致削足适履"③,但"《新著国语文法》是我国第一部完整地、比较成功地描写白话文的语法。它带有'五四'以后初期语法书的直接模仿的特点……尽管这样,《新著国语文法》作为现代汉语语法的先驱和传统语法体系应用于汉语的典型,至今还具有重要的意义。应该列为'五四'以来我国最重要的语法著作之一"④。

黎锦熙的《新著国语教学法》也奠定了他在国语教育中的重要地位。在以培养国语教师为宗旨的国语讲习所中,黎锦熙将语法研究成果直接用于语法教学,为这些老师们提供语法学的指导,这个教育机构还有胡适、蔡元培、钱玄同、汪怡、王璞等文学家、语言学家及教育家一同培养国语教师。

以下便是他在国语讲习所讲课的具体例子:在教育部第四届国语讲习所的第二次作文练习中有一个题目,就是将叶绍钧《低能儿》的第一节中所有复音词类,用归类的方法制成。(分析题目,叶圣陶选文原文省略)

把|下面|这|一大段|语体文,用|直线|分开|词类—就|像|这|题目|的|样子;并且|加上|完成的|新式|标点、符号,并且|分成|几个|小段落。若是|遇着|疑难的|或|应|说明|的|地方,可以|提出来|写|在|另纸上,加以|说明|和|质问。⑤

① 黎锦熙、刘世儒:《语法再讨论——词类区分和名词问题》,《中国语文》1960 年第 1 期。
② 郭绍虞:《黎劭西先生赞》,信阳师范学院情报资料室编:《黎锦熙先生逝世五周年纪念文集》,信阳师范学院情报资料室 1983 年版,第 77 页。
③ 申小龙:《汉语句型研究》,海南人民出版社 1989 年版,第 61 页。
④ 徐通锵、叶斐声:《"五四"以来汉语语法研究评述》,朱一芝、王正刚选编:《现代语法研究的现状和回顾》,语文出版社 1987 年版,第 22 页。
⑤ 黎锦熙:《汉字革命军前进的一条大路》,《国语月刊》1922 年第 1 卷第 7 期(汉字改革号)。

这一道小题就包含了词类划分和标点符号的练习,他分析的正是新文学作家叶圣陶的白话文学作品《低能儿》。之后他集合 50 个学员所作的卷子,作了十几个统计表把疑点问题提出来分析研究。如复音词类,看构成这词的各个单字本来的词品,把它们结合的公式(如名 + 名⋯⋯)分出类来,最后总结出"合体""并行""相属"三大纲。叶圣陶的这段选文之后也成为黎锦熙分析句法的例句,并用图释法的方式来展示他的研究。黎锦熙通过分析大量的白话文语法范例,逐步确立了白话文的语法标准,使其在语言表达上更具准确性和科学性,同时也让新文学作品得到了深度传播。

四、结语

正如索绪尔所言,语言永远处于一个变化过程中,不同的历史阶段变化有急有缓。民初白话语体文发生着剧烈的变动,本文以教育的视域为观察点来探究白话语体文欧化的实践,教育作为一种知识生产和文学传播的途径,教材中的语言文学观念通过学校教育影响了一代又一代的学生,青年一代逐步具有语体文写作以及新文学创作的理念,其中不少人成为新一代的作家和学者。

而这些作家和学者对于国语课堂有不少深情的回忆,著名的张氏三姐妹之一张允和回忆起自己中学时代跟张闻天学习国语的情景,"一九二三年,我姐妹三人进乐益念初中。课程在当时算是现代化和多样化了,可是国文课多半还是念古文。一九二四年,先后来了几位新教员,⋯⋯还有张闻天先生教国文。他的教材与众不同。国文课上教的不是中国古代文言文,也不是近代白话文,而是世界著名的白话翻译文。有三篇文章我在七十年后的今天还记得很清楚。它们是:《齿痛》《鼻子》和《最后一课》"①。

赵景深著的《现代文人剪影》一书对作为自己中学国文教员的洪北平有如下的回忆:"当时新文学运动像浪潮一样的澎湃,洪先生除了选一些文言文给我们以外,还选了不少白话文给我们读。记得其中有一篇梁启超的《欧游心影录》,文字相当有魅力。家叔每期购买《新青年》,我也读了不少。洪先生介绍胡适的《中国哲学史大纲》给我,我也胡乱地看着⋯⋯这时他的《白话文范》,这最早的一部中学白话文教科书,已经出版。他还常有小说,创作的和翻译的,投给《新的小说》《妇女与家庭》等刊物。"②

白话语体文的欧化是一个发展变化并且不断校正的过程,以教育的视域来看白话语体文的欧化现象,从具体微观的课堂课本入手,可以更加直观地展示语言文字的传播过程,以及学生们接受和使用的过程,还原出一个丰富生动的历史现场。

---

① 张允和:《张允和自述文录》,湖北人民出版社 2009 年版,第 179—180 页。
② 赵景深:《现代文人剪影》,湖北人民出版社 2009 年版,第 155 页。

"文白之争":李佳白的"文学"观和教育观

董韫玮①

内容摘要:李佳白在华时期(1882—1927)正值中国社会剧烈变革期,他以演讲或著述的形式对清末民初的中国政治、文化、教育等都产生过重要影响。来华后期,李佳白多使用纯熟的白话进行演说,并以白话评述《新注四书白话解说》一书,赞其明白晓畅。但李佳白又认为小学读经与小学用白话文,二者立于相反地位。"文白之争"的背后凸显出李佳白存古守旧的"文学"观,以及小学教育和平民教育"双轨"并行的教育主张。

关键词:李佳白;文言;白话;文学;教育

李佳白(Gilbert Reid,1857—1927)自1882年以传教士身份来华,至1927年在上海去世,在华时间长达四十五年。在此期间,李佳白常以演讲或著述的形式积极投身于政治、教育、外交等各种社会活动,他的演讲稿和著述作品也多登载于《尚贤堂纪事》《万国公报》《国际公报》《申报》等报刊。李佳白的汉语水平极高,能够交替使用文理或白话进行写作与演说,在传教后期已经能够通篇使用娴熟的白话在公共场合发表演讲。1922年,李佳白曾用白话撰写书评——《评新注四书白话解说》,认为书中明白晓畅的白话注解有利于广传平易近人的圣贤之道。但在1925年的《论小学读经》一文中,他又认为"小学读经与小学用白话文,二者立于相反地位"②。若李佳白对于白话的态度仅是从支持到反对这种简单的转变,那就有悖于他在1925年之后继续使用白话进行演说的行为。笔者试图通过厘清李佳白对待文言与白话的态度,将他还置于清末民初的社会历史背景中进行思考,探究"文白之争"背后的动因和依据,分析他的语言文学观对当时的中国社会具有何种影响。

一、推白话,舍白话:李佳白的"文白之争"

李佳白受父亲约翰·雷德(John Reid)的影响,自幼便"习中国语言文字及一切经训"③,对中国文化产生了浓厚的兴趣。自1882年来华,李佳白不仅"着力于中国言语文字,每日耗费十小时之光阴"④,还潜心研究儒家文化,努力了解中国人

---

① 作者简介:董韫玮,华东师范大学中国语言文学系博士研究生。
② [美]李佳白:《论小学读经》,《国际公报》1925年第51期。
③ [美]李佳白:《美国教士显考约翰府君行状》,《万国公报》1897年第104期。
④ [美]李佳白:《李佳白博士教育演说》,《菲律宾华侨教育丛刊》1919年第2期。

的信仰、风俗和宗教，这都为他就中国的社会问题用汉语进行撰述和演说打下了坚实的基础。

翻看文献不难发现，李佳白的口语和书面语呈现出逐渐向白话转型的态势，尤其是口语，在传教后期李佳白大多使用白话在公众场合进行演说。1919 年 1 月 25 日，在一场听众近千人的教育演说中，李佳白的口语水平达到了"博士演说时，操中国普通话，我华侨反不能直接听之，须借舌人为传译"的娴熟程度①。再如 1920 年李佳白在安庆教育会发表演说后，新闻记者评论道："博士的中国话很纯熟，这篇演讲词完全是博士用中国话讲的，听讲的倒有几百人。"②李佳白的白话演说不仅层次分明、逻辑清晰，还注重使用大量短句、语气词和孔孟之道等演说技巧激发听众的兴趣。

书面语的转变虽不及口语显著，较少出现演讲稿中通篇白话的现象，但仍有一篇全文以白话写成的书评《评新注四书白话解说》③值得关注，摘录部分如下：

> 山东历城九岁的童子，江君希张，著这四书白话解说，字节分注，并且参加演说，是很明白晓畅，我就想圣贤的道本来是极高尚，但是想到其极处，却有一种平易近人的妙旨……不过从前的注解也未始不精奥，而且也未始不渊博，但是过于高深，有时候反把原文的意旨说得沉晦起来，说得支离起来，在平常浅学的人士尚且不能了解，何况其余的人？自从江君有了这书，出版以来，没有一个人不赞扬，现在又将全部重刻大版，嘉惠那各界的人。从此以后，要是略懂得字义的人，都可以晓得四子书中的意义，不就是圣道普遍光昌的机会吗？

李佳白对神童江希张的《新注四书白话解说》进行了评说，认为书中的白话注解明白晓畅、平易近人，那么这位神童是如何进行解说的呢？试举一例如下：

> 原文：对曰：赐也何敢望回？回也闻一以知十，赐也闻一以知二。
> 解字：望是仰望。
> 解节：子贡对给夫子说，我赐何敢仰望颜回，回啊听了一个道理就能知到十个，我赐听了一个道理不过就知道二个。④

结合原著和书评可以发现，李佳白先从形式层面进行了评说：原文下分列两行小字进行"解字"和"解节"，即"字节分注"，注解过程中又使用了通俗易懂的白话使之"明白晓畅"。随后，李佳白深入到四书的意旨层面，认为圣贤之道对古今中外人士而言都应是平易近人的，从前一些高深的注解反倒使得原文的意旨沉晦

---

① ［美］李佳白：《李佳白博士教育演说》，《菲律宾华侨教育丛刊》1919 年第 2 期。
② ［美］李佳白：《纪本堂李博士在安庆教育会演讲并与新闻记者谈话事》，《尚贤堂纪事》1922 年第 13 期。
③ ［美］李佳白：《评新注四书白话解说》，《国际公报》1922 年第 2 期。
④ 江希张注：《新注论语白话解说》卷五《公冶长》，《新注四书白话解说（上）》，中州古籍出版社 1991 年版，第 2 页。

难懂、支离破碎,连稍有学问的人士都难以理解,遑论那些识字寥寥的百姓。而江希张的这部解说,只要略懂字义的人就能进行阅读和理解,有利于圣贤之道发扬光大。

李佳白对江希张的这部《新注四书白话解说》赞誉有加,而在 1925 年发表的《论小学读经》[1]一文中,李佳白又认为:

> 小学读经与小学用白话文,二者立于相反地位。自白话文提倡以来,数年间几于风遍全华。无中小大学之别,罔不范围于斯文之内。束发小子,自读书以至于大学,耳之所闻,口之所讲,舍是即无所谓学。其于难易之辨,诚清晰矣。然于中华数千年立国之精神,所以维风俗人心于不敝之国粹,咸弃而不讲,更历若干年后,好学之士,虽欲从而问之,已无人为之指导矣。夫图一时之易,而抛委根本之道,岂所谓永久谋国者哉?

此时的李佳白将"小学读经"与"小学用白话文"置于对立地位,不满于各级别的学校教育皆用白话文而舍弃经学的社会现状,认为中国数千年用以维系风俗人心的民族精神都融汇于经学之中。因此,经书才是"根本之道",而提倡白话文不过是"图一时之易",无利于中国的长远发展。

同样是习读经书,李佳白对待白话的态度却发生了转变:前者主张以白话为工具进行解说能够更好地理解经书,后者主张小学不应读白话文而应读经。若李佳白对于白话的态度仅是从支持到反对这种简单的转变,那就有悖于他在 1925 年之后继续使用白话进行演说的行为。实际上,在这场"文白之争"中存在两个疑问:一是经对于李佳白而言意味着什么?为何在他看来,读经与用白话文二者处于相反地位?二是从"其于难易之辨,诚清晰矣"可以看出,李佳白并非不知经书与白话文何者更易,他在书评中期待通过白话注解为各界人士普及圣贤之道,却对尚处启蒙阶段的小学提出了读经的要求,这样的设想是否不对等?

二、读经书,保国粹:李佳白的"文学"观

李佳白对于"文学"的定义,比现今"文学"概念所涵盖的范围更为广泛:

例一:尝见环球各国,学者每互相辩论,文学算数二者孰较切用。(《论调和新旧学界之法》)[2]

例二:则礼乐二者,即泰西之文学。(《论调和新旧学界之法》)[3]

例三:视中国之政治学,亦为中国文学中之一也。(《论亚东与泰西文化比较的观念》)[4]

---

[1] [美]李佳白:《论小学读经》,《国际公报》1925 年第 51 期。

[2] [美]李佳白:《论调和新旧学界之法》,《万国公报》1906 年第 204 期。

[3] 同上注。

[4] [美]李佳白:《论亚东与泰西文化比较的观念》,《尚贤堂纪事》1920 年第 9/10 期。

李佳白所述"文学"一词所包含的内容十分广泛,由例一可知,"文学"与"算数"相对,再结合例二和例三可得,"文学"不同于"算数"这类"实学",相当于中国的"礼乐","政治学"就是其中的一种学问。而经作为礼乐的重要载体,也被李佳白在《论小学读经》①一文中赋予了多层含义:

例一:圣贤利用人心相同之理,定为永世不磨之论,俾智者俯而就之,不肖者企而改之,以共登于中正之域,故曰经。经者,常也。

例二:虽然经亦书耳,乌能有如斯功效。

例三:或曰经学深微,岂小学所能领略,恐徒劳认功耳。

以上三例,"经"分别对应着不同的含义:一套定论、一类书籍和一种学问。这样的理解实则可以呼应李佳白"文学"观的三个层面:礼乐、古学和古文。经是圣贤者阅世之精粹,是教以世人"何以正心,何以修身,何以治国,平天下,网络万端,无微不包"②的永世不磨之论。这一圣贤之道所包含的仁义道德和伦理纲常是李佳白"文学"观中的重要内核,他从经与权二者间的关联出发,认为经发挥的功效与掌权者的政治才能密切相关,"周公用之则治世,操莽用之乱国"③,只有"经权互济遂能诡而不失之正"④。在李佳白看来,世代相传的礼乐制度构成了中国文化的根基,不仅是治身之道,更是治国之道。

20 世纪初期,中国文化界展开了关于新旧之争的激烈讨论。李佳白对中国事事效仿西方,而废弃自己优秀传统的现象表现出担忧,他在《国际公报》上相继发表《存古刍言》《续存古刍言》《再续存古刍言》和《古书古物不宜散失说》等一系列文章表达他存古守旧的文化主张。李佳白认为"中国之为人所注意者在旧",尤其是中国古学、中国古文、中国美术和中国建筑等值得赞美的名物都应当"加意维持,免致散失"。

所谓中国古学,李佳白将其定义为:"如周秦诸子,以及两汉宋明讲学诸名儒之著作,此宜珍重而护惜者。"⑤这是中国古学的第一层含义,即儒书。李佳白指出:"余非云西学绝对不可师承,然尚西学以救时,仍当重古文以法祖。况中国昔贤暨哲,著作等身,精理名言,至为宝贵,不得在泰西哲学之下。"⑥而古书承载了昔贤暨哲的精理名言,这也使得李佳白尤其注重对古书的保护,认为"古书之关系,尤重于古物"。李佳白对此进行了阐释:"一国之史,所记者何? 记历代政治之良窳,一国之经籍,所载者何,载列圣列贤之教旨,及各方各时之风俗。至于学说异

---

① [美]李佳白:《论小学读经》,《国际公报》1925 年第 51 期。

② 同上注。

③ 同上注。

④ [美]李佳白:《经与权》,《国际公报》1925 年第 3/4 期。

⑤ [美]李佳白:《存古刍言》,《国际公报》1923 年第 39 期。

⑥ 同上注。

同,私家纪录,犹足统形上形下之道器,以表著于千秋万世而靡有已。此子籍继经史而彰,同为艺林所最宝贵。"①可见,李佳白注重保护古书,不仅是为了保护古书中的圣贤之道,更是为了保护古书中古代文化和古人思想的遗踪。中国古学的第二层含义,即儒家教育。李佳白认为"中国古学精深博大,为四千年文明之所由启,允非东西各国所能望其项背",其中的教育之法具有四大优点:一是可以养成强志之力,二是可以造就明达之才,三是可以保存性理之学,四是可以培养道德之根②。只有以旧时教授之法为体,借鉴吸收西方的教育模式,才能培养出真正的人才。

所谓中国古文,李佳白认为在西汉"称极盛时代",在唐宋时期亦"代有名人",应当多加珍重并且护惜。同时,中国作为文化古邦,"其古文虽与他国文法不同,然各国自用其本国之文,自重其本国之文。不过外国文义随时局为变化,中国古文与新文不同,随其人之心理以用之。但古文古籍流衍至今,询属不易,不宜淡漠视之"③。此处的古文可从三个方面加以理解:一是将古文定义为文言文,西汉、唐宋时期以辞赋、骈文和散文著称,但结合下文将其与宏观意义上的外文、新文相对,可理解为广义上的文言文。二是古文与新文、外国文义之间的关联。李佳白认为外国文义受时局影响而发生改变,随后将古文与新文进行比对,此处似有将新文等同于西文之意。李佳白认为外国文义和新文都因受到外界因素影响而不稳定,但中国古文是"随其人之心理以用之",相较而言更为稳定,也能够更加完备地保存中国数千年来积淀的文化精神,生发出应对社会动乱的精神资源。三是李佳白将中国放置在世界体系之内,而非之外进行考察。李佳白认为"古文虽与他国文法不同",但"又不独本国之文法当学也,即他国之文法亦可学。故如法、德、俄各国,有互异之文法"④,李佳白意识到了中国文法的独特性,也注意到文法不应局限于国界,主张将目光放诸中国以外的其他国家如法、德、俄等进行学习。

实际上,李佳白此前评价四书五经以及子史等类的书籍徒有虚名并不实用:"足以增人之默识,开人之性灵,而要不能长人之见识,以周知天下之事而遍格万物之理也,是徒有学问之虚名,而无学问之实用也。"⑤从"无学问之实用"到治身治国之道,李佳白对经的实用性的重新认识,折射出这一时期李佳白的文化观从"新旧兼济"到"尊孔守旧"的转变。来华早期,李佳白不满于中国士绅阶层泥于中学的现状,认为"中国士大夫之博通淹洽者亦必能征之,而独怪夫屏斥西学者泥于老生常谈、迂儒浅见,既玩泄中学而不能研究,又鄙夷西学而不肯扩充",这种"震惊西学狃于苟安积习、畏难初心"的心理既"矫诬中学而不切讲求,又骇诧西学而不敢趋步",最终导致中学西学隔若秦越⑥。此外,他还指出"华人之智能,事事远不

---

① ［美］李佳白:《古书古物不宜散失说》,《国际公报》1923 年第 47 期。

② ［美］李佳白:《论新旧教育之兼济》,《尚贤堂纪事》1916 年第 7 期。

③ ［美］李佳白:《存古刍言》,《国际公报》1923 年第 39 期。

④ ［美］李佳白:《创设学校议》,《万国公报》1896 年第 84 期。

⑤ 同上注。

⑥ ［美］李佳白:《尚贤堂文录》,《万国公报》1897 年第 102 期。

逮古人。西人之智能,事事直突过古人"①,李佳白认为中国人的才智不及古人,而西人的才智却胜于古人。为此,中国要富强必须"革其旧染之俗,以求新法之原"②。但李佳白不同于其他传教士一味推崇西学,而是主张辩证看待中学与西学,并从中学的立场出发吸收西学。他对"自新学盛行以来,中国旧学,似日就渐灭也"③的现状表现出担忧,认为中学不可轻易废弃,而以西学替代。清末民初之际,新旧体制的更迭极大地冲击了原有的社会体系,整个社会"渐趋奢侈,政客之猎官热亦骤盛"。1896 年,李佳白还撰文对中国这位"大病人"就弊病之情形、弊病之源流、弊病之外感以及除弊病之根四个方面进行诊断,并主张不能忘却圣贤者"悲天悯人,以一身担荷名教之重,政教之治乱系焉,风俗之美恶关焉"所做出的努力④。李佳白一直在探索救国的良方,到了晚年,"道德救国说"成为了他的重要主张。李佳白将道德视为中国救亡之本,认为"国家之存,存于道德;国家之亡,亦亡于无道德……故谓道德存亡,即国家存亡"⑤,试图通过重建传统道德改观中国混乱的现状。李佳白指出社会危乱至此,在于中国青年不畏天、不畏大人、不畏圣人之言,而要改变这一现状,"非归于孔教之礼教不可"⑥。因为孔教之理中的礼人人可行,礼的表面看似为繁文缛节所束缚,它的实质却是为道德精神所贯注,仁义道德之心都需要借由礼来表达。况且,礼在中国传统文化之中的地位无可替代,以礼施人,没有人不是以礼相报;以礼感人,也没有人不被礼所感化。因此,李佳白大力推崇古学和古文,因为其中的礼乐之道可以培养道德之根,维系世道人心,对稳固政权来说无疑是要务。

李佳白主张存古守旧,与他对中国文化的热爱有关,更与他对中国"文学"的动态理解有关。在李佳白看来,"文学"有着较之诗词歌赋更为深刻的文化内涵,它以礼乐、古学和古文的形式流传至今,承载着历经数千年积淀而成的民族文化心理结构,影响着社会生活的方方面面。世风日下的社会现状使李佳白回归传统文化找寻治国良方,他强调"一国之精神必有一国之学术以维系之,故学不可以忘古""必先求其谙习中文,然后国粹可保",换言之,时代虽有更替,作为传统文化核心的"文学"却不会轻易改变,它较好地保存了中国绵延千年的精神命脉,而这些国粹都蕴藏于经中。因此,为规范社会秩序,谋国家独立富强,国人不得不读经。

三、开民智,塑国民:李佳白的"双轨"教育主张

实际上,李佳白提倡小学读经而非读白话文的用意并不局限于保存"文学",还暗含了他对"完全国民"的期待,对小学教育与平民教育的不同设想。晚清以降,中国在西方列强的进逼之下被迫融入现代世界体系,随着现代民族国家观念

---

① [美]李佳白:《中国宜广新学以辅旧学说》,《万国公报》1897 年第 102 期。
② [美]李佳白:《创设学校议》,《万国公报》1896 年第 84 期。
③ [美]李佳白:《论调和新旧学界之法》,《万国公报》1906 年第 204 期。
④ [美]李佳白:《探本穷源论》,《万国公报》1896 年第 89 期。
⑤ [美]李佳白:《道德救国说》,《国际公报》1924 年第 35 期。
⑥ [美]李佳白:《孔教大学圣诞节演词》,《国际公报》1924 年第 47 期。

的兴起,"民族""国家"等现代意义上的国家观念开始融入国民的个人生活,要使中国独立富强,就必须对国民的个人身份进行转换,这就使得中国的兴衰问题与国民个体建立起了关联。因此,设立学校开展教育的重要性不言而喻。

李佳白始终关注中国的教育问题,认为"自古国家之盛衰视乎人才,而人才之臧否视乎学校"①,学校的兴废关系到政治的盛衰。李佳白早在1896年便在《创设学校议》一文中对中国的教育体制进行了设想,从"学校之大致""各种之学问""各等学问之章法"和"考取各等之学问"四个部分阐述自己的教育思想,在第三部分着重提出,教育英才必须先设立蒙学馆,使各处幼童赴学,在此基础上再设立中学堂"以备学成附考进学之路",大学堂"以备学成乡试之路",以及统各种专学于一处的总学堂"以备学成会试殿试之路"②。随着国情国势的改变,李佳白更加主张"以灌输普通智识为亟"。他认为拥有普通智识便能自立而谋生,且"国家之强弱系此"。而中国近二十余年来受世界潮流的影响,废科举,办学堂,科学人才虽有进化,但是普通教育却在退化,之前寒微子弟也能在通国乡村设立的义塾读书识字,现在也已不复存在,这是一种"全国上下,不揣本而齐末"的现象,造成这一现象最关键的原因在于"初等小学与识字学塾,未能广立以改良其教法也"③。1915年,李佳白为勤业女子师范学校进行了一场关于普及教育必要性的演说,提出"故救国之事万殊,而归宿要合于一,振兴教育即唯一之治本法也",而"今日中国培本之法,第一莫要于普及教育,各国普及教育之法群以小学或高小学为集中之点"。李佳白结合西方的教育经验,主张应在全国推广"第每日认字读诵之功,若以酌中之限,重讲解而不务背诵,更以认字造句之法,同时教授,以引兴趣"的教授方法,且不分男女,只有这样才能达成"能读、能写、能加减乘除,济其立身日用所需"的目的④。

普通教育是塑造"完全国民"的第一步——使其具有自立谋生的能力,其中普通教育的基础是小学教育,尤以识字教育为要。李佳白在1917年的一次关于"论谋教育之发达应以何级学校为本"的讨论中明确提出"然中国今日切要之教育,实不在于专门学,并不在于大学中学,而在于小学",并认为"识字学塾及初小学,愈多愈妙"。"小学"一词在不同历史时期具有不同的含义,在此处可理解为对儿童实施初等教育的教育场所及相关学问。李佳白将国家教育比作建屋,大学教育是屋顶,小学教育是基地,"必先固其基地,然后墙垣可筑,屋顶可成","无基地,则屋不能落成"。小学教育是大学的根基,也是国家教育之本。而开展小学教育,"教授识字,为初学唯一之要法"。李佳白发现能使用汉语的旅华西人,识字也不过三千左右,因此结合自身的汉语学习情况提出了一个初步设想:"中国之字,苟能认识三四千之数,知其字义,习其书法,即不难作普通之信件。"但识字只是开启民智的工具,更重要的目的是在此基础上灌输普通智识,"每日授以十字,教其书写,晓

① 〔美〕李佳白:《创设学校议》,《万国公报》1896年第84期。
② 同上注。
③ 〔美〕李佳白:《论谋教育之发达应以何级学校为本》,《尚贤堂纪事》1917年第3期。
④ 〔美〕李佳白:《论普及教育之必要》,《新民报》1915年第11期。

以意义,使学生熟习而久练之,且教以普通之算数,勤为温,毋使忘其所能,如是二三年间,则普通之智识,必可粗具"①。识字之后授以加减乘除普通算术,在遍具普通智识的基础上再"设立中学高等学大学及专门各学,量才选拔,造就专艺",这才是李佳白理想中的教育模式。

此外,李佳白主张小学读经,不仅在于经书的教化作用,更与儿童的特性有关。小学时期,"儿童之心,洁白无缁。近朱则赤,近墨则黑,一念之差,其害将至无穷"②。李佳白意识到儿童的心是洁白无瑕的,因此从小就要对其进行正确引导,此时的儿童"知识未开,习俗未染,其易于施教也"③,而"若至智识已开时,则先入为主之见,牢不可破,且丝已染黑而欲令之变赤,更属难能"④。同时,儿童具有极强的模仿性,"苟能使无数少年,自初学即涵泳德性之中,利用其模仿性而造就为完全国民,其补救国家,岂不甚多?"在李佳白看来,提倡废经而读白话文,"不过为便于小学读诵",这会导致"至于令人不明是非之辨,波靡于汹涛之中,莫之为避"⑤。

"完全国民"不仅要具备能读能写的普通智识,还要拥有平等独立的品性。民国政府建立之初,废止读经的教育改革动摇了儒家思想在原有信仰体系中的主导地位,而人们的价值观念尚处过渡期,加之中西文化的碰撞所造成的复杂情境,各类社会问题凸显。李佳白对当时"今之时髦,日日盛倡西礼,事事模仿西法,以为不如是,不足以言新"的"怪异"现象表达出强烈不满,认为"以本国人在本国地,竟盲从外国俗尚而恬不知耻,亦可谓奴隶性质者矣"⑥。李佳白将盲目仿效西法而舍弃传统文化的行为指责为"奴隶性质者",认为这种对待他者文化一味追随却不加以反省的态度并不平等也并不可取,这种奴化的文化思想与他理想中要造就的"完全国民"相去甚远。实际上,李佳白以为中国教育是真正意义上的精神科学和道德科学,他并不赞成西方教育家的态度,暗示西方教育是数学或者物理学,有时认为,儒家思想在中国对基督教的帮助比所讲的西方科学所起的作用更大⑦。而中国人汲汲追求的"铁轨轮船机器制造及一切生财用财之道"在他看来都是末务,并非根本。李佳白的文化自信不仅出于儒家教化对当时中国社会而言是一剂治理国家的良方,更出于他是以一种平等的文化视野去辩证地看待中西学说,而非以政治的失利来否认儒家文化所具有的成就。另一方面,李佳白造就"完全国民"也是在寻唤"人"的出现。他在 1927 年的一篇文章中呼吁以职业教育为当务之急,开篇直言职业教育的两个优点:一方面,职业教育可以"使人人了解应用之实

---

① 〔美〕李佳白:《论普及教育之必要》,《新民报》1915 年第 11 期。

② 〔美〕李佳白:《论小学读经》,《国际公报》1925 年第 51 期。

③ 〔美〕李佳白:《创设学校议》,《万国公报》1896 年第 84 期。

④ 〔美〕李佳白:《论小学读经》,《国际公报》1925 年第 51 期。

⑤ 同上注。

⑥ 〔美〕李佳白:《孔教大学圣诞节演词》,《国际公报》1924 年第 47 期。

⑦ Rev. Gilbert Reid, "Discussion", in *Records of the General Conference of the Protestant Missionaries of China*, *Held at Shanghai*, *May7 - 20*, *1890*, Shanghai: American Presbyterian Mission Press, May 1890, p. 559.

际,得有相当生活以谋生",另一方面,"更能于自己生活之力,由此以发到对于社会、国家、世界,增进其生活之力"。李佳白意识到了个人对于国家乃至世界的作用,认为职业教育看似虽是为个人生活谋划,但"凡其效之所至,实普遍宏达,国家世界,交受其益"①。民众的主体性得到重视,并作用于国家与世界的发展,符合李佳白对"完全国民"的期待,也是对"人"的发现这一话题的延续。

李佳白对白话文诸如"图一时之易""不过为便小学读诵"之类的描述,重在刻画白话作为一种工具的便利性,而经背后的文言语体本身就承载了一个群体或社会建构而成的价值体系,赓续着中国文化的命脉,并早已渗透到民众生活的各个角落,成为联结个人与国家之间的纽带。读经不仅有利于保存国粹,还对中国社会的稳定发展具有深远的影响。因此,要将民众塑造成为"完全国民",不论是儿童还是平民百姓,都需要通过读经这一形式来学习经学思想,通过经学文化中的集体认同来寻唤自我。李佳白主张识字教育,但也并不局限于平民百姓能读能写,还要在此基础上让他们拥有普通智识,成为具有独立人格、平等思想等新素质的"完全国民"。可见,小学读经以及使用白话进行注解,不过是李佳白教育主张中为实现"圣道普遍光昌"这一共同目的两个方面,前者是着眼于儿童的纯洁性和模仿性从小抓起,后者是为"略懂得字义的人,都可以晓得四子书中的意义",如此一来,既保存了国粹,又能改变"浇漓险诈之风",培养淳厚的风俗人心。

四、结语

综上所述,李佳白的"文白之争"并非简单的文言与白话二元对立的论争,背后交织着存古守旧的"文学"观以及小学教育和平民教育"双轨"并行的教育主张。李佳白的"文学"观推崇"回归"礼乐,保护古学和古文,而"双轨"教育主张则是将他的"文学"观付诸实践。经学思想积淀着绵延数千年的中国传统文化,以语言的形式保存于经书之中,因此,只有通过读经这一复古形式饱览圣贤之道,才能恢复固有的道德,恢复固有的社会秩序,然后恢复固有的民族地位。李佳白提倡小学读经而非白话文,是因为面临世风日下、动荡不安的社会现状,相较于白话的实用性,他更为注重语言所承载的民族心理价值。读经是一种在面对外来文化冲击时以平等的态度认可自身文化的回应,有益于通过理解经学文化中的集体认同来寻唤自我,维系个人与国家的关系,培养新的国民意识。可见,小学读经与使用白话对经书进行注解,两者并不矛盾,都是为实现"圣道普遍光昌"而采取的不同策略。李佳白一方面将汉语汉字作为开启民智的工具以培养新的国民意识,另一方面又将汉语汉字作为国家意识的根基加以维护。

历史的结果或许否定了尊孔读经这股潮流,但并不能就此抹煞以另一种视角来聆听文言向白话演变过程中的多元声音。1888 年,李佳白曾发表《基督教向中国上层社会传教的责任(问题一:是否存在责任?)》[*The Duty of Christian*

---

① [美]李佳白:《职业教育为当务之急》,《国际公报》1927 年第 11—12 期。

Mission to the Upper Classes of China（Question Ⅰ.-Doss A Duty Exist?）]①一文，论述他对上层社会的认识与态度。李佳白首先对"上层社会"进行界定，文章指出，上层社会不同于统治阶级，统治阶级仅指在职官员，而上层社会不仅包括了在职官员，还包括那些从政府退休的人、在地方上拥有官衔的人、士绅阶层和文人。一个阶级之所以被定义为"上层"，是因为他们在教育、等级或官方权力方面的影响，而与之相反的下层阶级则影响力低下。李佳白谈及采取上层社会传教策略，不仅是因为中国的习俗和儒家教义中都充满了长者为先的服从思想，以及下级服从上级、民众遵从官员的愿望，对中国的上层社会给予特别关注符合中国人的普遍情感，还是因为其最终目的是为了下层社会的利益，当今中国的教会、家庭和个人的和平与安全在很大程度上取决于官吏和士绅的精神和行动，为了改善穷人的生活，改变恶习，纠正国家弊端，并逐步提高群众的地位，就需要有影响力的人共同支持与运作。李佳白为更好地得到士绅阶层的认可，特设立尚贤堂作为供中国上层社会进行文化交流的文化机构，其中组织的学堂、演说、交际会等文化活动，对盛宣怀、吕海寰、伍廷芳和陈焕章等各界名流都产生过重要影响。

李佳白的上层社会传教策略影响到了他对待文言与白话的态度，但不同于将文言与白话视为雅与俗、贵族与平民之间的对立，他更多是从语体所承载的民族价值和文化功用进行考量。在李佳白看来，白话在日常使用方面较之文言更为简便实用，但经中的圣贤之道并不能被很好地传达，而这正是处于剧烈变革期的中国社会迫切需要的精神纽带。清末民初时期，智识阶层对汉语汉字的思考更加重视开启民智的功用，而对汉语汉字与国民塑造、国家意识之间的思考尚处起步阶段。李佳白较早便将识字与"国家"相勾连，主张在识字的基础上以普通教育培养拥有独立人格和平等思想等新素质的"完全国民"，寻唤真正的"人"，实现国家的独立与富强。这对当时的中国社会来说，无疑具有极为重要的意义。李佳白的读经思想是民初读经思潮中的异域声音，在一定程度上反映出上层阶级的严复、章士钊和倪嗣冲等支持读经人士的想法，也向世人呈现出民初之际复杂的语言生态环境。诸如同时期发生的"语体文欧化"之类的论争，看似是语言学内部的探讨，实则是不同历史时期的人们出于对语言共同体的不同想象而逐步构建的产物。胡适、茅盾、瞿秋白和钱玄同等人的语体文观已然成为许多学者关注的焦点，但在中国社会剧烈变革期产生过重要影响的传教士群体却未得到足够的重视。以传教士视角管窥中国语言文学的变革，或许有助于我们发现别样的风景。

---

① Gilbert Reid, "The Duty of Christian Mission to the Upper Classes of China（Question Ⅰ.-Doss A Duty Exist?）", in *The Chinese Recorder and Missionary Journal*, 1888, Vol. XIX, pp. 358－364.